ANNA SEGHERS

Eine Biographie in Bildern

Aufbau-Verlag

Herausgegeben von Frank Wagner,
Ursula Emmerich, Ruth Radvanyi

Mit einem Essay von Christa Wolf

ISBN 3-351-02201-8

1. Auflage 1994

Gestaltung Karl-Heinz Lange/Ute Henkel, Berlin
Satz: LVD GmbH, Berlin
Reproduktionen, Druck und Binden
Kösel GmbH, Kempten

Printed in Germany

Jetzt war meine Neugier wach, so daß ich durch das Tor lief, auf die Schaukel zu. Im selben Augenblick rief jemand: »Netty!« Mit diesem Namen hatte mich seit der Schulzeit niemand mehr gerufen. Ich hatte gelernt, auf alle die guten und bösen Namen zu hören, mit denen mich Freunde und Feinde zu rufen pflegten, die Namen, die man mir in vielen Jahren in Straßen, Versammlungen, Festen, nächtlichen Zimmern, Polizeiverhören, Büchertiteln, Zeitungsberichten, Protokollen und Pässen beigelegt hatte. Ich hatte sogar, als ich krank und besinnungslos lag, manchmal auf jenen alten, frühen Namen gehofft, doch der Name blieb verloren, von dem ich in Selbsttäuschung glaubte, er könnte mich wieder gesund machen, jung, lustig, bereit zu dem alten Leben mit den alten Gefährten, das unwiederbringlich verloren war.

CHRISTA WOLF

Gesichter der Anna Seghers

Einmal, Mitte der fünfziger Jahre, am Beginn unserer Bekanntschaft, saß ich als junge Redakteurin bei einem Essen, das zu Ehren ausländischer Schriftsteller gegeben wurde, an einer Tafel mit Anna Seghers, der die Rolle der Gastgeberin zugefallen war. Einer der Gäste ließ sich bei seinem Tischspruch dazu hinreißen, allen Anwesenden »wenigstens noch ein Leben« zu wünschen. Da sah ich einen Schrecken im Gesicht von Anna Seghers, fast ein Entsetzen, und ich hörte sie sagen: Um Gottes willen! Das eine ist schon lang genug! Dann aber verwischte sie den Eindruck, den dieser Satz auf uns machte, sofort mit jenem Lächeln, das für sie charakteristisch war und das sie in Sekundenbruchteilen auf ihrem Gesicht aufblenden und wieder auslöschen konnte. Ihre Augen hatten nicht daran teil.

Dieses Lächeln, merkte ich viel später, höflich, vielleicht herzlich, jedenfalls beschwichtigend, begütigend, war eines ihrer Verstecke, ich habe es oft gesehen, bei vielen, sehr unterschiedlichen Gelegenheiten. Diesen Ausdruck von Schrecken sah ich nie wieder, aber ich vergaß ihn nicht, oft schien er mir durch ihr Alltagsgesicht hindurchzuschimmern, ein Signal, das ich zuerst kaum zu deuten wußte und erst allmählich begriff als Zeugnis für eine Existenz, deren tragische Züge verborgen bleiben sollten. Ein Wort wie »tragisch« hätte Anna Seghers weit von sich gewiesen. Einmal sagte sie mir, ich solle doch nicht immer über »diese unglücklichen Frauen« schreiben, womit sie nicht nur »Christa T.«, auch die Günderrode meinte, auf die ja sie selbst mich ausdrücklich hingewiesen hatte, indem sie die Günderrode in einen Satz zusammenbrachte mit Hölderlin, Büchner, Kleist, Lenz und Bürger. »Diese deutschen Dichter schrieben Hymnen auf ihr Land, an dessen gesellschaftlicher Mauer sie ihre Stirnen wund rieben. Sie liebten gleichwohl ihr Land.« Da wußte ich: Solche Sätze schreibt man nicht, ohne selbst eingeweiht zu sein in eine ganz bestimmte Art von Unglück, die sie als eine deutsche Art gesehen hat. Wenn ihr Leben etwas in ihre Gesichtszüge eingeschrieben hat, so ist es eine unaufhörliche Anstrengung, eine Über-Anstrengung, der eine große Müdigkeit, eine Über-Müdung folgt. Nach Kräften hat sie versucht, diesen Unglücksspruch für sich und ihre Generation aufzuheben. Sie wußte, glaube ich, daß ihre Kräfte dazu nicht ausreichten. Gesprochen hat sie darüber nicht.

Als sie die Sätze über die »wund geriebenen Stirnen« deutscher Dichter sprach, auf dem I. Internationalen Schriftstellerkongreß zur Verteidigung der Kultur in Paris, war sie schon aus Deutschland vertrieben, fünfunddreißig Jahre alt. Genau habe ich mir die Veränderungen auf ihrem Gesicht angesehen, die bis zu dem Paris-Bild mit Hut auf den Fotos festgehalten sind: Jenes Bild der ganz jungen Frau, eines Mädchens noch, mit braunem Haar, einem dunklen Kleid mit rundem Ausschnitt, das sich auf eine Truhe stützt und dem Betrachter – wie später immer wieder – das Profil zeigt, ein »reines«, Profil, ein Gesicht, das eine vollkommene, fremdartige Schönheit ankündigt; jenes andere Foto, das einen begreifen läßt, wie Carl Zuckmayer die junge Anna Seghers mit einer »javanischen Tempeltänzerin« vergleichen kann, ein Geschöpf, das in die »bläßlich-kleinbürgerlichen Sippen« gewiß nicht passen konnte, von denen es sich abstößt. »Noch als Studierte war ich ein sehr kindliches Wesen; ich war viel kindlicher, als ich hätte meinem Alter nach sein sollen.« Um psychologische Theorien hat sie sich, soviel ich weiß, niemals gekümmert; aber es mag ihr doch gegenwärtig gewesen sein, daß diese Art verlängerter »Kindlichkeit«, oft als »Weltfremdheit« getadelt, für die Gabe steht, sich länger als andere einen Zugang zu unbewußten Bereichen in sich offen zu halten, sich nicht ganz und gar unter die Herrschaft des Realitätsprinzips zu stellen, die jede Kunstausübung an der Wurzel tötet. Keine inneren Dämme müssen damals den »Sturzbach des Schreibens« reguliert und kontrolliert haben. Sie traut dem »Originaleindruck«, auf dem sie später in kunstfeindlichen Auseinandersetzungen inständig bestehen wird. Da sind die Spuren der Zerreißproben, denen sie ausgesetzt war, in ihr Gesicht eingeschrieben, auch die Spuren von Verzicht, von Enttäuschung, von unterdrückten Leidenschaften, von unterdrücktem Kummer und Zweifel. Ja, sie hat sich Dämme gebaut, bauen müssen, aber in ihren schönsten Texten hat sie sie bis in die späten Jahre hinein immer wieder durchbrochen.

»Gerechtigkeit«, sagt sie als junger Mensch, und: »Die Freiheit der Marseillaise: Freiheit, Geliebte.« Ihr Leben hat einen vollen Klang, es ist »dicht besetzt«, ein Ausdruck, den sie immer liebte.

Anna Seghers: Deutsche, Jüdin, Kommunistin, Schriftstellerin, Frau, Mutter. Jedem dieser Worte denke man nach. So viele einander widersprechende, scheinbar einander ausschließende Identitäten, so viele tiefe, schmerzliche Bindungen, so viele Angriffsflächen, so viele Herausforderungen und Bewährungszwänge, so viele Möglichkeiten, verletzt zu werden, ausgesetzt zu sein, bedroht bis zur Todesgefahr. Ein Mensch wie sie, ihre Überzeugung, ihr Gewissen mußten in diesem Jahrhundert zum Kampffeld scheinbar oder wirklich entgegengesetzter Kräfte werden, die ihr öfter gleich stark vorgekommen sein mögen, so daß jede Wahl eine bittere Entscheidung wurde und ein Stück ihrer selbst mit ausschloß. Darüber zu klagen verbot sich in den Zeiten, in denen sie ihre Entscheidungen zu treffen hatte, und es verbot sich mehr und mehr, auch nur darüber zu sprechen: Mit wem denn. Nie habe ich sie darüber reden hören, was für sie der Ausschluß aus dem Volk, dem sie sich innig zugehörig fühlte, bedeutet hat. Wie selbstverständlich nahmen wir Späteren es hin, daß sie als Emigrantin wo sie nur konnte die Einsicht zu verbreiten suchte, daß der deutsche Faschismus nicht gleichzusetzen sei mit dem deutschen Volk, ja, daß der Faschismus sich zuerst gegen das eigene Volk gewendet hatte. Nie sprach sie über Heimweh, nie, außer nüchtern berichtend, über die schweren ersten Jahre in Frankreich – sie zählte damals wahrlich zu den »Obdachlosesten dieser Welt«. Und am wenigsten konnten jene Ereignisse beredet werden, die sie am tiefsten getroffen hatten: daß ihre Mutter aus Mainz deportiert und in einem Lager in Polen umgekommen war. Ihr Gang durch das zerstörte Mainz nach ihrer Rückkehr 1947, eine Rückkehr, die man eine »Heimkehr« nicht nennen konnte und die ihr die trostlosesten, einsamsten Jahre ihres Lebens brachte: Ein verwüstetes, »verhextes« Land, Menschen, deformiert, die sie nicht wiedererkannte und die nichts von ihr und ihresgleichen wußten, auch vorerst nichts von ihnen wissen wollten. Ein kleines Foto, en face, graues Haar. Der Ausdruck: Trauer, Schrecken, Kummer. Das Gefühl, daß sie »bald vereise«. Die Siebenundvierzigjährige, deren wichtigster Roman längst ein Welterfolg ist, muß 1947 in Deutschland vorgestellt werden als eine Unbekannte. Wer wollte es ihr und ihren Genossen verdenken, daß sie an der Hoffnung, die für dieses Land DDR allmählich in ihnen wuchs, lange festhielten, über den Zeitpunkt hinaus, da Hoffnung noch Gründe hatte?

Mit aller Phantasie ist ein anderes Leben, ein anderer Lebensort für sie nicht ausdenkbar. Die Einreise in die USA wurde ihr und ihrer Familie in den vierziger Jahren verwehrt: Mexiko war das Land, das übrigblieb. Aber das FBI versäumte nicht, ihr Tun und Lassen, ihre Korrespondenz und ihre Bücher auch dort genau zu verfolgen – nach ihrem Tod erst hat ein Germanist ihre Akte einsehen können. Zu Hause, in Mainz, an das sie im nüchternen Berlin mit Heimweh dachte, war sie im Kalten Krieg eine unerwünschte, häufig attackierte Person.

Nein. Sie hatte keine Wahl, womit ich nicht sagen will, daß sie eine Wahl gesucht hätte. Es blieb ihr also, sich für dieses deutsche Teilland mitverantwortlich zu fühlen, sich abzumühen, es ihrer Vorstellung von Gerechtigkeit – diesem Losungswort seit ihrer Jugend – ein bißchen näherzubringen. Mit einer Fülle von Aufgaben hat sie sich überanstrengt, die sie am Schreiben hinderten, wie wahrscheinlich der innere Zwiespalt sie am Schreiben gehindert hat, den sie, die Ältere, noch tiefer erlebt haben muß als wir Jüngeren, den sie beschwieg, obwohl sie ihn für die Vorgänger so eindrucksvoll, so nachfühlend hatte benennen können. Eine Trauer, die sie sich nicht gestatten wollte, weil Trauer sie, ihrer Lebenserfahrung zufolge, geschwächt hätte. Was denkst du denn, sagte sie einmal. Jeden Abend um zehn sprechen wir über Stalin. 1957 schreibt sie an einen Freund: »Ich habe große Sehnsucht nach einer besonderen Art von Welt, in der man arbeiten und atmen und sich manchmal wie verrückt freuen kann. Das ist im Augenblick ziemlich selten.«

Wir wissen nicht alles über sie, längst nicht alles über ihre verborgenen Motive und Handlungen, und wir werden es nie erfahren. Fast alle Zeugen sind tot. Zwar hat sie sich oft anders verhalten als andere, anders auch, als man es von ihr erwartete; manche verfahrene Situation sah ich sie durch listiges Dazwischengehen retten, manche Verstrickung durch Beharrlichkeit auflösen. Sicher hat Spontaneität zu ihren Urfähigkeiten gehört, wie hätte sie sonst schreiben können. Aber sie hatte sich am Zügel. Sie hatte es gelernt, an sich zu halten, und wenn sie es nicht tat, wußte sie, daß und warum sie es nicht tat. Zorn und Erstaunen und Witz und Verschmitztheit und Naivität konnte sie einsetzen, sie konnte abschätzen, wann und bei wem. In solchen Momenten scheint kein Fotograf in ihrer Nähe gewesen zu sein.

Wenn sie zu Arbeitern ging, folgte sie keiner Mode. Die Fotos zeigen sie forschend, aufmerksam, wie sie sich auch ihren Lesern gegenüber verhielt. Sie ließ sich beim Wort nehmen. Sie haßte Ich-Bezogenheit. Ich habe sie ratlos, mißtrauisch, zerquält und enttäuscht gesehen – enttäuscht übrigens auch von mir, wenn ich keine Möglichkeit mehr sah, zwischen den unvereinbaren Gegensätzen zu vermitteln. Sie fürchtete, wir könnten gefährden, was ihr das Kostbarste sein mußte: den Bestand dieses Gemeinwesens, in dessen Substanz sie, wie verschüttet auch immer, menschengemäße Möglichkeiten sehen wollte, die sich unter günstigeren Bedingungen würden entfalten können. Sie hat die Widersprüche nicht geleugnet, aber sie hat sich dagegen gewehrt, sie für unlösbar zu halten.

Ist sie bis an ihre Grenzen gegangen? Ich frage zögernd. Die Grenzen wurden immer enger gezogen; durchbrechen konnte und wollte sie sie nicht. Die Erzählung vom »gerechten Richter« ist ihr nicht gelungen. Der Konflikt, der sie hervorgetrieben hat, blieb in ihr unauflösbar. Es gab ihn nicht, ihren gerechten Richter. Ihre inständigen Wünsche konnten ihn nicht hervorbringen.

Viele ihrer Bücher wurden, »auch von den Genossen«, mit Widerspruch und Reserve aufgenommen. Das sollte sie nicht beirren. Anna Seghers glaubte, es würden sich immer wieder unterdrückte, ausgebeutete Menschen auf die Suche nach dem »wirklichen Blau« machen. Diesen Glauben hat ihr das Leben nicht abschleifen können. Sie nahm ihn nicht nur aus der begrenzten Erfahrung, die ihr zuteil wurde, sie holte ihn weit her, so wie sie manche der Stoffe, die sie am meisten liebte, weit hergeholt hat, aus der Zeit früher Überlieferungen, der Mythen und Sagen. Sie hatte den zeitübergrei-

fenden Blick der Epikerin, sie hat, nicht nur in ihren Arbeiten, aber dort besonders, versucht, anderen, die zu kurzatmig, zu zeitfixiert waren, zu größerer Gelassenheit zu verhelfen. Sie hat unsere unglückliche zerrissene Zeit souverän als Gleichnis sehen können, sie hat lachen können. Sie ist die Treppen des Wiepersdorfer Arbeitssitzes, dem Schloß der Bettine, gelöst wie eine junge Frau heruntergeschwebt. Sie war eine Figur, die sie nur selber hätte beschreiben können, mit ihren ganz und gar irdischen und mit ihren geheimnisvollen, legendären Zügen. Artemis, die keiner erkennt. Sie wollte ihr Anderssein nicht besonders hervorheben. Manches von dem Zauberhaften, das zu ihrem Wesen gehörte, hat sie unterdrückt, um sich den anderen, die alles andere als zauberhaft waren, anzupassen. Sie war scheu; bescheiden; zugewandt, auch in der Zerstreutheit. Als ich las, was Jorge Amado schrieb: Er, Ilja Ehrenburg und Pablo Neruda hätten sie als ihre »Schwester« gesehen, als ihre »Fee«: »Niemals besaß jemand auf der Welt so viel Charme und Phantasie wie Anna – so viel, so viel!« – da dachte ich für eine Sekunde: Warum konnte sie nicht unter solchen großzügigeren Völkern zur Welt kommen, die sie erkannt, die sie geliebt hätten und auf ihre Weise hätten gelten lassen. Warum, dachte ich, mußte sie gerade unter uns, die Deutschen, geworfen werden, die Feenhaftes, Zauberhaftes platt machen müssen, die Charme kaum wahrnehmen und die nicht begreifen, wenn ihnen einmal eine Erscheinung geschenkt wird, die ganz irdisch und nicht ganz von dieser Welt ist.

Dann nahm ich diesen Gedanken wieder zurück. Anna Seghers hätte ihn nicht gebilligt. Nein. Ich kann diese Bilder nicht zum Sprechen bringen. Als ich die Fotos, die in diesem Band versammelt sind, nacheinander ansah, fiel mir ein, wie oft ich seit Anna Seghers' Tod gedacht habe, ich würde noch einmal über sie schreiben müssen, so, als hätte ich noch nie über sie geschrieben. Ich würde, so dachte ich, erkennen, wenn der Zeitpunkt dafür gekommen wäre. Daß ich »objektiv« sein würde, habe ich nicht erwartet oder gewünscht. Im Gegenteil: Ich bin sicher, mit Distanz und Kühle würde ich ihr nicht besser gerecht werden als mit jenem lebhaften, warmen Interesse, das ich von Anfang an für sie empfand und das mir geblieben ist, über ihren Tod hinaus. Nun hat die Umwertung aller Werte auch sie erfaßt, jetzt scheint wieder nicht die Zeit zu sein, über sie zu schreiben »wie zum letzten Mal«. Gut so, vielleicht. Man kann sich noch kein »endgültiges« Bild von ihr machen, sie regt sich, bewegt sich noch. Kann es nicht sein, daß sie sich mit ihren besten Büchern aus dem Schutt der Geschichte, der auch über sie jetzt geschüttet wird, wieder herausarbeitet? Daß die Leistung einer Generation doch nicht auf Dauer dem Vergessen überantwortet wird; daß man ihr den billigen Respekt nicht versagen; daß man imstande sein wird, nicht nur mit »Nachsicht«, wie Brecht es erbeten hat, das Maß an »Freundlichkeit« anzuerkennen, die sie den wahrhaft unfreundlichen Verhältnissen abgerungen hat, die mörderische Reibung nachzufühlen, die sie in Energie für ihre Arbeit umwandelte.

Der angemessene Blick, die abwägende Gerechtigkeit, das Urteil, das nichts verschweigt und nicht beschädigt – sie sind noch nicht möglich. Vielleicht gehören manche Figuren aus den Büchern der Anna Seghers zu den letzten Revolutionären in der deutschen Literatur. Sie scheinen von der Bühne abgeräumt zu sein und in der Versenkung zu verschwinden. Die intensive schwierige Wirklichkeit vieler Lebensläufe droht zu verblassen, die Erinnerung an sie ausgelöscht zu werden. Die Unruhe, die Glut, die sie beseelt haben, werden nicht mehr wahrgenommen; sie selbst haben geduldet, daß sie zugeschüttet wurden. Und doch:

Was wäre das Jahrhundert ohne sie?

September 1992

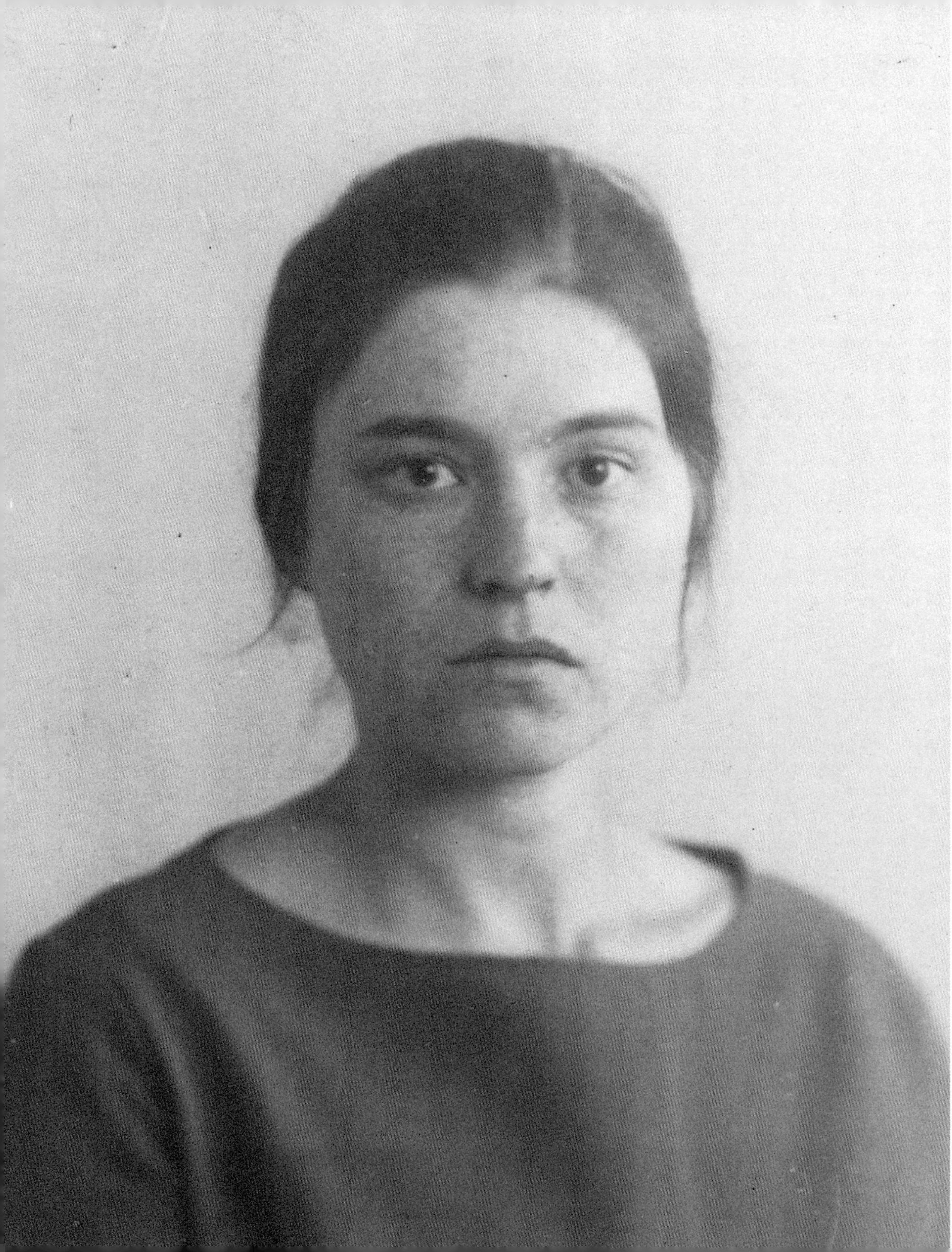

1900–1933 Von Mainz in die Hauptstadt

Mainz 1900–1920

19. November 1900. Netty Reiling geboren

1907 Einschulung

1914–1918 Erster Weltkrieg

1917 Revolution in Rußland

1918 Novemberrevolution, Waffenstillstand Die französische Armee besetzt Mainz

Februar 1920. Netty Reiling besteht die Reifeprüfung

Ich bin in Mainz geboren, November 1900. Aus bürgerlicher Familie. Mein Vater war Kunsthändler. Ich hatte keine Geschwister. Mein Vater war orthodoxer Jude. Aus Überzeugung, aus Tradition und aus Stolz. Er liebte seine Stadt über alles. Nicht so sein Land, sondern seine engere Heimat. Er kannte in dieser Stadt jedes Gesicht und jeden Stein. […] Auf dieser Halbinsel auf dem Rhein, wo wir spielten, war der Landsitz von Karl dem Großen gewesen, so erzählte man uns, über die Berge war der »Limes« gelaufen, der Grenzwall des römischen Reiches. Das Rad in dem Mainzer Wappen sei das uralte keltische Sonnenrad. Die Völkerwanderung kam durch das Tal. Von hier aus kamen die Nibelungen, vom Rheingold usw. Es war auch die Stadt der deutschen Jakobiner, des Jakobiner Klubs, dessen Vorsitzender Forster gewesen ist. […]

Ich lernte in meiner Kindheit Dinge kennen, die mein Lebtag Eindruck auf mich gemacht hatten, zum Beispiel der Dom von Mainz, an dem tausend Jahre lang Generationen immer ein Stück auf das andere bauten. Die Zeichnungen, die die Lehrlinge in der gotischen Zeit in den Kalk geritzt hatten. Vor allem die Kellergeschosse des Doms. Ich staunte, daß die Pfähle des Doms beinah so tief in die Erde hineingehen, wie sie in die Luft steigen.
Ich schrieb, seit ich schreiben und lesen gelernt hatte. Es gab daheim viele Bücher und Kunstsachen. Meine Eltern waren gleichwohl nicht besonders unterrichtet, nicht besonders belesen. Ihr Anteil an der Kultur war so, wie ich es beschrieben habe. Meine Mutter las mir Gedichte vor, die mich erregten, ohne daß ich sie viel verstand. Zum Beispiel der »Prolog im Himmel«. Übrigens verstand sie auch nicht sehr viel, sie war auch noch jung.

Ich glaube, es war eine sehr günstige Jugend. Ich hatte auch ausgezeichnete Lehrer. Mit einigen, die heute noch leben, stehe ich noch in Verbindung.

Anna Seghers, 1951

Er stierte auf den Markt. Der Nebel war gestiegen. Das Herbstlicht lag auf den Schirmen, die pilzartig über den Buden standen. All das Obst und Gemüse lag da lecker und kunstlos wie einfache, einigermaßen ordentliche Beete. Deshalb sah es auch aus, als hätten die Bäuerinnen ganze Stücke ihrer eigenen Felder und Gärten mit auf den Markt gebracht. Wo war denn nur der Dom? Hinter den drei-, vierstöckigen Häusern, Marktschirmen und Pferden, Lastwagen und Weibern war der Dom vollständig verschwunden.

»Das siebte Kreuz«, 1942

1 Kunstpostkarte (Ausschnitt): Wochenmarkt vor dem St. Martins Dom in Mainz

2 In der Mainzer Kaiserstraße 34 1/10 wohnte Familie Reiling während der Kindheit und Jugend der Tochter Netty

Paris war ebenso nah oder weit weg wie Berlin. Wenn meine Familie nach Berlin mußte, dann sagte mein Vater: »Jetzt muß ich nach Preußisch-Berlin.« Ich hatte auch als Kind gute Literatur- und Kunstgeschichtslehrer, ich muß sogar sagen, so gut wie nie später.

[...] Ich las in dem letzten Roman von Thomas Mann eine Stelle, die mir auffiel, weil sie ähnliche Eindrücke wiedergibt. Die sonderbare Wirkung kleiner historischer Städte in Deutschland auf die dort erzogenen Kinder.

Es war auch günstig, daß in diese kleine Stadt aus irgendeinem Grund russische Emigranten verschlagen waren, schon vor dem ersten Weltkrieg. Ich las dadurch auch russische Autoren. Obwohl ich viel las und auch schon Geschichten schrieb, war ich in anderer Beziehung lange kindisch und unentwickelt. Das blieb ich auch durch den ersten Weltkrieg.

Die Stadt wurde von den Franzosen besetzt. Ich machte mein Abitur. Ich kam durch Franzosen auf Barbusses »Feuer«. Ich hörte davon, daß deutsche Arbeiter ins besetzte Gebiet geflohen waren und von der Kommandantur an die Deutschen zurückgeschickt. Was im Oktober 1917 geschehen war, verstand ich kaum, solange ich daheim war.

Anna Seghers, 1951

3 Stadtansicht von Mainz vor 1942

4 Brockhaus' Kleines Konversationslexikon, 1906

5 Folgende Doppelseite:
Blick vom rechtsrheinischen Kastel auf die Innenstadt von Mainz um 1910

Mainz, Hauptstadt der hess. Prov. Rheinhessen und Festung, ehemals Residenz der Erzbischöfe und Kurfürsten von M., l. am Rhein, (1900) 84251 (1905: 91124) E., Garnison, Bischofssitz, Land-, Amtsgericht, preuß.-hess. Eisenbahndirektion, Reichsbankstelle, Handelskammer, Dom (12. und 13. Jahrh. neu erbaut), kurfürstl. Schloß mit Sammlungen, Gemäldegalerie, großherzogl. Schloß (ehemals Deutschordenshaus), Priesterseminar, Gymnasium, Realgymnasium, Kunstgewerbeschule; bedeutende Industrie (bes. Leder und Möbel), Weinhandel; wichtiger Stapelplatz. Gegenüber die Stadt Kastel. — M. (Moguntiăcum) wurde 13 v. Chr. von Drusus als röm. Kastell angelegt, während der Völkerwanderung mehrfach zerstört, stand im 13. Jahrh. an der Spitze des Rhein. Städtebundes, wurde 1486 dem Erzstift förmlich einverleibt, seit dem Dreißigjähr. Kriege mehrfach von den Franzosen erobert (1644, 1688, 1792, 1794, 1797), war 1801—14 Hauptstadt des franz. Dep. Donnersberg, kam dann an Hessen, blieb aber bis 1866 von Preußen, Österreichern und Hessen gemeinsam besetzte Bundesfestung. Hier errichtete Gutenberg 1450 die erste Buchdruckerei. — Vgl. Bockenheimer (1874—96).

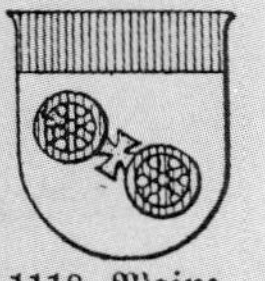

1118. Mainz.

Das ist das Land, von dem es heißt, daß die Geschosse des letzten Krieges jeweils die Geschosse des vorletzten aus der Erde wühlen. Diese Hügel sind keine Gebirge. Jedes Kind kann sonntags zu Kaffee und Streuselkuchen seine Verwandten im jenseitigen Dorf besuchen und zum Abendläuten zurück sein. Doch diese Hügelkette war lange der Rand der Welt – jenseits begann die Wildnis, das unbekannte Land. Diese Hügel entlang zogen die Römer den Limes. So viele Geschlechter waren verblutet, seitdem sie die Sonnenaltäre der Kelten hier auf den Hügeln verbrannt hatten, so viele Kämpfe durchgekämpft, daß sie jetzt glauben konnten, die besitzbare Welt sei endgültig umzäunt und gerodet. Aber nicht den Adler und nicht das Kreuz hat die Stadt dort unten im Wappen behalten, sondern das keltische Sonnenrad, die Sonne, die Marnets Äpfel reift. Hier lagerten die Legionen und mit ihnen alle Götter der Welt, städtische und bäuerliche, Judengott und Christengott, Astarte und Isis, Mithras und Orpheus. Hier riß die Wildnis [...]. In dem Tal [...], in der weichen verdunsteten Sonne, sind die Völker gargekocht worden. Norden und Süden, Osten und Westen haben ineinandergebrodelt, aber das Land wurde nichts von alledem und behielt doch von allem etwas. Reiche wie farbige Blasen sind aus dem Land [...] herausgestiegen und fast sofort zerplatzt. Sie hinterließen keinen Limes und keine Triumphbögen und keine Heerstraßen, nur ein paar zersprungene Goldbänder von den Fußknöcheln ihrer Frauen. Aber sie waren so zäh und unausrottbar wie Träume.

»Das siebte Kreuz«, 1942

Anna Seghers Berlin, den 10.11.1975

GRUSSTELEGRAMM

Ich begrüße meine bekannten und unbekannten Freunde in Mainz. In dieser Stadt, in der ich meine Kindheit verbrachte, empfing ich, was Goethe den Originaleindruck nennt: den ersten Eindruck, den ein Mensch von einem Teil der Wirklichkeit in sich aufnimmt, ob es der Fluß ist, oder der Wald, die Sterne, die Menschen. Ich habe versucht, in vielen meiner Bücher festzuhalten, was ich hier erfuhr und erlebte, es ist kein Zufall, daß mein Roman: »Das 7. Kreuz« in der Gegend von Mainz spielt, kein Zufall, daß der Flüchtling Georg Heisler sich eine Nacht im Mainzer Dom versteckt, kein Zufall, daß ihm auf einem Rheinschiff die Flucht gelingt.

Herzlich grüßt Euch

Eure
Anna Seghers

331

6 Geburtsurkunde ausgefertigt am 19. März 1925

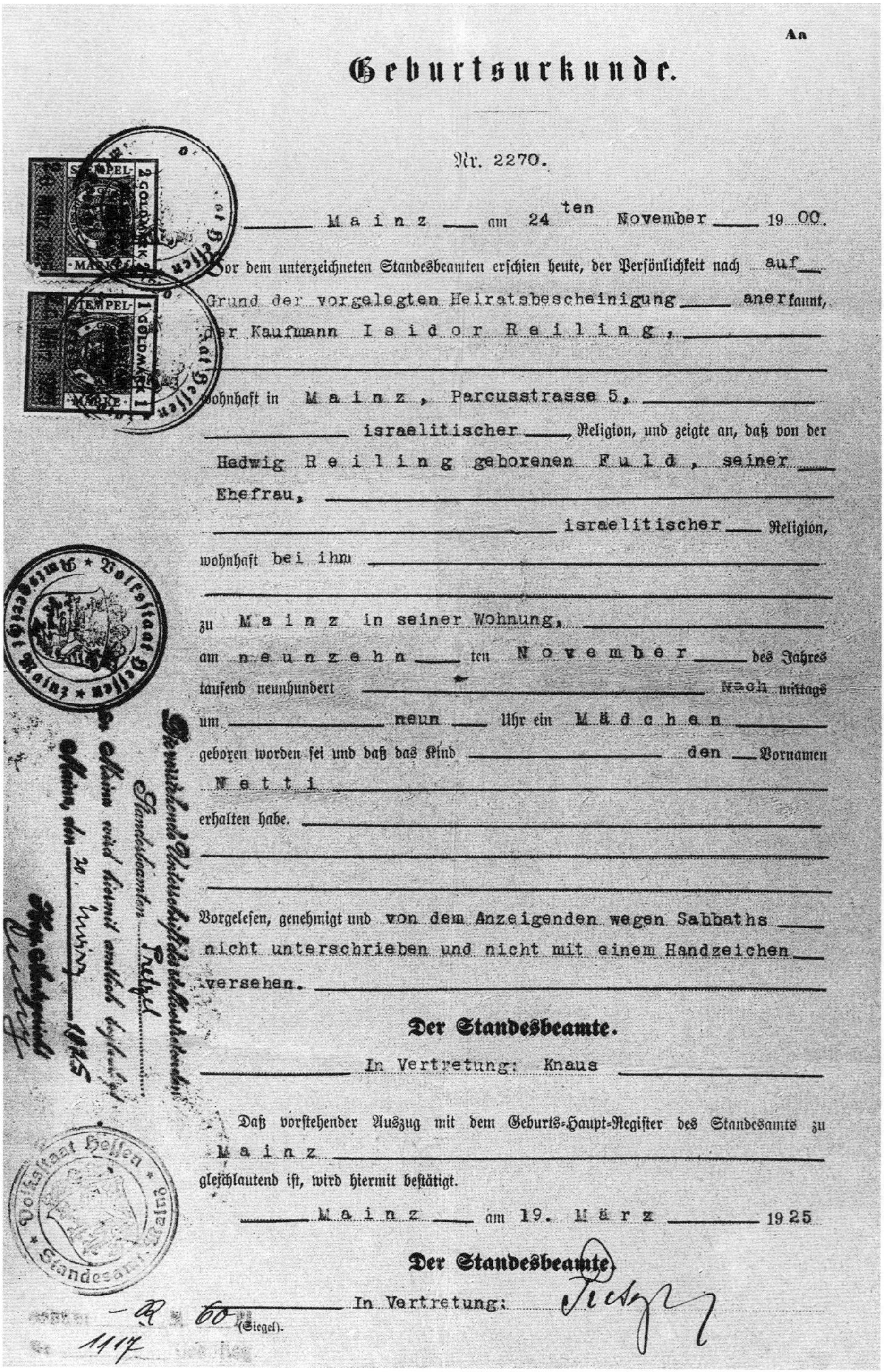

An

Geburtsurkunde.

Nr. 2270.

Mainz am 24ten November 1900.

Vor dem unterzeichneten Standesbeamten erschien heute, der Persönlichkeit nach auf Grund der vorgelegten Heiratsbescheinigung anerkannt,

der Kaufmann Isidor Reiling,

wohnhaft in Mainz, Parcusstrasse 5,

israelitischer Religion, und zeigte an, daß von der Hedwig Reiling geborenen Fuld, seiner Ehefrau,

israelitischer Religion,

wohnhaft bei ihm

zu Mainz in seiner Wohnung,

am neunzehnten November des Jahres tausend neunhundert Nachmittags

um neun Uhr ein Mädchen

geboren worden sei und daß das Kind den Vornamen

Netti

erhalten habe.

Vorgelesen, genehmigt und von dem Anzeigenden wegen Sabbaths nicht unterschrieben und nicht mit einem Handzeichen versehen.

Der Standesbeamte.

In Vertretung: Knaus

Daß vorstehender Auszug mit dem Geburts-Haupt-Register des Standesamts zu Mainz gleichlautend ist, wird hiermit bestätigt.

Mainz am 19. März 1925

Der Standesbeamte.

In Vertretung: Pretzel

(Siegel).

Meine Mutter sollte Jeannette genannt werden. Als ihr Vater ihre Geburt beim Standesamt anmeldete, lehnte der Beamte diesen Namen ab, er sei französisch. Warum nicht Netti? Ihr Vater unterschrieb im Geburtenregister nicht, da Sabbat war. Wir wissen nicht, wann und warum aus Netti Netty wurde.

Ruth Radvanyi, 1992

Als kleines Kind, als ganz kleines Kind, bevor ich in die Schule kam, und im ersten Jahr, in dem ich in die Schule ging, war ich oft krank, und dadurch lernte ich verhältnismäßig früh lesen und dadurch auch schreiben. Und dann erfand ich, hauptsächlich, weil ich allein war und mir eine Umwelt machen wollte, alle möglichen kleinen Geschichten, die ich mir vorerzählte, und manchmal schrieb ich auch drei Sätze, sozusagen zu Abziehbildern.

Anna Seghers, 1965

Was Nettys Vorliebe für Märchen und ihre Phantasie-Begabung betrifft: ihre Mutter, die ich sehr verehrte, zeigte mir mal ein von Netty verfertigtes Puppentheater en miniature: ich glaube, es war ein Schuhkasten, und man konnte die Szenerie wie eine Harmonika auseinanderziehen. Und dazu verfertigte sie dann auch Texte.

H. O.-W., 1928

7 Das Ehepaar Hedwig und Isidor Reiling

8 Isidor Reiling mit seiner Tochter

9 Netty Reiling hatte oft Ohrenentzündungen. Um ihre Gesundheit zu festigen, fuhr die Mutter mit ihr mehrmals an die Nordsee

Ich hatte wieder einen Anflug von Angst, in meine eigene Straße zu biegen, als ob ich ahnen würde, daß sie zerstört war. Die Ahnung verflog bald. Denn schon in der letzten Strecke der Bauhofstraße konnte ich wie immer meinen Lieblingsweg heimgehen, unter den beiden großen Eschen, die sich von der rechten und linken Seite der Straße wie ein Triumphbogen spannten, sich gegenseitig berührend, unzerstört, unzerstörbar. Ich sah auch schon die weißen, roten und blauen Kreisrunde von Blumenbeeten aus Geranien und Begonien in dem Rasen, die meine Straße durchkreuzten. Wie ich hinzutrat, wehte ein Abendwind, wie ich so stark noch keinen auf meinen Schläfen gespürt hatte, aus den Rotdornbäumen eine Wolke von Blättern, die mir zuerst von der Sonne beglänzt schienen, in Wirklichkeit aber sonnenrot gefärbt waren. Es war mir wie immer nach Tagesausflügen zumute, als hätte ich schon geraume Zeit nicht mehr das Sausen des Windes vom Rhein her, in meiner eigenen Straße eingefangen, angehört. Ich war durch und durch müde, so daß ich froh war, endlich vor dem Hause zu stehen. Nur kam es mir unerträglich schwer vor, die Treppe hinaufzusteigen. Ich sah bis zum zweiten Stock hinauf, in dem unsere Wohnung lag. Meine Mutter stand schon auf der kleinen, mit Geranienkästen verzierten Veranda über der Straße. Sie wartete schon auf mich. Wie jung sie doch aussah, die Mutter, viel jünger als ich. Wie dunkel ihr glattes Haar war, mit meinem verglichen. Meins wurde ja schon bald grau, während durch ihres noch keine sichtbaren grauen Strähnen liefen. Sie stand vergnügt und aufrecht da, bestimmt zu arbeitsreichem Familienleben, mit den gewöhnlichen Freuden und Lasten des Alltags, nicht zu einem qualvollen, grausamen Ende in einem abgelegenen Dorf, wohin sie von Hitler verbannt worden war. Jetzt erkannte sie mich und winkte, als sei ich verreist gewesen. So lachte und winkte sie immer nach Ausflügen. Ich lief so schnell ich nur konnte ins Treppenhaus.

»Der Ausflug der toten Mädchen«, 1946

10 Bauhofstraße in Mainz

11 Netty Reiling mit anderen Schülerinnen während des Ersten Weltkrieges

In dieser Privatschule hatten wir drei Jahre lang täglich nur zwei Stunden Schule; trotzdem kamen wir alle fünf gut vorbereitet in die Töchterschule. Ich kann mich nicht erinnern, daß eine Schülerin von Fräulein Goertz, auch in Klassen über oder unter uns, je sitzengeblieben ist.

L. M. Wittekind, 1974

Eine andere Arbeit ergab sich aus der Gründung einer Kinderlesehalle. Sie war in der Nähe des Münsterplatzes gelegen. Alles wurde mit freiwilligen Kräften organisiert. [...] Bei der Arbeit mit den Kleinen betätigte sich häufig eine zierliche, einfach-vornehm gekleidete Helferin. Sie war bescheiden, ruhig, ja zurückhaltend, hatte sich niemand besonders angeschlossen, war aber immer freundlich und verstand es hervorragend, die Kleinsten zu fesseln. Mit Erzählen oder Vorlesen zog sie das unruhige Völkchen stets in ihren Bann. Das war Netty Reiling. Von literarischen Arbeiten wußten wir nichts.

Hanna Geck-Bauer, 1973

Bis zu ihrem Lebensende blieb meine Mutter mit ihrer Schule verbunden. Sie erinnerte sich an die Namen vieler Mitschülerinnen und Lehrer, korrespondierte mit einigen Klassenkameradinnen und hauptsächlich mit ihrer Lehrerin Fräulein Dr. Magdalena Herrmann. Fräulein Herrmann schickte ihr nach 1950 jedes Jahr selbstgebackenes Weihnachtsgebäck und ließ es für die Mutter nach eigenem Rezept backen, nachdem sie erblindet war. Die Familie meiner Mutter war jüdisch-orthodox. Mit liebevoller Sehnsucht erzählte sie von jüdischen Festen. In der Lehranstalt für höhere Töchter herrschte religiöse Toleranz, alle Konfessionen wurden geachtet.

Ruth Radvanyi, 1992

12 Die Höhere Mädchenschule 1908

13 Netty Reiling als Schülerin

Mit den Geschäften meines Vaters hatte meine Mutter nichts zu tun, sie hatte keine Beziehung zur Arbeit meines Vaters. Sie hat sich für anderes interessiert. Zum Beispiel lernte sie die Blindenschrift; vielleicht hatte sie einmal eine Begegnung mit einem Blinden, die das ausgelöst hat. Sie hatte ein starkes Sozialempfinden. Eigentlich hätte ich Grund gehabt, auch ihr dankbar zu sein, denn ihrem Erzählen verdankte ich viele Anregungen für meine ersten Geschichten. Meine Mutter unterrichtete zum Beispiel manchmal an der Mainzer Dummenschul – so nannten die Bürgerlichen die Schule wirklich –, da mangelte es oft an Lehrern. Da hat sie mir so manches über die armen Teufel dort erzählt, was mich anregte. Ich bin oft gefragt worden, woher ich, da ich doch aus sogenanntem gutbürgerlichem Milieu stamme, das Leben der Armen so gut kannte. Die Antwort ist ganz einfach: Ich konnte doch überall hingehen und sehen, was ich sehen wollte. Man muß doch nicht, um etwas beschreiben zu können, es erst selbst erlebt haben. Man muß nur richtig hinsehen – und intensiv mitempfinden. – Als ich 1930 das erste Mal in der Sowjetunion war, waren manche Genossen enttäuscht, daß ich von dem ganz und gar anderem, was dort geschah, nicht so begeistert war wie sie. Natürlich hat's mich auch sehr erregt, *aufgewühlt* aber haben mich die Besprisorniks, die vielen zerlumpten kleinen Teufel, die Kinderbanden. Sie nahmen mich völlig in Anspruch. Was doch der Krieg aus Menschen machen kann!
Roscher: Du hast deine Kindheit also in einem durch und durch bürgerlichen Haus verbracht?
Seghers: Aber nein, nicht in einem Haus, es war eine Etagenwohnung mit der typischen bürgerlichen Wohnzimmeratmosphäre. Fürchterlich! Und das Eingesperrtsein darin war mir so zuwider, daß der Drang in mir immer stärker wurde, so schnell wie möglich auszufliegen, wegzufliegen.

Anna Seghers/Achim Roscher, 19. August 1978

Ich hörte eine Weile das Gestreite, wo die jüngere Lehrerin, Fräulein Sichel, die gerade aus dem Gasthaus trat, sich am besten setzen könnte. [...]

Sie setzte sich dicht neben mich, die hurtige Nora schenkte ihr, der Lieblingslehrerin, Kaffee ein: In ihrer Gefälligkeit und Bereitschaft hatte sie Fräulein Sichels Platz sogar geschwind mit ein paar Jasminzweigen umwunden.

Das hätte die Nora sicher, wäre ihr Gedächtnis nicht ebenso dünn gewesen wie ihre Stimme, später bereut, als Leiterin der Nationalsozialistischen Frauenschaft unserer Stadt. Jetzt sah sie mit Stolz und beinahe sogar mit Verliebtheit zu, wie Fräulein Sichel einen von diesen Jasminzweigen in das Knopfloch ihrer Jacke steckte. Im ersten Weltkrieg würde sie sich noch immer freuen, daß sie in einer Abteilung des Frauendienstes, der durchfahrende Soldaten tränkte und speiste, die gleiche Dienstzeit wie Fräulein Sichel hatte. Doch später sollte sie dieselbe Lehrerin, die dann schon greisenhaft zittrig geworden war, mit groben Worten von einer Bank am Rhein herunterjagen, weil sie auf einer judenfreien Bank sitzen wollte.

»Der Ausflug der toten Mädchen«, 1946

14 Johanna Sichel, Lehrerin für Deutsch, Französisch, Englisch und israelitische Religion (1919 trat sie zum katholischen Glauben über), wurde zusammen mit Hedwig Reiling im März 1942 deportiert

15 Dr. Magdalena Herrmann (1888–1988) unterrichtete im Fach Englisch. Sie war bis zuletzt mit Anna Seghers befreundet

Ich sagte schon, daß ich in Mainz, später französisch besetztes Gebiet, lebte. Und da kam nun auch zum Beispiel das Buch von Barbusse *Le feu* an mich. Also, die Ungerechtigkeit des Krieges und dadurch die Losung »Brot und Frieden«, für die war ich schon aufgeweckt worden.

Anna Seghers/Wilhelm Girnus, 1967

Dieser Dom über der Rheinebene wäre mir in all seiner Macht und Größe im Gedächtnis geblieben, wenn ich ihn auch nie wiedergesehen hätte. Aber ebensowenig kann ich ein anderes Denkmal in meiner Heimatstadt vergessen. Es bestand nur aus einem einzigen flachen Stein, den man in das Pflaster einer Straße gesetzt hat. Hieß die Straße Bonifatiusstraße? Hieß sie Frauenlobstraße? Das weiß ich nicht mehr. Ich weiß nur, daß der Stein zum Gedächtnis einer Frau eingefügt wurde, die im ersten Weltkrieg durch Bombensplitter umkam, als sie Milch für ihr Kind holen wollte …

Anna Seghers, 1973

16 Patriotische Apotheose, an der Netty Reiling teilnahm

17 Zerstörungen in der ehemaligen Schulstraße (jetzt Karrillon-Straße) 1918 nach einem Bombenangriff

18 Erinnerungszeichen für eine beim Bombenangriff getötete Mainzerin

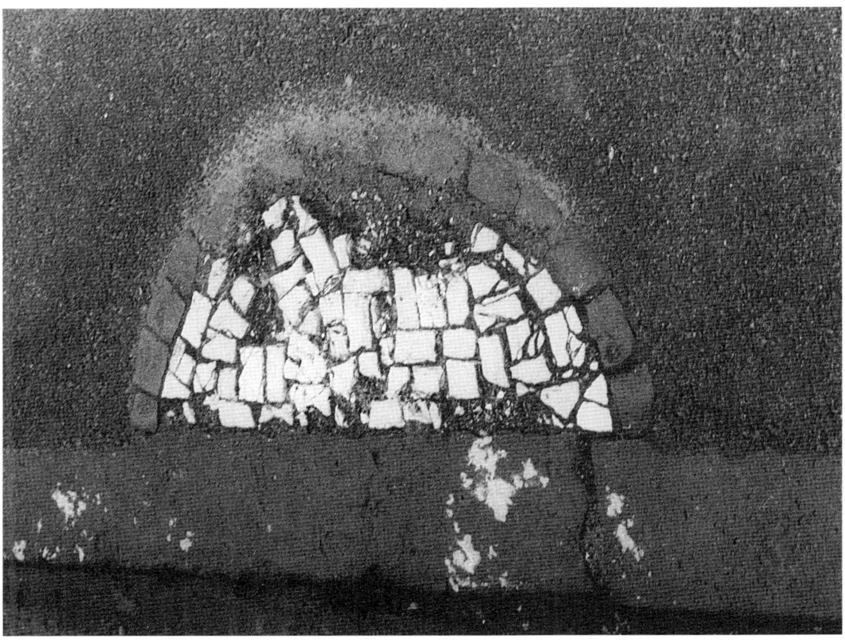

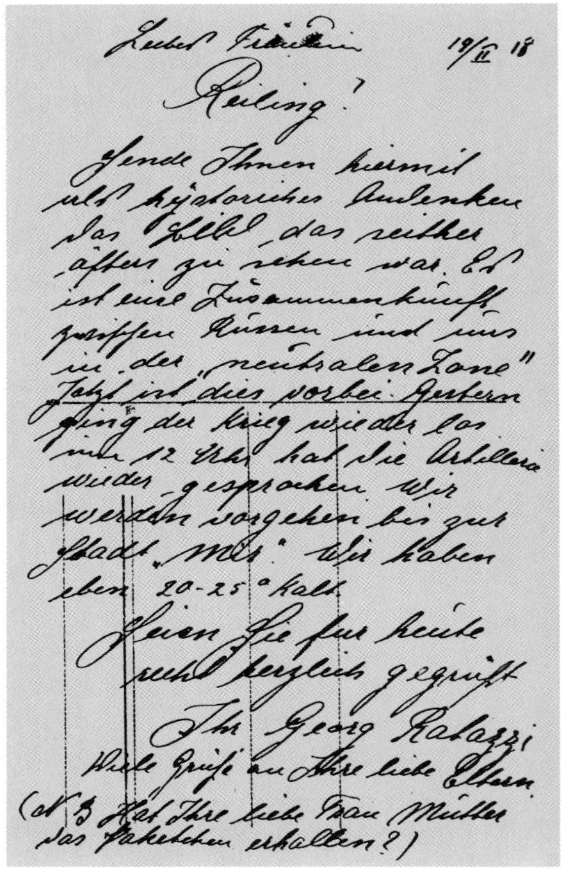

Liebes Fräulein 19/II 18
Reiling!
Sende Ihnen hiermit als historisches Andenken das Bild, das seither öfters zu sehen war. Es ist eine Zusammenkunft zwischen Russen und uns in der „neutralen Zone" Jetzt ist dies vorbei. Gestern ging der Krieg wieder los um 12 Uhr hat die Artillerie wieder gesprochen. Wir werden vorgehen bis zur Stadt „Mos." Wir haben eben 20-25° kalt.
Seien Sie für heute recht herzlich gegrüßt
Ihr Georg Ratazzi
Viele Grüße an Ihre liebe Eltern.
(N.B. Hat Ihre liebe Frau Müller das Päckchen erhalten?)

21 Georg Ratazzi an Netty Reiling 1918

22 Hedwig Reiling als Rote-Kreuz-Schwester mit einer Auszeichnung

19 Opferstock vor dem St. Martins Dom in Mainz

20 Teilstück des Opferstocks für die jüdischen Bürger von Mainz

23 Fotofeldpostkarte

19. II. 18

Liebes Fräulein Reiling!

Sende Ihnen hiermit als hystorisches Andenken das Bild, das seither öfter zu sehen war. Es ist eine Zusammenkunft zwischen Russen und uns in der »neutralen Zone«. Jetzt ist dies vorbei. Gestern ging der Krieg wieder los, um 12 Uhr hat die Artillerie wieder gesprochen. Wir werden vorgehen bis zur Stadt »Mir«. Wir haben eben 20–25° kalt.

Seien Sie für heute recht herzlich gegrüßt
Ihr Georg Ratazzi

Viele Grüße an Ihre liebe Eltern

(NB Hat Ihre liebe Frau Mutter das Paketchen erhalten?)

Meinen Hang zu Schiller und meinen Hang zu Dostojewski teilte ich in der betreffenden Zeit jeweils mit mehreren Altersgefährten. Es gab niemand, der uns damals etwa gefragt hätte: Warum nicht Goethe? Warum nicht Tolstoi? Oder gar: Warum besonders »Die Brüder Karamasow«? Wir stillten unseren Hunger an der Nahrung, nach der uns am meisten verlangte. Nach Dostojewskis Romanen stellten wir uns die aufgewühlte Gesellschaft Rußlands vor, in der man die Revolution schon grollen hörte. (Noch kämpfte die Oktoberrevolution, als wir diese Romane lasen.) Gleichzeitig stand dann der einzelne Mensch in einem grellen Licht. Er war besonders erhöht in seiner Größe und besonders erniedrigt in seiner Schlechtigkeit und Erbärmlichkeit. Solche Menschen, mit furchtbar auf die Spitze getriebenen Leidenschaften, die auf einen gewaltigen Ausbruch zutrieben, wären im russischen Leben gang und gäbe, so dachten wir. Ihresgleichen gäbe es gar nicht in anderen Völkern. Russische Menschen, sagten wir uns, besäßen solche gewaltigen Leidenschaften, die zu gewaltigen Konsequenzen führten. – Wir verglichen sie mit unseren eigenen bläßlich-kleinbürgerlichen Sippen, die zu keinem starken Gefühl, zu keinem Gefühlsausbruch fähig waren.

»Woher sie kommen, wohin sie gehen«, 1963

24 Parade beim Einzug der französischen Besatzungstruppen im Dezember 1918

Sie sind streng hier mit uns wenn ich persönlich auch nicht klagen kann. Das Gefühl in einer Mausenfalle zu sitzen, die Fremden gleich Heuschrecken wusseln zu sehen, das um 8 Uhr zu Hause sein müssen, die Telefons weggeschnitten zu bekom̄en, all das wirkt wie ein Druck, umsomehr, weil man nicht weiß was der nächste Tag bringt. Meine Einquartierung ist sehr anständig, von all meinen Bekannten besitzen nur wir noch unser Telefon also ich halte aus und durch hörte ich nur von Euch ein Mal …

Was soll ich Euch noch berichten? Netty ist vergnügt, und liest anstatt die Frankfurter »Le Matin« Lutz hat täglich Besuch aber keine Käufer noch, die Ernährung ist noch immer dieselbe, man lebt vom Hamstern aber wir sehen gut aus und fühlen uns gut.

Hedwig Reiling, 22. 12. 1918

Ich will Dir und Euch allen, doch auch einmal auf diesem Wege ein festen, festen Kuß schikken.

Der Franzosentiffel

[Nachsatz von Netty Reiling zu einem Brief ihrer Mutter an deren Mutter Helene Fuld vom 29. Dezember 1918]

25 Umschlag eines Briefes von Hedwig Reiling an ihre Mutter

Ich saß zu Hause in Mainz auf einer Bank am Fluß, und neben mir saßen zwei Weiber und tratschten. Da kam die Rede auf ein Kind, das da auch herumspielte. Es war der einen von einer Verwandten aus Rußland geschickt worden, wo sie doch gerade »diese Revolution« hatten. Und die Frau wunderte sich, wie diese Ideen gleich ansteckend sein müßten, sogar für Kinder. Denn als dieses Kind kürzlich gesehen hatte, wie weiße französische Besatzungsoffiziere einem Negersoldaten eine Tafel Schokolade gegeben hatten, damit er ihnen eine Brücke bewache, sagt doch der Junge: »Der ist schön dumm, daß er ihnen ihre Brücke für eine Tafel Schokolade bewacht.«

Anna Seghers, 1970

Seghers: Wenn Sie mich fragen, lieber Freund Girnus, dann wird es mir ganz besonders schwer, zu antworten. Denn ich kann nicht sagen – ich würde lügen, wenn ich behaupten würde, die Oktoberrevolution hätte sofort auf mein Wissen und Denken usw. eingewirkt. Zuerst einmal, mein Alter ist kein Geheimnis, weder Ihnen noch anderen. [...]
Girnus: Sie waren siebzehn Jahre alt, 1917.
Seghers: Ja, und zwar in einer kleinen Stadt am Rhein. Es hat eine Weile gedauert, bis das Ereignis in verschiedenen Gerüchten, Botschaften und Zungen, wie man so sagt, bis zu mir hinkam. Und derartig widerspruchsvoll und oft sonderbar, daß ich von alleine gar nicht recht daraus klug wurde. Aber sehr schnell habe ich darüber nachgedacht, und sehr schnell war dieses Ereignis für mich verbunden mit einem neuen Begriff, ja, sagen wir es doch ganz einfach, mit einem neuen, starken, unerhörten Begriff von Gerechtigkeit. Ich glaube, so sonderbar es klingt, das war damals das erste vorherrschende Gefühl, als ich noch gar nichts von Politik verstand. Ich hatte zum erstenmal voll und ganz verstanden, noch bevor es mir jemand erklärte, daß es ein Oben und Unten, ein Hoch und Niedrig gibt. Das, was wir heute einfach Klassen nennen, das hatte ich damals in meiner Weise als ganz junger Mensch verstanden.

26 Um 1918

Girnus: Und in welcher Weise hat sich das geäußert?
Seghers: Ich sah jetzt mit wachen Augen, daß es Menschen gab, die schlechter als andere gekleidet waren, daß es Menschen mit schlechten Schuhen gab. Ich scheute mich, bessere Schuhe zu tragen als diese. Ich sah mit erschrockenen Augen, wie man durch die Stadt einen Gefesselten führte, einen Menschen, der gegen weiß der Teufel was revoltiert hatte. Ich wußte ja nicht, warum er von Polizisten durch die Stadt geführt wurde. Ich kann mich aber noch sehr gut an seinen Tonfall erinnern: »Ihr könnt mich wegschleppen, ihr könnt mich fesseln, aber stoßen lasse ich mich nicht«, oder wie man in meiner Muttersprache sagt: »Stumpe laß ich mich nicht!« Das ist sehr, sehr weit weg von diesem mächtigen Ereignis, und es hat für mich doch dazugehört.

Anna Seghers/Wilhelm Girnus, 1967

27 Hedwig und Isidor Reiling etwa 1935 in Mainz

Ob ich mich an meine Großeltern erinnere? An meinen Opa kaum. Meine Oma war vollbusig, mit schlohweißem Haar. Sie strahlte Freude aus. Ich sehe mich als Vierjährige mit ihr in einem dunklen Zimmer ihrer Wohnung, in Regalen lagen Steine verschiedener Formen und Farben, die die Oma sammelte. Mir war nicht ganz geheuer. Erst recht nicht, als meine Großmutter mich bis an die Augen einmummte. In meinen Mund schob sie ein Bonbon, um die kalte Luft nicht reinzulassen. Dann ging ich an ihrer Hand spazieren auf die neblige Kaiserstraße. Jedesmal, wenn ich diese Episode heraufbeschwöre, schließen sich weitere Bilder an: meine Oma geht mit anderen, einen Koffer in der Hand, durch das frühmorgendliche Mainz. Sie steigt in den Güterwagen. Steht sie im dunklen Wagen, oder sitzt sie auf dem Boden, an die Nachbarn gepreßt? Der Zug rattert unendlich in das Unvorstellbare.

Bestimmt verfolgten diese Bilder auch meine Mutter in der zweiten Hälfte ihres Lebens. Wir sprachen nie darüber.

Ruth Radvanyi, 1992

»Im Zuge der praktischen Durchführung der Endlösung wird Europa von Westen nach Osten durchgekämmt.« Stramm und militärisch steht dieser Satz im Protokoll der sog. Wannseekonferenz vom 20. Januar 1942, die von SS-Obergruppenführer Heydrich geleitet wurde. Die bürokratischen Verfahrensregeln werden gleich angefügt: »Wichtige Voraussetzung für die Durchführung der Evakuierung überhaupt, ist die genaue Festlegung des in Betracht kommenden Personenkreises.«

So lief es dann auch vor Ort ab. In Mainz war es genau zwei Monate später soweit, daß die Transportlisten fertig und die Fahrpläne abgestimmt waren, um zunächst 1000 Leute aus Mainz und Hessen, 411 Männer und 589 Frauen, dabei 49 Schülerinnen und Schüler und 28 Kinder nach Piaski bei Lublin abzutransportieren. Nummer 856 auf der Liste dieses ersten Transports war Hedwig Reiling, die einen Monat zuvor ihren 62. Geburtstag hatte. Um den Hals trug sie ein selbstgefertigtes Pappschild mit Namen, Geburtstag und Kenn-Nummer, »in deutlich lesbarer Schrift«, wie es Dr. Achemer Pifrader von der Staatspolizeistelle Darmstadt verfügt hatte.

Ein trauriger Zug war es, der sich in dieser Nacht des Freitag, den 20. März 1942, durch die Bahnunterführung […] in Richtung Güterbahnhof bewegte. Schweigend und langsam ging die Mutter von Anna Seghers mit ihren Leidensgefährten von der Feldbergschule kommend durch die verdunkelte Stadt in die Bahnunterführung […]. »Man geht ja nicht schnell, wenn man Angst hat«, begründet heute eine der wenigen Augenzeuginnen diesen quälenden Anblick der Leute, die da ungeordnet, in Familien und Gruppen, schweigend, in die beinahe vollständig finstere Unterführung gingen […].
Ab und zu wurde das Schweigen roh durch Sicherheitsdienst und Polizei unterbrochen, die z.T. mit einer Reitpeitsche in der Hand, die Leute zur Eile antreiben wollten. Dort, wo die Bahnunterführung in die Mombacher Straße mündet, zeigte sich ein gespenstisches Bild. Eine Verladerampe, gleich gegenüber dem Alten Jüdischen Friedhof, war mit Spezialstrahlern beleuchtet, die durch breite Schirme kein Licht nach oben ließen.

Unter den gespenstischen Strahlern am Güterbahnhof, einen Steinwurf vom Alten Friedhof entfernt, endeten also über 1000 Jahre deutsch-jüdische Geschichte und Kultur in Mainz.

Bruno Lowitsch, 1988

JÜDISCHE GEMEINDE . MAINZ

AUGUSTUSSTRASSE 4

Mainz, den 5. Dezember 1946

Mr.

Dr. L. Radvanyi
Avenida Industria 215

M e x i c o City

Mexico

Bezugnehmend Ihrer Suchanzeige im Aufbau ist Herr Isidor R e i l i n g am 1o. März 194o im Alter von 72 Jahren gestorben und wurde auf dem Jüdischen Friefhof in Mainz beigesetzt.

Herr Hermann R e i l i n g ist am 3o. März 1942 im Alter von 8o Jahren gestorben und ebenfalls auf dem jüdischen Friedhof in Mainz beigesetzt.

Frau Hedwig R e i l i n g kam im Monat März 1942 nach Piaski bei Lublin und ist daselbst verstorben.

Frau Flora R e i l i n g kam im Monat September 1942 nach Theresienstadt und ist daselbst kurz nach Einlieferung gestorben.

Wir bedauern ausserordentlich Ihnen diese traurigen Nachrichten übermitteln zu müssen.

Die Jüdische Gemeinde hat sich im Januar ds.Js. wieder gebildet, nachdem die traurigen Überreste aus den verschiedenen Konzentrationslägern zurückgekehrt sind und werden wir Sorge tragen, daß die Gräber Ihrer Lieben in Ordnung gehalten werden.

Da die Lebensmittellage bei uns sehr schlecht ist, so gestatten wir uns die höfl. Anfrage ab es Ihnen möglich ist mit Hilfe dortiger Hilfsorganisationen uns Lebensmittel zukommen zu lassen, wenn dies Ihnen keine Mühe macht.

Für Ihre große Hilfe sprechen wir Ihnen unseren verbindlichen Dank aus und zeichnen

mit freundlichem Gruß
Jüdische Gemeinde Mainz

Max Waldmann

Vorsitzender

28 Dokument aus dem Jahre 1946

29, 30 Folgende Doppelseite: Deportationsliste vom 20. März 1942 nach Piaski bei Lublin

1	2	3	4	5		6
855	Rector	Walter J.	ledig	19.10.1928 Mainz	Mainz,	Margarethen- gasse 28
856	Reiling geb. Fuld X	Hedwig S. Hausfrau	verw.	21. 2.1880 Frankfurt/M.	"	Taunusstr.31
857	Rosberg geb. Klein	Marie S. Hausfrau	verh.	14. 3.1883 Hagenau	"	Bilhildisstr. 17
858	Rosberg	Fritz J. Arbeiter	ledig	12.10.1920 Krefeld	"	"
859	Rosenberg	Mendel J. Lehrer	verh.	29.10.1886 Turk	"	Steing. 20
860	Rosenberg geb. Fränkel	Anna S. Hausfrau	verh.	23. 9.1889 Mainz	"	"
861	Rosenberg	Erna S. Hausangest.	ledig	15.11.1924 Mainz	"	"
862	Rosner	Hermann J. Gärtner	ledig	4.10.1908 Bad-Nauheim	"	Gonsenheimer- str. 11
863	Rothschild	Jenny S. Kinderpflegerin	ledig	27. 7.1901 Reichelsheim	"	Margarethen- gasse 21
864	Rosenbusch	Siegfried J. Küfer	ledig	23. 4.1904 Mainz	"	Rosengasse 7
865	Rosenbusch	Albert J. Kfm.	verh.	28.11.1905 Mainz	"	"
866	Rosenbusch geb. Fröhlich	Erna S. Hausfrau	verh.	12. 2.1915 Gauersheim	"	"
867	Rosenthal	Albert J. Bankbeamter	verh.	29. 7.1880 Mainz	"	Horst Wessel- str. 31
868	Rosenthal geb. Rosenthal	Recha S. Hausfrau	verh.	30. 6.1898 Ober-Seemen	"	"
869	Rosenthal	Robert J. Kfm.	verh.	28. 3.1888 Limburg	"	Zanggasse 21
870	Rosenthal geb. May	Emilie S. Schneiderin	verh.	25.12.1894 Wöllstein	"	"
871	Salomon geb. Bär	Anny S. Hausfrau	verw.	2. 8.1888 Wiesbaden	"	Kaiserstr.53
872	Salomon	Karl J. Weinhändler	verw.	4. 1.1881 Mainz	"	"
873	Säbel	Salomon Lehrer	ledig	19.11.1900 Podgorze	"	Seilergasse 13

1	2	3	4	5	6
874	Selig	Berthold J. Viehhändler	verh.	18. 2.1878 Hechtsheim	Mainz, Adam Karril- lonstr. 54
875	Selig geb. Hirsch	Margarethe S. Hausfrau	verh.	21. 1.1879 Büttelborn	" "
876	Loeb *an Stelle von* geb. Bockmann *Selig, Recha*	Johanna S. Hausfrau	verw.	21. 1.1883 Oppenheim	" Kaiserstr.32
877	Sender	Gustav J. Kfm.	verh.	6. 4.1884 St. Wendel	" Kaiserstr.53
878	Sender geb. Wolf	Betty S. Hausfrau	verh.	22. 5.1885 Nackenheim	" "
879	Sichel	Gustav J. Kfm.	verh.	15. 3.1878 Langenberg	" Kaiserstr.21
880	Sichel geb. Oppenheimer	Lucie S. Hausfrau	verh.	14. 5.1890 Camberg	" "
881	Sichel X	Johanna S. Lehrerin	ledig	5. 4.1879 Mainz	" Taunusstr.31
882	Simon	Benno J. Kfm.	verh.	20. 9.1878 Cochem	Mainz-Bretzenheim, Wilhelmstr. 55
883	Simon geb. Blumenthal	Fanny S. Hausfrau	verh.	1.11.1887 Marktheidenfeld	" "
884	Simon	Elisabeth S. Hausangest.	ledig	14.11.1914 Vendersheim	Mainz, Hindenburg- str. 40
885	Simon	Berthold J. Kfm.	ledig	20. 7.1902 Mainz	" Taunusstr.45
886	Simon	Klara S. Krankenpflegerin	ledig	14. 7.1883 Gensingen	" Margarethen- gasse 19
887	Simon	Martha S. Hausfrau	ledig	2.10.1884 Gensingen	" "
888	Simon	Rosa S. Näherin	ledig	15. 1.1890 Gensingen	" "
889	Sommer	Friedrich J. Bankbeamter	ledig	9. 2.1908 Ludwigshafen	" Steing. 20
890	Sussmann	Jakob J. Kellner	verh.	17. 2.1908 Mainz	" Kaiserstr.53
891	Sulzbach	Alfred J. Kfm.	verh.	7. 9.1877 Hungen	" Neubrunnen- str. 23

Heidelberg und Köln 1920–1925

1920 Studienbeginn an der Universität Heidelberg

1921 Netty Reiling geht für zwei Semester an die Universität Köln

1923 Höhepunkt der Inflation
Im Dezember wird die stabile Rentenmark eingeführt

1924 Promotion zum Dr. phil.
Literarisches Debüt mit »Die Toten auf der Insel Djal. Eine Sage aus dem Holländischen«

Wenn von Anna Seghers die Rede ist, muß ich an Netty Reiling denken: denn diese kannte ich (die Anna Seghers ist mir dann, leider, nie mehr in persona begegnet), ja ich kenne sie noch, ich sehe sie so genau, als hätte ich sie damals, im Sommer des Jahres 1920 zu Heidelberg, gemalt und das Bild aufbewahrt.

Das ist merkwürdig und setzt mich in Erstaunen, denn die meisten der vielen jungen Menschen, mit denen man damals hin und wieder zusammentraf, habe ich vergessen. Und es deutete bei der jungen Studentin der Kunstgeschichte aus Mainz, wie sie manchmal in ihrem Sommerkleidchen bei uns erschien, nichts darauf hin, daß sie eine Gestalt im literarischen Panoptikum, ja eine Zelebrität werden würde, die man nicht zu vergessen hat. Ich selbst war in diesem Sommer vollauf mit zwei Versuchen beschäftigt, die beide schief gingen und von denen ich doch keinen missen möchte: der eine war meine Ehe mit der Jugendliebe Annemarie Ganz. [...]

Netty Reiling war, wenn auch etwas jünger, eine Schulfreundin von Annemarie, sie hatten beide am Mainzer Realgymnasium das Abitur gemacht, sie kamen beide, in verschiedenen Jahrgängen, nach Heidelberg, um dort Kunstgeschichte zu studieren. Und beide arbeiteten sie im kunstgeschichtlichen Seminar des Doktor Wilhelm Fraenger. [...]

Auch nahmen wir Netty Reiling gelegentlich zu jenen beschwingten Abenden im Gasthaus Wolfsbrunnen mit, die von Fraenger und dem Kreis seiner musisch gestimmten Adlaten veranstaltet wurden, von denen ich selbst einer der getreuesten war.

In Fraengers refektorienartigem Studio aber, das gewiß auch Netty Reiling besucht hat, hing der berühmte, flechtenkranke Baum des Malers Hercules Seghers, der für unsere Generation eher der Zeitgenossenschaft van Goghs als der Rembrandts anzugehören schien – und im gleichen Jahr arbeitete Fraenger an seiner Schrift: »Die apokalyptische Landschaft des Hercules Seghers«. Teile davon lernten wir in seinen Vorträgen kennen.

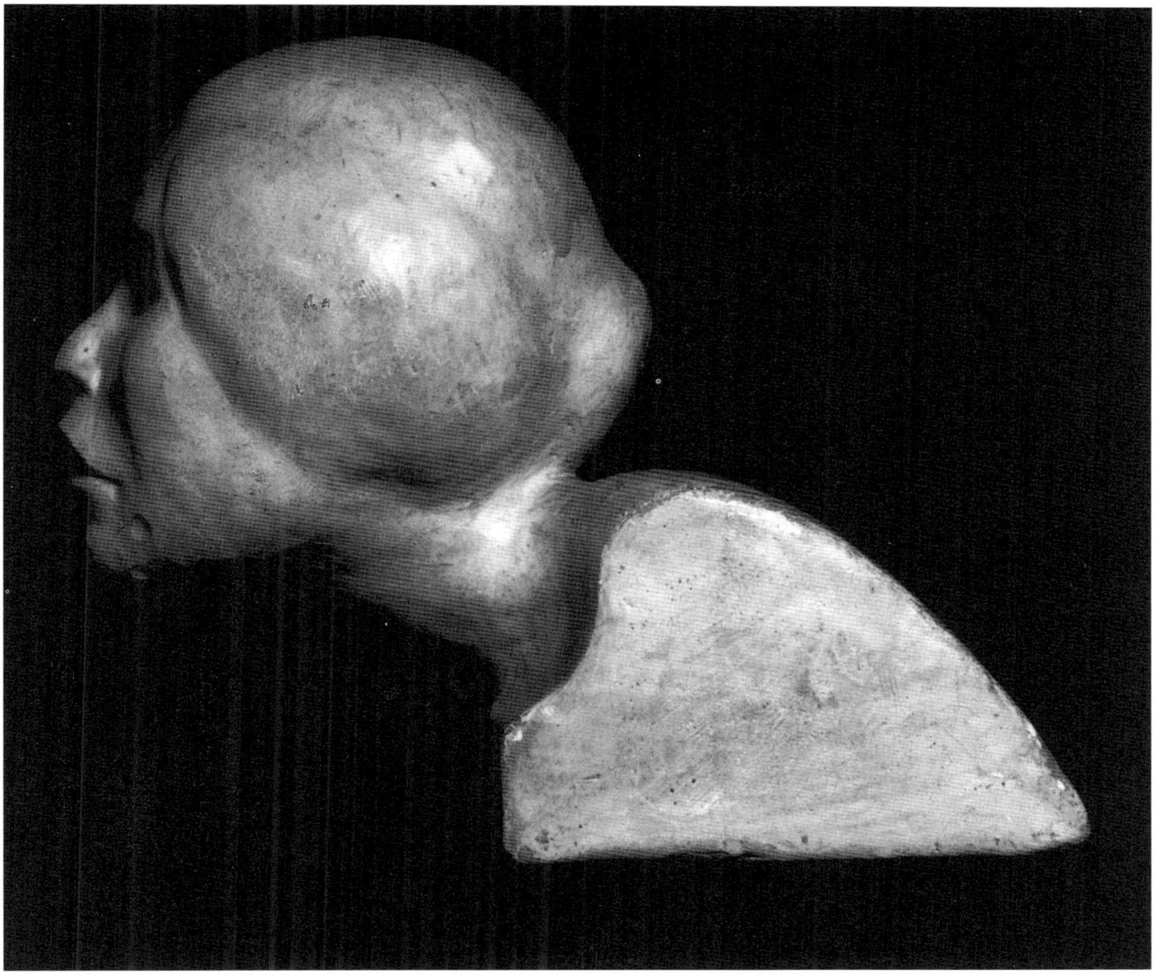

Ich habe, wie schon erwähnt, Anna Seghers später nie mehr getroffen, und konnte meine Vermutung nicht bestätigen, daß die Patrone ihres Nom de guerre Hercules Seghers und Fraenger heißen …

Sie selbst war damals sehr still, von freundlicher Zurückhaltung, fast schüchtern und – wie läßt sich das sagen – in einer ganz unkonventionellen Weise »hübsch und schön« (so sagt es Thomas Mann von dem jungen Joseph). Die Augen, achatbraun, verbargen ihre Klugheit hinter einem immer etwas kindlich-erstaunt wirkenden, manchmal auch etwas schläfrigen Ausdruck. »Sie hat die Grazie einer javanischen Tempeltänzerin«, sagte Fraenger, »welche sich ausruht.« Vielleicht ruhte sie sich damals wirklich aus – für strengeres Beginnen.

Carl Zuckmayer, 1973

31 Peter Metz, Mainz: Kopf 1920

32 Exlibris

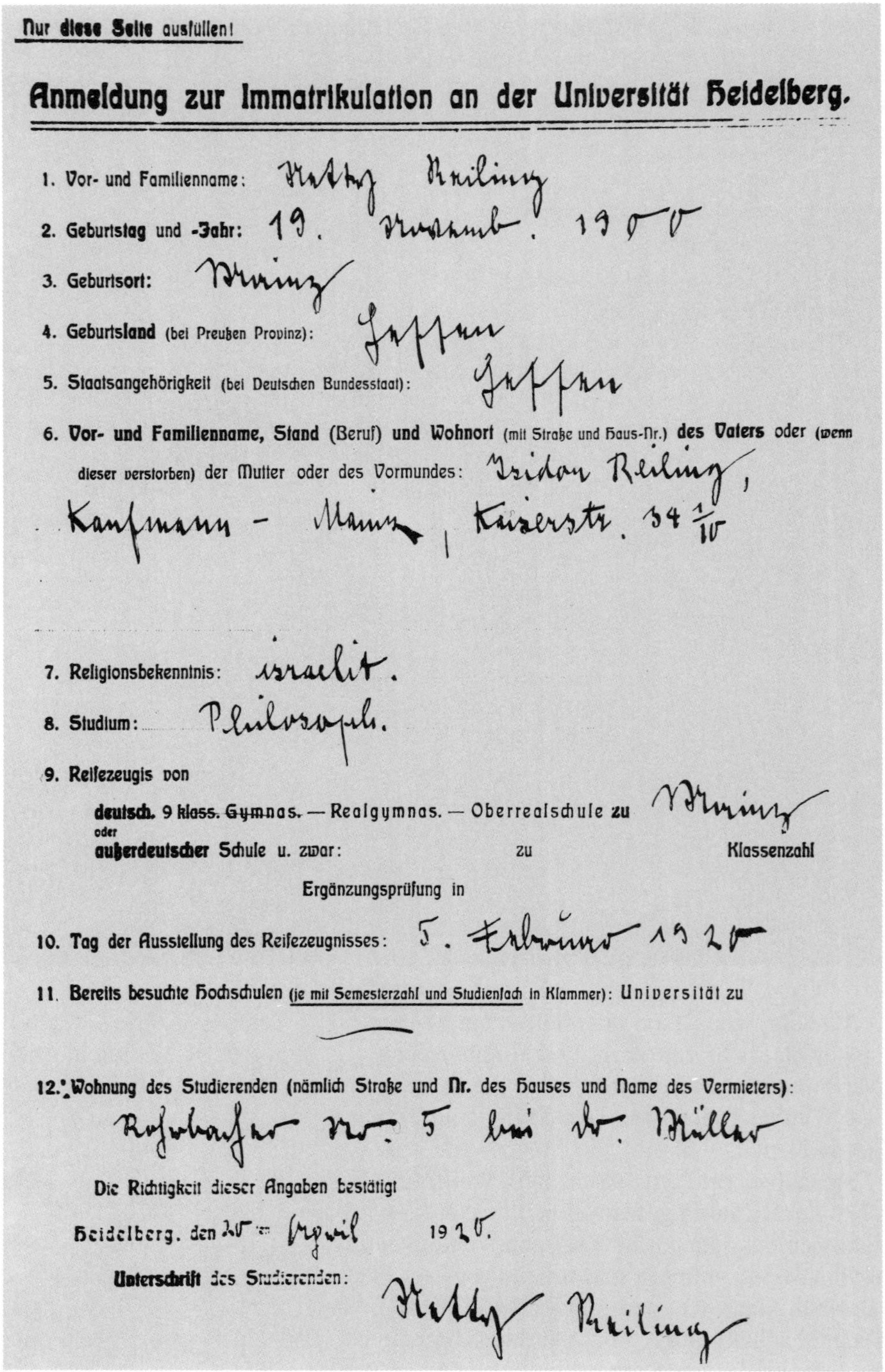

Nur diese Seite ausfüllen!

Anmeldung zur Immatrikulation an der Universität Heidelberg.

1. Vor- und Familienname: Netty Reiling
2. Geburtstag und -Jahr: 19. November 1900
3. Geburtsort: Mainz
4. Geburtsland (bei Preußen Provinz): Hessen
5. Staatsangehörigkeit (bei Deutschen Bundesstaat): Hessen
6. Vor- und Familienname, Stand (Beruf) und Wohnort (mit Straße und Haus-Nr.) des Vaters oder (wenn dieser verstorben) der Mutter oder des Vormundes: Isidor Reiling, Kaufmann – Mainz, Kaiserstr. 34 1/10
7. Religionsbekenntnis: israelit.
8. Studium: Philosoph.
9. Reifezeugnis von

   deutsch. 9 klass. ~~Gymnas.~~ — Realgymnas. — Oberrealschule zu Mainz
   oder
   außerdeutscher Schule u. zwar: zu Klassenzahl

   Ergänzungsprüfung in
10. Tag der Ausstellung des Reifezeugnisses: 5. Februar 1920
11. Bereits besuchte Hochschulen (je mit Semesterzahl und Studienfach in Klammer): Universität zu —
12. Wohnung des Studierenden (nämlich Straße und Nr. des Hauses und Name des Vermieters): Rohrbacher Nr. 5 bei Dr. Müller

Die Richtigkeit dieser Angaben bestätigt

Heidelberg, den 20ten April 1920.

Unterschrift des Studierenden: Netty Reiling

33 Anmeldeformular, ausgefüllt von Netty Reiling

Roscher: Weshalb hast du gerade Kunstgeschichte und Sinologie studiert?
Seghers: Auch Geschichte.
Roscher: Jedenfalls nicht Germanistik.
Seghers: Dafür gab's einen einfachen Grund. Ich hatte schon als ganz junges Ding eine große Liebe zur Malerei und zur Baukunst. Das hing aber nicht mit Elternhaus und Erziehung zusammen, wie manche denken, sondern mit meiner regen Phantasie. Ich habe, wenn ich ein Bauwerk aus der Römerzeit sah, nicht nur an die Geschichte gedacht, sondern ich erdachte sofort auch Geschichten, ich erlebte diese Geschichten in meiner Phantasie, ich erregte mich, und ich war enttäuscht, daß es meinen Freundinnen nicht so erging wie mir. Ich kam regelrecht ins Spinnen. Oft war ich im Dom – aber nicht, weil mein Vater dort immerfort zu tun gehabt hätte, man kannte mich, da war es mir erlaubt, in den Gewölben herumzustreichen. Vor allem die Grundmauern haben mich fasziniert, die zum Teil aus römischer Zeit stammen, denn da waren ganz merkwürdige Risse. Dieses große, schwere Bauwerk stand schon Jahrhunderte auf rissigen Grundpfeilern! Und wenn ich heute an den Dom denke, denke ich an diese merkwürdige Besonderheit. Ich bin froh, wenn ich solch eine Besonderheit entdecke, an der man sich entzünden kann.

Natürlich kam ich durch meinen Vater mehr als andere mit Kunstwerken in Verbindung, auch hatten wir zu Hause Bücher über Malerei und Baukunst, denn mein Vater war ja Kunsthändler. Ich las ab und zu auch in solchen Büchern, aber meine Neigung zur Kunst und Kunstgeschichte kam nicht daher.
Roscher: Und wie kamst du auf Sinologie?
Seghers: Ich war der irrigen Ansicht, ich könnte schnell lernen, Texte auf alten chinesischen Bildwerken zu entziffern. So naiv war ich. Nach und nach begann ich mich für chinesische Geschichte zu interessieren, auch für chinesische Kunst. Allmählich fand ich überhaupt Interesse an ostasiatischer Kunst.
Roscher: Hat dies auch mit einer Anti-Winckelmann-Einstellung zu tun? Ich meine eine Äußerung von dir, die dies andeutet, gehört zu haben.
Seghers: Die einseitige Orientierung auf Winckelmann hat unserer Kunstauffassung nicht genützt. Aber in einen Kreis, der extrem gegen diese Spätantike-Ansichten eingestellt war, kam ich erst, als ich nach dem Studium in Köln arbeitete. Es waren vor allem Leute vom Ostasiatischen Institut, deren Position mir seinerzeit sehr zusagte, wobei ich aber gleich ein-

34 Ansichtspostkarte: Heidelberg heute

schränken muß, daß ich noch keine wirklich begründeten wissenschaftlichen Ansichten hatte. Noch als Studierte war ich ein sehr kindliches Wesen; ich war viel kindlicher, als ich hätte meinem Alter nach sein dürfen.
Roscher: Ein Enfant terrible?
Seghers: Schrecklich muß ich gewesen sein. Ich wollte überhaupt nur studieren, weil ich fürchterliche Angst hatte, in dem Nest Mainz hängenzubleiben.
Roscher: Bist du zum Schreiben gekommen, um ein Gegengewicht zu deinem Studium, das mit Literatur wenig zu tun hatte, zu erhalten? Oder hat es dich mehr am Schreiben gehindert?
Seghers: Mein Studium interessierte mich so sehr, daß es mich ganz absorbierte. Aber meine Phantasie arbeitete und arbeitete, produzierte jedoch nichts. Als ich dann eines Tages zu schreiben anfing, brach's wie ein Sturzbach aus mir heraus: ich schrieb, studierte, schrieb, studierte – wie 'ne Verrückte, das ging bis zur Erschöpfung. Da merkte ich, daß beides nicht lange durchzuhalten war, ich entschied mich fürs Schreiben.
Roscher: Aber du hast alle Examen gemacht, hast promoviert, …
Seghers: Ja, aber so so.
Roscher: Wurdest du bei der Entscheidung, literarisch zu schreiben, auch von Freunden beeinflußt? Gab es literarische Kreise, in denen du verkehrtest?
Seghers: Alle meine Freunde waren an Literatur, an Kunst überhaupt sehr interessiert, aber sie schrieben nicht im literarischen Sinne, wie ich es ab und zu tat. Gedrängt hat mich keiner, manche haben gar nicht gewußt, daß ich literarische Versuche mache. Ich habe meine ersten Sachen unter einem Pseudonym gedruckt; mein jetziger Name ist doch ein Pseudonym, zuerst wußte niemand, wer sich dahinter verbirgt. Manchmal habe ich auch Manuskripte ganz beiläufig herumgehen lassen, um die Reaktionen zu sehen. Ich war mir meiner Sache keineswegs sicher. Damals war ich mit einem Sinologen gut befreundet, dessen Urteil war für mich wichtig. Er brachte mich auch mit jungen Menschen aus anderen Ländern in Verbindung, mit Studenten, die ihrer politischen Gesinnung wegen ihre Studien in ihren Heimatländern nicht beenden konnten oder die mit ihren Eltern immigriert waren.
Roscher: Hast du da auch deinen späteren Mann kennengelernt?
Seghers: Ungefähr zu dieser Zeit, aber ich wußte natürlich noch nicht, daß er mein Mann werden könnte. Wir hatten uns nur ab und zu mal gesehen, ohne sonderlich Notiz voneinander genommen zu haben.

Anna Seghers/Achim Roscher, 28. April 1973

35 Netty Reiling, um 1920
36 Netty in ihrem Studierzimmer

Jetzt liest und hört man oft von Philipp Schaeffer, dem Sinologen in der Schulze-Boysen-Gruppe. Sein Mut, seine Unbeirrbarkeit, seine erste und seine zweite Verhaftung. Seine Enthauptung.

Ein französischer Dichter schreibt: »Laßt das Frohe, das Sonderbare nicht aus, wenn ihr ein Heldenleben beschreiben wollt, damit es uns naherückt, uns Unheldischen.«

Schaeffer und ich, wir lernten uns kennen in dem Sinologischen Institut der Universität Heidelberg. Sein Talent für ostasiatische Sprachen kam mir erstaunlich vor. Mein eigenes Fach war Kunstgeschichte, besonders, zu jener Zeit, ostasiatische. Ich glaubte, ich könnte schnell lernen, die Inschriften auf alten chinesischen Bildwerken zu entziffern. So wurden wir Studienfreunde.

Es war in der Zeit nach dem ersten Weltkrieg. Besatzung. Inflation. Das Essen auf der Mensa war mager und schlecht für jeden Studenten. Das Geld, das die Familien schickten, war, bis es ankam, Papiermillionen und nichts mehr wert. Schaeffer hatte keine Familie, die ihm etwas schickte. Er war interniert gewesen im Krieg in Rußland, mit seinem Vater, einem deutschen Beamten in Petersburg. Jetzt ging er in den Steinbruch arbeiten, um für sein Sprachstudium Geld zu verdienen. Vor einem Fest legte er stundenlang die zerschundenen Hände in warmes Seifenwasser. Er blieb aber immer aufgelegt zu Festen. Er war immer gleichmütig, gut gestimmt.

37, 38 Netty Reiling in einem ostasiatischen Kostüm

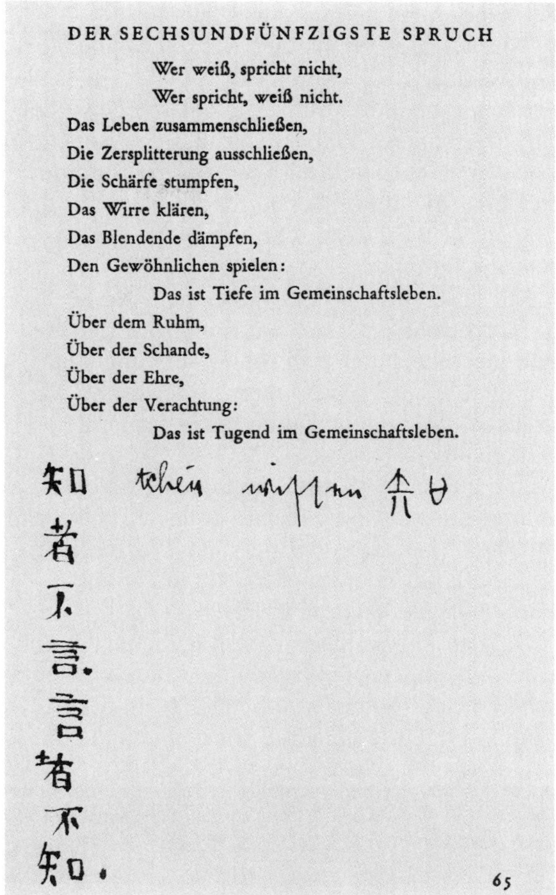
DER SECHSUNDFÜNFZIGSTE SPRUCH

Wer weiß, spricht nicht,
Wer spricht, weiß nicht.
Das Leben zusammenschließen,
Die Zersplitterung ausschließen,
Die Schärfe stumpfen,
Das Wirre klären,
Das Blendende dämpfen,
Den Gewöhnlichen spielen:
Das ist Tiefe im Gemeinschaftsleben.
Über dem Ruhm,
Über der Schande,
Über der Ehre,
Über der Verachtung:
Das ist Tugend im Gemeinschaftsleben.

知者不言。言者不知。

65

39 Aus: »Die Bahn und der rechte Weg des Lao-tse. Der chinesischen Urschrift nachgedacht von Alexander Ular«, Leipzig 1917, mit Schriftzeichen von Netty Reiling

Ich höre den baltischen Tonfall seiner Stimme, wenn er, halb sich selbst, halb für mich, aus einem chinesischen Text zitierte: »Schon lange ist mir nicht mehr der Fürst von Tschou im Traum erschienen. Es geht mit mir zu Ende. Erh-I. Und damit basta.« – »Das ist einer der letzten Sätze, die Konfuzius gesagt haben soll«, lehrte mich Schaeffer. »Der Geist von Tschou war nämlich der Geist der Inspiration.«

Wir beide, Schaeffer und ich, waren nicht für Konfuzius mit seiner feudalistischen Staatsmoral, sondern für Laotse. Wir glaubten zu verstehen, was Laotse verstand unter seinem großen Tao, mit seinem Leitsatz »Tun durch Nichttun«. Das Original, wenn es ein solches gab, war dunkel und in der Übersetzung noch dunkler – doch wurde es aufgeblendet durch das, was ich darunter verstand oder vielmehr Schaeffer daraus entnahm. In unserem Institut war nie die Rede von dem zeitgenössischen China. Kenntnisse über Sun Yat-sen und seine drei Volksprinzipien verschafften wir uns allein. Die Zeitungen hatten nur hie und da eine Zeile frei für die Machtkämpfe chinesischer Generäle, denn alle Zeitungen waren überbesetzt von den Ereignissen in Deutschland und Europa zu Beginn der zwanziger Jahre. […]

So ausgehungert war Schaeffer, daß ich ihn zu meinen Eltern schickte, um ihn herauszufuttern. Abends in ihrer Wohnung erzählte er ihnen hundert Geschichten von seinen Reisen und seinen Berufen. Auch Schiffsjunge war er gewesen. Einmal kam das Hausmädchen schreiend gerannt. »Er ist über und über tätowiert!«

Ich studierte zwischendurch in Köln, und ich lernte dort am Ostasiatischen Museum. Köln war damals englisch besetzt. Es war schwer gewesen, ein Zimmer zu finden, ich nahm, was ich fand, obwohl es dunkel und schmutzig war. Einmal schrieb ich Schaeffer: »Ich hab hier Angst.« Plötzlich kam er mit einem Revolver, den ihm ein Freund geliehen hatte. Ich war aber weder von Räubern noch von den Soldaten bedroht – die Wohnung wimmelte von Mäusen. »Also, dann kein Revolver, sondern Kamille und Sägespäne in jedes Mauseloch. Das hassen die Mäuse.« Schaeffer verstand sich auch darauf.

Sorglos, offenherzig waren wir damals. Wie waren wir bereit, uns zu freuen! Wir fanden immer etwas zum Freuen, trotz der bedrohlichen Zeit, trotz aller Bedrängungen.

In schönen chinesischen Schriftzeichen schrieb mir Schaeffer als Geschenk zum Doktorat eins meiner Lieblingsmärchen auf Seidenpapier. »Das Wandbild«. Es ist einer alten chinesischen Märchensammlung entnommen.

Die Sammlung heißt »Liao-Chai-Chih-I« – (»Wunderbare Geschichten aus der Studierstube ›Zuflucht‹«) […]

Ich war beim Studium bald bekanntgeworden mit Emigranten, die nach der blutigen Reaktion und Verfolgung in ihren Ländern das Studium in Deutschland beendeten. Sie öffneten mir die Augen für viele politische Vorgänge, für den Klassenkampf.

Mit unseren Familien waren wir, sowohl Schaeffer wie ich, nach Berlin gezogen. Wir sahen uns manchmal – an seine Wohnung kann ich mich nicht mehr erinnern. Auch nicht, wann er seine Stellung als Bibliothekar fand. Die Arbeitslosigkeit war eine Seuche. SA und SS waren einmal verboten, dann wieder tauchten braune und schwarze Flecke in der Bevölkerung auf. Der Machtantritt Hitlers, das Naziregime setzte ein mit dem Reichstagsbrand – und Dimitroffs Rede vor dem Reichsgericht.

Da man in unruhigen Zeiten manchmal nicht weiß, ob ein Zusammensein das letzte ist, nahm ich keinen Abschied von Schaeffer. In der Emigration erhielt ich einen Brief von einem Gefängnispfarrer aus dem Zuchthaus Luckau. Er bat mich, ihm mein chinesisches Wörterbuch zu schicken, der Gefangene Philipp Schaeffer würde sich damit freuen, und es könnte sein Leben erleichtern. Schaeffer war 1935 zu fünf Jahren verurteilt worden wegen Vorbereitung zum Hochverrat.

Ich hörte kein Wort mehr, weder von dem Pfarrer noch von Schaeffer selbst. Auf vielen Umwegen fuhren wir später nach Mexiko. Als ich nach dem Ende des Krieges nach Berlin zurückkam, war ich so gut wie überzeugt, Schaeffer schnell zu finden. Mich leitete eine Gewißheit, eine sinnlose, wie ich bald merkte, Philipp Schaeffer würde mir beistehen in dieser zertrümmerten Stadt, unter ihren verwirrten Menschen. Ich fand aber nirgends seine Spur.

Zufällig erzählte mir eines Tages Günther Weisenborn von dem Schulze-Boysen – Harnack-Prozeß. Ich fragte ihn aufs Geratewohl nach Philipp Schaeffer. Da erfuhr ich, die Nazis hatten ihn enthauptet.

»Erinnerungen an Philipp Schaeffer«, 1975

40 Philipp Schaeffer, wahrscheinlich 1930 in Berlin

41 Durchgang vom Kunstgewerbemuseum zum Museum für Ostasiatische Kunst in Köln

MUSEUM FÜR
OSTASIATISCHE KUNST
SAMMLUNG ADOLF FISCHER
1 9 1 3

Der weiße Terror hatte die erste Welle der Emigration durch unseren Erdteil gespült. Und seine Zeugen, erschöpft von dem Erlebten, doch ungebrochen und kühn, uns überlegen an Erfahrungen, auch an Opferbereitschaft im großen und Hilfsbereitschaft im kleinen, waren für uns wirkliche, nicht beschriebene Helden. Wir waren um so feinhöriger, als Deutschland selbst noch von Aufständen zerwühlt war, von den Spartakuskämpfen bis zu den Hamburger Barrikaden. Die Interventionskriege gegen die junge Sowjetunion wurden von der Roten Armee gestoppt.

Vorwort zur 2. Auflage der »Gefährten«, 1949

Laszlo Radvanyi – im späteren Johann-Lorenz Schmidt – gehörte zur dritten Generation des sog. »Sonntagskreises«, zu den »Knaben«, zu denen u.a. auch Charles de Tolnay, Tibor Gergely und György Káldor gehörten. Er wurde am 13. Dezember 1900 geboren als Sohn einer Kleinbürgerfamilie in leidlich guten Verhältnissen. 1918 bestand er das Abitur mit vortrefflichem Ergebnis in einer Realhauptschule in Budapest, in der Markógasse. Bereits in den unteren Klassen zeichnete er sich durch außerordentlichen Fleiß, durch eine besondere Gabe fürs Schreiben und Vortragen aus. [...] Noch nicht ganz 17jährig begann er, zusammen mit den anderen »Knaben«, den Sonntagskreis und die Vorträge der aus dem Kreis hervorgegangenen Freien Schule der Geisteswissenschaften systematisch zu besuchen. Was er dort als »Reisezehrung« erhielt, begleitete ihn, wie er in seinen Erinnerungen betont, selbst in die Emigration. Als großen Gewinn seines Lebens schätzte er die Freundschaft ein, die mit den Mitgliedern des Sonntagskreises, vor allen mit Georg Lukács und Karl Mannheim zustande kam.

In den Tagen der Räterepublik schaltete er sich aktiv in die kommunistische Studentenbewegung ein, nach ihrem Sturz entschied er sich freiwillig für die Emigration. In Wien verbrachte er eine kurze Zeit, besuchte auch die Zusammenkünfte der Mitglieder des Sonntagskreises, reiste jedoch bereits im Frühjahr 1920 nach Heidelberg, um dort an der Philosophischen Fakultät der Universität zu immatrikulieren. Die Doktorarbeit reichte er Anfang 1923 ein; sie wurde günstig aufgenommen.

Eva Gabor, 1985

Wir sahen, daß in der passiven Periode des Chiliasmus die Menschen alles von dem kommenden Erlöser erwarteten, ihm die Verwirklichung der Erlösung vollkommen überlassend. In der darauffolgenden, aktiven Periode der Entwicklung der chiliastischen Idee übernahm der Mensch einen Teil der Erlösungsarbeit, indem er den negativen, destruktiven Teil der Erlösungsaktion, die Vernichtung des Bösen: die Läuterung, selbst vollbringen wollte, und von der Gottheit nur die vollendende Beendigung seiner Erlösungsarbeit erwartete. Was geschieht aber, was für Möglichkeiten entstehen dann, wenn der chiliastische Mensch das *ganze* Werk der Erlösung für sich vindiziert, wenn er von der Gottheit nichts mehr erwartet, sondern die *gesamte* Erlösungsarbeit, sowohl die Destruktion, die Vernichtung des Bösen, wie die Konstruktion, die Verwirklichung des Guten, *selbst* vollbringen will? [...] Und in der Gedankenwelt des Bolschewismus können wir tatsächlich solche Züge finden, die einem solchen, von religiösem Standpunkt aus »dämonischen«, »gottlosen« Chiliasmus (einem, Gott ausschaltenden, und alles nur von menschlichem Handeln erwartenden, Verwirklichen-Wollen der absoluten Postulate in der gegenwärtigen empirischen Welt) entsprachen. Auch im Bolschewismus handelt es sich um den Angriff einer wahrheitsbewußten Minderheit auf die empirische Welt, um die Verwirklichung ihrer Postulate in ihr mit Gewalt zu erzwingen.

Laszlo Radvanyi, Dissertation, 1923

42 Laszlo Radvanyi etwa 1920

43, 44 Der zwölfjährige Jesus im Tempel.
Radierungen von Rembrandt

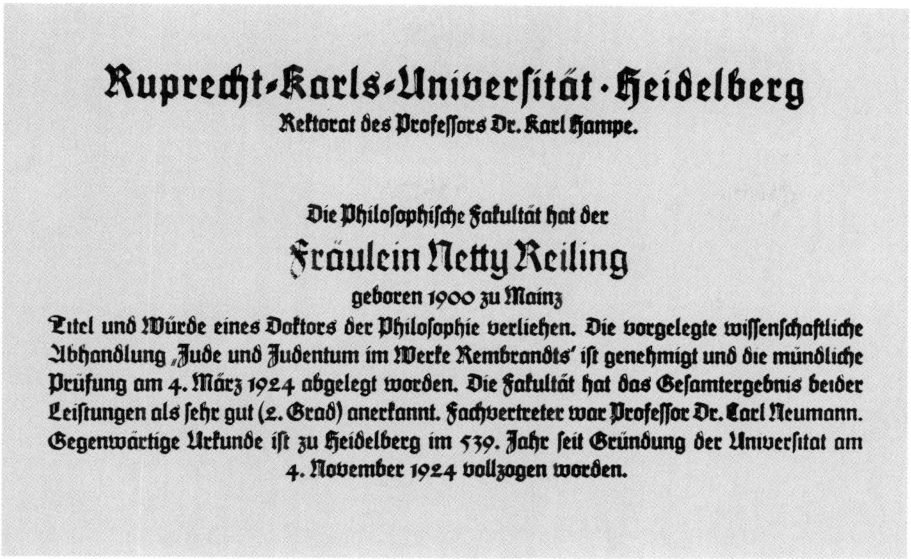

Ruprecht-Karls-Universität · Heidelberg

Rektorat des Professors Dr. Karl Hampe.

Die Philosophische Fakultät hat der

Fräulein Netty Reiling

geboren 1900 zu Mainz

Titel und Würde eines Doktors der Philosophie verliehen. Die vorgelegte wissenschaftliche Abhandlung „Jude und Judentum im Werke Rembrandts" ist genehmigt und die mündliche Prüfung am 4. März 1924 abgelegt worden. Die Fakultät hat das Gesamtergebnis beider Leistungen als sehr gut (2. Grad) anerkannt. Fachvertreter war Professor Dr. Carl Neumann. Gegenwärtige Urkunde ist zu Heidelberg im 539. Jahr seit Gründung der Universitat am 4. November 1924 vollzogen worden.

45 Promotions-urkunde

In unserem Seminar gab es natürlich viel Material, darunter Bände von Kopien der Rembrandt-Zeichnungen, die mich damals mehr interessierten als die Bilder. Indem ich das deutsche und holländische Material mit den Zeichnungen verglich, konnte ich sehen, daß ungefähr um dieselbe Zeit sowohl eine spanische Emigration (und diese wird meist behandelt) in Amsterdam, in dem calvinistischen Land – wie es bekannt ist, waren die Calvinisten ganz besonders dem Alten Testament zugetan – wie auch die damals aus Polen vertriebenen Juden Zuflucht fanden.

Nun, in den Zeichnungen Rembrandts waren die beiden Typen sehr leicht erkennbar. Die sephardischen, die spanischen Juden, waren mit dem Adel oft so stark vermischt, daß die Regierung schließlich Untersuchungen verboten hat, obwohl sie die Sephardim [aus Spanien] vertrieben hat und ihr Vermögen beschlagnahmt. Die polnischen Juden waren Getto-Juden und wahrscheinlich verlockend für Rembrandt durch ihr bizarres und ärmliches Wesen.

Mein damaliger Lehrer, Prof. Robert [richtig: Carl] Neumann, hat sich für meine etwas merkwürdige Thematik interessiert und die Doktorarbeit über diesen Stoff angenommen.

Anna Seghers an Fritz Stein, 4. April 1974

Aus solchen Beispielen, die den verschiedensten biblischen Stoffen entnommen sind, zeigt sich auch, wie wenig Rembrandts Vorstellung von Judentum an die Vorstellung eines alttestamentarischen Judentums gebunden ist. Das Judentum hat nicht, wie wohl bei den meisten seiner Zeitgenossen, Gelehrten oder Künstlern, für ihn seine Bedeutung durch die Wirkung eines bestimmten, seiner religiösen oder kulturellen Lage entsprungenen Gedankenganges, sondern es hat für den Künstler einen nur für ihn, Rembrandt, charakteristischen Eigenwert, den er zuerst in der Realität entdeckt, und zwar in einer für die Blicke seiner meisten Zeitgenossen eindruckslosen und verschlossenen Umwelt. Erst späterhin verflicht er dieses ihm in seiner Kraft und Besonderheit des Ausdrucks willkommene Judentum in seine religiöse Darstellung.

»Jude und Judentum im Werke Rembrandts«, Dissertation, 1924

Roscher: Welche Schreibversuche lagen zwischen den Lackbildtexten und deiner ersten gedruckten Erzählung, »Grubetsch«?
Seghers: Auch Geschichten; eine wurde schon gedruckt.
Roscher: Wo?
Seghers: In einer Zeitung. Ich schrieb sie, als ich mit meiner Dissertation anfing.
Roscher: Wovon handeln diese Geschichten?
Seghers: Von einer hab ich ja schon mal erzählt. [»Die Toten auf der Insel Djal«] In ihr gab es eine Hauptfigur, die hieß Jan Seghers. Diese Erzählung hatte ich als eine Geschichte aus meiner Familie angelegt; ich schrieb darum auch in der ersten Person. Weil ich der Figur einen Namen geben mußte, der holländisch klingen sollte, kam mir der Name Seghers in den Sinn, er gefiel mir. Und da lag es nahe, daß ich mich als erzählende Nachfahre dieses Mannes ebenfalls Seghers nannte.
Roscher: Aber auf diesen Namen warst du doch bei deinen kunstwissenschaftlichen Studien gestoßen.
Seghers: Vielleicht, daß Hercules Seghers mal von Wilhelm Fraenger oder – wahrscheinlicher – von Carl Neumann erwähnt worden war, bei beiden hörte ich. Aber ich wußte damals bestimmt nicht viel über den Radierer, das eine oder andere Blatt hatte ich sicherlich gesehen; und da wird mir – Situation eines Moments – die Idee gekommen sein, ihn auf diese Weise wieder in Erinnerung zu rufen. Allerdings führte ich noch etwas im Schilde. Ich fand diese Weise geeignet, mich bei meinen Freunden bemerkbar zu machen – aber eben nicht direkt. Dieser Name ist so ungewöhnlich, der mußte auffallen, wenn er plötzlich über einer Erzählung in der Zeitung erscheint. Andererseits konnte ich mich auch hinter ihm verbergen.
Roscher: Gab es wichtige Kritiken zu diesen ersten Veröffentlichungen?
Seghers: Ich glaube nicht.

Anna Seghers/Achim Roscher, 1. Juli 1976

46 Illustration von Stephan Köhler (1985) zu »Die Toten auf der Insel Djal«

47 Netty Reiling vor ihrem Studentenquartier in Heidelberg, Goethestr. 8, bei Dr. Müller, 1925

Berlin 1925–1933

1925 Eheschließung mit Dr. phil. Laszlo Radvanyi
Übersiedlung nach Berlin

1926 Geburt des Sohnes Peter

1927 Die Erzählung »Grubetsch« erscheint in Fortsetzungen in der »Frankfurter Zeitung und Handelsblatt«

1928 Geburt der Tochter Ruth
»Aufstand der Fischer von St.Barbara«, Erzählung
Kleistpreis
Mitglied der KPD und des Bundes proletarisch-revolutionärer Schriftsteller

1929 Beginn der Weltwirtschaftskrise

1930 Erste Reise in die Sowjetunion.
Erster Erzählungsband »Auf dem Wege zur amerikanischen Botschaft und andere Erzählungen«

1932 »Die Gefährten«, Roman

Ich zog nach dem Studium zu meinem Mann nach Berlin. Ich schrieb die Novelle »Aufstand der Fischer von St.Barbara«, für die ich zusammen mit »Grubetsch« den sog. Kleistpreis bekam. (Übrigens von Hans Henny Jahnn) [...] Ich war mit der Arbeiterbewegung verbunden und trat bei der Gründung in den Bund proletarischer revolutionärer Schriftsteller ein. In die KPD trat ich ungefähr 1928 ein. Ich war auf dem Schriftstellerkongreß in Charkow. Seit damals kenne ich Fadejew, den Chinesen Emi Siao (jetzt Friedensbewegung), Louis Aragon u.a. Wir haben einmal nach dem Krieg festgestellt, daß der Kern alter Freunde, von damals bis heute, fest blieb. Ich bekam zwei Kinder. Ich brachte kurz nach dem Roman »Aufstand der Fischer von St.Barbara« das Novellenbuch »Auf dem Wege zur amerikanischen Botschaft« heraus. Die Geschichte »Bauern von Hruschowo« erzählten mir ungarische Emigranten. Ich wußte nicht viel von methodischen Fragen, verstand mich auch gar nicht auf Diskussionen. Ich hatte nur eine ziemlich klare Vorstellung von dem, was ich schreiben wollte und wie. Das Tagebuch von Tolstoi hatte ich ziemlich genau gelesen. Von deutschen Autoren machten besonders Eindruck auf mich: Büchner, die Novellen von Kleist, die Prosa von Heine, Volksmärchen usw. Von nichtrussischen ausländischen Autoren: die Skandinavier. Und von den Franzosen, wie ich glaube, damals besonders Stendhal.

»Die Gefährten« sind ungefähr 1931/32 geschrieben. Nach den Berichten vieler politischer Emigranten, mit denen ich fortgesetzt lebte. Das Buch wurde, wie fast alle meine Bücher, mit Widerspruch und Reserve aufgenommen, auch von den Genossen. Der Inhalt war damals in Deutschland fremd. Die einzelnen Episoden, deren Zusammenhang den politischen Emigranten selbstverständlich war, kamen ihnen ohne Verbindung vor. Ich lernte daraus, was für eine Rolle es bei der Aufnahme eines Buches spielt, ob die Leser die gleichen Erlebnisse, und dadurch die gleichen Assoziationen haben.

Anna Seghers, 1951

48 Um 1925

49 Netty Radvanyi mit Sohn

Ich besuchte Gaya im Dorf Lindelbach bei Wertheim am Main. Sie ist dreiundneunzig Jahre alt und wohnt im von ihren Eltern geerbten Häuschen. Gaya – ihr richtiger Name ist Katharina Schulz – lebte mit uns, fast ununterbrochen, von 1926 bis 1938. Sie war unsere Freundin, führte unseren Haushalt und beschäftigte sich hauptsächlich mit uns Kindern.

G.: Ich stamme aus einer Bluterfamilie, deswegen habe ich nicht geheiratet. Schon als Kind ging ich in ein Nachbardorf in Stellung.

R.: Wie hast du meine Eltern kennengelernt?

G.: Als junges Mädchen kam ich über Bekannte zu einem verwitweten Pastor in Heidelberg, um seinen Haushalt zu führen. Er vermietete ein Zimmer an Studenten. Bei einer Untermieterin traf sich ein Kreis christlich-sozialistischer Studenten. Dort begegnete ich deinem Vater und unserer gemeinsamen Freundin, der Chemiestudentin Lisa Sakowski, die später zum Widerstand gehörte.

R.: Bist du zusammen mit meinen Eltern nach Berlin umgezogen?

G.: Nach der Beendigung ihres Studiums und ihrer Hochzeit in Mainz zogen deine Eltern nach Berlin, wo dein Vater als Privatgelehrter der Volkswirtschaft eine schlecht bezahlte Arbeit übernahm. Ich vermute, daß Nettys Eltern, vielleicht auch Rodis Familie, ihnen etwas zukommen ließen. Tschibi und Rodi waren oft unterwegs. Nach der Geburt deines Bruders Peter riet ihnen Lisa Sakowski: Holt doch das Kätchen aus Heidelberg, um euch zu helfen.

R.: Hast du gleich zugesagt?

G.: Die Oma, Tschibis Mutter, verabredete sich mit mir am Darmstädter Bahnhof, wo sie mich zum Essen einlud. Sie stellte fest, daß ich würdig war, ihren Enkelsohn zu pflegen. In Berlin galt ich als Mitglied eurer Familie.

R.: Gingst du mit nach Frankreich, als wir fliehen mußten?

G.: Bei der Machtübernahme Hitlers war Tschibi mit Peter im Schwarzwald zur Erholung, Rodi beruflich in der Schweiz, ich in meinem Dorf. Eure Mutter brachte Peter zur Oma nach Mainz, wo du schon warst, sie kehrte kurz nach Zeh-

R.: Und ich erinnere mich, wie ich zutiefst unglücklich war – ich heulte tagelang – als du 1938, nach dem Tode deines Vaters, nach Lindelbach zurück mußtest.
Sag mir noch: warum wurdest du in der Familie Gaya, meine Eltern Tschibi und Rodi genannt?
G.: Tschibi heißt auf ungarisch Kücken, Rodi ist die Abkürzung von Radvanyi; übrigens wurde der Name deiner Mutter – Netty (ursprünglich Netti) vom Standesbeamten vorgeschlagen, als dein Opa sie Jeannette nennen wollte; dieser Name war 1900 in Mainz zu französisch. Den Namen Gaya habt ihr Kinder mir gegeben, ich weiß nicht warum. Als ich 1938 nach Lindelbach zurückkam, wurde mir vorgeworfen, daß Gaya jüdisch wie Sarah sei. Trotzdem wurde mir das Postamt im Dorf übertragen, und ich wurde achtzehn Jahre lang das »Kätchen von der Post«.

Ruth Radvanyi/Katharina Schulz, November 1990

50 Die Kinder Peter und Ruth mit der Kinderfrau Katharina Schulz, genannt Gaya, und Lisa Sakowski, einer Freundin der Familie, 1928

lendorf zurück, wo sie vorübergehend festgenommen wurde, als Ungarin aber wieder freikam und nach Frankreich fliehen konnte. Die Oma brachte euch später an die französische Grenze. Wir alle dachten, daß mit Hitler bald Schluß sein würde.
R.: Und wann kamst du?
G.: Nach etwa einem Jahr schrieb mir deine Oma, ob ich euch nicht folgen wollte. Ich packte meine Siebensachen und erschien in Bellevue, dem kleinen Ort bei Paris, in dem ihr wohntet. Ich erinnere mich an eure und meine Freude, als ihr mir an den Hals gesprungen seid.

51 1925
52 1926

Ich hatte das Glück, dem Verlag eine damals unbekannte junge Autorin zuzuführen, die schnell Weltruhm erwarb und noch heute mit ihrem Werk eine hervorragende Stellung in der Weltliteratur einnimmt: Anna Seghers. Eines Tages fand ich auf meinem Schreibtisch das an mich adressierte Manuskript einer Erzählung von weniger als hundert Schreibmaschinenseiten: »Aufstand der Fischer von St. Barbara« von Seghers. Da kein Vorname hinzugefügt war, konnte ich nicht erkennen, ob der Absender männlichen oder weiblichen Geschlechts war. Ein paar Wochen später erhielt ich einen Anruf von einer Frau Dr. Radvanyi. Sie gab sich als Autorin dieses Manuskriptes zu erkennen und fragte mich, ob ich es bereits gelesen hätte und eine Entscheidung gefällt wäre. Ich mußte verneinen. Sie bat mich um baldige Lektüre, da sie kurz vor der Geburt eines Kindes stünde und gern wissen wolle, ob ihr Buch angenommen sei. Am nächsten Morgen rief ich sie an und berichtete ihr, ich hätte das Manuskript gelesen und sei so stark beeindruckt, daß ich ihr sogleich die Zusage machen könne, die Erzählung noch im Herbst des Jahres herauszubringen. Wenige Tage später ließ sie mich wissen, daß sie eine Tochter geboren habe. Ich schickte ihr Blumen in die Klinik und besuchte sie, sobald sie nach Hause zurückgekehrt war, und wir schlossen unseren ersten Vertrag. Während des Exils, das sie 1933 nach Paris und im Krieg nach Mexiko führte, habe ich sie nur einmal in Paris gesehen. Erst nach dem Kriege und nach ihrer Rückkehr suchte ich sie in Berlin wieder auf, später trafen wir uns noch einmal in Paris, und wenige Monate vor ihrem Tode durfte ich sie an einem Tage, an dem sie sich relativ gut befand, noch einmal besuchen. Ich war gerührt, daß sie in dieser Unterhaltung der Blumen gedachte, die ich ihr mehr als fünfzig Jahre früher zur Geburt ihrer Tochter geschickt hatte.

Fritz H. Landshoff, 1983

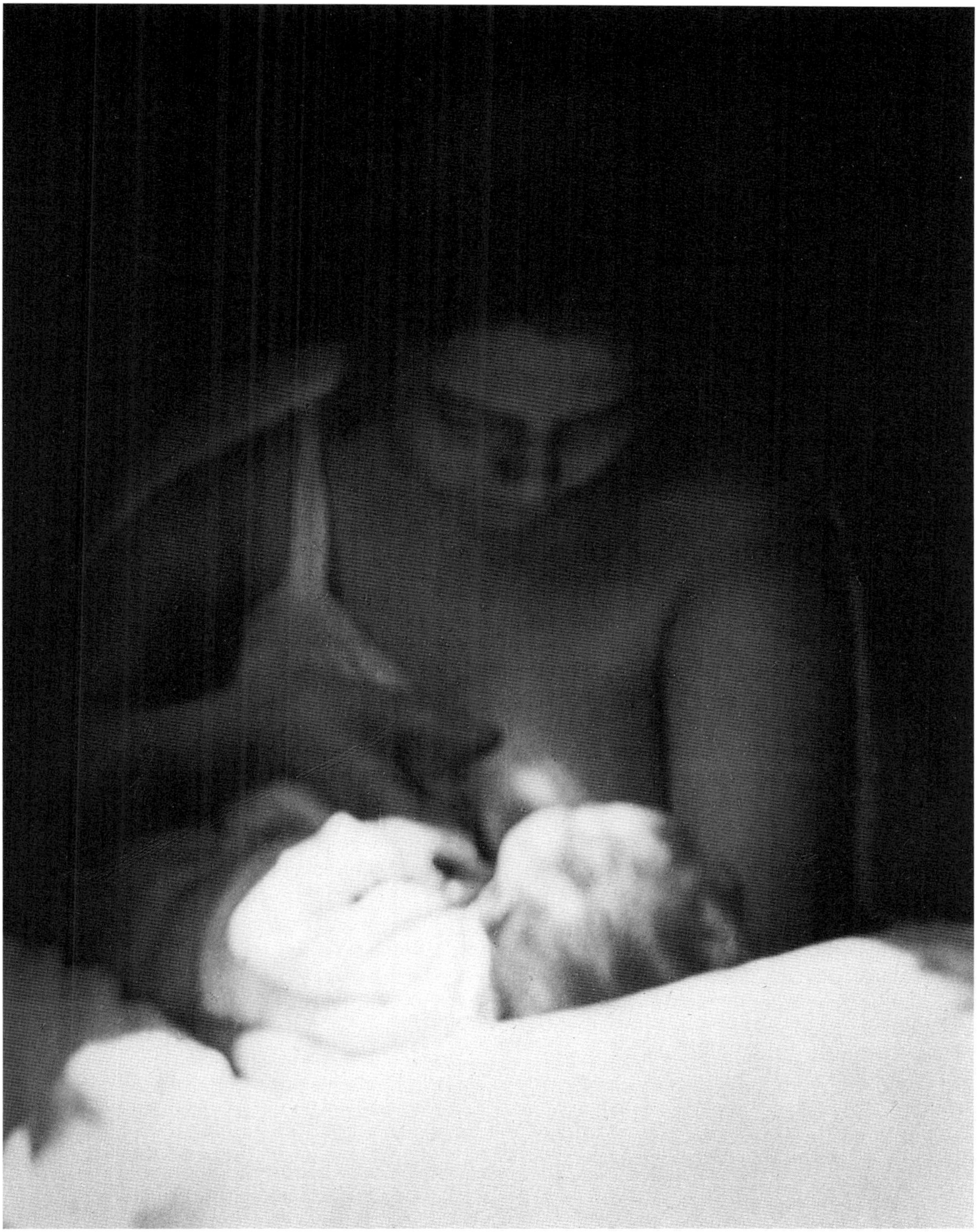

Wenn die Laterne am eisernen Arm über der Kellertür auch ein ganz anderes Licht in sich getragen hätte als einen niedergebrannten Gasstrumpf, sie würde doch nichts anderes beleuchtet haben als die Pfütze im gerissenen Hofpflaster, einen weggeworfenen Pantoffel und einen Haufen verfaulter Äpfel. Wie ein Grubenlicht in der Tiefe zeigte sie den Weg dem Regen, der dünn und unablässig in diesen Schacht herunterregnete, vergebens die toten und finsteren Hofseiten der Häuser streichend. Nur irgendwo in halber Höhe regte sich müde etwas Weißflatterndes, Lebendiges, Gefangenes. Das waren ein paar Wäschestücke, die die Besitzerin ins Küchenfenster gehängt hatte, wie sie vor dem Regen in die Stadt gegangen war.

Aber im Hof mußte es doch freier und lustiger sein als hinter den Fenstern, sonst wären doch nicht links im zweiten Stock die Läden zurückgeschlagen worden und die Frau hätte nicht mit einem langen Ah den Kopf hinausgesteckt und das Mädchen hätte sich nicht davon angelockt neben sie in die Ecke gedrückt. Diese Jüngere war von beinah wunderbarer Magerkeit. Nicht nur wie die Fünfzehnjährigen gewöhnlich mager sind – man hatte ihr überhaupt zu wenig Körper gegeben, nur ein ganz kärgliches, zerschlissenes Ding. […]

Was ist das, ein Unglück?, dachte Anna. Ist es wie der Hof dort unten und wie das Zimmer dort hinten? Oder gibt es auch noch andere Unglücke, rote glühende leuchtende Unglücke? Ach, wenn ich so eins haben könnte!

»Grubetsch«, 1927

Roscher: »Grubetsch« entstand wohl um die Jahreswende 1926/27, denn Anfang März wurde die Geschichte von der »Frankfurter Zeitung« in Fortsetzung gedruckt.
Seghers: Jahresangaben mußt *du* nachprüfen.
Roscher: Der Abdruck begann am 10. März 1927.
Seghers: Ich habe die Erzählung in den Ferientagen geschrieben, und sie erregte gleich Interesse.
Roscher: Und die nächste Erzählung war die »Fischer von St. Barbara«, für sie bekamst du den Kleistpreis.
Seghers: Jetzt wirst du dich wundern: Den Kleistpreis bekam ich eigentlich gar nicht für die »Fischer von St. Barbara«. Jahnn hatte »Grubetsch« gelesen, und er war sofort dafür, daß ich den Preis bekommen solle. Das Manuskript für die »Fischer von St. Barbara« war da noch gar nicht fertig.
Roscher: Vielleicht mußte Jahnn etwas Ungedrucktes zur Preisverleihung vorschlagen?
Seghers: Vielleicht.
Roscher: Du kanntest Hans Henny Jahnn damals also schon.
Seghers: Noch nicht sehr gut. Später waren wir eng befreundet. Ich hab mal eine Zeitlang bei ihm gewohnt, das war in der Nähe von Hamburg, auf dem Land. Er war verheiratet, bekannte sich aber zu einer freien Lebensweise. Er wohnte mit einem Freund zusammen; ab und zu tauchten auch seine Frau und deren Schwester auf – vielleicht war's auch deren Freundin. Wir verstanden uns alle gut, es war eine schöne Zeit. Jahnn war ein großartiger Mensch, sehr eigenartig, sehr gebildet, damals war er Mitglied der KPD, wenn ich mich richtig erinnere. Er verstand auch viel von Malerei, auch von ostasiatischer und afrikanischer Plastik.
Roscher: Musiktheoretiker war er ebenfalls.
Seghers: Darauf beruhten seine Lebensansichten, es war schon fast ein Glaubensbekenntnis – kurios. Damit konnte ich wenig anfangen, aber gestört hat's mich auch nicht.
Roscher: Was machtest du mit dem Geld des Kleistpreises?
Seghers: Es war eine willkommene Nebeneinnahme. Wir machten gleich eine Reise nach Skandinavien …
Roscher: Wir – wer war das?
Seghers: … eine unvergeßliche Sommerreise. Skandinavien hat ein ganz merkwürdig offenes Licht. Wir waren jung und unbeschwert und nie müde. Die hellen Abende!

Anna Seghers/Achim Roscher, 19. August 1978

Der Aufstand der Fischer von St. Barbara endete mit der verspäteten Ausfahrt zu den Bedingungen der vergangenen vier Jahre. Man kann sagen, daß der Aufstand eigentlich schon zu Ende war, bevor Hull nach Port Sebastian eingeliefert wurde und Andreas auf der Flucht durch die Klippen umkam. Der Präfekt reiste ab, nachdem er in die Hauptstadt berichtet hatte, daß die Ruhe an der Bucht wiederhergestellt sei. St. Barbara sah jetzt wirklich aus, wie es jeden Sommer aussah. Aber längst, nachdem die Soldaten zurückgezogen, die Fischer auf der See waren, saß der Aufstand noch auf dem leeren, weißen, sommerlich kahlen Marktplatz und dachte ruhig an die Seinigen, die er geboren, aufgezogen, gepflegt und behütet hatte für das, was für sie am besten war.

»Aufstand der Fischer von St. Barbara«, 1928

KLEISTPREIS 1928

SEGHERS

Aufstand der Fischer von St. Barbara

Was der „Panzerkreuzer Potemkin" vor drei Jahren für den Film bedeutete, bedeutet der „Aufstand der Fischer von St. Barbara" für die moderne deutsche Literatur.

Broschiert RM 2.80 / Leinen RM 4.—

GUSTAV KIEPENHEUER VERLAG IN POTSDAM

Der Kleist-Preis für das Jahr 1928 ist von Hans Henny Jahnn an Anna Seghers für die beiden Novellen »Aufstand der Fischer von St. Barbara« und »Grubetsch« verliehen worden. Jahnns Begründung lautet: »Ich habe den Preis der jetzt achtundzwanzigjährigen Anna Seghers zuerkannt, weil ich eine starke Begabung im Formalen gespürt habe. Bei großer Klarheit und Einfachheit der Satz- und Wortprägung findet sich in den beiden Novellen ein mitschwingender Unterton sinnlicher Vieldeutigkeit, der den Ablauf des Geschehens zu einer spannenden Handlung macht. Die Funktionen des Lebens erscheinen weniger wichtig als die Tatsache seiner Existenz. Die Gestalten sind nicht so sehr Träger einer Handlung als Äußerung in ihnen wirksamer Kräfte. Darum verbrennt Alles, was als Tendenz erscheinen könnte, in einer leuchtenden Flamme der Menschlichkeit. Ich fand in diesen Novellen unter allen Einsendungen nicht den umfassendsten, aber vielleicht den reinsten Beitrag zur Wiederentdeckung des Daseins ohne Apotheose.« [...]

Trotz der unklaren Begründung hat Jahnn einen guten Griff getan. Denn die Seghers verdient den Preis. Zudem bedeutet diese Wahl ein öffentliches Bekenntnis zu der verantwortungsbewußten Nachkriegsjugend, die am Werke ist »das Dasein ohne Apotheose« zu gestalten.

Wen also wird es Wunder nehmen, daß die Reaktion bereits zum Sturme bläst? Die »Rheinisch-Westfälische Zeitung«, Blatt der Schwerindustrie, gab das Signal. »Wir kennen die Novellen der Anna Seghers NICHT... Aber nichts rechtfertigt die Tatsache, wegen zwei guter Novellen an eine 28jährige Unbekannte den Kleistpreis zu VERSCHLEUDERN...«

Das ist Literaturkritik in Deutschland: »Wir kennen nicht« – »verschleudern«. Das sind die Burschen, die der Großindustrie Kulturbelange wahren: unfehlbar, dreist und kenntnislos.

Kleistpreis, 1928

53 Anzeige in der »Neuen Rundschau«, Februar 1929

54 Wie der Zeichner der »Neuen Bücherschau«, Januar 1929, sich den Autor von »Aufstand der Fischer« vorstellte ...

55 ... und wie Seghers wirklich aussah

Mir gefallen von diesen Geschichten [aus dem Band »Auf dem Wege zur amerikanischen Botschaft und andere Erzählungen«] am besten: »Die Ziegler« und »Bauern von Hruschowo«.
In der Ziegler-Geschichte: Der Hunger des Kleinbürgers, seine vollkommene sinnlose Einsamkeit. In der Bauerngeschichte: Der Hunger wird zur Kraft, ein kleines, dumpfes Dorf steht plötzlich hell da. Ich beschreibe den Kampf von Bauern um einen Wald und versuche durch die einfache Beschreibung von wirklichen Vorgängen Menschen und Landschaft organisch in die revolutionäre Handlung einzubeziehen.

»Grubetsch«: Ein böser Hof, und in dem Hof ein Mann, der es versteht, die geheimen Wünsche der Menschen nach Zugrundegehen zu erraten und jedem in seiner Weise zu erfüllen.

Am wenigsten gefällt mir die Geschichte, nach der das Buch genannt ist. In dieser Form stellt sie überhaupt nur den Stoff zu einer Erzählung dar: Was geht in einer Viererreihe während einer Demonstration vor? Was begibt sich mit diesen vier verschiedenen, einander völlig fremden Menschen? Da mir der Stoff wichtig ist, werde ich ihn bald noch einmal bearbeiten. In diesen Geschichten gibt es viele verzweifelte und untergehende Menschen. Wenn man schreibt, muß man so schreiben, daß man hinter der Verzweiflung die Möglichkeit und hinter dem Untergang den Ausweg spürt. Ich hoffe, daß es mir gelingen wird, in dem Roman, an dem ich jetzt arbeite, diesen Ausweg klar aufzuzeigen.

»Selbstanzeige«, 1931

56 Um 1930

Dieser Junge ist das, was man einen Prachtbengel nennt. Er hat alles, was ein Neunzehnjähriger haben muß. Er ist gesund und klug, kameradschaftlich, mutig und opferbereit. Er tritt ins Leben mit dem Wunsch, sich zu bewähren. Und er findet nichts als eine Stempelstelle. Er hat einen Kopf zum Denken und zwei Arme zum Schaffen. Aber in Wirklichkeit brauchte er nur seine Füße, um zur Stempelstelle zu gehen. In der widernatürlichen, erniedrigenden Einförmigkeit seines Daseins zeigt sich kein Schimmer von Möglichkeiten, nicht die geringste Aussicht auf einen winzigen Bruchteil an Freude. […]

In der Fürsorgeanstalt hat es angefangen. Er findet Kameraden wieder, er findet Anschluß an die Clique. Er findet ein Ventil für seine Kräfte, für seinen Wunsch nach Bewährung. Cliquen, organisierter Zusammenschluß von verwahrlosten Jugendlichen, sind längst keine Großstadtsensation mehr. Sie gehören in die gesellschaftliche Struktur einer Stadt mit einer halben Million Erwerbslosen. Ein hoher Prozentsatz von Jugendlichen strömt aus den Fürsorgeanstalten in die Cliquen, und aus den Cliquen beziehen die Ganovenvereine ihren Nachwuchs. […] Gemeinschaftsersatz ist dem Jungen die Clique, sie wird immer mehr und mehr Jugendliche aufsaugen, je länger die Straßen von jugendlichen Erwerbslosen wimmeln. Sie ist längst keine Einzelerscheinung mehr, wer die Jugendgerichte besucht, der wird die Cliquennamen immer häufiger in den Akten der Jugendlichen finden.

»Was wissen wir von Jugendcliquen?«, 1931

Ein großes Berliner Kino. Die Gesellschaft für Menschenrechte veranstaltet eine Sonderaufführung des Remarque-Films »Im Westen nichts Neues«. Im Zuschauerraum Ausrufe des Schreckens, der Bestürzung, sogar Tränen. Später an der Saaltür schreibt sich dieser und jener auf die Formulare der Gesellschaft ein: Für Frieden und Freiheit. Aber die verweinten Gesichter gehören keinen Jugendlichen. Die Jungs, die Halbwüchsigen verlassen das Kino mit einem Ausdruck verträumter Verbissenheit. Vielen von ihnen mögen in diesem Film nicht die Schrecken des Krieges eingegangen sein, sondern das Abenteuer, Proben der Kameradschaft, heroische Opfer. Gewiß nicht den schlechtesten mag dieser sogenannte pazifistische Film die Sehnsucht nach Aktion, den Wunsch nach Bewährung einimpfen, für den der kleinbürgerliche Alltag kein Ventil hat. […]

Jugend ist nachdenklich und aufgeschlossen. Wir müssen viel mehr in sie hineindringen. Wir müssen viel mehr Wege ausfindig machen, mit scharfer Arbeit einsetzen. Wir müssen diesen Halbwüchsigen, der Jugend des kommenden Krieges, den Boden unter den Füßen wegziehen, auf dem ihre Väter seit Generationen gestanden haben.

»Eroberung der Jugend«, 1931

Kurz danach wurde Kovács mit drei andern dem Außerordentlichen Gericht vorgeführt. Sie wurden zum Erschießen verurteilt. Nach dem Urteil wurden sie nicht mehr zurück, sondern zu viert in eine andre Zelle gebracht.

Kovács glaubte noch immer nicht, aber er ahnte, daß sein Leben schneller ablief als das, was draußen war. Er redete die ganze Nacht seinen Gefährten zu, und wenn er aufhörte, baten sie ihn, weiterzureden. Gegen Morgen wußte Kovács auch, daß für ihn nichts mehr möglich war.

Am Mittag, vor der Kasernenmauer, redete er seine Gefährten zum letztenmal an, mit der vollen Kraft seines Wissens und seiner Stimme. Seine Worte verbreiteten sich über den Kasernenhof hinaus in die Stadt und über die Landesgrenze. Aufgeteilt war unter sie der schwere Tod in viele leichte Tode. Doch Kovács selbst starb langsam und qualvoll; denn er war schlecht getroffen, weil die Hände, die auf ihn schossen, gezittert hatten.

»Die Gefährten«, 1932

Albrecht: Es gibt viele deutsch-jüdische Autoren von Rang in unserem Jahrhundert, und darunter solche, die sich mit ihrer jüdischen Tradition sehr intensiv auseinandersetzten. Etwa Alfred Döblin, Arnold Zweig, Lion Feuchtwanger. Zwar gibt es im erzählerischen Werk der Anna Seghers jüdische Gestalten, »Kopflohn« z.B., »Siebtes Kreuz«. »Post ins Gelobte Land« spielt ganz in jüdischem Milieu, insgesamt bleibt diese Problematik aber sehr unauffällig bei ihr. Welche Bedeutung hatte die jüdische Tradition für Ihre Mutter?
Radvanyi: Zwischen 1925 und 1927 trat meine Mutter aus der jüdischen Gemeinde aus. Sie wollte keiner religiösen Gemeinschaft angehören, vielmehr frei und ungebunden sein. Ihre Haltung zur jüdischen Religion war wohl dieselbe wie zu jeder anderen, etwa der katholischen. Sie interessierte sich für alle Religionen, als Schriftstellerin wie auch historisch und kunstgeschichtlich. Sie wußte ebensoviel über Konfuzius wie über Jesus, Moses oder andere. Sie achtete alle heiligen Schriften, das Alte und das Neue Testament, den Koran, dieses oder jenes große Werk der Zivilisation. Vielleicht hat sich das in ihren letzten Lebensjahren geändert, sie stellte sich Fragen nach Herkunft und Geschichte. Ging man mit ihr in eine katholische Kirche, konnte man auch meinen, sie komme aus einem katholischen Elternhaus.
Albrecht: 1933 wurden für sie diese Probleme aber brennend …
Radvanyi: Natürlich. Aber sie war ja vollkommen gegen Hitler, gegen die Nazis und ihre Ideologie, gegen den Antisemitismus, wie jeder deutsche Antifaschist gegen den Antisemitismus war, und kämpfte auch. In den Diskussionen, bei denen ich als Kind dabei war, war es unwesentlich, ob ein Antifaschist jüdischer oder nichtjüdischer Herkunft war. Alle waren gegen den Antisemitismus, ob jüdischer oder nichtjüdischer Herkunft.

[…]

Albrecht: Läßt sich sagen, welches Werk der marxistischen Theorie Anna Seghers besonders beeindruckt hat? Bei Brecht und Becher beispielsweise ist das bekannt.
Radvanyi: Die Mutter ging mehr gefühlsmäßig an die Dinge heran, der Vater dagegen deduktiv, logisch. Sie hat sich einfühlen können in Menschen, Situationen, Lagen. Und sie hat dabei oft das Richtige getroffen. Die Ereignisse der Zeit haben sie sicher beeinflußt, und die Reaktionen der Leute darauf. Die Gespräche mit meinem Vater und den Freunden, die Schilderungen aus den verschiedenen Ländern, was in den »Gefährten« nachgelesen werden kann. Intuitiv sympathisierte sie mit diesen Menschen, las über diese Sachen. Ich bin nicht sicher, daß es unbedingt eine bestimmte Schrift gewesen ist, die sie so beeinflußte. Ich glaube eher, es war ihr Sinn für Gerechtigkeit, ihr Mitgefühl. Gleichheit und Ungleichheit der Menschen, Rassismus, Kolonialismus, solche Dinge beeindruckten sie sehr, und sie wandte sich dagegen.

Pierre Radvanyi/Friedrich Albrecht, 1990

Lehrer-Fortbildungsschulen

Um Kursuslehrern, die bereits in der MASCH oder in den proletarischen Massenorganisationen tätig sind, die Möglichkeit zu geben, sich über besonders schwierige Fragen ihres Arbeitsgebietes auszusprechen, werden besondere Lehrer-Fortbildungsarbeitsgemeinschaften eingerichtet.

34 *Lehrerfortbildungsschule für Oekonomie*: Dr. Paul Maß
35 *Lehrerfortbildungsschule für dialektischen Materialismus*: Dr. Johann Schmidt
36 *Lehrerfortbildungsschule für aktuelle Fragen des Marxismus*: K. Heinz

Die Vorbesprechung aller dieser Fortbildungsarbeitsgemeinschaften findet am Donnerstag, dem 4. August, 19 Uhr im zentralen Schullokal statt.

[Aus einem Programm der Marxistischen Arbeiterschule von Groß-Berlin]

57 Laszlo Radvanyi nannte sich seit seiner Tätigkeit bei der MASCH (Marxistische Arbeiter-Schule) zuerst Johann, später Johann-Lorenz Schmidt

Von 1927 bis 1933 leitete ich die Marxistische Arbeiterschule von Groß-Berlin, die täglich ca. 30 Kursusabende veranstaltete. Im Jahre 1930 wurde ich Leiter aller marxistischen Arbeiterschulen Deutschlands.

Johann-Lorenz Schmidt, Lebenslauf, 1952

Es beweist die hervorragende organisatorische Tätigkeit Radványis, daß man unter den Lehrern der MASCH Persönlichkeiten begegnet. A. Einstein, W. Gropius, E. Piscator, J. Kuczynski, A. Wittfogel u.a., von den Ungarn Georg Lukács (Pseudonym: Hans Keller), Béla Balázs, Béla (Adalbert) Fogarasi, Andor Gábor, Pál Sándor. Über die Lehr- und organisatorische Tätigkeit hinaus beteiligte sich Radványi auch an der Redaktion der Publikationen der MASCH. [...]

Sobald der Faschismus 1933 die Macht ergreift, wird das Wirken der MASCH unverzüglich verboten; die Räumlichkeiten werden kurz und klein geschlagen, die Lehrer vertrieben.

Eva Gabor, 1985

In der vorletzten Zeit der Weimarer Republik fuhr ich in die Nähe von Caputh, an einen Ort an einem See vor Berlin, um Einstein zu bitten, eine Vorlesung an der Marxistischen Arbeiterschule zu halten. Darum hatte mich mein Mann, der Leiter der Schule, gebeten.

Das Haus lag recht abgelegen; es war nur auf einem umständlichen, gewundenen Weg zugänglich. Es war ein Geschenk der Stadt Berlin an den damals schon weltberühmten Gelehrten. Ich erinnere mich, daß im Magistrat zuvor ein Streit entbrannt war, ob man Einstein ehren sollte. Die »Fortschrittlichen« verlangten entschieden eine Ehrung, die Reaktionäre nahmen die Existenz des Mannes nicht zur Kenntnis, mitsamt seiner Relativitätstheorie und seinen »absonderlichen neuen Lehren« – überdies war der Mann Jude. Die »Fortschrittlichen« hatten nicht geradezu klein beigegeben, aber einen Ausweg gefunden, um niemanden ganz vor den Kopf zu stoßen. Sie beschenkten Einstein mit diesem schwer auffindbaren Gelände, das durch allerlei Gärten und Wiesen erreichbar war.

Ich lief ein wenig herum und fand den Eingang. Von der Bedeutung des Menschen, den ich um eine Vorlesung bitten sollte, hatte ich zwar wie jeder andere gehört, aber ich verstand nichts von Physik und schon gar nichts von Relativitätstheorie. Ich hatte zwei kleine Kinder, und ich steckte bis über die Ohren im Schreiben von Geschichten. Doch ich war überzeugt, daß Einstein den Auftrag annehmen würde. Warum sollte er nicht? Er war klug, er war für das Neue, Fortschreitende, auch ihm hatte die Reaktion schon zugesetzt.

Mit dem Schwung, den einem diese Gewißheit gibt, vor allem einem jungen Menschen, der noch nicht viel Widersprüche erlebt hat, erzählte ich ihm von der MASCH. Sein Aussehen, seine Begrüßung, sein Zimmer, alles war so einfach gewesen, daß ich nichts Besondres in Erinnerung habe. Einstein hörte sehr aufmerksam zu. Eine Schule, in der den Leuten aus den Betrieben und den Arbeitslosen und allen, die sonst keine Gelegenheit gehabt hatten, Wichtiges zu erfahren, die Gesetze des Lebens, das

Wesentliche in Wissenschaft und Kunst erklärt wurde! Er dachte nach, er nickte.

Seine Frau fuhr dazwischen, besorgt wie jede Frau: »Du mußt absagen! Du hast dir selbst vorgenommen, keine Vorträge mehr anzunehmen.«

Einstein sagte: »Das ist eine ganz andre Art Vortrag. Das interessiert mich.«

Er war schließlich bereit, den Vortrag zu halten. – Wir sprachen noch eine Weile über dies und jenes. Vielleicht über den Wald und über den See. Keine ernsten Fragen, an die ich mich – um strikt bei der Wahrheit zu bleiben – noch erinnere. Er war fröhlich, zugänglich. Er lud mich ein, zum Mittagessen zu bleiben. Den Gurkensalat aß er gern. Daran erinnere ich mich – auf die Gefahr hin, ausgelacht zu werden. Seine Frau war gastfreundlich, freundlich wie der Mann. Vielleicht hat sie ihn nachher ausgeschimpft.

»Einstein in der MASCH«, 1974

Zwei angesehene Autoren kamen aus dem bürgerlichen Lager herüber. Ludwig Renn, der durch seinen Roman »Krieg« berühmt geworden war, und Anna Seghers, die Kleistpreisträgerin. Das war um so erfreulicher, als sich beide nicht als Sympathisierende, sondern als Gleichgesinnte den Reihen der proletarisch-revolutionären Schriftsteller anschlossen und sich bedingungslos auch für die organisatorische Arbeit zur Verfügung stellten. Der Übertritt des Genossen Renn erregte breites Aufsehen in der bürgerlichen Presse. Ebenso das Verhalten von Anna Seghers, als sie zur PEN-Klub-Tagung nach London eingeladen war. Sie bekannte sich dort öffentlich zur proletarisch-revolutionären Literatur und lehnte die »rein künstlerische Literatur« ihrer bürgerlichen Berufskollegen ab.

Trude Richter, 1990

Liebe Anna!
Jedes Lebenszeichen von Dir ist für uns immer eine Freude; Deinen Brief holten wir aus dem Postfach, als wir bereits unterwegs zum Bahnhof waren. Wir reisten nach Charkow. Seit 1935 kam ich zum ersten Mal wieder in die Stadt meiner Jugend. [...] Raja ist hier überhaupt zum ersten Mal und muß geduldig, in mitleidvoller Anteilnahme zuhören, wie ich von Menschen und Ereignissen quatsche, die sie nie gesehen, nie gekannt und früher kaum was von ihnen gehört hat. [...]

Und noch ein Grund, warum wir hier eben an Dich denken. Im November 1930 erlebte ich hier die Konferenz der revolutionären Schriftsteller; mit unserer Betriebskomsomolzen-Abordnung war ich im Saal, als nach der Schlußsitzung die »Internationale« in verschiedenen Sprachen so gewaltig erklang. Das alles blieb fürs ganze Leben eines der bedeutendsten, der entscheidendsten Erlebnisse, das ein für allemal Vernunft und Seele – (oder soll man Gemüt sagen?) – prägte. Das war eine von denen Kräften, die mich so machten, wie ich bin, so daß ich schon einfach nicht könnte, anderes als internationalistisch zu sein. Und das gerade hat ja mein Schicksal in Freud und Leid entscheidend bestimmt.

Damals während dieser Konferenz hab ich zum ersten Mal Dich gesehen – die berühmte proletarische Schriftstellerin, deren Buch von dem Fischeraufstand ich bereits gelesen und lieb gewonnen habe, ebenso wie das Paris-Buch von Bruno Jassenski, die Lieder von Antal Hidasch.[...] Ihr wart für mich die großen Verkünder der heiligsten Ideale; damals hätte ich kaum zu träumen gewagt, einen von Euch internationalen revolutionären Prominenzen persönlich kennenzulernen.

Von hier heraus aus Charkow zogen wir im Frühjahr 1930 in die Dörfer, um dort in wenigen Wochen eine neue sozialistische Ordnung zu errichten; hier haben wir jede neue Baustelle wie eine intime Familienfreude empfunden, jeden vollendeten Neubau aus vollem Herzen gefeiert [...].

Vertrag

Zwischen Frau Dr. N. Radvanyi (Anna Seghers) [...] einerseits, und der Gustav Kiepenheuer Verlag A.-G. [...] andererseits, wird folgender Vertrag geschlossen:

§ 1 Die Parteien schließen über den nächsten Roman und die nächste Novellensammlung (bestehend aus drei Novellen) zu den nachstehenden Bedingungen einen Verlagsvertrag. [...]

§ 4 Die Autorin erhält als Honorar 15% vom broschierten Ladenpreis. Ferner erhält die Autorin pro Tausend 10 Freiexemplare, zur Hälfte broschiert, zur Hälfte gebunden.

§ 6 Als Vorschuß auf sämtliche sich aus diesem Vertrage ergebenden Einnahmen erhält die Autorin eine Rente von M 600, (Reichsmark Sechshundert), die ab Februar ds. Js. ein Jahr lang jeweils am 10. eines jeden Monats vom Verlag zu zahlen ist. Nach Ablieferung eines der beiden Bücher erhöht sich diese monatliche Rente auf M 700,- (Reichsmark Siebenhundert). Der bereits gezahlte Vorschuß von M 1 100,- darf auf die Rente nicht verrechnet werden.

Berlin, den 27. Januar 1930. [...]

Du bist ja ein weiser Dichter und in Weisheit manchmal sogar mehr als Dichter. Du wirst ja alles begreifen, auch wie es ist, wenn einer nach vielen Transitfahrten plötzlich zurückkommt dahin, wo einst sein Daheim war, und keins mehr findet und auch da nur ein Transitmann bleibt. Komisch wie zufällige Wortgebilde plötzlich sinnbildlich wahr werden. Hier bin ich jetzt wirklich ein Transitmann.

Lew Kopelew an Anna Seghers, 4.Juni 1964

58 (Ausschnitt) Anna Seghers nahm mit F.C. Weiskopf, Ludwig Renn und anderen deutschen Schriftstellern 1930 am Kongreß der Internationalen Vereinigung revolutionärer Schriftsteller in Charkow teil

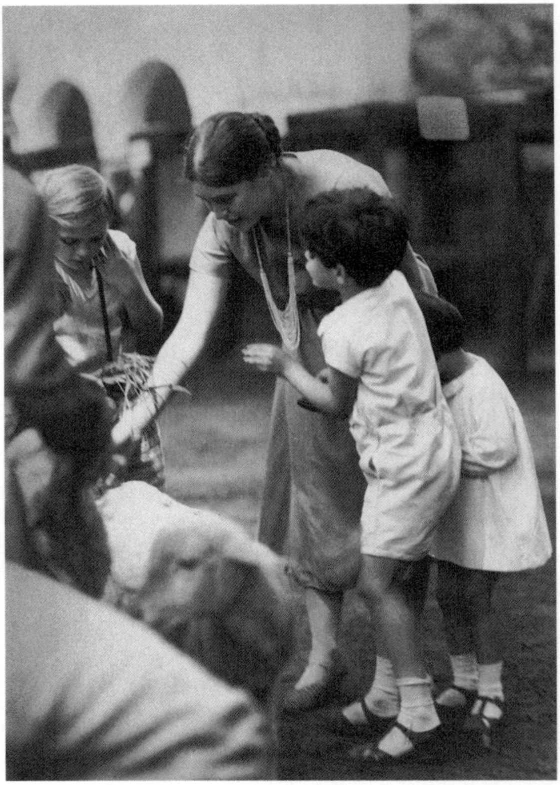

59 Mit Mutter und Sohn Peter
60–62 Anna Seghers mit ihren Kindern

63 Anna Seghers mit Mann, Sohn Peter und Schwägerin Lilly

Meine erste Begegnung mit Anna Seghers war 1929. Zu dieser Zeit hatten Günter und ich ein Engagement an der Volksbühne in Berlin. Im Februar gab es einen wundervollen Vorfrühlingstag, und da wir von einer Probe viel früher fortgehen konnten, weil jemand krank geworden war, fuhren wir an den Wannsee. Zwar lag noch Schnee und an den Ufern noch Eis, aber die Sonne wärmte schon. Das Freibad hatte geöffnet. [...] Nicht weit von uns spielte eine junge, sehr schöne Frau mit ihrem kleinen Jungen Ball, ein Baby lag im Wagen daneben. Wir fragten, ob wir mitspielen dürften. Wir spielten zusammen, es machte Spaß. Die Sonne ging beinahe unter, und es wurde kalt. Da gingen wir miteinander zum Bahnhof, halfen ihr mit dem Kinderwagen die Treppen hoch und hinein in ein Abteil. [...] Die junge Frau fragte uns, was wir machten. Wir sagten: »Wir sind Schauspieler, aber wir sind noch nicht sehr lange dabei.« Dann fragten wir sie, und sie sagte: »Ach, wißt ihr, ich mache was ähnlich Verrücktes.« Das war alles. [...]

Viel später erzählte Anna mir, daß sie, als sie im Mai 1928 in der Klinik ihre Tochter Ruth geboren hatte und von ihrem Verleger Kiepenheuer einen riesigen Blumenstrauß geschickt bekam, überhaupt nicht hätte verstehen können, daß das eine Anerkennung für ihre schriftstellerische, aber auch für ihre »menschliche« Arbeit war. »Was hat der damit gemeint?« fragt sie sich noch heute. Mir scheint, das ist ein wesentlicher Zug an ihr, daß sie das Schreiben als etwas Selbstverständliches, ihr Zugehöriges empfindet, über das man natürlich sprechen soll, mit ihr und mit anderen, aber daß sie Anerkennung in Form von Geschenken nicht begreift. Nun erst gar in der privaten Sphäre.

Steffie Spira-Ruschin, 1984

64 Mit ihrer chinesischen Freundin Hu Lan Qi, auch Schü Yin genannt

S.: Also, wir sollen eine Beschreibung der Ersten-Mai-Ereignisse in Shanghai machen. Wir müssen uns da gegenseitig helfen. Du, die du dabei warst und die Wirklichkeit ganz genau kennst, mußt dich an das Wesentliche erinnern. Wir müssen es dann für jeden deutschen Genossen gegenwärtig darstellen. Jedem muß es dabei bewußt werden, daß der 1. Mai auf der ganzen Welt *gemeinsam* gefeiert wird, daß er aber in jedem Land *anders* gefeiert wird. – Was hast du bis jetzt?
L.: Man muß mit den Vorbereitungen anfangen. Wie das illegal gemacht wird in Shanghai.
Die Vorbesprechung. Ich war dabei, hör mal: In Janschuhpu, dem tiefsten Arbeiterviertel von Shanghai, in einer schmutzigen, engen Gasse, wohnt die Textilarbeiterin Yöji. In ihrem kleinen armseligen Zimmer kommen wir zusammen, um die ersten Vorbereitungen zu besprechen.
S.: Halt! Punkt! Wir müssen das deutlicher machen, die Gasse und das Zimmer.

»Kleiner Bericht aus meiner Werkstatt«, 1932

65 Die chinesische Freundin mit Ruth Radvanyi und anderen Kindern hinter den Häusern Am Fischtal, Berlin-Zehlendorf, 1932

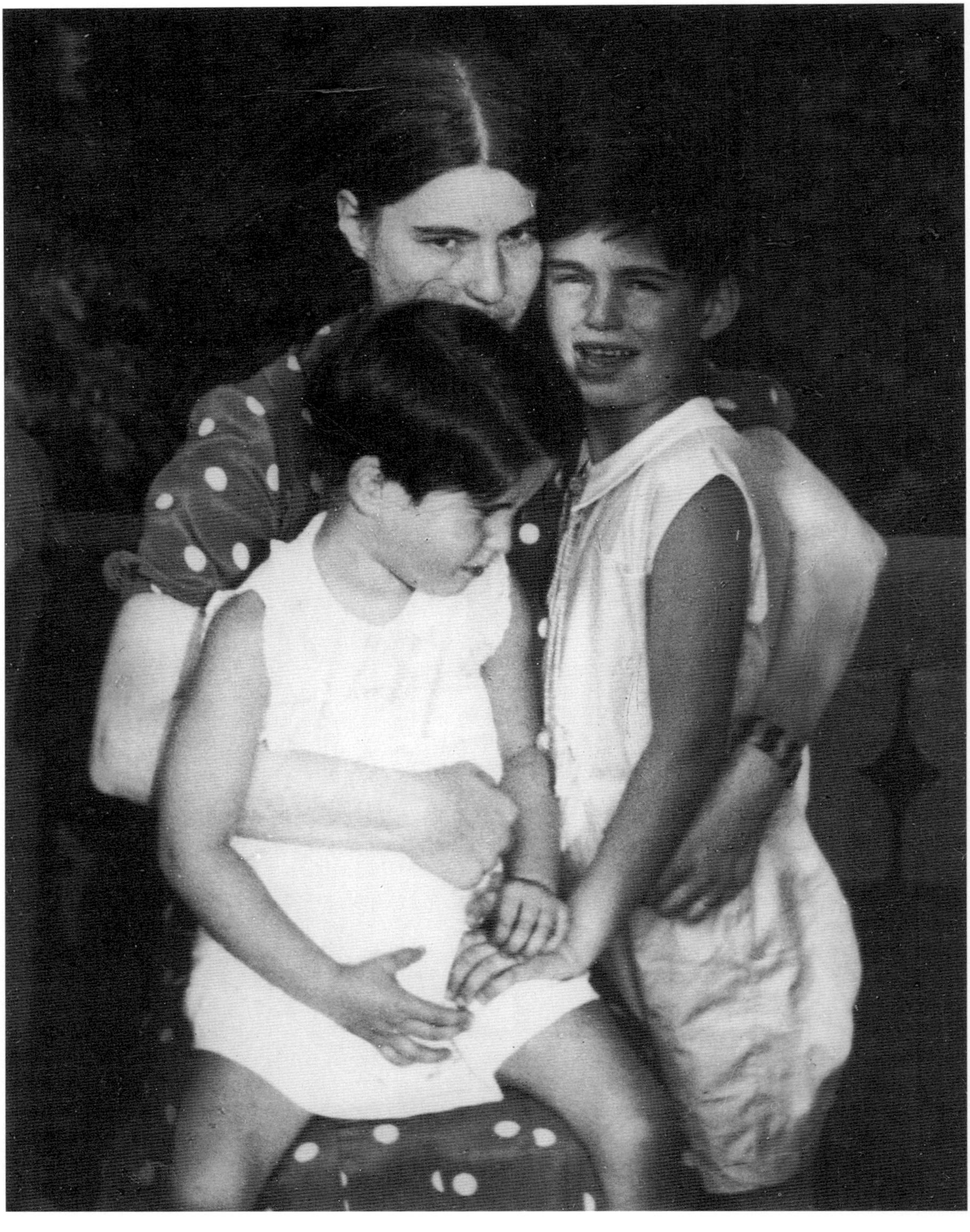

Die bedrohlichen Symptome häuften sich […] am 25. November [1932], als ich um achtzehn Uhr zu meiner Vorlesung in der MASCH erschien, hatten mich die Genossen aufgeregt empfangen: »Trude, du hast Schwein gehabt, daß du nicht vor einer Stunde hier gewesen bist. Die Polente war da, hat alles durchgewühlt, bei jedem die Papiere durchgesehen. Ludwig Renn hielt gerade seinen Zirkel ab, den haben sie auf der Stelle verhaftet.« Seitdem saß er im Gefängnis.

Kein Tag verging ohne Hiobsbotschaft. Vorgestern war Haussuchung bei der »Assoziation der revolutionären bildenden Künstler«, gestern bei der Internationalen Arbeiterhilfe. […] Die »Linkskurve« stellte ihr Erscheinen Ende des Jahres 1932 ein, auch das Bundessekretariat in der Alexandrinenstraße wurde von uns selbst liquidiert.

Trude Richter, 1990

66 Ende 1932

1933–1941

Exil in Frankreich und Mexiko

Frankreich 1933–1941

1933 Hitler wird zum Reichskanzler ernannt
Anna Seghers emigriert über die Schweiz nach Paris
»Der Kopflohn«, Roman

1934 Nach dem österreichischen Februaraufstand Reise nach Wien

1935 I. Internationaler Schriftstellerkongreß zur Verteidigung der Kultur in Paris
»Der Weg durch den Februar«, Roman

1937 Anna Seghers reist nach Spanien, wo *nach dem Putsch Francos Bürgerkrieg* herrscht
»Die Rettung«, Roman

1. 9. 1939 Beginn des Zweiten Weltkrieges

1940 Nach dem Angriff der deutschen Wehrmacht Niederlage Frankreichs
Johann Schmidt wird von Januar 1940 bis März 1941 interniert.
Anna Seghers flieht mit den Kindern ins unbesetzte Südfrankreich, Aufenthalt zunächst in Pamiers, dann in Marseille

Am Morgen nach dem Reichstagsbrand gelang es meinem Mann zu entkommen, kurz bevor die SA ins Haus kam. In dieser Zeit war ich in Süddeutschland. Nach kurzem Aufenthalt in Berlin, wo mich Bekannte versteckten, kehrte ich dorthin zurück und fuhr über die Schweiz nach Frankreich. Dort lebte ich mit meiner Familie in der Nähe von Paris. Ich setzte meine literarische Arbeit fort und betätigte mich publizistisch, nahm teil am Leben der politischen Emigration. Zuerst schrieb ich »Der Kopflohn« (Bauern am Main zu Beginn des Nationalsozialismus). Kurz nach dem Dollfußputsch fuhr ich nach Österreich, schrieb den Roman »Der Weg durch den Februar« und den Essay »Der letzte Weg des Koloman Wallisch«. Später erschien »Die Rettung« (arbeitslose Bergleute). Dazu fuhr ich vorher zu Studienzwecken nach Belgien (Borinage).

Ich war auf dem antifaschistischen Schriftstellerkongreß in Paris und in Madrid, im spanischen Bürgerkrieg. Dieser letzte Aufenthalt, obwohl ich wenig und viel später darüber schrieb, hat auf mein Denken und meine Arbeit große Wirkung gehabt.

Im Winter 1939/40 im 2. Weltkrieg wurde mein Mann, der seine pädagogische Tätigkeit in der Emigration fortgesetzt hatte, verhaftet und im KZ Le Vernet interniert. Ich machte mit den Kindern die Evakuation mit, wurde von der deutschen Armee überholt, lebte eine Zeitlang in Paris bei Freunden. Von der Gestapo gesucht, ging ich mit den Kindern nach Pamiers, in der Nähe von Le Vernet. Wie ich später erfuhr, suchte uns gleichfalls die Vichy Polizei. 1941 beschaffte die »League of American Writers», die später aufgelöst wurde, meiner Familie und mir Visen und Billette für Mexico. Nach langer Überfahrt mit kurzer Unterbringung in Martinique und Zwischenaufenthalt in San Domingo wurden wir in Ellis Island festgehalten und erfuhren dort den Überfall Hitlers auf die Sowjetunion. Von Ellis Island zu Schiff über Cuba nach Mexico. Zum Teil unterwegs schrieb ich den Roman »Transit«.

Anna Seghers, 1951

Dann war die Zeit Papen-Schleicher. Mein Mann war in der Leitung (oder Leiter) der Marx. Arbt. Schule. Er war kurz in Haft (oder poliz. Gewahrsam?). Hausuntersuchungen. Der Junge schwerkrank. Als Hitler kam, war ich mit ihm zu einem Arzt im Schwarzwald. Ich hörte durchs Radio vom Reichstagsbrand. Ich fuhr nach Berlin zurück. In der Wohnung wurde ich festgenommen. Hausdurchsuchung. Requirierung vieler Bücher. Auf dem Polizeirevier (Berufspolizei, keine SA) setzte ich durch, als Nichtdeutsche (Ungarin) vorerst in die Wohnung zurückgebracht zu werden. Dort sollte ich zur Verfügung bleiben. Es gelang mir, durch den Garten wegzukommen. Kurzer Aufenthalt in Berlin. Dann in Süddeutschland. Dann über den Bodensee nach der Schweiz. Ich traf meinen Mann in Zürich. Von dort nach Paris.

Ich war bereits früher mehrmals in Frankreich gewesen.

Anna Seghers, etwa 1952

Wir haben die Kinder von der Grenze abgeholt. Wie Verrückte haben sie sich in unsere Arme geworfen, dort verharrten sie dann unbeweglich. Völlige, unendliche Sicherheit bei diesen unsteten Wesen, ihren Eltern, die doch selbst zu den Obdachlosesten dieser Welt zählten, selbst von allen Stürmen hin- und hergeworfen wurden.

Das mehrfarbige, karierte Kleid der Kleinen, der Geruch ihrer Haare machen mich verrückt vor Heimweh. Franz, unser Gast, beißt sich auf die Lippen, als wir die Hosentaschen des Kleinen leeren: ein paar trockene Grashalme, ein Pfennig, eine Fahrkarte, ein Tannenzapfen: ein halbes Deutschland.

Mittags bereiten wir im Hotelzimmer unsere letzte Mahlzeit auf dem Spirituskocher. Franz schreit: »Jetzt fahrt ihr auch weg! Wie allein man hier ist! Du bist schon hier gewesen, erkläre mir doch, was an dieser Stadt schön ist! Was nützt mir dieses Panthéon? Ich habe keine Lust, in Straßencafés etwas zu trinken, ich liebe diese bunten Auslagen nicht, ich will in ein Haus gehen können, um zu trinken und zu kaufen. Und was ist mit diesen Frauen? Masken statt Gesichter! Und die französischen Genossen? Sind sie nur Genossen? Schlange stehen für ein paar Francs, für einen Essenbon! Ein Genosse, das ist doch jemand, der alles mit dir teilt!« Ernst unterbricht ihn ruhig. »Und du, hast du immer alles mit allen geteilt?«

Am Nachmittag fahren wir nach Equihen. Das Pas-de-Calais erinnert ein bißchen an die Küste der Nordsee. [...] Abends, in Equihen, ist die Stille so groß, daß ich Angst habe zusammenzubrechen. Die erste Stille seit Monaten. Unsere Wirtin, Witwe eines Schiffsseilers, bereitet uns die Suppe. Sie nennt mich »ma fille«. Das ist wahrscheinlich nur so ein Ausdruck, aber es tut mir gut. In dieser Frau, und nicht durch irgendein Komitee, begrüßt uns Frankreich. Wie gut wird man hier arbeiten können.

»Tagebuchseiten«, Juni 1933

67 Familie Radvanyi in Equihen

68 Ansichtspostkarte: Equihen (Pas de Calais), Fischerhäuser an der Steilküste

69 Ruth Radvanyi vor dem Wohnhaus in Bellevue

Meine ersten klaren Erinnerungen an meine Mutter stammen aus den Jahren 1933 bis 1940. Wir wohnten in Bellevue, einem Vorort von Paris, im ersten Stock eines Häuschens, an der Bahnstrecke Paris-Montparnasse-Versailles. Vielleicht spielte unsere Schule eine Rolle bei der Auswahl dieses abgelegenen grünen Wohnortes. »L'école nouvelle«, eine Privatschule, lag in einem Park, das angeschlossene Internat hieß »La ruche«, der Bienenstock. Diesen Namen übernahm später meine Mutter für eine Erzählungssammlung. Die Direktorin, Madame Roubakine, ihr Mann war ein russischer Kinderarzt, nahm uns aus Solidarität umsonst auf. In der Schule wurden ähnliche Methoden angewandt wie in den Waldorfschulen. Nach anfänglichen Schwierigkeiten beim Französischlernen fühlte ich mich in dieser Schule so glücklich, daß mein ganzes späteres Leben dadurch beeinflußt wurde.

70 Fotopostkarte: Das durch Artilleriebeschuß beschädigte Arbeiterheim in Wien-Ottakring, 16.2.1934

Unsere Eltern fuhren meistens morgens in die Stadt, wo der Vater eine Zeitschrift herausgab und die Mutter in einem Café schrieb. Von Einladungen oder Tagungen brachte sie Eßbares für uns mit. Einmal kam sie sehr traurig nach Hause, weil sie dachte, daß wir hungerten. Auch wenn das Geld knapp war, Hunger litten wir nicht. Peter und ich horteten Fadennudeln und Maggi im Keller, woraus wir heimlich Suppen kochten. Nachdem Gaya 1938 in ihr Dorf zurückgekehrt war, hüteten uns verschiedene emigrierte oder ansässige deutsche Damen. Zuletzt wohnten bei uns die polnische Genossin Justyna Sierp und ihr Sohn Viktor.

Ruth Radvanyi, 1990

Café Dumesnil, neun Uhr morgens. Gestern bin ich aus Österreich zurückgekommen. Das halbe Dutzend Sitzungen des Prozesses gegen die Leute des Februar versuche ich für mein Buch in einer einzigen zu konzentrieren.

Das Vormittagsbild der Straße: zuerst die Blumenhändlerin, dann »der letzte Kommunarde« mit dem großen Bart hinter einem Wagen, weiter der blinde Jude mit dem weißen Stock, schließlich Jupp mit seinen Bündeln, von weitem als Deutscher zu erkennen. Darin liegt der tiefe Unterschied zwischen dieser Straße und irgendeiner Straße Deutschlands.

Essen bei Malraux. Verzweifelter Versuch, mich, und durch mich die Meinen, verständlich zu machen. Wie kann man die seltsamen Ideen widerlegen, die ich um mich herum höre? »Streitbare Brüderlichkeit« – ein Begriff, der den Deutschen fehlen soll. Das ist auch die

Meinung von Groothuisen. Welchen Deutschen? In meinem Kopf habe ich tausend Beweise für das Gegenteil, aus deutschen Gefängnissen, vor Gerichten, mitten aus dem illegalen Kampf. Aber wie soll man mit unbestimmten Worten eine Überzeugung klarmachen, die mir so teuer ist? Ich fühle, wie mich plötzlich eine Lähmung überkommt. Schlecht.

Man schreibt einem ganzen Volk leicht Charakteristika zu, die nur auf eine bestimmte Klasse dieses Volkes zutreffen. Und oft lernt man bei einem fremden Volk eine Klasse kennen, die man in seinem eigenen Land nicht gekannt hat. Als ich abends nach Hause komme, höre ich, wie die Kinder sich in einem groben und doch schon geläufigen Französisch zanken. Meine Wirtin ist untröstlich: Nimmt sie ihre Rolle als Zivilisatorin dieser Kinder nicht so ernst wie ein Beamter in den Kolonien? In unseren Augen spielen die Kinder »Franzosen«, wie sie Indianer spielen. Wie man sich als Indianer mit Federn putzt, zieht die Kleine weiße Strümpfe an, um »französische Kinder am Sonntag« zu spielen.

Wir zeigen ihnen Broschüren für Deutschland, die man mit der Lupe liest. Vor allem, die Einheit bewahren! Vor allem, niemals die Vergangenheit verraten! Vor allem, niemals die Kontinuität einbüßen! Die Tatsache, daß L., der noch vor zwei Monaten bei uns war, verhaftet worden ist, hat die Kinder sehr bestürzt. Aber man kann ihnen diese Nachrichten nicht ersparen, und man darf es nicht.

»Tagebuchseiten«, Juni 1934

71, 72 Mit Gisl und Egon Erwin Kisch in Versailles, August 1935

[...] als ich das Café ein wenig verspätet betrat, hatten an Mehrings Tisch nicht der Geist Heines, sondern der sehr leibhaftige Kisch und eine mir unbekannte junge Frau Platz genommen. Es war Anna Seghers. Natürlich war sie mir als Autorin ein Begriff, nur gesehen hatte ich sie noch nie. So saßen wir da und musterten uns verstohlen, während Kisch den griesgrämigen Mehring aufzuheitern versuchte. Aber schließlich kapitulierte er, und wir sprachen über das Thema, das uns alle bewegte: Deutschland ... Im Vergleich zu den meisten anderen hielt Anna Seghers die Vorgänge in Deutschland keineswegs für eine Episode, die ein schnelles Ende finden würde. Und sie wußte, daß die kommunistischen Schriftsteller ohne ein Bündnis mit den weltweit bekannten Repräsentanten der bürgerlichen Literatur in einem lang dauernden Kampf gegen Hitler nur wenig erreichen konnten. [. .]

Anna Seghers und Kisch gehörten übrigens zu denen, die offen über Irrtümer der Partei sprachen und die politischen Verhältnisse in Deutschland nicht nur als eine Verschwörung des Großkapitals darzustellen versuchten.

»Der Wachsmannreport«, 1986

Als sie im Jahre 1934, nach Erscheinen ihres Buches »Der Weg durch den Februar«, von den Partei-Ideologen der exilierten KPD gerüffelt wurde (in Paris), weil die österreichischen Sozialdemokraten in ihrer Erzählung zu gut wegkamen, antwortete sie, breit mainzerisch ausgesprochen, mit dem Götz von Berlichingen. Der damalige Inquisitor hat es mir selbst erzählt. Es machte ihm Eindruck.

Hans Mayer, 1991

73 Ansichtspostkarte: Kreuzung am Place de l' Odéon in Paris, etwa 1935

Girnus: Darf ich nun noch rückgreifend eine Zwischenfrage stellen? Es fand ja in Moskau der Schriftstellerkongreß statt, auf dem Gorki sprach. Sie waren dort nicht anwesend, und das hatte besondere Gründe. Sie waren sozusagen gerade auf der Suche nach einem neuen »Heldentypus«, wenn ich mich so ausdrücken darf, Sie waren damals in Österreich.
Seghers: Na, sagen Sie mal nicht solche Sachen, ich such nach einem neuen Heldentypus. Nämlich auf einer solchen Suche war ich eigentlich nie. Ich hab sie gesehen oder nicht gesehen, Menschen, auf die ich etwas gab oder nicht gab. Tatsächlich bin ich aber nach Österreich gegangen, nachdem es dort zu dem Dollfuß-Putsch kam und zu den bewaffneten Auseinandersetzungen mit den Arbeitern in Wien. [...] ich hatte die fixe Idee, daß ich diesen Weg nachgehen muß, durch die Berge bis nach Klagenfurt hinunter.

Anna Seghers/Wilhelm Girnus, 1967

Vor kurzem bin ich zufällig in einer Zeitschrift auf ein Foto gestoßen, das aus der Zeit stammen muß, als ich Anna Seghers kennenlernte. Ein schüchternes, etwas unbeholfenes, blutjunges Mädchen steht mit unschuldiger Miene und herabhängenden Armen vor dem kleinen, selbstbewußten Feuchtwanger wie eine Primanerin vor ihrem Lehrer. Ich erkenne das sanfte, zarte Profil. Trotzdem hat dieses linkische, reizende Persönchen nur eine blasse Ähnlichkeit mit der ebenso anmutigen, blühenden Frau, die mir von damals in Erinnerung geblieben ist.

Sie trug, ohne Rücksicht auf die Mode, was ihr ziemte: ihr dichtes, langes Haar, madonnenhaft gescheitelt, schlang sie auf dem Nacken zu einem schweren Knoten. In jenen Jahren, da wir, bubiköpfig und möglichst dürr, uns bemühten, wie die damaligen kessen Bengels auszusehen, ähnelte ihre stolze, üppige Gestalt den Statuen von Maillol. Sie bekannte sich freimütig zu ihrer weiblichen Eigenart.

Jeanne Stern, 1975

Man bereitet den Schriftstellerkongreß vor. Unendliche Sitzungen. Für die Deutschen haben diese Vorbereitungen eine besondere, sehr ernste Bedeutung. Den Franzosen gelingen die Improvisationen besser. Mißverständnisse jeder Art, falsche Urteile. Der Grund, scheint mir, liegt vor allem darin: Krieg und Nachkrieg haben bei uns alles verändert, verschoben, in unserer geistigen Welt wie in unserem Leben. [...] Wenn es ein Fehler ist, daß die französischen Freunde sich nur selten die Grundlagen unseres Fühlens, unserer Ideen vergegenwärtigen – und das oft aus einfachem Mangel an Neugier –, so ist dieser Fehler der unsere, wir haben uns nicht ausreichend verständlich gemacht.

»Tagebuchseiten«, Juni 1935

74 Mit Lion Feuchtwanger und Bodo Uhse bei der Eröffnung der deutschen Freiheitsbibliothek, Paris 1935

75 Ein Präsidium des I. Internationalen Schriftstellerkongresses zur Verteidigung der Kultur, Paris 1935, mit Henri Barbusse, Isaak Babel, Alexej Tolstoi, Boris Pasternak

Wir haben in dieser Zeitwende, die wir, wie kaum eine Nation die ihre, mit qualvoller Bewußtheit erlebten, Menschen um Ideen wie um Fahnen bis zum Zerfetzen kämpfen sehen. Vielleicht ist um keine Idee raffinierter und trivialer geschriftstellert worden als um die: Vaterland. Um keine wurde mehr Schultinte von Kaben verkleckst, mehr Blut von Männern vergossen. Ideen, mit denen viel gehochstapelt wird, sind verdächtig. Da nennen Schriftsteller »Vaterland« den gültigsten aller immanenten Werte, den gültigsten aller Stoffe. Andere entlarven ihn als einen Betrug oder als eine Fiktion. [...] Fragt erst bei dem gewichtigen Wort »Vaterlandsliebe«, was an eurem Land geliebt wird. Trösten die heiligen Güter der Nation die Besitzlosen? [...] Tröstet die »heilige Heimaterde« die Landlosen? Doch wer in unseren Fabriken gearbeitet, auf unseren Straßen demonstriert, in unserer Sprache gekämpft hat, der wäre kein Mensch, wenn er sein Land nicht liebte. Schriftsteller, denen dies Doppelwesen entgeht, schildern das Trugbild einer scheinbar einheitlichen Gemeinschaft und den Krieg als ihre höchste Erfüllung. [...]

Was dürfen wir bei unseren eigenen Aufgaben nicht übersehen? Es ist nicht mehr, daß der Krieg nur droht, er verlockt auch. [...] Der Krieg wird zur endlosen Verwertung der Unverwertbaren, zum Ausweg der ausweglosen Welt. Da regeneriert sich abermals eine scheinbare Gemeinschaft: Im Frieden gab es keine Gleichheit [...] vor dem Tod. Kämpfen doch zwei nebeneinander erbittert um den gleichen Quadratmeter Boden. Sie kämpfen aber gar nicht um das gleiche: der eine kämpft um die Rente dieses Bodens, um sein Erbe, der andere kämpft um die Flüche und die Mühe, die er diesem Boden abgegeben hat.

»Vaterlandsliebe«, 1935

Magdalena Paz (Vertreterin der französischen Trotzkisten). In langen, manchmal von Unwillen unterbrochenen Ausführungen behandelt sie den Fall Victor Serge (Kilbatschich). Sie verlangt, daß der Kongreß den Fall Serge im Sinne der Freiheit des Gedankens auffassen solle. (Vereinzelter Beifall, starke Proteste.)
Tichonow (Leningrad) entgegnet Magdalena Paz und erklärt das Recht der Sowjetunion, zu entscheiden, ob einer ihrer Bürger ins Ausland gehen könne oder nicht. Er erklärt es als falsch, daß Serge leiden müsse, er könne in Orenburg in einem Staatsunternehmen arbeiten. Aber er sei schuldig an der Vorbereitung des Kirow-Attentates. »Ich Parteiloser sage euch, daß es unter den Feinden der Union keinen schlimmeren gibt als die Oppositionellen und die Trotzkisten.« (Starker Beifall.)
Magdalena Paz antwortet Tichonow, stellt seine Erklärungen in Frage und protestiert dagegen.
Ilja Ehrenburg entgegnet Magdalena Paz: Ich will die Sache nicht sentimental behandeln. Es geht mir um das Prinzip. Wir wissen, daß die Revolution Wunden schlägt, auch denen, die ihr einmal gedient haben. Aber es gibt ein Gesetz, das besagt, daß das Schicksal des einzelnen zurückzutreten hat vor dem Schicksal der Gesamtheit. (Zu den Trotzkisten gewandt:) Sie reden von Freiheit? Welche Freiheit meinen Sie? Sie kommen hierher mit Informationen. Was die Sowjetdelegation aus der Sowjetunion mitbrachte, brachte sie in sowjetischen Koffern mit. In welchen Koffern brachten Sie Ihr Material? (Starker Beifall.)
Ein Vertreter der Trotzkisten greift unter starkem Unwillen der Versammlung die Sowjetdelegation an. Er verliest eine Resolution, in der ein öffentlicher Protest gegen Serge oder dessen Freilassung für das Ausland sowie Asylrecht für Trotzki gefordert werden. (Starker Protest, große Unruhe.)
Anna Seghers (Deutschland): Der Fall Serge gehört nicht hierher. In einem Hause, in dem es brennt, kann man nicht einem Menschen helfen, der sich in den Finger geschnitten hat. Und wir befinden uns in den Ländern der bürgerlichen Ordnung in einem brennenden Haus. Die Übertreibung und falsche Ausbeutung eines Falles, der einigen von den hier Anwesenden am Herzen liegt, die behaupten, die Revolution verteidigen zu wollen, kann und muß in einem Zeitpunkt des Kampfes gegen Faschismus konterrevolutionär wirken! Hier soll von Ossietzky und Renn gesprochen werden! (Beifall.)

Protokoll des I. Internationalen Schriftstellerkongresses, Paris 1935

Vier Tage später war Zellensitzung. Mir wurde eine ernsthafte Rüge erteilt. Der Vertreter der Partei erklärte: »Es ist nicht Sache eines einzelnen Genossen, zu bestimmen, wann die Internationale gesungen wird, besonders jetzt nicht, wo wir eine Volksfront haben und uns zurückhalten müssen.«

Ich wagte einen Einwand: »Das Singen kam aus dem Herzen.« Rings um mich lächelte man etwas verächtlich. Anna Seghers, die Romanschriftstellerin, unterbrach mich: »Das ist ein sentimentaler Quatsch, wir reden hier von einem Problem der Taktik.« Ich haßte ihr aufgemachtes Mannstum; umgeben von weichlichen Männern, hatte sie sich diesen Preußenton als Hausmusik erfunden. »Dann provoziere *du* mal solch einen spontanen Ausbruch der Volksstimmung!«

Gustav Regler, 1958

76 Anna Seghers und Gustav Regler während des Schriftstellerkongresses

Auf dem Pariser Schriftstellerkongreß vor dreißig Jahren war ich halb so klug und halb so dumm wie heute. Es gibt nur wenige Menschen, die unverletzt aus den Ereignissen der vergangenen Jahre hervorgegangen sind, die ihre Leidenschaftlichkeit rein erhielten, so daß sie sich der veränderten Wirklichkeit immer wieder mit neuem Elan gestellt haben.

Wir ahnten nicht auf dem Pariser Kongreß, wieviel Kraft wir noch brauchen würden, damit die Ideen, die wir dort vortrugen, bleiben, ja wurzeln können.

Wir waren erregt, mit Künstlern aus allen Teilen der Welt, die wir oft nur dem Namen nach kannten, zusammen zu sein. Etwas Bestimmtes haben wir damals zum erstenmal ganz verstanden: Warum alle gekommen waren. Wogegen wir auftraten. Die Gefahr, die sich schon über unseren Köpfen zusammenballte.

Bisher hatten wir in einem vagen Zustand gelebt, den wir für ein Zwischenstadium hielten, auf baldige Heimkehr hoffend. Daß unsere Bücher daheim verbrannt worden waren, daß nicht nur Thälmann, sondern auch Ossietzky im KZ steckte, der dem Kommunismus eher abhold gewesen war – hatten wir all diese Warnungszeichen noch nicht verstanden? Jetzt wußten wir, daß die Kraft aller anständigen Menschen nötig war, um den Faschismus aufzuhalten, bevor er den Krieg ausbrüten konnte.

Das zu verhindern, hat die Kraft des Kongresses nicht gereicht. Aber sie hat unser aller Werk zu einem Bestandteil der antifaschistischen Front gemacht.

»Ansprache in Weimar«, 1965

Louis Aragon hat einmal etwas sehr Schönes über Anna geschrieben Er meinte, sie sei wie Artemis, man geht durch einen Wald, erkennt ihre zarte Figur, hört ein lustiges Lachen, kommt näher, und nur noch ein Schleier hängt an den Zweigen – von ihr keine Spur. Für mich ist Anna eine »private« Schauspielerin. Sie versteckt sich auf unnachahmliche Weise. Bald bricht sie mutig los wie eine Pantherin, deren Junges angegriffen wird, bald sitzt sie wie eine antike Göttin voller Stolz und Ruhe, läßt die Menschen um sich herumbrausen, sagt nur wenig, am liebsten gar nichts. Ihre Augen bekommen dann einen Ausdruck, als habe sie ganz fern etwas ungeheuer Interessantes entdeckt, das ihre ganze Aufmerksamkeit beansprucht.

Jeanne Stern, 1983

Sie interessieren sich für die Arbeitsweise meiner Mutter. Ich würde so sagen: Sie hat die Sachen erzählt, sie hat sie auch dem Vater erzählt, der ihr dann Hinweise gab. Ich erinnere mich sehr gut, wenn wir zusammen spazierengingen, erzählte sie. Das war noch vor dem Krieg, in den dreißiger Jahren. Manchmal ist sie vorausgelaufen, auf dem Weg, im Wald, ist gesprungen, hat einige Sätze vor sich hin gesagt. Sie ist dann umgekehrt, hat die Sätze ein wenig verändert, neue Wörter ausprobiert. Daran erinnere ich mich genau. Für sie war das wahrscheinlich sehr wichtig, um die Sätze bildhaft zu machen. Außerdem hat sie zu bestimmten Zeiten, nicht jeden Morgen von soundsoviel bis soundsoviel Uhr, gesagt: Jetzt arbeite ich. Sie hat sich dann etwa draußen auf einen Stuhl gesetzt, an einen Tisch in einem kleinen Garten und da durften wir absolut nicht stören. [...]
Es gab auch Zeiten, da sie eine ganze Woche wegging, sich ein Hotelzimmer nahm, um mit einer Schreibkraft zu arbeiten, sie diktierte wahrscheinlich. Manchmal hat sie uns zwischendurch mitgenommen, und dann ist sie eine Woche ausgeblieben. Später schrieb sie selbst Maschine.

Pierre Radvanyi, 1990

Manche Kinder haben auf unseren Weg in der Emigration einen Schatten geworfen, der viel wuchtiger, viel schwerer war als ihre kleinen zarten Körper. Jener Paul, der auf Rollschuhen vor uns wegläuft, und seine Mutter stand bei uns und sagte beiläufig: »Er ist erst zwei Wochen hier, wir sind eigentlich seinethalben hier, sie haben ihm jeden, jeden Tag in der Schule den Mund blutig geschlagen, weil er das Horst-Wessel-Lied nicht singen wollte.«

Oder die kleine Eva, hier in Paris geboren, ausgefahren ein Jahr lang in der bizarren Landschaft des Park Jaurès, jetzt schon auf den Knien des Vaters in einer abendlichen Versammlung. Großäugig, hell, kränklich zart. Oder auch jener kleine italienische Knabe, man erlaube mir, ihn, den Schicksalsgefährten, auch hier anzuführen, der sich plötzlich aufs Sammeln, ja Stehlen von Schlüsseln verlegte, um, wie er schließlich beichtete, den zu finden, mit dem sich der Kerker des Vaters aufschließen ließ.

Aber an diese Stelle, auf diese Seite gehört wohl auch der kleine französische Schuldirektor, den seine längsten Bengel um einen halben Kopf überragen. Am Schulhof der Kommunalschule eines Pariser Vororts waren jeden Morgen er und die Trikolore wie ein gutes Wirtspaar früh auf, um ihre vierhundert Gäste zu empfangen. Das Gros der französischen Kinder, Kinder slowenischer Bahnarbeiter, Kinder portugiesischer Arbeiter der Brauerei La Meuse, Kinder polnischer Arbeiter aus den Fabriken von Bruyères, ein Chineslein, drei Indochineslein. Alle lehrte er nicht mit Drill, sondern mit Sanftmut, die Mütze richtig abzunehmen. Er sagte: »Ich erkenne sie schon, wenn ich die Klasse betrete, meine kleinen Emigranten. Sie haben für mich etwas wie Waisenkinder in ihrem Gesichtsausdruck, als hätten sie einen schweren Verlust erlebt, den sie mehr ahnen als verstehen. Ich erkenne sie schon am Blick, der andere Dinge gespiegelt hat, als wofür solche jungen Augen bestimmt sind. Ich weiß schon im voraus, der Klassenlehrer wird in ein paar Tagen zu mir kommen, weil es mit diesem Kind irgendeine Schwierigkeit geben wird. Aber wenn ein paar Wochen vergangen sind, dann werde ich dieses Kind auf dem Schulhof treffen, dann werden seine Augen funkeln, er wird irgendeinen ankreischen Salaud Imbécile Idiot, dann werde ich ihn an den Ohren ziehen, aber ich werde beruhigt sein: er hat sich eingewöhnt.«

Für den Jungen selbst aber sieht es oft zuerst so aus: Mit zusammengebissenen Zähnen steht er zum erstenmal in einer Ecke des Schulhofs, rennende Buben stoßen ihn absichtlich oder zufällig, starren ihn neugierig an oder völlig gleichgültig. Gewaltig prasselt die fremde Sprache. Salzig schmeckt der Apfel, an dem er herumnagt. Doch bestimmt wird sich folgendes ereignen: heute, morgen oder erst übermorgen wird aus der Horde kreischender Buben einer heraustreten und auf ihn zukommen. Auf allerlei gefaßt, wird unser Junge ihn finster ansehen. Der andere aber wird ihm die Hand auf die Schulter legen und wird sagen: »Veux-tu jouer avec nous?« Vielleicht hat er zu Haus von diesem Fremden erzählt, und sein Vater hat ihm manches erklärt. Vielleicht gehört er auch zu jenen, denen man nicht viel zu erklären braucht und die früh von allein handeln. Mißtrauisch wird unser Junge den Eingeborenen anstarren, dessen Worte er nicht versteht, die vielleicht eine Beleidigung enthalten oder eine Drohung. Sieht er doch fremd und sonderbar aus, der andere, in seiner schwarzen Schulschürze, schief auf dem Kopf die Baskenmütze. Doch aus dem blassen spitzen Gesicht, unter der auf die linke Braue gezogenen Mütze, in den schwarzen lebhaften Augen glänzt unverkennbar, während die Hand auf der Schulter etwas fester wird, das Licht der Solidarität. An dem finsteren Himmel der Welt, in die ihn seine Mutter hineingeboren hat, erkennt unser Sohn zum erstenmal diese Sterne.

»Frauen und Kinder in der Emigration«, etwa 1941

77 Gaya mit Ruth und Peter

78 Die Eltern Radvanyi zu Besuch in Bellevue

79 Etwa 1938

Ich gehe stundenlang durch die Straßen, vielleicht zum ersten Mal seit der Emigration in ruhiger, fortgesetzter Lebensfreude. In Harmonie mit dem, was mich umgibt. Seit den Fabrikbesetzungen hat sich, glaube ich, bei allen Genossen ein wichtiger Wandel vollzogen.

Ich treffe Franz an der Sèvres-Brücke. Er sagt mir: Es war nicht leicht, das zu machen! Wie das gekommen ist, Schlag auf Schlag! Da hat man gesehen, zu welchem Elan sie fähig sind! Und ihre Disziplin! Nicht gelernt wie eine Aufgabe, sondern frei auf sich genommen! Ich muß lachen. »Erinnerst du dich, wie erregt du warst: Sind das überhaupt Genossen?« – »Es ist schwer, die Leute zu begreifen, wenn man ihre Sprache nicht versteht.« – »Und die Frauen?« – »Bewundernswert! Wie hübsch sie anzusehen waren, die kleinen Verkäuferinnen der Galerie Lafayette, noch am vierten Tag! Wie gepflegt, wie zurechtgemacht ihre kleinen Gestalten immer waren! Welch Stolz, welche Haltung in allem!« Wir laufen und laufen, wir sind glücklich. Wir sind auch beunruhigt: Denn es sind Fehler gemacht worden, die denen gleichen, die bei uns gemacht wurden, und deren schreckliche Konsequenzen wir kennen.

Am Abend finde ich meine Wohnung hell erleuchtet. Was ist los? Madeleine, untröstlich über die Nudeln, die wir den Kindern zum Essen gegeben hatten, hatte ihren Freund kommen lassen, einen kleinen, dicken Butler. Der hatte ihnen, wie aus Spaß, ein Essen mit vier guten Gängen bereitet. Die Kinder sehen ihn mit großen Augen an, wie einen Harun-al-Raschid.

»Tagebuchseiten«, Juni 1936

Wir treffen B. und seine Frau wieder. Diese Begegnungen sind vielleicht das intensivste Leben, stärker als aller Zwang, tiefer als alle Leiden und Freuden der Liebe.

B. geht nach Spanien. Wenn der Kongreß in Madrid zustande kommt, wird man ihn vielleicht wiedersehen. B. ist wirklich der bescheidenste Mensch, den ich kenne. Obwohl er etwa ein Viertel seines Lebens im Gefängnis und vielleicht die Hälfte in Todesgefahr verbracht hat, würde er über Ausdrücke wie »gefährliches Leben« lachen. Es ist nicht erstaunlich, daß man ihn in den bewegtesten Zeiten immer mitten im Strudel einer Stadt findet. Seine ganze Natur führt ihn ins Zentrum der Ereignisse selbst.

Heute hat man mich gefragt, ob ich einen gewissen Ernst B. aus Steglitz kenne, einen Drukker. Er ist 1933 ins KZ gekommen. – Ja, und jetzt ist er plötzlich hier aufgetaucht und will nach Spanien gehen.

»Tagebuchseiten«, Juni 1937

Unser Kongreß war von Anfang an gedacht als ein demonstrativer Kongreß. Während es bei dem ersten Kongreß darum ging, unsere Begriffe herauszuarbeiten, zu formulieren, ging es bei diesem Kongreß darum, Zeugnis abzulegen: nämlich für die Verteidigung der Kultur, die heute mit der Verteidigung Spaniens identisch ist. [...]

Wir haben in Madrid unsere *deutschen* Schriftstellerfreunde gesehen, die eben deshalb zum Kern des Kongresses gehören, weil sie durch ihren völligen persönlichen Einsatz ihr eignes geschriebenes Wort demonstrieren. Wie groß, auch zahlenmäßig, der Einsatz ist, der von den deutschen kommunistischen Schriftstellern geleistet wird, kann man daraus sehn, daß allein von der Pariser Gruppe zwei Drittel kämpfend und schreibend in Spanien sind oder waren. Darunter Ludwig Renn, Gustav Regler, der schwer verwundet auf Minuten zu unserem Meeting kam. Hans Marchwitza, der die Erholungszeit nach seiner Verwundung benützt, um zu schreiben, Hans Kahle, General der Volksarmee, Arthur Koestler, der jetzt nach seiner Gefangenschaft in Malaga sein zweites Buch über Spanien schreibt, Kisch, der jetzt in Madrid arbeitet, Kurt Stern, der jetzt eine Brigadenzeitung leitet, Alfred Kantorowicz, der von seinem Frontabschnitt nicht zum Kongreß kommen konnte und inzwischen ebenfalls verwundet wurde, Bodo Uhse, der Soldat ist und schreibt, Theodor Balk, unser Reporter, jetzt Frontarzt.

»Zum Schriftstellerkongreß in Madrid«, 1937

80 Teilnehmer des II. Internationalen Schriftstellerkongresses, Madrid 1937. Vordere Reihe von links nach rechts: Rosario de Olmo, Abologuirre, Margarita Nelken, Staviski, Anna Seghers, Egon Erwin Kisch, Rafael Alberti, Maria Teresa Leon, José Bergamin

81 Anna Seghers mit Kämpfern des polnisch-spanischen Bataillons der Internationalen Brigaden »Palafox«; links von ihr Nico Rost, zweiter von rechts Kurt Stern

82 Erstes hessisches Konzentrationslager, errichtet März 1933 (Zeitungsabbildung)

Das »Siebte Kreuz« begann ich kurz vor dem Ausbruch des zweiten Weltkriegs. Zwei, drei Kapitel erschienen noch in der Internationalen Literatur. Was am Inhalt am sonderbarsten, am phantastischsten wirkt, die Sache mit den sieben Kreuzen, das ist wahr. Das hat mir ein Gefangener erzählt. In der Struktur des Romans hat ein italienischer Roman Einfluß auf mich gehabt. Manzoni: »Das Heiratsversprechen«. Auf deutsch: »Die Verlobten«. Das Buch gab mir ein Freund in Spanien. Es sei einer der besten Romane. Ich überlegte mir damals, wie man den Bericht von den sieben Kreuzen aus dem Beschreibenden, das in hundert Greuelberichten untergegangen wäre, herausheben könnte. Der italienische Roman brachte mich darauf, daß eine solche Begebenheit zum Anlaß werden kann, um die ganze Struktur der Gesellschaft eines Landes durch das Verhalten aller Menschen zu dieser Angelegenheit zu erzählen. Das hat Manzoni auch so gemacht.

Ich beendete dieses Buch im ersten Kriegsjahr. Mein Mann wurde noch unter Daladier verhaftet. Ich konnte damals nur nach meinem Gewissen schreiben, als Kommunist und als Schriftsteller. Ich wußte nicht mal genau, ob mein Manuskript je veröffentlicht werden kann. Ein Exemplar hatte ich nach New York geschickt. Daß es angekommen war, wußte ich damals nicht. Ein anderes Exemplar hatte ein französischer Freund, ein Soldat, zum Übersetzen mit in die Maginotlinie genommen. Ein anderes hatte ich einer Frau geliehen; sie kam beim Bombardement um, und das Manuskript war verloren. Das letzte, das ich noch selbst hatte, mußte ich verbrennen, als die Deutschen nach Paris kamen. Die Fortsetzung oder die Herausgabe des Romans in russischer Sprache war mit dem Kriegsbeginn unmöglich geworden.

Anna Seghers, 1951

Albrecht: Hat Anna Seghers die Familie, vor allem ihren Mann, an ihrer schriftstellerischen Arbeit teilnehmen lassen? Hat sie über Pläne gesprochen, hat sie unfertige Manuskripte vorgelesen, hat sie überhaupt vorgelesen?
Radvanyi: Ihrem Mann, der Familie, den Kindern, also uns, ja. Bis zuletzt. Immer wenn sie eine neue Idee zu einem Buch oder einer Geschichte hatte, erzählte sie davon. – Ich erinnere mich, oft mit ihr spazierengegangen zu sein, als kleines Kind wie auch dann als Erwachsener. Sie erzählte über eine Geschichte; erst hatte sie noch keine richtige Form, dann sagte sie, ich möchte darüber etwas schreiben. [...] Dann wurde das langsam etwas genauer, und sie hat neu erzählt. Sie hat immer wieder neu erzählt, bis sie uns ganze Sätze, die dann wirklich geschrieben wurden, vorgedichtet hat. [...] Ich erinnere mich noch heute an deren Klang ... Z.B. im »Siebten Kreuz« gibt es Sätze, die ich noch höre: Wie sie sie vor sich hin gesagt hat während des Spaziergangs und wie sie versucht hat, ein anderes Wort anstelle eines alten zu nehmen. Die Geschichte war nicht immer fertig, manchmal sagte sie, wie das zu Ende geht, das weiß ich noch nicht, das überlege ich mir noch. Oder wie das anfängt – es war nicht immer der Anfang der Geschichte, es konnte auch die Mitte sein, oder sogar das Ende, und später erst hat sie sich den Anfang erdacht.

Pierre Radvanyi/Friedrich Albrecht, 1990

Vielleicht sind in unserem Land noch nie so merkwürdige Bäume gefällt worden wie die sieben Platanen auf der Schmalseite der Baracke III. Ihre Kronen waren schon öfter gekuppt worden aus einem Anlaß, den man später erfahren wird. In Schulterhöhe waren gegen die Stämme Querbretter genagelt, so daß die Platanen von weitem sieben Kreuzen glichen.
[...]
Wir fühlten alle, wie tief und furchtbar die äußeren Mächte in den Menschen hineingreifen können, bis in sein Innerstes, aber wir fühlten auch, daß es im Innersten etwas gab, was unangreifbar war und unverletzbar.

»Das siebte Kreuz«, 1942

83 Schutzumschlag des Mexikaners Mendez für die deutschsprachige Ausgabe im Verlag El Libro Libre, Mexiko 1942

N. fragt mich, wie alle, wohin wir mit den Kindern im Kriegsfalle gehen würden. Meine ersten Bombenangriffe habe ich am Ufer des Rheins erlebt, die zweiten in Spanien und die dritten auch. Aber hier, in diesem Land, haben meine Kinder Freude und Sicherheit kennengelernt; sollten sie nicht, wenn es sein muß, auch Schmerz und Gefahren hier begreifen?

Abends, als ich den Weg langgehe, kommt der Milchmann durch unsere Allee, in seinem kleinen, neu angepinselten Wagen, und klingelt. Ich beglückwünsche ihn zu der blauen Farbe mit gelben Streifen. Ich sage ihm, er soll aufpassen, daß sein Pferd keine Akazienblätter frißt, ich habe gehört, das soll schlecht für Pferde sein. Er bedankt sich, erstaunt. Ist er empfänglich für den Frieden dieses Abends? Ist er empfänglich für dieses Licht des täglichen Lebens, das über den Rücken seines Pferdes und das flache Dach seines Wagens scheint? Wahrscheinlich nicht. Nicht die Bewohner einer Straße, sondern die, die sie im Vorbeigehen durchqueren, genießen am innigsten ihren Frieden. Was der Lichtkreis einer Lampe über den Köpfen einer Familie bedeutet, wissen die Vagabunden besser als alle anderen.

»Tagebuchseiten«, Juni 1938

[...] Mein Leben und meine Arbeitsbedingungen sind, wie Du Dir sicher vorstellen kannst, äußerst kompliziert. Ich habe mit großer Freude das Geld vom Goslitizdat erhalten, mußte aber leider gleich einen großen Teil für Schulden verwenden. Das alles schreibe ich nur, weil Du darum gebeten hast, sonst würde ich damit keine Zeit verlieren. Es mag seltsam erscheinen, wenn ich sage, daß meine Lage dadurch erschwert wird, daß ich nicht nur Schriftstellerin, sondern auch Mutter von zwei Kindern bin. Rodi, der in zwei Schulen und an einer Zeitschrift beschäftigt ist und außerdem noch viele andere Arbeit macht, kann sich sehr wenig um uns kümmern, [...]

Das alles führt dazu, daß ich vom Morgen bis zum späten Abend eingespannt bin. Natürlich ist das alles nicht sehr interessant, aber ich schreibe darüber, um meine Lage zu erklären. [...]

Ungeachtet dieser widrigen Umstände befinde ich mich in einer Periode, in der ich besser arbeiten kann bzw. könnte denn je zuvor.

Meine Pläne: ich beende jetzt einen Roman, der in der IL abgedruckt werden wird. [...] Gleich nach Abschluß des Romans werde ich eine große Novelle schreiben, deren Handlung von Januar 1919 bis Januar 1939 reichen wird.

Bevor ich an einen anderen Roman gehe, möchte ich publizistische Sachen schreiben. Sehr gern möchte ich über das »gewöhnliche Leben« schreiben. In diesem Zusammenhang will ich versuchen, etwas abzuhandeln, was bisher noch niemand versucht hat. Die einfache Darstellung unserer lebendigen Gefühle und Empfindungen im Verhältnis zum »gefährlichen Leben«. [...]

Ferner möchte ich gern einen kleinen Band »Auf dem Dach von Madrid« schreiben – Erinnerungen an Gespräche einiger Schriftsteller, verschiedener Nationalität, auf dem Dach des Hotels in Madrid, von dem aus wir unter Beschuß einen Luftangriff beobachtet haben. Gespräche über Grundfragen des Lebens.

Bis ich das alles schreiben werde, wird einige Zeit vergehen, und wenn ich dann noch am Leben bin, schreibe ich einen Roman: entweder: »Die vorgetäuschte Hochzeit«, Roman der gegenwärtigen Gesellschaft, oder einen Roman über einen Lehrer und einen Schüler. Dieses Thema beschäftigt mich schon lange, und ich glaube, daß mir das dann besser gelingt.

Der Umfang dieser Pläne befindet sich natürlich in keinem Verhältnis zu den Möglichkeiten, sie zu verwirklichen.

Es wäre ungerecht, wenn ich vergäße, daß ich in all diesen schweren Jahren Hilfe von Freunden und vor allem vom Goslitizdat erhalten habe.

Anna Seghers an J. R. Becher, 27. März 1939

84 Um 1940

ETAB
AEROT
ASTHME
TOUX
AERO
OX

Ne peut occuper aucun Emploi Salarié 79

RÉPUBLIQUE FRANÇAISE

0015

RÉCÉPISSÉ

DE DEMANDE DE CARTE D'IDENTITÉ

ou de renouvellement de la carte N° 34-EE-74996

Cachet.

Délivré à Monsieur Radvanyi Ladislas

né le 13 Décembre 1900 à Budapest

de nationalité Hongroise

résidant à Meudon

Avenue du 11 Novembre 1918 N° 26

Profession : Sans

Le présent récépissé, tenant lieu de permis de séjour, sera valable jusqu'au 2 Juillet 1940 (3 mois au maximum).

A Meudon, le 2 Avril 1940

Taxe versée : 100

N° du reçu : 846

Date de la poste : 2-4-40

Pénalité versée :

Nombre de mois :

Numéro du reçu :

Date de la poste :

Timbre de la Mairie ou du Commissariat.

...écépissé ne saurait, en aucun cas, tenir lieu de pièce d'identité.

85 Ersatzausweis (Ausschnitt)

In Paris organisierte und leitete ich die »Freie Deutsche Hochschule«, die die Aufgabe hatte, die antifaschistischen deutschen Wissenschaftler zusammenzufassen und für die in Paris lebenden emigrierten deutschen Studenten Kurse über die wichtigsten gesellschaftswissenschaftlichen und naturwissenschaftlichen Themen zu veranstalten. Die Hochschule bestand von 1933 bis zu Beginn des Krieges 1939. Von 1937–1939 war ich Chefredakteur der »Zeitschrift für Freie Deutsche Forschung«, die Studien von antifaschistischen deutschen Wissenschaftlern veröffentlichte.

Im Januar 1940 wurde ich von der französischen Polizei verhaftet und wegen meiner antifaschistischen Tätigkeit in das Konzentrationslager von Le Vernet gebracht. Ich blieb in diesem Lager bis Ende des Jahres 1940 und wurde dann in das Konzentrationslager Les Milles transportiert. Da ich inzwischen das mexikanische Einreisevisum erhielt, konnte ich im Frühling 1941 nach Mexiko fahren, wo ich bis 1952 blieb.

Johann-Lorenz Schmidt, Lebenslauf, 1952

 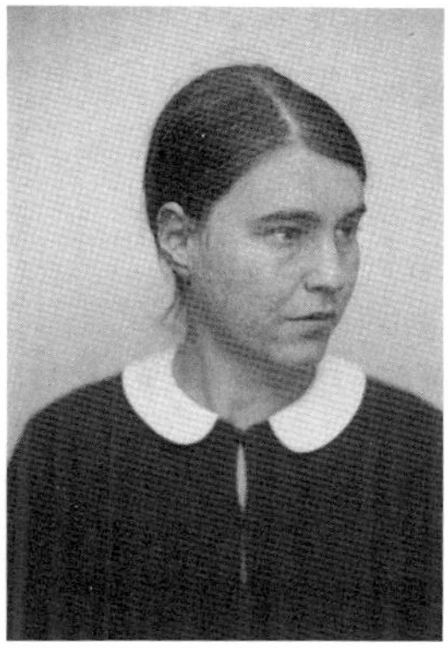

86, 87 Paßbildserie aus den dreißiger Jahren

Beim Schaffen eines Kunstwerks, wie bei jeder menschlichen Aktion, ist das Maßgebende die Richtung auf die Realität, und dabei gibt es, wie Du auch sagst, keinen Stillstand. Doch was Du als Zerfall ansiehst, kommt mir eher wie eine Bestandsaufnahme vor; was Du als Formexperiment ansiehst, wie ein heftiger Versuch eines neuen Inhalts, wie ein unvermeidlicher Versuch.

Anna Seghers an Georg Lukács, 28.Juni 1938

Nachdem uns zehn Länder die Einreise verweigert hatten, trotz aller Bürgschaften und Bürgen und Zeugnisse und Empfehlungen, wußten wir keinen Rat mehr und fielen in Verzweiflung. Da trafen wir unterwegs einen alten Bekannten, um den wir uns längst nicht mehr gekümmert und den wir schon ganz vergessen hatten. Dieser Bekannte gab uns einen Rat. »Es gibt noch ein Elftes Reich«, sagte er, »das soll noch Leute hereinlassen unter gewissen Umständen.« Er gab uns auch die Adresse des Konsulats. [...]

Von dem Reich selbst hatten wir nicht die geringste Vorstellung. Wir hatten auch ganz vergessen, unseren Bekannten anzufragen. Aber hatten wir uns früher etwa unter Uruguay etwas Bestimmtes vorgestellt?

Als wir uns anstellten für das Visum, sagte uns gleich der Konsulatsdiener, anstellen hätte hier keinen Zweck, sein Land ließe doch nur solche herein, die keine Pässe hätten. Er zuckte die Achseln bei unserem Bescheid, wir seien nicht in der Stimmung für Scherze. Als wir drankamen, fragte man uns, ob wir gültige Pässe hätten. Wer einen solchen Paß zeigte, der wurde sofort abgewiesen. Wer keinen hatte, dem sagte man, daß er losreisen solle, er hätte nichts zu befürchten, man würde ihn, wenn er wirklich paßlos sei, glatt hereinlassen.

Darauf ging der kleinere Teil von uns weg, nicht weil er befriedigt, sondern weil er bis zur Gleichgültigkeit erschöpft war.

»Reise ins Elfte Reich«, 1939

Ich konnte damals auf Deinen Brief vom Juli nicht sofort antworten. Der zweite Brief fiel mir schwerer als der erste. Dann passierten alle möglichen Dinge. Die Realismusdiskussion wurde abgebrochen, und wir vergaßen sie. Unsre Fenster wurden schon blau gestrichen gegen Luftangriffe, und Sand wurde in die Häuser getragen gegen Brandbomben. Dann wurde der Krieg wieder abgeblasen, die Schutzfarbe abgekratzt, und Hanns Eisler antwortet in der »Neuen Weltbühne« mit unverminderter Heftigkeit auf die Vorwürfe des vergangenen Sommers, er zerpflücke und montiere die Klassiker des deutschen Volks.

Wenn sich etwas als zäh und stabil erwiesen hat, dann war es die Realismusdiskussion. Das zeigt, daß es dabei um etwas geht, was mit dem überhaupt Wichtigsten zusammenhängt. Auch wenn das Wichtigste dabei nicht immer herauskam, sondern durch Nebenfragen verschleift wurde. [...]

Noch etwas Lustiges. Viele unserer Kollegen und Freunde lesen und hören solche Diskussionen, wie ich merke, mit den merkwürdigsten Gefühlen. Sie erwarten mit Spannung und Neugierde, wer den andern erledigt. Einer, meinen sie, müßte unbedingt auf der Strecke bleiben, sonst gelte das Spiel nichts. Aber bei einer Diskussion auf gleicher Ebene, wo Ausgangspunkt und Ziel gemeinsam sind, bleibt nur eins auf der Strecke, das Unklare.

Anna Seghers an Georg Lukács, Februar 1939

88 Deutsche Soldaten im Juni 1940 in einer Pariser Straße nach der Einnahme der Stadt

Als Schulkinder im Sommer vor dem ersten Weltkrieg hatte niemand in unserer Umgebung seinen Ausbruch für möglich gehalten. Und ein Jahr vor dem Ausbruch des zweiten Weltkrieges war Chamberlain vom Münchner Abkommen erleichtert zurückgekehrt: Ich bringe euch Frieden.

Bald brannte der Weltkrieg von Pearl Harbour bis Wladiwostock. Sein Geheimnis war besser vernebelt gewesen als Gibraltar, an dem wir zu Beginn dieses Krieges vorbeifuhren. [...] Mörderische Befehle wurden damals in unserer Sprache gegeben, wir erlebten die Abtötung aller menschlichen Werte in deutschen Menschen – wir wären verzweifelt, hätten uns nicht unsere eigenen Erfahrungen, hätten nicht uns und allen solche Bücher wie Bredels »Prüfung«, wie Langhoffs »Moorsoldaten« gezeigt, wie der Faschismus auch das eigne Volk überfiel.

»Ansprache in Weimar«, 1965

Radvanyi: Ich habe vielen Diskussionen zugehört über diesen [deutsch-sowjetischen] Pakt und wie man den Krieg einschätzen sollte. Natürlich, Hitler blieb Hitler, der Faschismus blieb der Faschismus für die Antifaschisten. Das war eine ganz verrückte Lage. Ich erinnere mich, daß deutsche Emigranten, als sie aufgefordert wurden, in die französischen Lager zu gehen, sind sie sofort ins Lager gegangen. Das war für die Antifaschisten besonders schlimm. Die Antifaschisten wurden damals in Frankreich den Faschisten gleichgesetzt. Ein Deutscher war ein Deutscher, ob er Antifaschist war oder nicht. Der Pakt machte das alles noch härter, noch schlimmer.

Albrecht: In der Sowjetunion mußten in jener Zeit die deutschen Antifaschisten ihre Propaganda gegen Hitler einstellen. Schaut man sich die Zeitschrift »Internationale Literatur«, von Becher herausgegeben, an, so ist der Bruch der

Konzeption unverkennbar. Damals begann die Zeitschrift, »Das siebte Kreuz« abzudrucken, und dieser Abdruck wurde abgebrochen.
Radvanyi: Ich kann mir vorstellen, daß der Pakt der Grund dafür war, das Buch ist ja natürlich gegen den Faschismus gerichtet. Ich kann mir aber auch vorstellen, daß die ersten Kapitel in Moskau angekommen sind und die anderen nicht. Ich weiß es nicht.

Sie kennen die Geschichte des Manuskripts? Es gab drei oder vier Kopien. Eine blieb in Frankreich, bei einem Deutschlehrer am Lycée du Vesinet bei Paris. Er übersetzte es während des Krieges. Das ist die Übersetzung, die nach dem Krieg bei Gallimard erschien. Der Lehrer versteckte das Manuskript in seinem Haus. Am Ende des Krieges war er mit der Übersetzung fertig. Ein zweites Manuskript hat die Mutter an Weiskopf nach New York geschickt. Ein Manuskript gab sie Bruno Frei, und das wurde während des ersten Bombenangriffs auf Paris zerstört. Die Frau von Bruno Frei starb in den Trümmern. Ein Manuskript, das vierte, blieb zu Hause.
Albrecht: Das hat sie selbst vernichtet.
Radvanyi: Nein, das hat sie nicht vernichtet, sondern eine polnische Freundin, die damals mit uns wohnte. Das war im Juli oder Anfang August 1940, und die Mutter hatte Angst, in die Wohnung zu gehen. Diese polnische Freundin ging zusammen mit mir dorthin, um noch etwas zu retten. Die Gestapo war schon dort gewesen und hatte die Leute schon ausgefragt, aber die Wohnung noch nicht durchsucht. Die Freundin fand das Manuskript und verbrannte es sofort. Da hat die Mutter geweint, als sie das erfahren hat.
Albrecht: Es gibt noch ein weiteres Exemplar des Manuskripts. Das liegt im Zentralen Staatsarchiv in Potsdam, und zwar in den Materialien der »Pariser Tageszeitung«, der deutschsprachigen Emigrationszeitung von Paris, die offensichtlich seinerzeit von der Gestapo beschlagnahmt und nach Deutschland gebracht worden waren. In diesem Material ist ein vollständiges Exemplar des »Siebten Kreuz« auf der Schreibmaschine geschrieben.
Radvanyi: Das heißt, da ist ja noch ein Exemplar.
Albrecht: Ja. Aber das war in den Händen der Gestapo. Also für Anna Seghers auch nicht mehr greifbar.

Pierre Radvanyi/Friedrich Albrecht, 1990

Lieber Wieland,
ich wollte Dir längst schreiben, aber ich fand weder die äußere noch die sog[enannte] innere Ruhe. Wie Du weißt, gibt es bei uns immer viel Neues, und nur die Hälfte alles Durcheinanders pfleg ich durch Schreiben zu erleichtern, die andre Hälfte behalt ich für mich, um unsre Freunde nicht zu äußerstem Wahnsinn zu bringen. Z.B. kam neulich die Kleinigkeit an mich, daß man meine Mutter nach dem Tod meines Vaters zwingen wollte, von dort, wo sie ist, nach Shanghai zu fahren, nur darum, weil zufällig dort eine Quote frei war – an dieser seltsamen Nuß knack ich noch immer. Von meinem Mann weißt Du.

Anna Seghers an Wieland Herzfelde, 9.Mai [1940]

In unserer Wohnung konnten wir nicht bleiben, die Gestapo mußte die Adresse kennen. Wir fuhren einige Stationen mit der Eisenbahn, dann gingen wir zu Fuß. Der Treck war wie alle Trecks in alle Himmelsrichtungen, von denen ich später als Erwachsene erfuhr. Die Menschen waren müde, hungrig, schmutzig. Sie hatten Angst. Ich sehe vor mir noch einige Bilder: Während der Rast saßen wir drei Kinder am Rande der »Route d'Orléans« und lasen den »Grafen von Monte Christo« in kleinen Bänden. Auf beiden Seiten der Straße unendliche Weizenfelder, die Beauce. Man verdächtigte uns, Spione zu sein, weil unsere Mutter ein ungarisch beschriftetes Medikamentengläschen fallen ließ. Wir wurden beschossen von italienischen und deutschen Flugzeugen. Es fielen Bomben auf die Menschenschlange. Bald wurden wir von unseren polnischen Freunden getrennt. Nachdem uns die Wehrmacht überholt hatte, nahm uns ein LKW mit zurück nach Paris.

Ruth Radvanyi, 1990

Wir kamen in ein kleines verlassenes Dorf, waren erschöpft, hatten kaum etwas gegessen. Nur einige Flüchtlingsfamilien waren bis dorthin gekommen. Wir gingen in ein Bauernhaus und schliefen dort. Am nächsten Morgen marschierten die Deutschen ein. Da bekam meine Mutter richtig Angst. Ich glaube, sie hat sogar einige Sachen zerrissen. Deutsche Soldaten drangen in das Haus ein. Sie hatten gesiegt, sie waren froh und guckten einfach nach, ob die Häuser bewohnt waren oder nicht. Und sie hat getan, als ob sie eine Französin wäre. Sie sagte, sprecht nur nicht deutsch, wir sprechen Französisch. Der Soldat, der da reinkam, war aus dem Rheinland, er hatte den Akzent vom Rheinland. Und sie hat französisch gesprochen. [...] Ich weiß nicht, ob er einige französische Worte konnte oder ob sie so tat, als wäre sie eine Französin, die etwas Deutsch kann. Das war natürlich sehr aufregend, sehr kritisch. Für die deutschen Soldaten, die da im Vormarsch waren, waren wir Flüchtlinge, eine Frau mit zwei Kindern. Überall waren Frauen mit Kindern, wir sind sozusagen in der Masse verschwunden.

Pierre Radvanyi, 1990

Nach unserer Rückkehr ins besetzte Paris fand unsere Mutter ein Hotelzimmer in der Rue Saint Sulpice. Ich sehe noch, wie wir im dunklen Zimmer bei zugezogenen Gardinen Radio Moskau hörten. Der Sprecher berichtete auf französisch über den Schulanfang von mehreren Millionen Kindern in einer der Sowjetrepubliken. Beim Hören dieser Stimme und dieser Nachricht empfanden wir eine riesige Freude. Unsere Mutter schickte uns in die Schule, was bestimmt unvorsichtig war. In meiner Volksschule hatten unsere Mutter und ich den Eindruck, daß meine Lehrerin mich schützte. Peter besuchte das Gymnasium. Wir hatten wenig Geld, manchmal Hunger; wir waren verängstigt. Unsere Mutter wußte, daß der Schulbesuch auf uns beruhigend wirkte. Als wir erfuhren, daß die Gestapo in unserer ehemaligen Wohnung gewesen und daß unsere Freundin
Lene-Lore Wolf in ihrem Hotel verhaftet worden war, tauchten wir ganz unter. Wir verteilten uns bei verschiedenen Bekannten. Peter war bei Pony, der Freundin von Erich Kästner. Wir trafen Jeanne Stern zufällig in der U-Bahn. Sie brachte uns zur Demarkationslinie bei Moulins.

Ruth Radvanyi, 1989

Sehr geehrter Herr,
erst vor drei Tagen habe ich Ihren Brief vom 7. Juni erhalten. Ich habe Ihre Kinder an dem Montag der schrecklichen Woche gesehen, das war vor meiner Abreise. Nach meiner Rückkehr nach Paris – ich war mit meiner Familie in den unbeschreibbaren Zusammenbruch geraten und mußte umkehren – rief ich sofort das Spital an, um den Aufenthaltsort der Kinder zu erfahren. Ich war nicht wenig erstaunt zu hören, daß sie sich immer noch dort befinden. Ich schickte meinen Sohn zu ihnen, und ich selbst werde wahrscheinlich morgen hingehen, um sie zu sehen. Dann werde ich Ihnen ausführlicher schreiben. Wie mein Sohn berichtet, befinden sich die Kinder in gutem Zustand. Man behält sie im Spital, bis man etwas Geeigneteres für sie findet. Der Arzt ist, wie ich höre, ein freundlicher und verantwortungsbewußter Mann. Was nun jene Nachbarin betrifft, der ich schon am Krankenlager der Kinder begegnet bin, so gibt es nicht Worte genug, um sie zu loben. Sie besucht die Kinder jeden Tag und tut ihr Möglichstes, um die Mutter zu ersetzen. In solchen Zeiten ist Treue eine große Stärkung. Ich spreche davon, damit Sie wissen, wie menschlich diese Frau ist.

Ich werde mein Möglichstes tun, um Ihren Kindern eine bessere Unterkunft zu sichern. Aber Sie werden verstehen, mein Herr, daß in diesem Augenblick alles ungewöhnlich schwer ist. Ich bedaure unendlich, daß ich nicht in der Lage bin, die Kinder zu mir zu nehmen, ist doch meine eigene Lage recht schwierig.

Wollen Sie, geehrter Herr, den Ausdruck meiner Hochachtung entgegennehmen.

A. Netty

Anna Seghers an Bruno Frei, 11. Juli 1940

89 Bruno Frei Ende der dreißiger Jahre

Und dann erschlug das Raubtier doch noch die Mutter meiner Kinder. Du warst, selber in tödlicher Gefahr, um sie besorgt. Du wirst es vergessen haben – ich aber bewahre noch den Brief, den ich im Halbdunkel der Baracke 6 im Konzentrationslager Vernet mit zitternder Hand öffnete. [...] Durch die Kühle der konspirativen Sprache spürte ich beglückend Dein heißes Herz schlagen.

Bruno Frei an Anna Seghers, April 1960

Die Villard erzählte, Fenster und Waschbecken scheuernd, wobei ihr die Meunier manchen Handgriff tat, daß gestern die Gestapo einen Mieter verhaftet habe, der sich im Hotel als Elsässer eingetragen, jedoch, wie sich inzwischen herausgestellt hatte, aus einem deutschen Konzentrationslager vor einigen Jahren entflohen war. Der Mieter, erzählte die Villard, Scheiben reibend, sei in die Santé gebracht worden, von dort aus würde er bald nach Deutschland abtransportiert werden und wahrscheinlich an die Wand gestellt. Doch was ihr weit näher gehe als dieser Mieter, denn schließlich Mann sei Mann, Krieg sei Krieg, das sei der Sohn des Mieters. Der Deutsche habe nämlich ein Kind, einen Knaben von zwölf Jahren, der habe mit ihm das Zimmer geteilt, sei hier in die Schule gegangen, rede französisch wie sie selbst, die Mutter sei tot, die Verhältnisse seien undurchsichtig wie meistens bei den Fremden. [...] Der Knabe habe Vertrauen zu ihr, Annette, er habe sie in der Nacht um Hilfe gebeten, sie habe ihn auch frühmorgens weg in ein kleines Café gebracht, dessen Patron ihr Freund sei. Da sitze er nun und warte.

»Das Obdach«, 1941

Wie ich diese Geschichte [»Das Obdach«] schrieb – ungefähr um dieselbe Zeit, in der sie passiert sein mag, oder nur wenig später, jedenfalls in der ersten Hälfte des Krieges, als die Wehrmacht Frankreich besetzt hatte –, versuchte ich in Form dieser Novelle auszudrücken, wovon mein Kopf und mein Herz angefüllt waren. Ich versuchte mir und anderen Menschen die Ursache und den Sinn und das Zustandekommen des Widerstandes im französischen Volk klarzumachen. Ein Widerstand, der für den einen Menschen sofort klar ist, weil er unmittelbar Partei ergreift für das Menschliche, wo und wie es ihm zustößt, für den anderen Menschen, wohl für den Durchschnittsmenschen, langsam wächst auf Grund der verschiedensten Eindrücke und Erlebnisse.

Dafür hatte ich alle möglichen Beispiele.

Anna Seghers an Leipziger Studenten, 28. Oktober 1957

90 Sohn und Tochter von Bruno Frei in Mexiko, der Sohn als US-Soldat

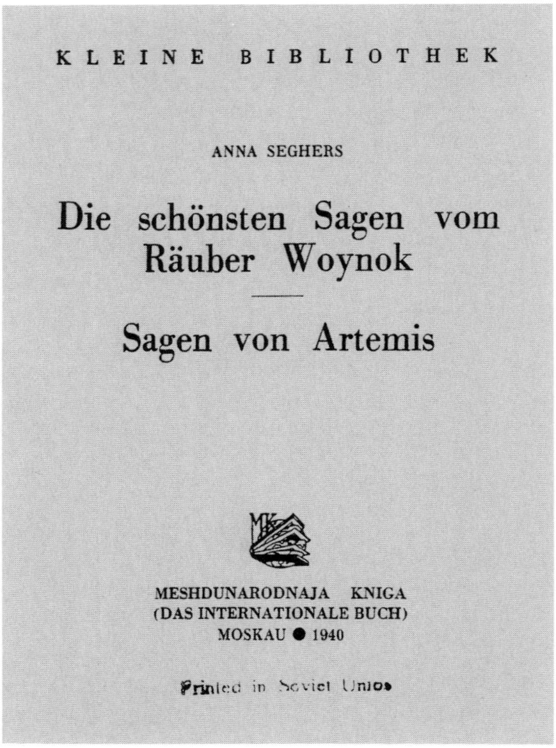
KLEINE BIBLIOTHEK

ANNA SEGHERS

Die schönsten Sagen vom Räuber Woynok

Sagen von Artemis

MESHDUNARODNAJA KNIGA
(DAS INTERNATIONALE BUCH)
MOSKAU ● 1940

Printed in Soviet Union

91 Erste Buchausgabe der »Sagen« 1940 in der Sowjetunion

Und habt ihr denn etwa keine Träume, wilde und zarte, im Schlaf zwischen zwei harten Tagen? und wißt ihr vielleicht, warum zuweilen ein altes Märchen, ein kleines Lied, ja nur der Takt eines Liedes, gar mühelos in die Herzen eindringt, an denen wir unsere Fäuste blutig klopfen? Ja, mühelos rührt der Pfiff eines Vogels an den Grund des Herzens und dadurch auch an die Wurzeln der Handlungen.

Motto zu
»Die schönsten Sagen vom Räuber Woynok«, 1938

»Ich? Nie! Kein einziges Mal!« sagte der Jüngste. »Dabei bin ich bereit, mein Leben dafür herzugeben!«

»Daß du das meinst, ist nichts Merkwürdiges. Was tut auch die Jugend nicht alles für ihr Leben gern. Um was ist die Jugend nicht alles bereit, ihr Leben anzubieten oder doch die Hälfte ihres Lebens oder den besten Teil ihres Lebens. Nachher, wenn sich der Wunsch erfüllt hat, will sie nicht beim Wort genommen werden. Und hat sogar recht. Ist ein Betrug nicht des andern wert? Das Merkwürdigste aber an deinem Wunsch, Kleiner, besteht darin, daß man auch nachher noch bereit ist, wenn dieser Wunsch erfüllt wurde. Auch nachher denkt man: Ja, das ist es wert gewesen, ja, das war es, wofür ich bereit war, mein Leben herzugeben. Und man fühlt sich noch knauserig, weil man kein zweites Leben hergeben kann.«

Alle Augen suchten durch den beißenden Rauch das Gesicht des alten Jägers. Ein Wunder, daß er überhaupt einmal sprach und nun gar solche Worte. Man erfährt ja nur, was die Menschen erregt, nie, was sie zum Verstummen gebracht hat.

Der jüngste Jäger fragte geradezu: »Ist das wahr, daß du sie wirklich einmal gesehen hast? Man behauptet das.«

Alle erschraken. Noch nie hatte jemand gewagt, den alten Mann danach zu fragen. War diese Frage nun kühn, weil sie das Schweigen bricht, an dem der Ungefragte ersticken kann, oder war sie bloß tölpisch? Der alte Jäger erwiderte nichts. Er stocherte im Feuer herum – vielleicht war er wieder auf einige zehn Jahre verstummt.

»Sagen von Artemis«, 1938

Am 13.Juli [1940] kam Anna Seghers in die Botschaft. Sie wurde verfolgt, schwebte in Todesgefahr. Sie bat darum, ihr zur Flucht in die »freie Zone« zu verhelfen.

Ilja Ehrenburg, 1978

Die Tür der Schenke stand offen. Hinter der blinkenden Theke spülte der Wirt Gläser. Sonst war die Stube menschenleer. Obwohl wir uns hingesetzt hatten, fragte der Mann nicht nach unseren Wünschen, und wir bestellten nichts. Er blickte zur Tür hinaus, er schien uns zu ignorieren. Nach einer Weile sagte er: »Ihre Bekannte ist eben vorbeigekommen. Sie müssen ihr nach. Gleich.« Die Kinder und ich standen auf. Anna rührte sich nicht.

Die Bäuerin ging schnell, ohne sich umzudrehen. Sie hörte wohl unsere Schritte, wir folgten ihr in geringem Abstand. Sie lief durch Stoppel- und Kartoffelfelder, wir hinter ihr her; sie wollte offenbar die Sache möglichst rasch hinter sich bringen; sie sah sich weder um noch vor. Wir schienen mir in der unendlichen Ebene verloren und zugleich geheimen Blicken ausgesetzt.

Hinter jeder Baumgruppe konnte Gefahr lauern. Mit einmal stießen wir auf einen Weg. Dort, wo eine einsame französische Fahne wehte, sah ich einen Schlagbaum, dahinter zwei französische Gendarmen. Die Bäuerin sagte zu den Kindern: »Schnell rüber.« Verdattert fragte ich: »Beginnt hier die freie Zone?« – »Na, ja«, antwortete achselzuckend einer der Gendarmen. Die beiden Kinder ließ er ohne weiteres passieren. [...] Ich kehrte durch dieselben Stoppel- und Kartoffelfelder in die Schenke zurück.

Anna war nicht mehr da! Mir zitterten die Knie. Auf einem Stuhl stand verlassen der Rucksack. Ich bemühte mich, meinen Schreck zu verdrängen, und setzte mich in die leere Gaststube neben den Rucksack. Der Wirt kam aus der Küche an meinen Tisch: »Sie können ruhig sein; Ihre Freundin hat einen sicheren Begleiter gefunden, ich kenne ihn gut. Auf Wiedersehen!«

Mutterseelenallein: mir schien das ergreifende, urdeutsche Wort auf Anna zugeschnitten; auf ihre Einsamkeit, ihre Unruhe, ihre Ängste, ihr Zögern und ihren Entschluß, die Kinder, ihre Kinder einzuholen, sofort, um jeden Preis, und koste es das Leben. Ich sah die beiden wieder, den Jungen und das Mädchen, wie sie vorher durch die Sperre gingen, zu großem Abschiednehmen war keine Zeit, und sie entfernten sich tapfer, kinderseelenallein ... [...]

Erst nach Wochen erfuhr ich in Paris über die Wiener Freundin, daß Anna und die Kinder gut angekommen waren.

Jeanne Stern, 1975

Unsere Mutter hatte Schwierigkeiten, für sich einen Lotsen zu finden. Der Mann, der sich dazu bereit erklärte, war teuer und aufdringlich. Er brachte sie über Wald und Wiesen auf die französische Seite. Sie kam im Dorf, wo wir uns verabredet hatten, mehrere Stunden nach uns an.

Als Treffpunkt hatten wir im Telefonbuch von Moulins eine Kneipe ausgesucht. Als Peter und ich in der Abenddämmerung das Dorf erreichten, stellten wir fest, daß die Kneipe nicht mehr existierte. Wir setzten uns in ein Café. Unsere Mutter irrte im dunklen Dorf herum, bis sie uns durch das hell beleuchtete Fenster, hinter dem wir unsere Suppe löffelten, entdeckte. Wir hatten diesen Platz ausgesucht, um von außen sichtbar zu sein. Jeanne fuhr mit dem Rucksack unserer Mutter nach Paris zurück. Da Gepäckkontrollen häufig waren, hatte sie vor der Abreise den Inhalt durchgesehen, um Fragen beantworten zu können. Sie fand den Originalbrief von Heinrich Heine, den unsere Mutter von ihrem Vater hatte. Nach einer langen Odyssee hing dieser Brief jahrelang an der Wand ihres Arbeitszimmers in Adlershof. Jetzt liegt er in der Staatsbibliothek Unter den Linden.

Ruth Radvanyi, 1990

Transit 24.3.–30.6.1941

März 1941. Familie Radvanyi/Seghers verläßt Marseille auf dem Dampfer »Capitaine Paul Lemerle«. Die Fahrt geht über Martinique, Santo Domingo und Ellis Island (USA)

30. Juni 1941. Ankunft in Mexiko

Die fortschrittliche League of American Writers, vor allem aber F. C. Weiskopf in New York und Bodo Uhse und Ludwig Renn in Mexiko, arbeiteten verbissen daran, Anna Seghers, ihre beiden Kinder und ihren Mann möglichst schnell vor dem Zugriff der Nazis über den Ozean zu retten. Visa und Schiffskarten waren besorgt, aber die Abreisemöglichkeit, Transitgenehmigungen und schließlich auch der Lebensunterhalt bis zur Abfahrt, all das mußte hier organisiert werden. Ich habe Anna auf ihrem bitteren Weg zu einem Hilfskomitee für Intellektuelle begleitet, wo ihr ein dort gut untergebrachter deutscher Schriftsteller widerlich höflich sagte: »Und können Sie uns wenigstens das eine oder andere Ihrer Werke vorzeigen, Frau Seghers, damit die amerikanischen Kollegen sehen, daß sie es wirklich mit einer Schriftstellerin zu tun haben?« [...]

Einmal saßen wir in einem Café im alten Hafenviertel, tranken in kleinen Schlucken das tintenschwarze, scheußliche Gebräu mit der unverdienten Bezeichnung Kaffee, betrachteten die Ruhelosigkeit der Meereswellen und, weiter draußen, die Brandung rings um die Felsblöcke der Insel mit dem Château d'If, aus dem einst der Graf von Monte Christo geflohen war, und mit einem Mal sagte Anna: »Zu dumm, wegen eines Transitvisums hier herumzuhocken. Die Kinder sind in Pamiers, mit dem Visum wird der Rodi auch aus Vernet dort hinkommen können, kannst du nicht versuchen, eine zeitweilige Aufenthaltsbewilligung in Pamiers zu bekommen?« Und dann nach einer kleinen Pause: »Man sollte einander nicht verlieren in diesen tobsüchtigen Zeiten.«

An das Hafencafé und an diese Worte dort mußte ich denken, als ich später ihr Buch »Transit« in den Händen hielt.

Lenka Reinerová, 1985

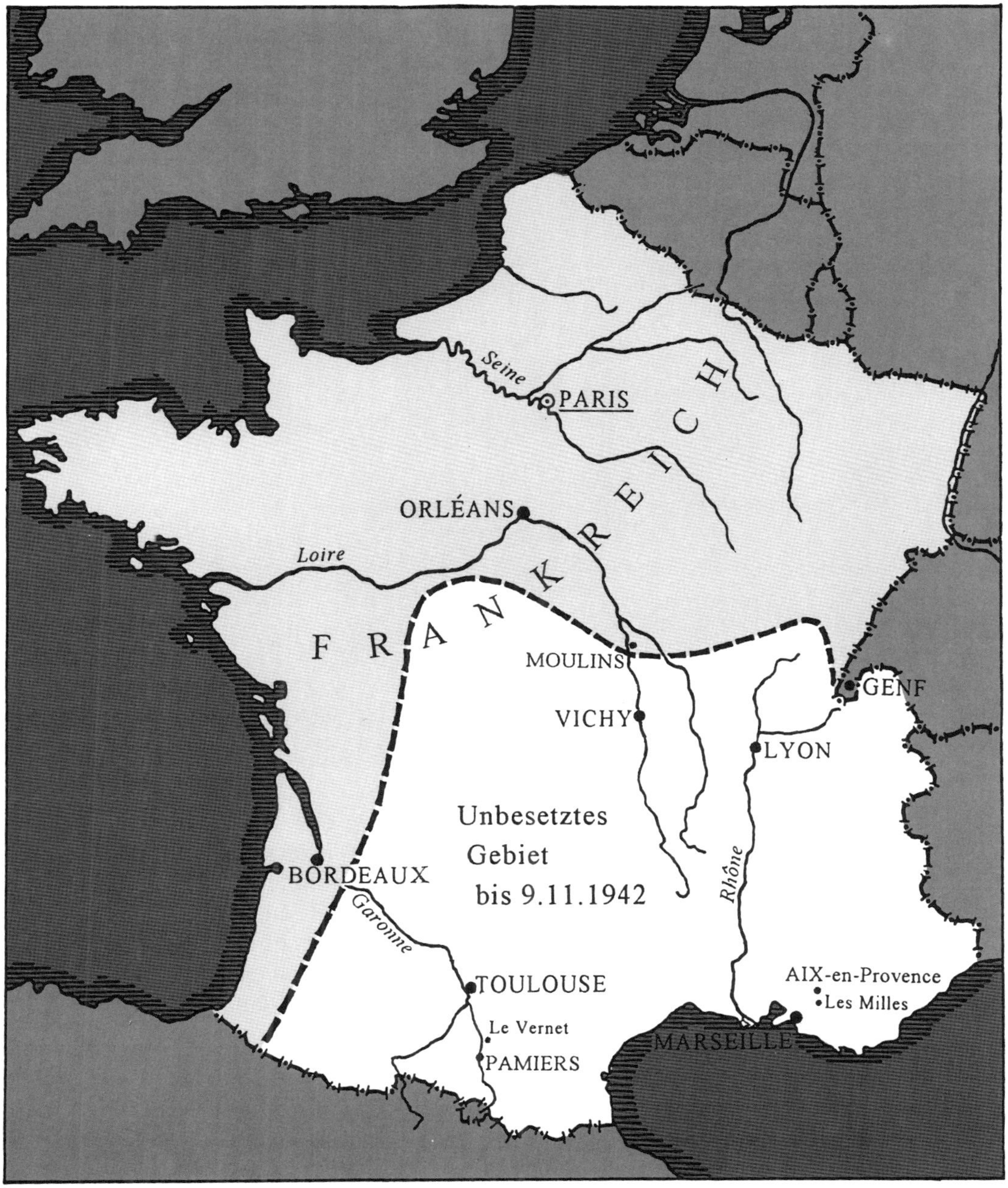

92 Frankreich nach der Okkupation durch das Deutsche Reich mit der Demarkationslinie zwischen der besetzten und der unbesetzten Zone

Seine Haftgefährten nannten ihn Johann. Er war als Leiter der MASCH, der Marxistischen Arbeiterschule, unter dem Pseudonym Johann Schmidt bekannt. Diesen Namen hatte er behalten, oder er war an ihm klebengeblieben, als er in Paris die Freie Deutsche Hochschule gründete und dort Vorlesungen hielt. In Vernet traf er viele seiner ehemaligen Schüler wieder. [...]

Johann hielt [...] verschiedene Kurse für die deutschen Genossen.[...] Von intellektuellem Hochmut keine Spur. Immer ruhig, immer von einer ausgesuchten Höflichkeit. Er stellte sich wirklich auf den Schüler ein, den er unterrichtete. [...] Man darf dabei nicht vergessen, daß Johann Schmidt wie die anderen ein Häftling war, wie die anderen zum Appell mußte, hungerte, fror. [...]

Johann sprach mit großer Liebe von Anna. Mit einer Liebe, die sich nicht in Worten ausdrückte, die man aber spürte, unverkennbar: im Blick vielleicht, vielleicht in einem Versagen, einem Zittern der Stimme: als er erfuhr, sie sei unversehrt mit den Kindern im unbesetzten Gebiet angelangt, sie sei in Pamiers gut untergebracht, sie bekäme Unterstützung durch die Toulouser Gruppe, sie käme zu Besuch.

Jeanne Stern, 1980

93 Weiterbildung im Lager Le Vernet

94 Unterkunft der Internierten
95 Weihnachtsgruß von zwei Lagergefährten für Johann Schmidt

*96 Pamiers.
Teil der Altstadt
mit der Kirche
Notre Dame*

Ein paar Tage nach ihrer Ankunft in Pamiers fuhr sie mit den Kindern nach Vernet d'Ariège. Es war noch dunkel, als sie vor sechs Uhr das Haus verließen; es dämmerte kaum, als sie den Eingang des Lagers erreichten.

Auf der Ebene, abseits vom Dorf, ungefähr zwei Kilometer vom Bahnhof entfernt, etwa hundert trostlose Baracken, mit drei Meter breitem Stacheldraht umzäunt. Auch innerhalb des Lagers gab es Stacheldraht, um die drei Abteilungen voneinander zu trennen. In der Abteilung C, der Annas Mann angehörte, wurden die sogenannten »Verdächtigen« gesammelt: ein bunter Haufen von erprobten »Politischen« mit Schiebern und Ganoven vermengt.

Laszlo Radvanyi war knapp vierzig. Die dunkelblauen Augen blickten sanft unter schwarzen, buschigen, wilden Brauen. Er sprach mit leiser, langsamer, wohlartikulierter Stimme ein tadelloses, ein gepflegtes Deutsch, mit ungarischem Akzent gewürzt. Vielleicht krampfte sich ihm vor Erregung das Herz zusammen, als er Anna und die Kinder erblickte. Aber er ließ es sich bestimmt nicht anmerken. Nach fünf Monaten – was für Monate! – saßen sie wieder zu viert beieinander, wie damals in Bellevue, und freuten sich erst einmal darüber. Es gab um sie herum in der Sprechstunde noch andere Familiengruppen, die in vielen Sprachen durcheinanderredeten oder auch miteinander schwiegen, weil sie sich so viel zu erzählen hatten, daß sie nicht wußten, womit anfangen. Oder weil die Gegenwart der Aufpasser, Gendarmen oder Gardes mobiles, sie jede Sekunde daran erinnerte, daß sie ja achtgeben mußten, sich und die anderen nicht zu verraten. Oder weil sie sich zu sehr danach sehnten, allein zu sein.

Seltsamerweise verbinden die Kinder bis heute mit diesen Besuchen auch angenehme Erinnerungen. Peter sah beim erstenmal (und zum letztenmal) Friedrich Wolf, der ihn an seine Brust drückte, die so würzig nach seiner Lederjacke roch.

Ruth und er denken auch noch an heiße Suppe, die die Häftlinge sich von ihren kargen Rationen abknapsten, um Anna und die Kinder zu wärmen. Denn es war verdammt kalt, es wurde jedesmal kälter, der Winter brach ein, und der böse Wind, le vent d'autan, blies von den Pyrenäen, deren Gipfel sich bald mit Schnee bedeckten.

[…]

In Pamiers, einem Städtchen von heute immerhin 15 000 Einwohnern, ist Madame Jeanne, Annas Vermieterin aus dem Jahr 1940, bei den Alteingesessenen bekannt wie ein bunter Hund. Manchmal »nur von weitem«, manchmal »nur vom Hörensagen«. Aber nicht nur in der Nachbarschaft der Gasse zum roten Portal. Ich bin auf keinen gestoßen, der nicht auf meine Frage sofort reagiert hätte mit einem »Madame Jeanne? Na klar! Die Kartenlegerin!« […]

Ich verhehle es nicht: Ich empfinde für Madame Jeanne eine ausgesprochene Zuneigung. Denn ohne Hellseherei, nur auf Grund der Anmeldepapiere mußte sie ja wissen, daß ihre Untermieterin in Deutschland geboren und durch Heirat ungarischer Nationalität war. Und wenn sie Anna bei der Nachbarin in eine Polin verwandelte, so nicht aus geographischer oder politischer Unkenntnis, sondern nur, weil die damals überfallenen und unterdrückten Polen mehr Sympathie in Frankreich erweckten als die Ungarn von Horthy, unsichere Kantonisten.

Jeanne Stern, 1980

Mein lieber Weiskopf,
ich habe bis jetzt 2 Briefe von Dir bekommen. Ich habe die Briefe von Americ. Expr. erhalten, aus denen hervorgeht, daß die Überfahrt für mich und die Kinder bezahlt ist. Ich danke Euch für all Eure Güte und für all Eure Bemühungen! Mein Gefühl der aufrichtigen Freundschaft bleibt immer das Fundament für all meine Gefühle, auch dann, wenn ich Euch Vorwürfe mache, denn ich weiß die große Arbeit zu schätzen, die Ihr für mich geleistet habt.

Wie ich Dir in meinem vorigen Brief geschrieben habe, bin ich wegen Rodi furchtbar traurig. Wie ich Dir in jedem Brief gesagt habe, werden die Kinder und ich das Land niemals ohne ihn verlassen (da die Situation, wo dies unbedingt nötig wäre, nicht besteht, im Gegenteil). Für ihn allein hat man absolut nichts getan. Man hat *alle anderen* in seinem Lager vorgeladen, *außer ihn. Alle anderen, außer ihm*, haben die Vorladung des *Konsulats* erhalten. [...]

Es ist sehr gut möglich, daß Bodo [Uhse] etwas unterlassen hat. Du mußt ihm *unbedingt* ein Telegramm schicken! Mir ist dies unmöglich, da mich schon ein Brief zuviel kostet. Bodo hat mir gestern ein Telegramm geschickt, er hätte diesen Namen in der Botschaft berichtigt. Aber im *selben* Telegramm hat der Arme den Namen wieder falsch geschrieben, so daß ich die größten Unannehmlichkeiten hatte, bevor ich dieses Telegramm bekommen konnte. Ich bitte Dich also, lieber Freund, Ordnung in die Unordnung zu bringen. Es ist ernst, verstehst Du? [...]

Es ist gut möglich, daß ich das Geld niemals erhalte, wenn der arme Bodo dieselbe Dummheit bei der Adresse gemacht hat. Lies diesen Brief, ich bitte Dich, mit größter Aufmerksamkeit, mein armer Freund, denn jeder Satz hat seine Bedeutung.

Zum Glück und leider kann ich ohne Rodi nicht abreisen, selbst wenn ich Visa und Tickets habe. Wie Ruth [Jensen] Euch schon gesagt hat, kann man mit diesen Visa nicht mehr nach Amerika und auch nicht über Spanien reisen. Ich bitte Euch, Euch zu informieren, ob all das stimmt. Wenn ja, muß man mit dem alten Thomas [Mann] und dem Pen usw. reden. Doch zunächst habe ich die Ausreisevisa beantragt. Man sagte mir, daß es Wochen dauern würde. Nun bitte ich Euch, Euch auf Rodis Angelegenheit zu konzentrieren. Ohne Visum kein Ausreisevisum.

Ich habe auch, trotz der Telegramme von Bodo, die Visa vom Konsulat bisher nicht erhalten. Stell Dir diese teuflische Situation vor! Ich habe nichts unterlassen, ich war in Marseille, sogar in Vichy, habe telegrafiert, geschrieben – doch immer noch keine Visa. Und wenn man diese Visa erwähnt, dann im Zusammenhang mit den Kindern und mir und niemals mit Rodi. Was haltet Ihr von alledem? [...]

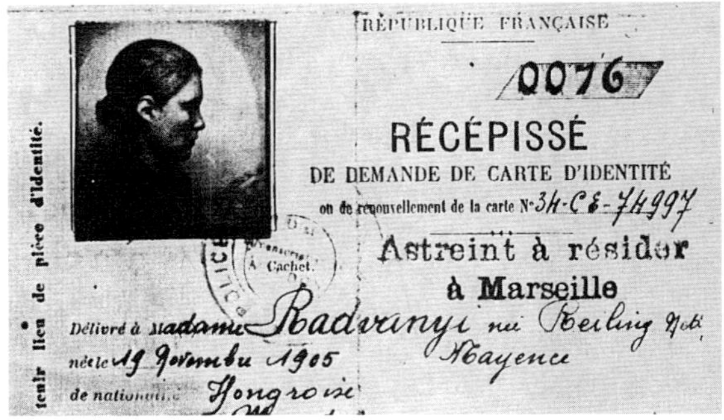
RÉPUBLIQUE FRANÇAISE
0076
RÉCÉPISSÉ
DE DEMANDE DE CARTE D'IDENTITÉ
ou de renouvellement de la carte N° 34-CE-74997
Astreint à résider
à Marseille
Délivré à Madame Radvanyi née Reiling
née le 19 Novembre 1905
de nationalité Hongroise
A Cachet.
tenir lieu de pièce d'identité.

97 Ersatzausweis (Ausschnitt)

Ich kann Euch unser Leben nicht schildern. Dante, Dostojewski, Kafka – oh, das waren Bagatellen! Kleine Unannehmlichkeiten, die vorübergingen. Es ist ernst. Und das Komischste ist, daß man Alltägliches tut, die Kinder gehen zur Schule, ich koche eine eigenartige Suppe für uns drei und für 2 Neuankömmlinge. Man erfährt z. B., daß [Walter] Benjamin an der Grenze Selbstmord begangen hat, weil er nicht durch Spanien reisen durfte. Wenn man bedenkt, wie kauzig er immer war. Welches Glück hat er sich denn vom Transit durch Spanien erhofft? Ich habe in Paris in Weiß' Hotel nachgefragt, ob er da sei, man sagte mir, er sei evakuiert worden. Später erfährt man dann, daß er Selbstmord begangen hat [...]

Lieber Weiskopf, ich bitte Dich nochmals von ganzem Herzen, tu alles für meinen Mann, es ist von höchster Dringlichkeit. Diese Frist wird die schlimmsten Folgen für ihn, die Kinder und für mich haben. [...] Wenn ihr genug Geld habt, schickt ein Telegramm, um mich zu informieren, ob alles geschehen ist. Habt genügend Phantasie, Euch diese Internierungssituation – um es so zu nennen – in einer ganz kleinen Stadt und abgeschnitten von der ganzen Welt vorzustellen!

Lest diesen Brief noch einmal, er gibt Euch Auskunft. Ich umarme Euch

Netty

Anna Seghers an F. C. Weiskopf, 23. November [1940]

Lieber Herr Oprecht,
ich bitte Sie heute, mir einen großen Dienst zu erweisen. Senden Sie dem Generalkonsul von Mexiko, 175 Boulevard de la Madeleine, Marseille (B. du Rhône), Frankreich, einen Brief, in welchem Sie bescheinigen, daß Sie mich persönlich und als Verleger kennen und daß Anna Seghers der Schriftstellername von Mme Radvanyi ist. Ich brauche dieses Zeugnis, um die Visa zu buchen. […] Verzeihen Sie mir, daß ich diese Bitte an Sie richte, aber ich kann nichts anderes tun.

Anna Seghers an Emil Oprecht, 20. November 1940

Für meinen Bruder Peter und mich war Anna Seghers nicht die berühmte Schriftstellerin, sondern unsere Mutter. Wir wußten, daß sie schrieb, daß Schreiben ihre Arbeit war, und trotzdem gehörte sie ganz uns, in einer Zeit, in der wir uns täglich, stündlich gemeinsam Sorgen um unseren eigenen Alltag und um die Welt machten.

Bei unserer Mutter fühlten wir uns geborgen. Selbstverständlich hatte unser Vater Anteil an dieser Geborgenheit. Für uns bildeten unsere Eltern eine Einheit. Seine Studenten bedeuteten dem Vater so viel wie unserer Mutter das Schreiben. Unsere Mutter ging in der Wohnung auf und ab, leise vor sich hin sprechend, in den Händen die Zipfel eines Bandes oder alten Gürtels, ihr Dichterbändel, an dem sie von Zeit zu Zeit ruckartig zog, oder sie saß an ihrem Tisch und schrieb auf der Schreibmaschine. Niemals sagte sie zu uns, daß wir sie störten. Als wir in Zehlendorf, drei- und fünfjährig, aus Neugierde in Richtung Stadtzentrum wegspazierten und die Eltern uns beunruhigt suchten, als wir 1933 in einem französischen Fischerhaus wohnten und wir Kinder uns nicht trauten, die Wirtin auf französisch zu grüßen, als ich weinte, weil ich beim Lesenlernen die fremden Umlaute nicht begriff, immer fühlten wir uns geborgen.

Lange lebten wir im Pariser Vorort Bellevue. Unsere Mutter nahm teil an jedem Schulerfolg und auch an jedem Mißerfolg. Vom letzten Geld schickte sie uns zu Beginn des Krieges Schwimmen lernen. Es könnte ja sein, daß wir einmal auf einem Schiff fahren müßten. Der Krieg holte uns ein, unser Vater wurde interniert.

Wir gingen gemeinsam mit Tausenden Franzosen auf die Landstraße, vor der Hitlerwehrmacht flüchtend. Die Angst war nicht so groß, unsere Mutter war dabei. Zurückgekehrt in das besetzte Paris wohnten wir in einem kleinen Zimmer in der Rue St. Sulpice. Dort lebten wir vom letzten Schmuckstück, das unser Großvater, der Antiquar, unserer Mutter mitgegeben hatte. Wir hatten nie ganz Hunger. Im Hause der Hellseherin, die uns in Pamiers aufnahm, kochte unsere Mutter eine wunderbare Suppe mit einer einzigen vergessenen Möhre. In Marseille, wir wohnten in einem ehemaligen Absteige-, damals Emigrantenhotel, schrieb unsere Mutter auf einem Koffer zwischen dem Bett und dem Gaskocher. Wir wurden, wie immer, in die Schule geschickt. Sogar auf Martinique, der Antilleninsel, fragte sie den Kommandanten unseres Lagers, das sich auf einer Halbinsel befand, ob er uns auf seiner täglichen Fahrt mit dem Motorboot in die Schule mitnehmen würde. Wir seien doch Schüler eines französischen Lyzeums gewesen. Er lehnte ab. In Mexiko war das Schulgeld schwer zu bezahlen, doch wir sollten einmal in Europa studieren.

Die Menschen, die Landschaften und die Kultur Mexikos hinterließen bei jedem Emigranten einen bleibenden Eindruck. Zusammen mit ihren Freunden, dem Wandmaler Xavier Guerrero und seiner Frau Clara Porset, halfen unsere Eltern uns, zu dieser Kultur zu finden und das Land zu lieben.

Als wir Mexiko nach der Befreiung Europas wieder verlassen durften, in den folgenden Jahren der Trennung und des Sichwiederfindens – wir waren längst erwachsen und selbständig –, wich das Gefühl des Geborgenseins nie. Wir wußten, daß sich unsere Mutter irgendwo auf der Welt aufhielt. Das genügte uns.

Ruth Radvanyi, 1985

SECRETARIA DE RELACIONES EXTERIORES · SERVICIO CONSULAR

CONSULADO

NUM: 203
EXP: 44-11/ 553.1/R

ASUNTO:- Que la presencia de la sra. Netty Radvanyi es indispensable en Marsella para terminar algunos trámites relativos a su visado.

Marseille, le 15 Janvier 1941

Madame Netty Radvanyi
Marseille.

Madame,

J'ai l'avantage de vous confirmer par la présente qu'afin de terminer quelques formalités relatives au visa d'entrée au Mexique qui vous a été accordé par mon Gouvernement, il est indispensable que vous demeuriez à Marseille quelque temps encore.

Veuillez agréer, Madame, l'assurance de ma considération très distinguée.

LE CONSUL GENERAL

Gilberto Bosques.

GB/MA-

98 Schreiben des mexikanischen Generalkonsuls Gilberto Bosques an Netty Radvanyi

Nun, nehmen wir an, durch irgendeinen Glücksfall, durch eigene Kraft, was selten, aber immerhin vorkommt, vielleicht auch durch eine Freundeshand, die sich Ihnen aus dem Dunkel, will sagen, über den Ozean, entgegenstreckt, wenn Sie sie am wenigsten erwarten, vielleicht durch die Vorsehung selbst, vielleicht durch ein Komitee, erhalten Sie ein Visum. Da sind Sie einen Augenblick glücklich. Doch sehr rasch merken Sie, daß damit gar nichts getan ist. Sie haben ein Ziel – das ist wenig. Das hat jeder. Sie können nicht bloß durch den Willen, bloß durch die Stratosphäre in jenes Land kommen, Sie fahren durch Meere, durch Zwischenländer. Sie brauchen ein Transit. Das braucht Ihren Scharfsinn. Ihre Zeit. Sie ahnen noch nicht, wieviel Zeit! Bei mir, da eilt es. Doch wenn ich Sie ansehe, scheint es mir plötzlich, für Sie ist die Zeit noch kostbarer. Sie ist ja die Jugend selbst. Sie dürfen sich aber nicht zersplittern, Sie dürfen nur an Ihr Transit denken. Sie müssen, wenn ich so sagen darf, Ihr Ziel eine Zeitlang vergessen, jetzt gelten nur die Zwischenländer, sonst wird aus der Abfahrt nichts. Jetzt gilt es, den Konsuln klarzumachen, daß es Ihnen ernst ist, daß Sie keiner von jenen Burschen sind, die an den Orten fest bleiben wollen, die nur zum Durchfahren da sind. Und dafür gibt es Beweise, jeder Konsul verlangt sie. Nun nehmen wir einmal den Glücksfall an, der ein Wunder ist, wenn man bedenkt, wie viele abfahren wollen auf wie wenig Schiffen, Ihr Schiffsplatz als solcher, die Fahrt als solche sei gesichert. Wenn Sie Jude sind, aber Sie sind ja keiner, nun, durch die Juden, wenn Sie Arier sind, nun, durch christliche Hilfe, wenn Sie gar nichts sind, gottlos, rot, nun dann in Gottes Namen durch Ihre Partei, durch Ihresgleichen. Sie könnten sich irgendwie einschiffen. Doch glauben Sie ja nicht, mein Sohn, daß damit Ihr Transit schon sicher sei, und selbst, wenn es sicher wäre!

Inzwischen ist soviel Zeit vergangen, daß wieder das erste, das Hauptziel entschwunden ist. Dein Visum ist abgelaufen, und wie auch das Transit notwendig war, es ist wieder gar nichts ohne das Visum, und so immer weiter, immer weiter, immer weiter.

[…]

Ich möchte gern einmal alles erzählen, von Anfang an bis zu Ende. Wenn ich mich nur nicht fürchten müßte, den andern zu langweilen. Haben Sie sie nicht gründlich satt, diese aufregenden Berichte? Sind Sie ihrer nicht vollständig überdrüssig, dieser spannenden Erzählungen von knapp überstandener Todesgefahr, von atemloser Flucht? Ich für mein Teil habe sie alle gründlich satt. Wenn mich heute noch etwas erregt, dann vielleicht der Bericht eines Eisendrehers, wieviel Meter Draht er schon in seinem langen Leben gedreht hat, mit welchen Werkzeugen, oder das runde Licht, an dem ein paar Kinder Schulaufgaben machen.

»Transit«, dt. 1948

Jahre nach dem Krieg begann mich zu beschäftigen, daß so viele Menschen während der Emigration nicht an materieller Not, sondern an Hoffnungslosigkeit kaputtgingen. Aber um sich gegen Hoffnungslosigkeit zu wehren, braucht man viel Kraft, die man gerade dann wenig hat. Man könnte meinen, daß ich es auf der Flucht vor den Nazis besonders schwer hatte, weil ich mich um meine Kinder kümmern mußte. Natürlich war's sehr schwer, aber meine Kinder haben mich auch vor Hoffnungslosigkeit bewahrt. Kinder können einem, ohne daß sie sich dessen bewußt sind, ungeheuer viel Hoffnung geben.

Anna Seghers/Achim Roscher, 6. April 1979

99 Blick auf den Quai des Belges von Marseille, im Vordergrund ein Kriegsschiff, im Hintergrund die Kirche »Notre Dame de la Garde«, 1938

Als wir in Marseille ankamen, traf die mexikanische Regierung Vorkehrungen für unser Wohlergehen bis zu unserer Abfahrt. Dies war nicht leicht für sie. Einige der Angestellten des mexikanischen Konsulats waren von den Nazis interniert worden. Glücklicherweise war Señor Gilbert Bosques, der mexikanische Generalkonsul in Marseille, von den Nazis wieder entlassen worden und konnte seine Arbeit fortsetzen. Schließlich konnte unser Schiff auslaufen.

Unsere Überfahrt nach Amerika ist schon oft geschildert worden. Ich kann nur hinzufügen, daß wir länger brauchten, um dorthin zu gelangen, als Columbus.

Anna Seghers, 1951

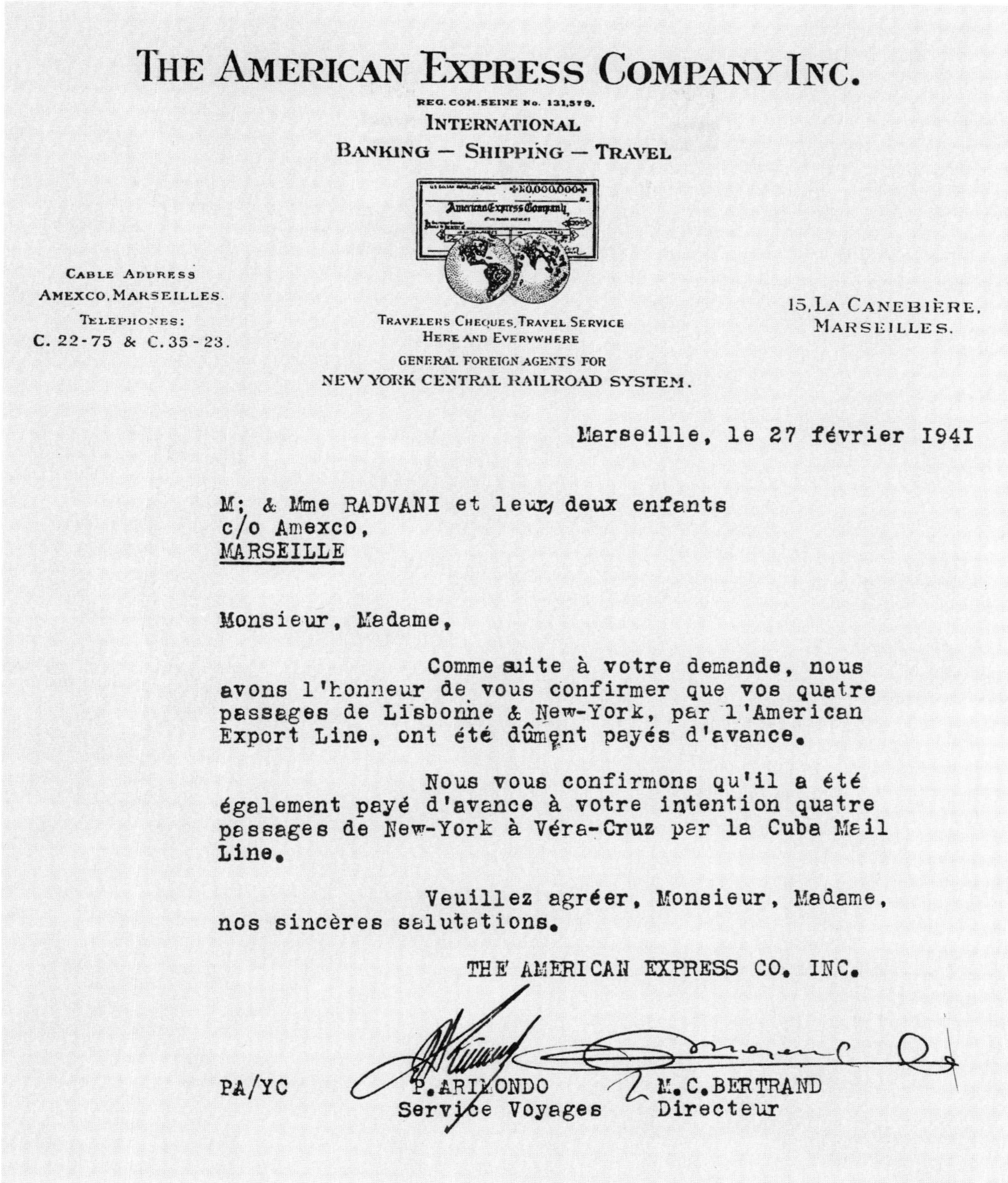

THE AMERICAN EXPRESS COMPANY INC.

REG. COM. SEINE No. 131,579.

INTERNATIONAL

BANKING — SHIPPING — TRAVEL

CABLE ADDRESS
AMEXCO, MARSEILLES.
TELEPHONES:
C. 22-75 & C. 35-23.

TRAVELERS CHEQUES, TRAVEL SERVICE
HERE AND EVERYWHERE
GENERAL FOREIGN AGENTS FOR
NEW YORK CENTRAL RAILROAD SYSTEM.

15, LA CANEBIÈRE,
MARSEILLES.

Marseille, le 27 février 1941

M; & Mme RADVANI et leurs deux enfants
c/o Amexco,
MARSEILLE

Monsieur, Madame,

Comme suite à votre demande, nous avons l'honneur de vous confirmer que vos quatre passages de Lisbonne & New-York, par l'American Export Line, ont été dûment payés d'avance.

Nous vous confirmons qu'il a été également payé d'avance à votre intention quatre passages de New-York à Véra-Cruz par la Cuba Mail Line.

Veuillez agréer, Monsieur, Madame, nos sincères salutations.

THE AMERICAN EXPRESS CO. INC.

PA/YC

P. ARIMONDO
Service Voyages

M. C. BERTRAND
Directeur

100 Bestätigung, daß Plätze für vier Passagiere von Lissabon nach New York und von New York nach Veracruz bezahlt sind

Schließlich erhielt ich meine Schiffskarte auf der *Capitaine Paul Lemerle;* aber erst am Tag der Abreise begann ich zu begreifen, nämlich als ich durch die Spaliere der mit Helmen und Maschinenpistolen ausgerüsteten Wachtposten ging, die den Kai absperrten und die Passagiere von jedem Kontakt mit ihren Angehörigen oder Freunden abschnitten, die sie begleiteten, wobei sie den Abschied durch Rippenstöße und wüste Beschimpfungen abkürzten: es war wahrhaftig kein einsames Abenteuer, vielmehr ein Auszug von Strafgefangenen. Mehr noch als von der Art und Weise, mit der man uns behandelte, war ich wie betäubt von unserer Vielzahl. Etwa dreihundertfünfzig Personen wurden in einen kleinen Dampfer gepfercht, der – wie ich sofort sah – nur zwei Kabinen mit insgesamt sieben Schlafplätzen enthielt. Eine von ihnen wurde drei Damen zugewiesen, in die andere sollten sich vier Männer teilen, zu denen auch ich gehörte, eine unerhörte Vergünstigung, die ich M. B. verdankte, der es als Zumutung empfand, einen seiner früheren Luxusgäste wie Schlachtvieh zu transportieren. Denn alle meine Reisegefährten, Männer, Frauen und Kinder, wurden in luft- und lichtlosen Frachträumen verstaut, in denen Schiffsschreiner notdürftig Betten übereinandergebaut und mit Strohsäcken bestückt hatten. […]

Unter dem Gesindel, wie die Gendarmen zu sagen pflegten, befanden sich unter anderen André Breton und Victor Serge. […]

Als wir nach einem Monat der Überfahrt mitten in der Nacht den Leuchtturm von Fort-de-France erblickten, ließ nicht die Hoffnung auf ein endlich genießbares Mahl, ein frischbezogenes Bett, eine ruhige Nacht die Herzen der Passagiere höher schlagen. Alle jene Menschen, die bis zu dem Augenblick, da sie an Bord gingen, die »Annehmlichkeiten« der Zivilisation genossen hatten, hatten mehr als unter Hunger, Müdigkeit, Schlaflosigkeit, Promiskuität und Verachtung unter dem aufgezwungenen, durch die Hitze noch schlimmer gewordenen Dreck gelitten, in dem sie die letzten vier Wochen hatten verbringen müssen. […] Es lag also nicht nur etwas Komisches, sondern auch etwas Taktvolles und Pathetisches in jenem Schrei, der aus allen Kehlen drang und den traditionellen Ruf der Seefahrer »Land! Land!« ersetzte: »Ein Bad! Endlich ein Bad!«, ertönte es allenthalben, während man fieberhaft das letzte Stück Seife, ein sauber gebliebenes Handtuch, ein für dieses große Ereignis aufbewahrtes Hemd zusammenklaubte.

Abgesehen davon, daß dieser hydrotherapeutische Traum einen übertriebenen optimistischen Glauben an die Wohltaten der Zivilisation zum Ausdruck brachte, die man von vier Jahrhunderten Kolonisation erwarten darf (denn in Fort-de-France sind Badezimmer eine Seltenheit), sollten die Passagiere sehr schnell erfahren, daß ihr dreckiges und überfülltes Schiff eine Idylle gewesen war, verglichen mit dem Empfang, den uns, kaum hatten wir angelegt, eine Soldateska bereitete, die einer kollektiven Form geistiger Zerrüttung zum Opfer gefallen war, welche die Aufmerksamkeit des Ethnologen verdient hätte, wäre dieser nicht damit beschäftigt gewesen, all seine intellektuellen Kräfte aufzubieten, um den widerwärtigen Folgen dieser Geistesstörung zu entrinnen.

Claude Lévi-Strauss, 1988

101 In der Altstadt von Marseille, 1937, die gegen Kriegsende von der deutschen Wehrmacht zerstört wurde

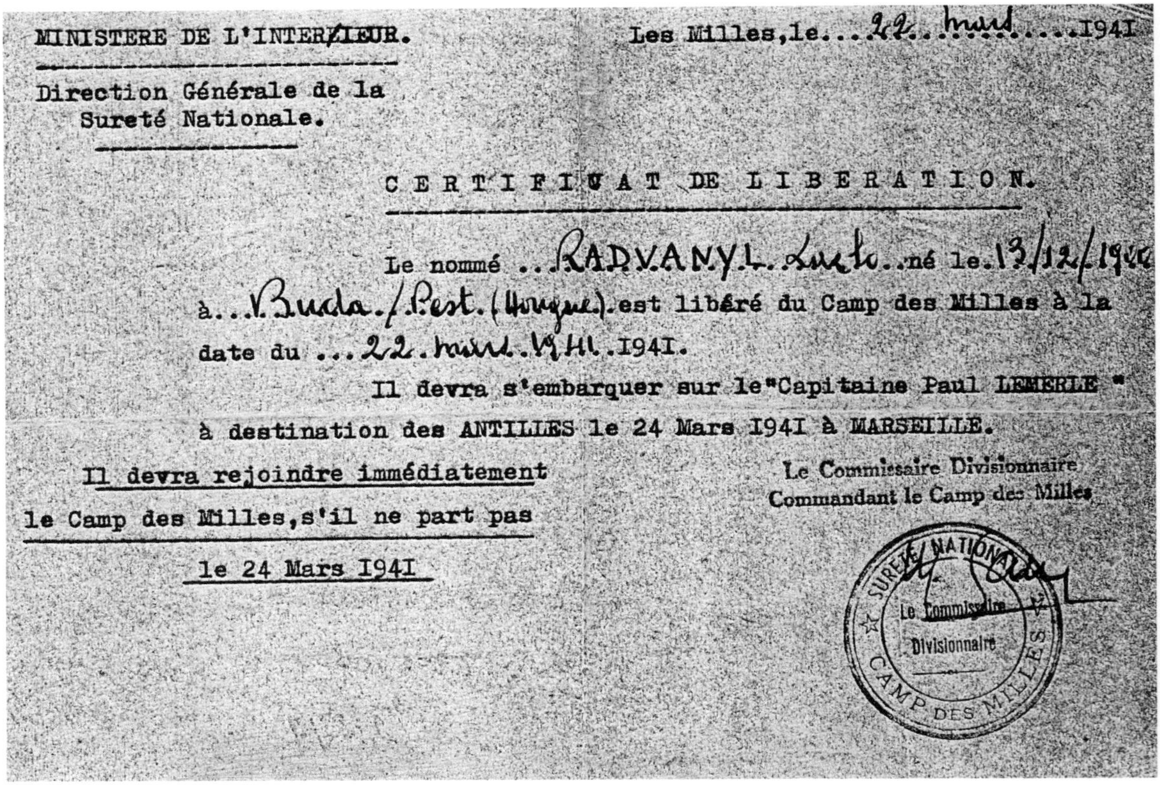

MINISTERE DE L'INTERIEUR.

Direction Générale de la Sureté Nationale.

Les Milles, le ...22. mars....1941

CERTIFICAT DE LIBERATION.

Le nommé ..RADVANYI Laszlo..né le 13/12/19..

à ...Buda/Pest (Hongrie) est libéré du Camp des Milles à la date du ...22. mars 1941. 1941.

Il devra s'embarquer sur le "Capitaine Paul LEMERLE" à destination des ANTILLES le 24 Mars 1941 à MARSEILLE.

Il devra rejoindre immédiatement le Camp des Milles, s'il ne part pas le 24 Mars 1941

Le Commissaire Divisionnaire
Commandant le Camp des Milles

102 Entlassungszertifikat für Laszlo Radvanyi (Johann Schmidt) vom 22. März 1941. Er habe mit der »Capitaine Paul Lemerle« am 24. März 1941 Marseille Richtung Antillen zu verlassen. Andernfalls müsse er ins Lager zurückkehren

103 *Paß des Königreichs Ungarn, ausgestellt 1938 in Paris*

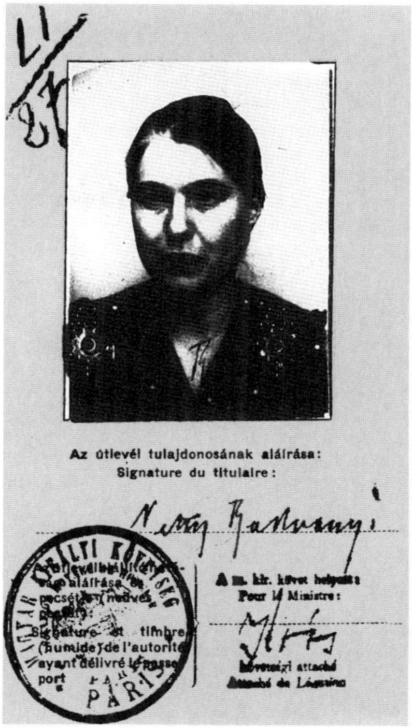
Az útlevél tulajdonosának aláírása:
Signature du titulaire:
Netty Radványi
A m. kir. követ helyett
Pour le Ministre:
Követségi attaché
Attaché de Légation
Signature et timbre (humide) de l'autorité ayant délivré le passeport
PARIS

— 1 —
II.
44 oldalt tartalmaz.
Contient 44 pages.
ÚTLEVÉL — PASSEPORT.
MAGYAR KIRÁLYSÁG — ROYAUME DE HONGRIE
Az útlevél száma: N° du passeport: 8125 K.A. 1938
A tulajdonos neve: Nom du titulaire: Dr. Radványi Lászlóné szül. Reiling Netty
Mme Ladislas Radványi née Netty Reiling
A vele utazó feleségének neve: Accompagné de sa femme: /
Vele utazik .... gyermeke.
et de ses .... enfants.
Állampolgársága: magyar.
Nationalité: hongroise.

104 *Transitvisum für Martinique vom 20. März 1941 mit Genehmigungsvermerk des Hafenkommissariats Marseille (Seite 17)*

Exportgenehmigung für 5000 französische Francs vom 21. März 1941

Einschiffungsvermerk vom 24. März 1941 (Seite 19)

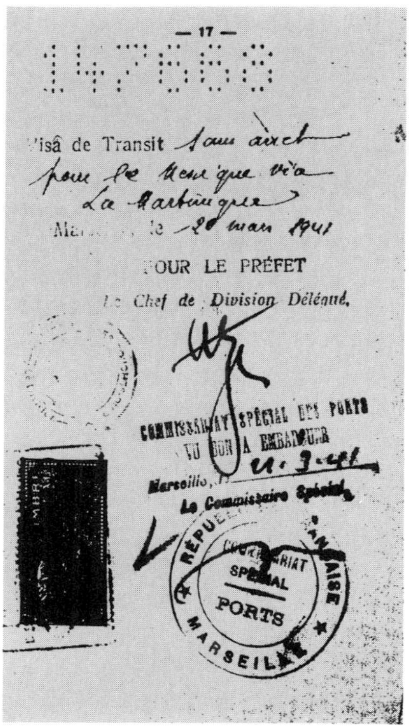
— 17 —
Visa de Transit sans arrêt pour le Mexique via La Martinique
Marseille le 20 mars 1941
POUR LE PRÉFET
Le Chef de Division Délégué,
COMMISSARIAT SPÉCIAL DES PORTS
VU BON A EMBARQUER
21. 3. 41
Marseille, le
Le Commissaire Spécial
RÉPUBLIQUE FRANÇAISE
COMMISSARIAT SPÉCIAL PORTS
MARSEILLE

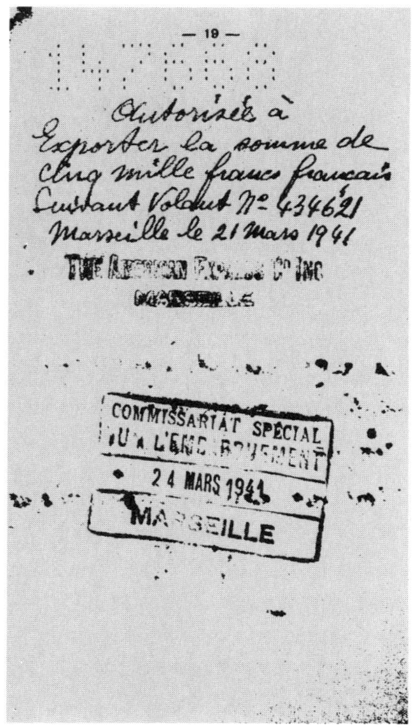
— 19 —
Autorisée à Exporter la somme de Cinq mille francs français suivant Volant N° 434621
Marseille le 21 Mars 1941
THE AMERICAN EXPRESS Co INC
COMMISSARIAT SPÉCIAL
24 MARS 1941
MARSEILLE

105 *Folgende Doppelseite: Die Bucht von Fort de France, Martinique*

In Martinique wurden Kantor und ich und alle Passagiere nochmal interniert u. da die Abfahrt des Amerika-Schiffes zweifelhaft war und wir alle genug hatten, sind die Kantors und wir endgültig aus Frankreich weg nach San Domingo, um von dort aus weiter zu Euch zu fahren.

Nun ist heute Sonntag, 1. Juni, unsere Lage folgendermaßen: Wir haben amerik. Transit u. möchten (da wir hoffentlich durch Deine Hilfe neue Mexiko-Visen bekommen) über New York nach Mexiko. Wir müßten u. möchten Dienstag fahren – aber – trotz aller Bitten und Telegramme hat uns League of Writers noch keinen Groschen hergeschickt, so daß wir nicht nur für die Weiterreise, sondern sogar für das Hotel kein Geld mehr haben. [...] Unsere Lissaboner Billetts nach N. Y. (die ursprünglichen) haben wir von Marseille aus abgesagt und nur einen kleinen Teil vom Büro auszahlen lassen. Wir fuhren ja nach Martinique in der Câle eines Cargo. Wir telegraphierten aus Casablanca um Reisegeld nach Martinique, aber die New Y., weiß der Teufel warum, wartete unsere dortige Ankunft ab, und unsere dortigen Bitten um Geld. Dieses Geld hat uns dort nicht mehr erreicht, obwohl wir einen Monat in Martinique blieben, – wir liehen uns Geld, um abzuhauen – unser Bedarf an französischen Konzentrationslagern ist gedeckt.

Warum nun die Leute uns nicht endlich heimfahren (d.h. zu Euch, Du siehst, wie mir zumute ist) lassen, verstehen wir nicht. Sie können doch unmöglich die Retournierung des Martinique-Geldes abwarten. Hätten wir morgen das Geld, dann würden wir Diens. über New York fahren, warum über N. Y.? weil dorthin jede Woche Schiffe gehen und wir das Visum haben. Direkt über Kuba können wir noch gar nicht fahren. 1.) Haben wir ja kein Kuba-Visum, 2.) gehen sehr selten Schiffe, das nächste am 7., das übernächste 5 Wochen später, 3.) weil alle Plätze von Kuba-Veracruz im voraus auf weitere Wochen belegt sind. Du siehst, alles in allem ist es sogar praktischer, über New Y. zu fahren. – Außerdem verlangt hier Kuba 500 Dollars Caution pro Person. [...]

Lieber Bodo, ich kann Euch nicht sagen, wie ich mich auf Euch freue. Ich habe Gisls Brief *nicht* erhalten, denn er ging nach Martinique. Warum haben wir nie, nie von ihrem Mann gehört? Was wären die Kinder froh gewesen! D. Kinder sind sehr groß, Peter riesenhaft. Wie steht es bei Euch mit Verlagen etc., mit Arbeitenkönnen? Ich hab das Gefühl, ich war ein Jahr lang tot gewesen. [...]

Die amerik. Freunde sollen sich nur nicht einbilden, »daß wir aus allem raus sind«. Ganz im Gegenteil, wir können hier nicht lange bleiben, wir sind hier ganz verloren und außer der Welt und müssen so rasch wie möglich weg. Ich muß ja auch wo ankommen mit den Kindern, die schon ein Jahr lang das tollste Leben führen. Stell Dir vor, Bodo, am Landungssteg von Fort-de-France (das Lager in Martinique) begrüßten uns Breuer S.D.S. und Kersten, letzterer dort seit 6 Monaten hängengeblieben, weil er für die Amerikaner »in der westlichen Hemisphäre nicht mehr gefährdet erscheint«. Der arme Kerl ist natürlich ganz kaputt. Ich werde Euch dies und tausenderlei anderes bald erzählen. Aber dazu müssen wir abfahren. Da wir jetzt wirklich genug hinter uns haben, wollen wir keinen Trost, sondern Billetts.

Anna Seghers an Bodo Uhse, 1. Juni 1941

Unser Aufenthalt in der Karibik: Das war eine Mischung vom Glück, den Nazis entronnen zu sein, von der Angst, nicht weiterzukommen, von dem mächtigen Eindruck dieser ersten Begegnung mit der Neuen Welt – Wärme, blauer Himmel, blauer Ozean, vollkommen andere, aber doch ganz ähnliche Menschen, die andere Natur, die andere Kultur, die andere Geschichte.

Ruth Radvanyi, 1992

106 Anna Seghers und ihre Kinder mit Friedel und Alfred Kantorowicz in Frankreich

Albrecht: Ihre erste Übersee-Station war Martinique, ein französisches Übersee-Territorium, das damals noch zu Vichy-Frankreich gehörte. Wie lange waren Sie dort?
Radvanyi: Einen Monat, in einem Internierungscamp.
Albrecht: Waren Sie sicher, daß Sie von dort weiterkamen?
Radvanyi: Nein, wir fürchteten, ewig auf Martinique bleiben zu müssen. Als wir dort ankamen, stand ein deutscher Schriftsteller an der Landestelle. Das Schiff hielt in der Bucht, und auf der einen Seite lag die Hauptstadt von Martinique Fort-de-France. Wir hofften, in ein Hotel gehen zu können. Aber wir wurden in ein Internierungslager gegenüber gebracht. Dort blieben wir dann einen Monat. Am Landungssteg also stand ein deutscher Schriftsteller in Badehose, dieser Mann war noch vom vorigen Schiff. Als er uns kommen sah, sagte er:

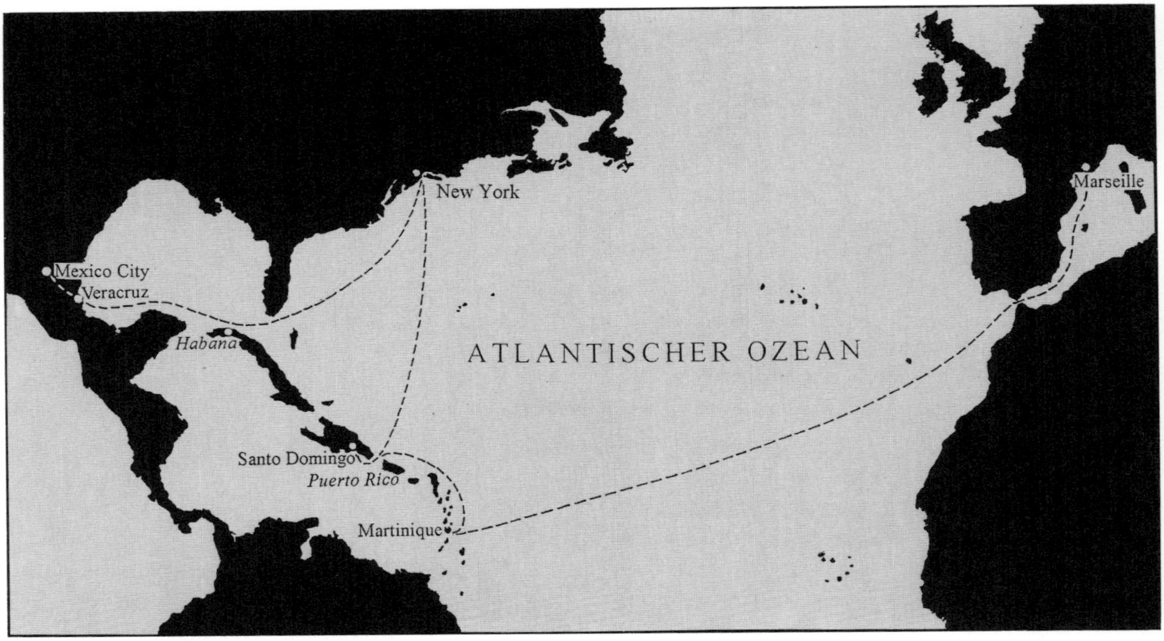

107 Route der Schiffsreise von Marseille nach Veracruz über Martinique, Santo Domingo und Ellis Island

»Anna, wie kommst du da so geschwebt auf dem blauen Wasser des Karibischen Meeres?« So poetisch hat er sie begrüßt.
Albrecht: War dieser Mann Kurt Kersten?
Radvanyi: Ich weiß es nicht mehr. Dieser Mann ist mehrere Jahre auf Martinique geblieben. Er hat dann viel getrunken. Auch für uns war es schwierig weiterzukommen. Ursprünglich wollten wir nach New York. Die Eltern hatten die Idee, in den USA zu bleiben. Aber die Amerikaner ließen uns nicht einreisen und das Endvisum war für Mexiko. Wir fuhren dann von Martinique nach Santo Domingo. [...] Dieses Schiff steuerte alle Inseln an, Guadeloupe, Virgin Islands usw. Es war eine schöne Fahrt, abgesehen von den ungewöhnlichen Bedingungen. Das Schiff war natürlich überfüllt. Aber die Frauen hatten Kabinen, nur die Männer waren auf Deck. Da waren wir schon regelrechte Passagiere, nicht mehr Flüchtlinge. Auf diesem Schiff wurden wir anders behandelt als auf dem vorigen.

Pierre Radvanyi/Friedrich Albrecht, 1990

Wir fuhren los auf einem der wenigen Schiffe, die diesem kleinen Staat gehörten. Er hat formell eine eigene Regierung, ökonomisch ist er vollständig abhängig von den Vereinigten Staaten. Er liegt ungefähr zwei Tage Schiffsfahrt von Martinique entfernt, auf einer Antilleninsel, die aus zwei Teilen besteht, aus San Domingo und aus Haiti. Beide sind Negerrepubliken. [...]

Vor mir an Deck, wahrscheinlich genau so erschöpft wie ich, lagen zwei spanische Frauen. Sie sprachen spanisch mit den Negermatrosen. Im Zuhören – ohne daß ich viel verstand – wurde mir plötzlich die Größe, die Gewalt der vergangenen spanischen Kolonialmacht klar, die Breite der »Conquista«, der einstmaligen spanischen Eroberungen, die der Grund dafür waren, daß hier an dem fernsten Punkt, den ich je auf Erden erreicht hatte, ein Teil der Bevölkerung spanisch sprach. [...]

Bald erfuhren wir, daß man nicht von San Domingo aus, sondern nur von den Vereinigten Staaten aus nach Mexiko fahren konnte.

[...]

  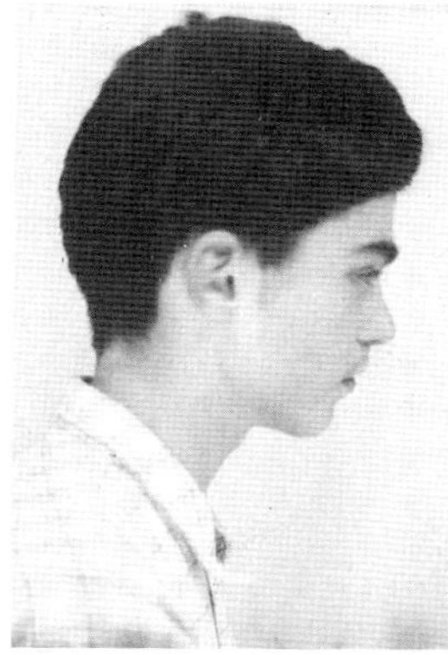 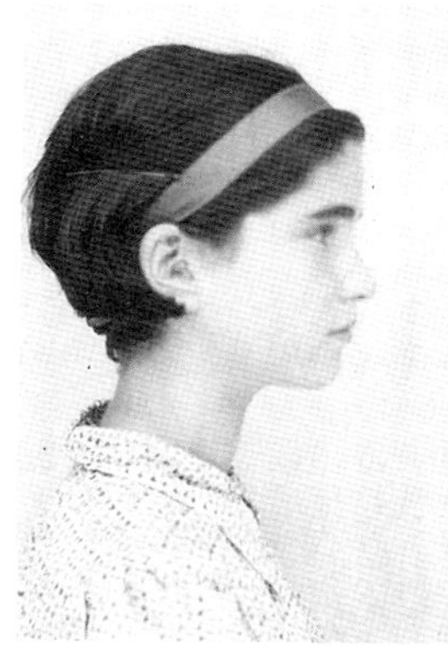

Ich sah San Domingo nicht wieder. Doch später, in Mexiko, erhielt ich Bücher über Haiti und San Domingo. Ich machte mir die Geschichte der Insel klar, die ich mit meinen Augen gesehen hatte. [...] Nun erfuhr ich aus diesen Büchern, die ich begierig las, verschiedene Tatsachen, die ich zuerst in der Novelle »Die Hochzeit von Haiti« verwertete.

Anna Seghers an Renate Francke, 28. Februar 1963

Auf der Flucht wurde ich mit einer Welt zusammengebracht, die ich erst später aus Büchern ganz begriff. Ich kam mit einer Bevölkerung zusammen, auf den Antillen, die die Sklavenbefreiung der Französischen Revolution halb oder noch gar nicht erfahren hatte. Wie dann Napoleon Santo Domingo verwüstete, diesen jungen kräftigen Staat mit all seinen wunderbaren Talenten, so wird es heute wieder bedroht von den Vereinigten Staaten. Damit nach dem Sturz der grausamen Trujillo-Familie kein neues Kuba vor ihrer Küste entstehe. Damit die Bevölkerung Santo Domingos nichts von Kuba lerne und den aufstrebenden Staaten in Afrika und Asien.

Große Dichter, Kämpfer gegen innere und äußere Reaktion, die früh zugrunde gingen, kamen auch von den Antillen. Ich nehme nur Roumain, und ich fürchte, Alexis starb bereits im Gefängnis von Haiti.

Pflanzen kann man verändern, indem man ihnen einen Zweig einer anderen Pflanze aufsetzt. Biologen nennen diesen Vorgang Mentorisieren – einen Mentor geben. Manche Zweige aus den Literaturen spanischer Sprache sind inzwischen in mein Schreiben hineingewachsen. Unser aller Kultur ist heute nicht denkbar, ohne mentorisiert zu werden von vielerlei Zweigen.

»Ansprache in Weimar«, 1965

Unsere Schiffsreise von der Karibik nach Veracruz führte uns über New York. Ob zu diesem Zeitpunkt unsere Eltern in den USA bleiben wollten, weiß ich nicht. Wir durften die Insel Ellis Island nicht verlassen. Wir hielten uns in einem großen Saal auf, die Stimmen schallten wie in einem Bahnhof. Vielleicht schien nur mir, ich war dreizehn Jahre alt, diese Halle so groß. Nachts schliefen Männer und Frauen in getrennten Schlafsälen. Ich erinnere mich heute noch an einen besonderen Morgen. Die Tür ging auf, eine Aufseherin rief in den Schlafsaal, wo fast alle noch im Bett lagen: »War with Russia.« Wir fragten uns gegenseitig: Was hat sie gesagt? Hat sie das wirklich gesagt? Krieg mit Rußland? Es war der 22. Juni 1941.

Wir unterhielten uns manchmal danach mit meiner Mutter über die eigenartige Atmosphäre, die in dieser Minute herrschte, über die plötzliche kurze Stille im Schlafsaal.

Ruth Radvanyi, 1991

108–111 Paßfotos um 1941

Mexiko 1941–1947

Juli 1941. Ankunft in Mexiko-City.
Oktober. Gründung des Heinrich-Heine-Klubs, Präsidentin wird Anna Seghers

1942 »Das siebte Kreuz. Roman aus Hitlerdeutschland«

1943 Schwerer Verkehrsunfall und langer Krankenhausaufenthalt

1944 »Transit«, Roman

Mai 1945. Bedingungslose Kapitulation der deutschen Wehrmacht

1946 »Der Ausflug der toten Mädchen«, Erzählung

5.1.1947. Beginn der Rückreise

Das Leben hier gefällt mir sehr. Das Klima, die Farben, das Ländliche, all das gibt mir die Gewißheit, hier leben und arbeiten zu können. Es ist wirklich herrlich, wie nett meine gesamte kleine Familie ist. Aber es gibt auch einige Probleme, besonders dann, wenn mir viele folgen werden, was ich ehrlich hoffe. Es muß nach Mitteln gesucht werden, um ihnen für die ersten Wochen ein paar Pesos geben zu können. Die Freunde tun und werden tun, was sie können, doch geben sie alles aus ihrer eigenen Tasche, in der auch nicht sehr viel ist, selbst bei den Bestsellern. Ich frage mich, ob man nicht mit irgendeinem Komitee darüber sprechen kann, wenn die Schriftsteller keine Mittel haben. Aber man muß es tun. Auch die anderen Organisatoren geben etwas Geld für den Anfang. Ich z.B., ich esse jedesmal bei einem anderen Freund, das ist nicht schlimm, doch kann dieser Zustand nicht andauern, wenn wir viele sind. In meinem Fall werde ich mein Bestes tun, um selbst zu verdienen. Und deshalb bitte ich Dich auch sehr, ganz aufmerksam zu verfolgen, was unser Freund Lieber für das Buch tut.

Ich schreibe ihm heute, aber ich bitte auch Dich, ihn doch zu drängen, den Übersetzer zu finden, damit alles schnell geht. (Folsom hat mir auch versprochen, sich um das Buch und um die Übersetzung zu kümmern, und auch er muß dazu angetrieben werden.) Lieber muß sich mit dem Filmproblem befassen und mir – nicht zuletzt – das Geld wie vorgesehen schicken.

Ich danke Dir auch für die Sorge, die Du für mein Buch während meiner Abwesenheit getragen hast. Es ist selten, daß die Schriftsteller so nett miteinander umgehen. Ich bitte Dich, noch ein wenig Geduld mit mir zu haben und die Schirmherrschaft über das »Siebte Kreuz« zu übernehmen.

Dank auch Deiner Frau. Ich habe alles erhalten, und besonders der schöne Mantel ist wirklich ein Prachtstück, das ich brauche, denn es ist ziemlich kalt hier.

Ich war traurig, daß ich Euch nicht gesehen habe, aber ich hoffe, daß Ihr Euren nächsten produktiven Urlaub bei uns [...] verbringt.

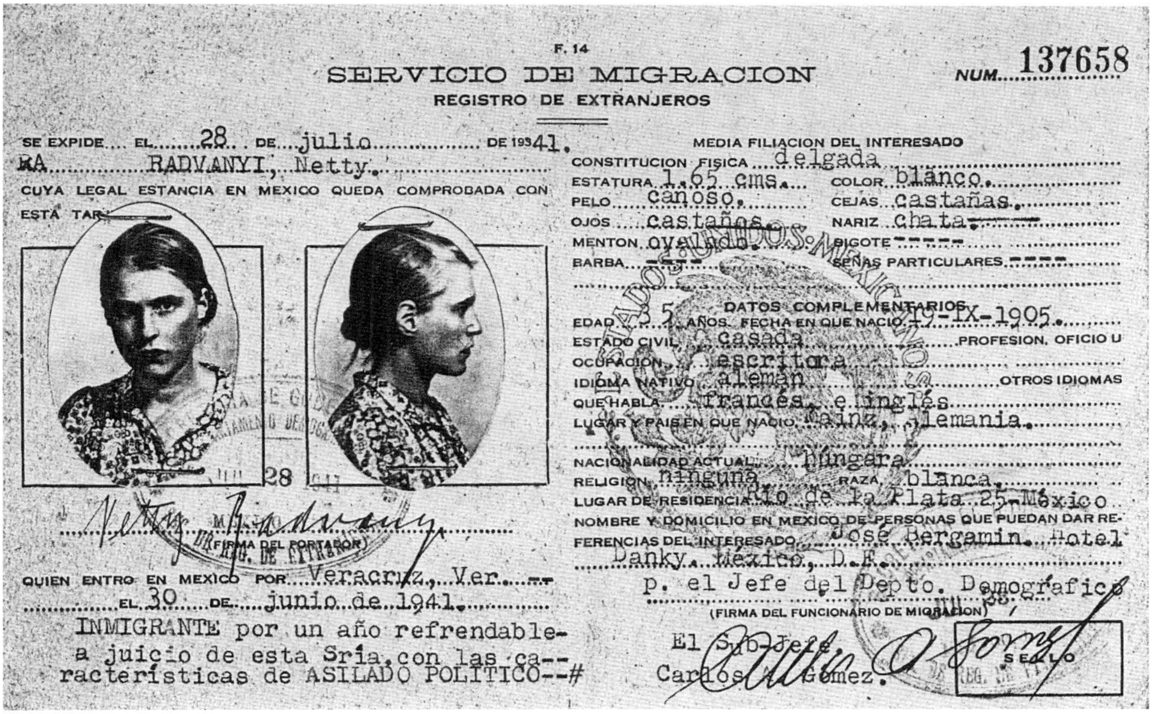

F. 14
SERVICIO DE MIGRACION
REGISTRO DE EXTRANJEROS
NUM. 137658

SE EXPIDE EL 28 DE julio DE 1941.
RA RADVANYI, Netty.
CUYA LEGAL ESTANCIA EN MEXICO QUEDA COMPROBADA CON ESTA TARJETA

(FIRMA DEL PORTADOR)
QUIEN ENTRO EN MEXICO POR Veracruz, Ver.
EL 30 DE junio de 1941.
INMIGRANTE por un año refrendable a juicio de esta Sria. con las características de ASILADO POLITICO--#

MEDIA FILIACION DEL INTERESADO
CONSTITUCION FISICA delgada
ESTATURA 1.65 cms. COLOR blanco.
PELO canoso. CEJAS castañas.
OJOS castaños. NARIZ chata.
MENTON ovalado. BIGOTE ----
BARBA ---- SEÑAS PARTICULARES ----

DATOS COMPLEMENTARIOS
EDAD 35 AÑOS. FECHA EN QUE NACIO 19-IX-1905.
ESTADO CIVIL casada PROFESION, OFICIO U OCUPACION escritora
IDIOMA NATIVO aleman OTROS IDIOMAS QUE HABLA frances e inglés
LUGAR Y PAIS EN QUE NACIO Mainz, Alemania.
NACIONALIDAD ACTUAL Húngara
RELIGION ninguna RAZA blanca
LUGAR DE RESIDENCIA Rio de la Plata 25 México
NOMBRE Y DOMICILIO EN MEXICO DE PERSONAS QUE PUEDAN DAR REFERENCIAS DEL INTERESADO José Bergamin. Hotel Danky. Mexico, D. F.
p. el Jefe del Depto. Demográfico
(FIRMA DEL FUNCIONARIO DE MIGRACION)
El Sub-Jefe
Carlos Gómez.
SELLO

Ich umarme Euch, meine Kinder. Schreibt schnell! Adr.: Postlagernd Mexiko City.

Anna Seghers an F.C. Weiskopf, 11.Juli [1941]

Ankunft

An einem eisigen Märztag 1941 hatten wir uns in Marseille Richtung Karibik eingeschifft. Über die Antilleninsel Martinique und San Domingo, über Ellis Island vor New York erreichten wir am 30. Juni Veracruz.

Ich erinnere mich weder an den Hafen noch an den Freund, der uns abholte. Heute sehe ich nur noch das kleine Hotelzimmer genau vor mir, in das die Eltern uns Kinder nach diesem aufregenden Tag entließen: ein Ventilator bewegt die feuchtwarme Luft über dem Doppelbett. Auf dem Fußboden der Duschecke huschen einige Kakerlaken, die uns riesig erscheinen und uns so beunruhigen, daß Peter und ich vereinbaren, nur abwechselnd zu schlafen, um die Insekten fernhalten zu können. Am nächsten Morgen wachen wir gemeinsam auf.

Die Eisenbahn transportiert uns durch den Urwald bis 2400 Meter Höhe. Auf der Strecke sehen wir über der grünen Baumwand die weiße Spitze des Pico Orizaba. Mexiko-City wird von den erloschenen Vulkanen Popocatepetl und Ixtacihuatl überragt. Nach der Ankunft nehmen uns befreundete Familien auf.

Bald bezogen wir eine eigene Wohnung. Unsere Eltern schickten uns in eine französische Schule, den Liceo franco-mexicano; wir sollten französisches Abitur machen, um nach der Befreiung in Europa studieren zu können. Bis unsere Eltern genügend verdienten, lebten wir von Solidarität.

Die Schönheit und die Kultur Mexikos, die Tiefsinnigkeit der Menschen prägten mein ganzes Leben. Meine Mutter schrieb später, Mexiko wäre für uns wie eine Adoptivmutter gewesen.

Ruth Radvanyi, 1992

112 Mexikanische Registrierkarte für Ausländer vom 28. Juli 1941

Unsere Freunde sagen, Tina sei tot. Habe ich nicht mit eigenen Augen die Erde gesehen, die in ihr Grab geworfen wurde? Habe ich nicht selbst zum letztenmal im Sarg – in diesem schrecklichen und unvermeidbaren Gefährt – ihr kleines, schweigendes und ruhiges Gesicht gesehen?

Aber Tina war stets ruhig. So scheint mir, als sei ihr Schweigen jetzt nur ein wenig beständiger. Darum habe ich den Eindruck, ich müsse ihr wieder einmal begegnen, vielleicht in diesem Jahr oder in einigen Jahren, so, wie wir uns zu treffen pflegten, unvermittelt, in irgendeiner belebten Straße, in irgendeiner Stadt der Alten oder der Neuen Welt, in den geschlossenen Reihen einer Demonstration – sie ruhig und schweigsam – oder im Hinterzimmer einer Druckerei, oder an irgendeinem Abend, bei einer Versammlung. Gewiß wird sie eines Tages, still und blaß, in einem Winkel des Schiffes sitzen, das uns in unsere jeweiligen Heimatländer zurückbringen wird.

Ja, wenn die Stummen sprechen, ja, wenn die Blinden sehen, ja, wenn die Letzten die Ersten sind, ja, wenn unsere Toten auferstehen, wird Tinas kleiner, schweigsamer und treuer Schatten begeistert von ihrem Volk begrüßt werden.

Anna Seghers zum Tode von T. Modotti, Februar 1942

Von wem soll man erzählen?

Von Hidalgo? – Er ließ die Glocke der Dorfkirche von Dolóres läuten, und damit gab er als erster das Zeichen zum Aufstand gegen die Spanier. Dieselbe Glocke läutete nach der Befreiung jedes Jahr zum Nationalfeiertag auf dem Präsidentenpalais von Mexiko.

Soll man von Morelos sprechen? – Seine Herkunft war unklar. Neger- und Indioblut waren in ihm gemischt. Seine Jugend war elend. Seine Schulbildung dürftig. Er war ein erbärmlicher Dorfpfarrer. Da überwältigte ihn die Idee, die Hidalgo mit Leben und Tod bezeugte. Er wurde gewaltig im Aufstand. Eine Handvoll Bauern wurde, von ihm geführt, zu einer Armee. Er übertraf an Einsicht und Voraussicht die Größten seiner Epoche.

Soll man von Juarez sprechen? – Er vertrieb zur Zeit Napoleons III. die neue, die französische Fremdherrschaft, die man seinem Volk aufgepfropft hatte. Er ließ den Kaiser Maximilian erschießen. Er verstand, die nationale Befreiung allein nützte den armen Bauern noch wenig. Er trat unerbittlich und unbestechlich gegen die eigenen Großgrundbesitzer auf. Die armen Bauern bekamen durch seine Gesetze Land.

Ich will nichts von diesen Männern erzählen und auch nichts von anderen großen Männern, die später in Mexiko lebten. Obwohl sie, fast unbekannt in Europa, nicht nur dort zu den Größten der Großen gehören. [...] Ich erzähle euch von *Crisanta.* [...]

Das neue Leben sah besser aus, als Crisanta geglaubt hatte. Wie lustig war die Tortilleria! Fünf Mädchen, deren Mäuler wie ihre Hände nie stillstanden. Das war etwas anderes, hier Tortillas zu klatschen als im Hof in Pachuca. In einem fort kamen Leute von der Straße herein. Der eine forderte ein halbes Dutzend Tortillas, der andere ein Dutzend, der nächste gleich drei Dutzend. Crisanta horchte hin, was sie schwatzten, schimpften, lachten. Hier wurde gleich jede Tortilla mit dem Geist der Familie gewürzt, für die sie geklopft worden war, wie mit rotem und grünem Paprika. Crisanta war hungrig auf viel Leben, hier war viel.

»Crisanta«, 1951

113 Tina Modotti: Marsch der Bauern 1929

114 Anna Seghers und die Mexikanerin Guadelupe auf dem Dach des Wohnhauses in Mexiko-City, Avenida Industria 215

115 Arbeitsecke in der mexikanischen Wohnung

116 Johann Schmidt hatte in Mexiko 1944–1952 an der National-Universität einen Lehrstuhl. Gleichzeitig war er Professor an der Arbeiter-Universität von Mexiko, deren Leitung er angehörte

117 Anna Seghers um 1942

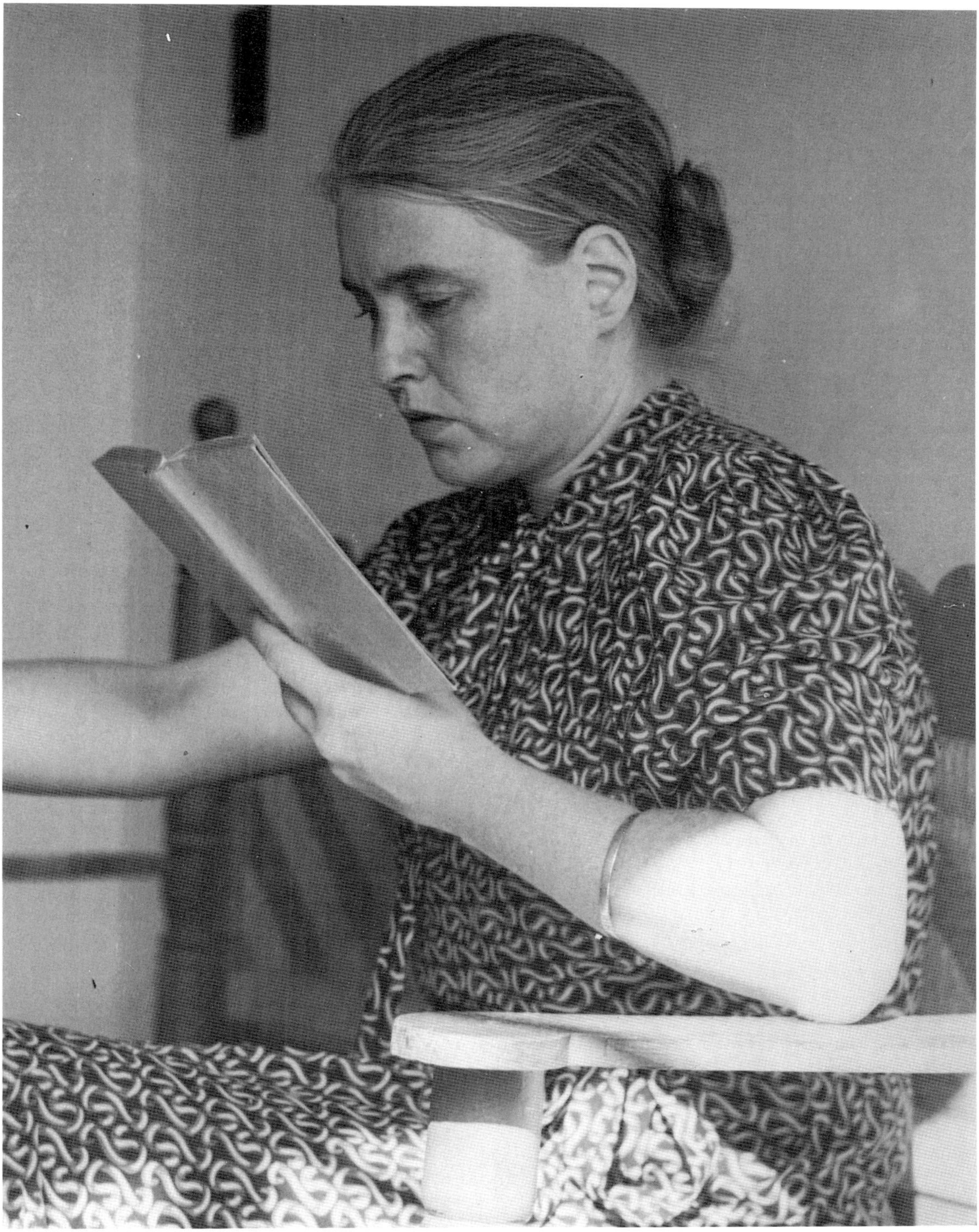

118 Anna Seghers mit Clarita Porset,
der Frau von Xavier Guerrero

119 Anna Seghers mit Sohn Peter
in der Calle Rio de la Plata 25.
Die Familie wohnte dort 1941–1943.
Auf dem Poster Marschall Timoschenko

120 Der mexikanische Maler Xavier Guerrero
bei der Arbeit an einem Wandbild

121 Clarita Porset und Xavier Guerrero

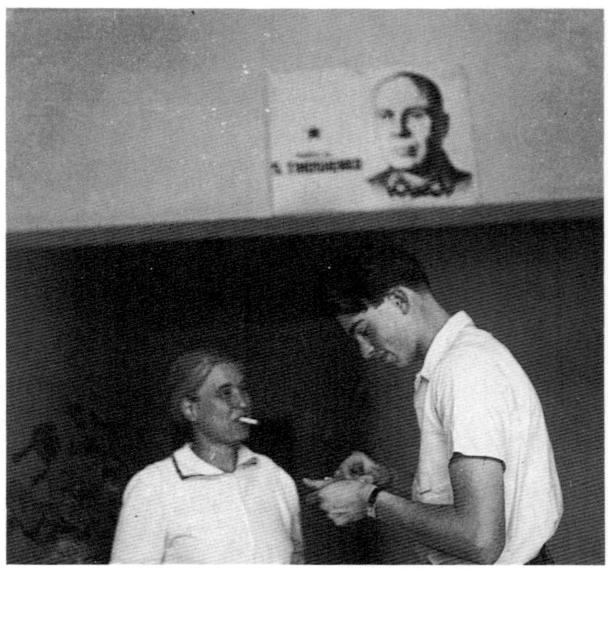

Mexiko habe ich sehr geliebt. Ich war dort schwer krank – nach einem Unfall –, aber gerade dadurch lernte ich viele Arten von Menschen gründlich kennen.

Cardenas gab den republikanischen Spaniern Einreise. Er hat in seinem Land wichtige Reformen durchgeführt. [...] Die starke nationale Bewegung war auch noch spürbar, als ich dort war, – die Landschulen-, die Landärzte-Bewegung; die berühmte Freskenmalerei auf vielen alten und neuen Mauern.

Anna Seghers, 1977

123 Beim Empfang für Anna Seghers hält Pablo Neruda, Generalkonsul Chiles in den Vereinigten Staaten von Mexiko, eine Begrüßungsrede.
Die Schrift im Hintergrund lautet:
Willkommen Anna! Für dich das berühmte madrilenische Kozido.
[Cocido: volkstümliches Essen mit Kichererbsen]

122 Anna Seghers und Johann Schmidt zu Gast bei dem mexikanischen Gewerkschaftsführer Vicente Lombardo Toledano und dessen Frau

FREIES DEUTSCHLAND

Revista Antinazi — V — Antinazi Monthl[y]

Das Manifest der illegalen Rheinland-Konferenz

GENERALMUSIKDIREKTOR ERICH KLEIBER
Warum ich das Dritte Reich verliess

ERICH JUNGMANN
Was wird mit den Auslandsdeutschen?

ALEXANDER ABUSCH
Stalingrad und Charkow

ANDRE SIMONE
Bedingungslose Kapitulation

ANNA SEGHERS
Ein Mensch wird Nazi

Beitraege von Paul Merker, Ernst Bloch, Egon Erwin Kisch, Ludwig Renn, Bruno Frei Julius Hay, Theodor Balk, F.C. Weiskopf, Erich Arendt, Paul Mayer, Mascha Kaleko u.a

ALEMANIA LIBRE

124 Titelseite einer Ausgabe der Zeitschrift »Freies Deutschland«, Chefredakteur zuerst Bruno Frei, dann Alexander Abusch. Erschien 1941–1945

Der Prozeß der Entfaschisierung des deutschen Volkes wird durch furchtbare Leiden gehn, durch die Dezimierung der deutschen Jugend, durch die Verzweiflung von Millionen Müttern, durch die grausamsten Erfahrungen, mit denen verglichen die »Erziehung vor Verdun« eine zarte, milde Erziehung war: er wird auch durch Rückschläge gehn, durch bittre Enttäuschungen, durch unermüdliche Geduld, durch sehr viel Zeit, durch den Glauben und durch das Wissen von der Veränderung der Gesellschaft und des einzelnen Menschen. An diesem Prozeß wird jeder deutsche Antifaschist mithelfen. Denn nur dann ist er es wirklich.

»Deutschland und wir«, 1941

Der antifaschistische Schriftsteller mag wie wir zu einem Volk gehören, in dem jene Schicht, zu der er sich rechnet, unterdrückt und verfolgt ist. Trotzdem bleibt diese Schicht sein gesellschaftlicher Ort, sein Band mit dem Volk, wäre sie auch reduziert auf die Namen, die man in den Listen der Hingerichteten und zu Zuchthaus Verurteilten findet. [...]

Unsere kämpfende Emigration hat viele Schriftsteller in Konzentrationslagern verloren, auf Schlachtfeldern und in illegalen Kämpfen. Auch im Exil, in den Konzentrationslagern, in den Internationalen Brigaden blieb den Schriftstellern ihre echte Verbundenheit mit dem Volk, aus dem sie gekommen sind. Wir haben im eigenen Volk empfangen, was Goethe den Originaleindruck nennt, den ersten und darum unnachahmlich tiefen Eindruck von allen Gebieten des Lebens, von allen gesellschaftlichen Zuständen, ein Eindruck, an dem wir unbewußt und für immer vergleichen und messen.

»Volk und Schriftsteller«, 1942

Daß wir den Jahrestag der Bücherverbrennung feiern, das allein zeigt, daß das verbotene Buch in dem Scheiterhaufen des 10. Mai, statt zu Asche zu werden, geglüht und gehärtet wurde zu einer handfesten Waffe im Kampf gegen Hitler. Für uns in Mexiko fällt der zehnte Jahrestag der Bücherverbrennung zusammen mit dem ersten Jahrestag der Verlagsgründung »Freies Buch«. [...]

Der Druckort Mexiko, der seinen Büchern vorgedruckt ist, wird auch, wenn die Schriftsteller selbst ihr Asylland verlassen haben, den künftigen Zeiten das Land angeben, in dem sie frei atmen konnten.

»Geglüht und gehärtet«, 1943

Dennoch brüsten sich die Nazis mit der Unterstützung durch das Volk. [...] Was das Volk lähmt, ist die Gleichstellung des Regimes mit dem Vaterland, die große Teile der Weltöffentlichkeit vornehmen. Viele Deutsche glauben, daß die Niederlage des Nazismus den absoluten Ruin für Deutschland bedeutet. Deshalb verursacht die dumme und plumpe Propaganda, die betrieben wird, soviel Schaden. Es ist deshalb umgekehrt notwendig, das Volk und das Regime säuberlich zu trennen, dem deutschen Volk zu helfen, seine Verwirrung zu überwinden und seine wahren Ausbeuter und Henker zu erkennen.

Anna Seghers, Mai 1943

125 Eine Gruppe der Freien Deutschen etwa 1945 mit mexikanischen Freunden

126 Anna Seghers, Präsidentin des Heinrich-Heine-Klubs, mit Ludwig Renn, Präsident der Bewegung Freies Deutschland in Mexiko und Lateinamerika

NEUHEITEN

in der freien deutschen Literatur

Am 1. Dezember 1942 erscheint:

Anna Seghers

"DAS SIEBTE KREUZ"

Ein Roman aus Hitler-Deutchland.
(Von der amerikanischen Ausgabe in den ersten 14 Tagen 350.000 Exemplare verkauft.)
- 400 Seiten.

			Buchhandel	Subskription
Mexico	gebunden	Pesos	10.00	8.00
	kartoniert	Pesos	8.00	6.00
USA	gebunden	Dollar	2.50	2.00
Lateinamerika	gebunden	Dollar	2.50	2.00
	kartoniert	Dollar	2.00	1.50

● ● ● ●

Am 25. Oktober erschien:

Lion Feuchtwanger

"UNHOLDES FRANKREICH"

Eine Roman ueber den Zusammenbruch Frankreichs.
- 330 Seiten. -

Mexico	kartoniert	Pesos	8.00
USA	kartoniert	Dollar	2.50
Lateinamerika	kartoniert	Dollar	2.00

● ● ● ●

Am 7. November erschien:

Theodor Balk

"FUEHRER DURCH DEN SOWJET-KRIEG UND FRIEDEN"

Eine kurze Darstellung der Grundalgen des heldenhaften Kampfes gegen den Hitlerfaschismus.

VORWORT von PAUL MERKER.

- 48 Seiten. -

Mexico	kartoniert	Pesos	0.75
USA	kartoniert	Dollar	0.25
Lateinamerika	kartoniert	Dollar	0.20

● ● ● ●

Nur noch wenige Exemplare vorhanden:

Egon Erwin Kisch

"MARKTPLATZ DER SENSATIONEN"

- 330 Seiten. -

Mexico	kartoniert	Pesos	10.00
USA	kartoniert	Dollar	3.00
Lateinamerika	kartoniert	Dollar	2.50

● ● ● ●

Interessenten, die in den Genuss des Subskriptionspreises kommen wollen, werden gebeten, ihre Bestellung mit Einsendung des Betrages unverzueglich zu richten an: Lic. Antonio Castro Leal, Mexico, D. F., Apartado 10214, mit dem Vermerk "El Libro Libre."

EDITORIAL "EL LIBRO LIBRE"—MEXICO, D. F.

Apartado 10214. — Calle Mérida 213. — Telefon J-17-05.

127 Anzeige des Verlages El Libro Libre in der Zeitschrift »Freies Deutschland«
128 Verlagssignet von El Libro Libre

Dies ist ein erstrangiges Buch mit besonderen Verdiensten seitens des Übersetzers. Während ich mich freue, daß wir es veröffentlichen werden, bin ich zugleich der Meinung, daß es 1942 einer der am schwierigsten zu verkaufenden Romane sein wird.

Darüber täuschen uns auch nicht im geringsten die begeisterten Bemerkungen in den Gutachten zum deutschen Manuskript über die literarische Qualität und die Art, in der der Roman ehrlich und auf neue Weise einfache Menschen in Deutschland vorstellt. Doch ich glaube auch, alle Vergleiche mit reißerischen Mustern wie »Flucht« sind unangebracht. Bestimmte Szenen enthalten die Spannung eines solchen Fluchtmotivs, doch sie zieht sich, so scheint mir, nicht durch die ganze Erzählung.

Ich weiß nicht, wieviel der Übersetzer in Übereinstimmung mit den Gutachten gestrichen hat, doch ich bin ziemlich sicher, daß eine Kürzung um fünfzig Seiten oder mehr den Wert des Buches ungeheuer steigern würde.

C.R. Everitt, »Das siebte Kreuz«,
21. November 1941

129 Porträtzeichnung von Prof. Dr. Rudolf Zuckermann: Walter Janka, Leiter des Verlages El Libro Libre

Wenn es nach mir ginge, hätte ich die ganze Kreß-Szene umgeschrieben und einige umwerfende Höhepunkte eingefügt.

Der Schluß (ohne den kurzen Epilog) ist jämmerlich schwach. Mit Georgs Sprung auf den holländischen Schleppkahn verpufft die Geschichte wie ein nasser Feuerwerkskörper. Wir bekommen einen flüchtigen Blick auf das Gesicht des Kapitäns, und der Vorhang fällt. Dürftig! Dürftig! Warum, frage ich mich, soll das Buch hier enden? [...] Warum kann nicht ein kurzer, aufregender Bericht seiner Reise den Rhein hinunter zur holländischen Grenze folgen, eine gewitzte Beschreibung des Kapitäns als komische Unterbrechung, eine letzte nervöse Spannung in Verbindung mit dem letzten Versuch der Gestapo, ihre Beute zu fangen, und das wunderbare Erreichen endgültiger Sicherheit, ein Ereignis, das in entsprechend glühenden Worten geschildert werden sollte und mit einer Erhöhung, die des Lesers Auge glänzend macht? [...]

Die wenigen »Sexszenen« in dem Buche sind sehr diskret behandelt – in der Tat zu diskret. Ich würde einige zusätzliche deutliche Tupfer in der Szene vorschlagen, wo Georg unfreiwilliger Beobachter eines derben Beischlafs ist, [...] und sogar einige zusätzliche Details von Georgs Erlebnis in dem Zimmer der Prostituierten in Frankfurt.

Eine Frage: Warum läßt die Autorin Georg sich nicht waschen? Nach seinen Erlebnissen – der Flucht von Westhofen bis zum Eintreffen in dem Haus von Dr. Kreß, wo anzunehmen ist, daß er badet – muß der Junge gestunken haben wie ein Biber.

James A. Galston (Übersetzer) an Maxim Lieber, 14. November 1941

Was die Streichung der Schäfer-Episoden angeht – und ich kann mir vorstellen, daß Sie das am meisten verärgert hat – bestand die generelle Meinung, daß sie die Rolle des Teiles des deutschen Volkes, der mehr oder weniger unberührt von den Nazis blieb, nicht so gut bedienten, wie sie es hätten sollen. Ich selbst übersprang jedesmal die Stellen, in denen Ernst auftauchte. Er wirkte irgendwie unscharf. Vielleicht betrachte ich ihn auch mit den Augen eines Philisters.

Angus Cameron an Anna Seghers, 18. Februar 1943

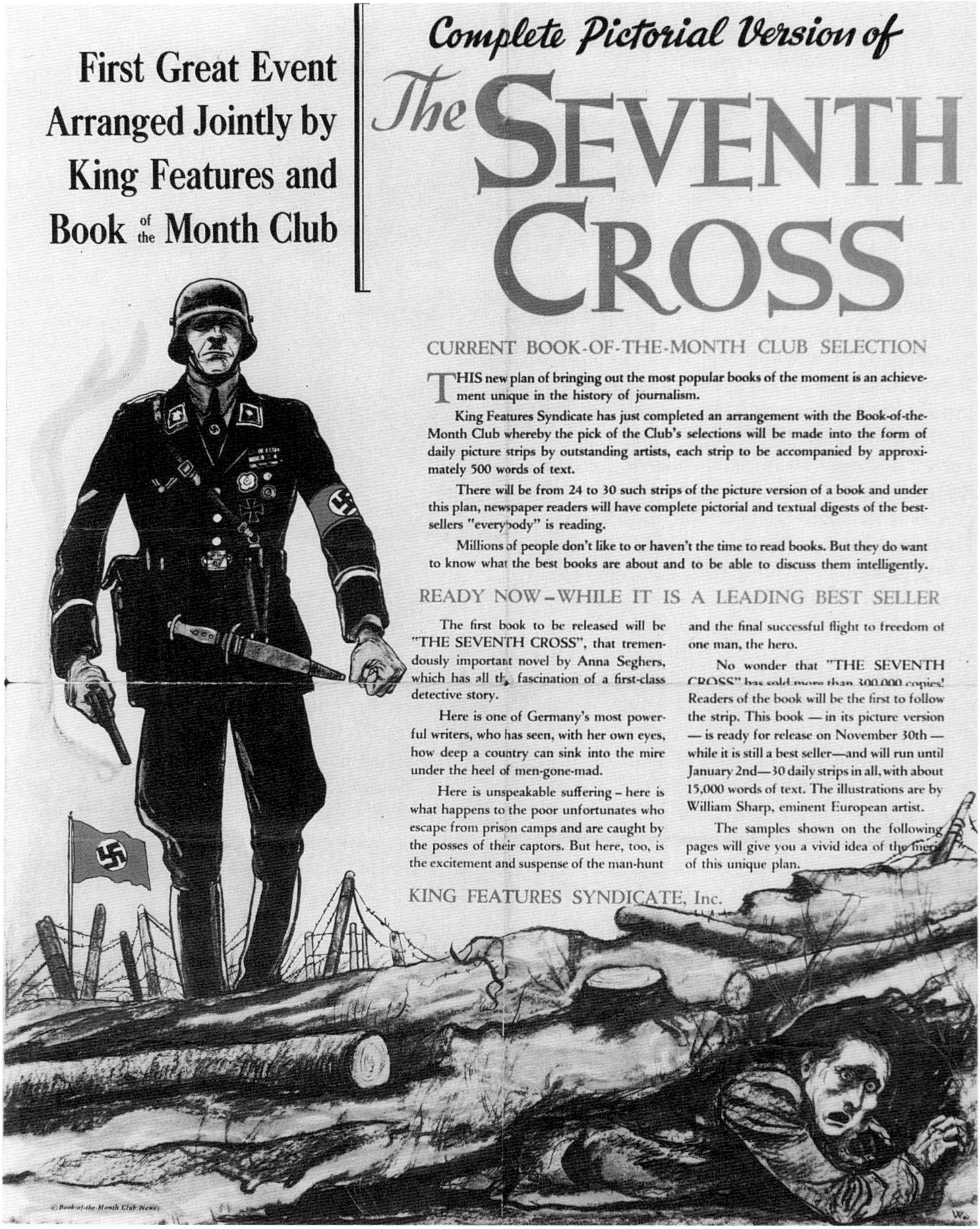

First Great Event Arranged Jointly by King Features and Book of the Month Club

Complete Pictorial Version of The SEVENTH CROSS

CURRENT BOOK-OF-THE-MONTH CLUB SELECTION

THIS new plan of bringing out the most popular books of the moment is an achievement unique in the history of journalism.

King Features Syndicate has just completed an arrangement with the Book-of-the-Month Club whereby the pick of the Club's selections will be made into the form of daily picture strips by outstanding artists, each strip to be accompanied by approximately 500 words of text.

There will be from 24 to 30 such strips of the picture version of a book and under this plan, newspaper readers will have complete pictorial and textual digests of the best-sellers "everybody" is reading.

Millions of people don't like to or haven't the time to read books. But they do want to know what the best books are about and to be able to discuss them intelligently.

READY NOW – WHILE IT IS A LEADING BEST SELLER

The first book to be released will be "THE SEVENTH CROSS", that tremendously important novel by Anna Seghers, which has all th. fascination of a first-class detective story.

Here is one of Germany's most powerful writers, who has seen, with her own eyes, how deep a country can sink into the mire under the heel of men-gone-mad.

Here is unspeakable suffering – here is what happens to the poor unfortunates who escape from prison camps and are caught by the posses of their captors. But here, too, is the excitement and suspense of the man-hunt and the final successful flight to freedom of one man, the hero.

No wonder that "THE SEVENTH CROSS" has sold more than 300,000 copies! Readers of the book will be the first to follow the strip. This book — in its picture version — is ready for release on November 30th — while it is still a best seller—and will run until January 2nd—30 daily strips in all, with about 15,000 words of text. The illustrations are by William Sharp, eminent European artist.

The samples shown on the following pages will give you a vivid idea of the merit of this unique plan.

KING FEATURES SYNDICATE, Inc.

(c) Book-of-the-Month Club News

Liebe Netty, ich bekam gerade einen Brief von Ed Seaver vom »Book-of-the-Month«-Club, in dem er mir die prächtige Neuigkeit mitteilte, daß Dein Roman vom Club ausgewählt worden sei. [...]

Jetzt ist Dein Weg geebnet, und Deine finanziellen Sorgen sind für lange Zeit verjagt. Freue Dich, mein Volk, Manna ist herniedergeströmt. [...] Und keine Sorge mehr um die nächsten Bücher. Und sicherlich mehr als 100 000 Leser. Herz, was begehrst du mehr?

F.C. Weiskopf an Anna Seghers, 24. Juni 1942

Ich freue mich, daß wir nun eine Übereinkunft getroffen haben, nach der ich monatlich einen Minimumbetrag erhalte, aber ich möchte Sie gleichzeitig dringend ersuchen, alles zu unternehmen, diese monatliche Zahlung auf das Maximum zu bringen. Der minimale Betrag reicht nicht aus, um davon leben zu können und die vielen Schulden zurückzuzahlen, die ich machen mußte, als ich überhaupt kein Geld bekam. Ich kenne viele Emigranten, denen monatlich sehr viel mehr zugestanden wird ($ 500,–). Sie erklärten lediglich, sie hätten alles, was sie besaßen, in Europa verloren und benötigten diesen Betrag nicht nur für den täglichen Lebensunterhalt, sondern für die Beschaffung all dessen, was sie in Europa verloren hatten. Mir scheint, daß meine wesentlichen Bedürfnisse und die meiner Kinder sogar etwas eindringlicher dargestellt werden könnten – wie ich hier ankam, finanziell und körperlich erschöpft, nachdem ich die Monate des Krieges, der Verfolgung und des Konzentrationslagers durchlebt hatte.

Anna Seghers an Little, Brown and Co.,
5. Oktober 1942

ANNA SEGHERS

DAS SIEBTE KREUZ

Roman aus Hitlerdeutschland

EDITORIAL "EL LIBRO LIBRE", MEXICO, D. F.
1942.

Etwas möchte ich Ihnen zu dem Roman sagen. Ich bin seit acht Jahren im Verlagsgeschäft, und »The Seventh Cross« ist das Buch, bei dem ich am stolzesten bin, meine Hand im Spiele gehabt zu haben. Die Rolle, die es dabei spielt, dem amerikanischen Volk in einer sehr entscheidenden Zeit die wirkliche Beschaffenheit der Vorgänge in Deutschland klarzumachen, seine Rolle, deutlich zu machen, daß der Präsident recht hat, wenn er sagt, daß es einen Unterschied gibt zwischen dem deutschen Volk und den Nazis, all diese Dinge machen mich stolz darauf, daß das Buch eine so weite Verbreitung gefunden hat. Ich glaube, daß »The Seventh Cross« einen wirklichen Anteil hat an der politischen Erziehung des amerikanischen Volkes in diesem antifaschistischen Krieg.

Angus Cameron an Anna Seghers, 18.Februar 1943

130 Werbung für eine amerikanische Bild-Version des Buches »Das siebte Kreuz«

131 Titelseite der deutschen Erstausgabe 1942

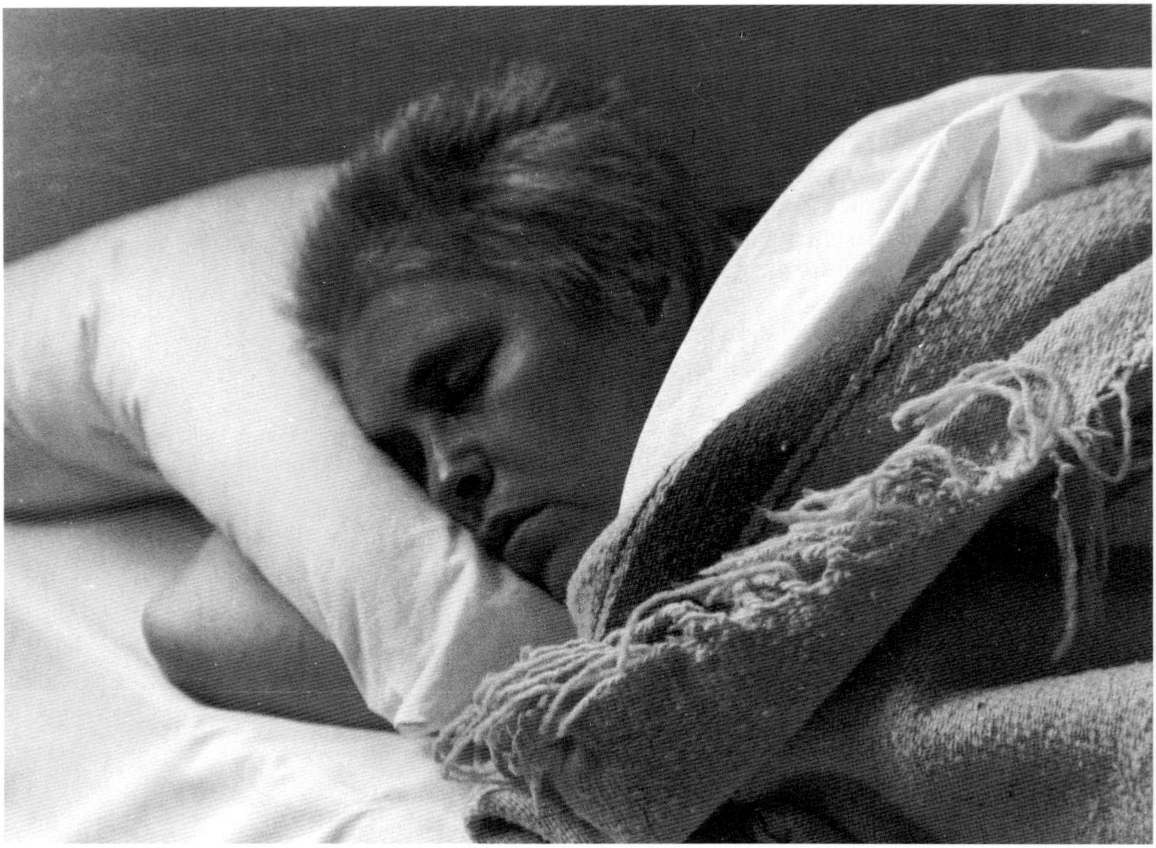

früh halb neun. im radio: anna seghers liegt in einem mexicospital im koma, nachdem sie gestern auf der straße aufgefunden wurde, überfahren oder wie die polizei annehme, aus einem auto geworfen.

Bertolt Brecht, »Arbeitsjournal«, 26. 6. 1943

Auszug aus dem Arztbericht

Frau Anna Seghers erlitt am 24. Juni d. J. einen Autounfall. Als Folge davon trat sofort Bewußtlosigkeit ein. Die Patientin blieb auf der Straße liegen, wurde durch das Rote Kreuz aufgefunden und auf dessen Ersten Hilfe-Posten in der Calle Monterrey gebracht.

Es wurde sofort Dr. Mariano Vazquez benachrichtigt, hiesiger Spezialist in Kopf- und Gehirnchirurgie. Die Untersuchung ergab folgendes:

Weichteilwunde der rechten Frontalgegend von 2 cm Länge, großes subcutanes Hämatom in der linken Schläfengegend, symmetrische Ekchymosen in beiden Augenlidwinkeln. [...] Dieser Zustand, in welchem die Bewußtlosigkeit praktisch das hervorstechendste Symptom darstellte, hielt 4 Tage an. Das Röntgenbild zeigte einen linearen Bruch des rechten Frontalknochens. [...] Die Patientin befindet sich seit dem Unfall in einem Zustand der Amnesie für verschiedene Vorgänge ihres früheren Lebens. [...] Schon jetzt ist bei Unterhaltungen mit der Patientin, sowie auf Grund ihres allgemeinen Verhaltens und der mehr und mehr auftauchenden Erinnerungen im Bewußtsein der Kranken die sich anbahnende Wiederherstellung dieser (höheren, zentral-nervösen) Funktionen deutlich festzustellen.

Mexiko. D.F., 13. Juli 1943

Mit großer Scheu übernahm ich meine erste Wache bei ihr. »Paß auf, falls sie etwas sagt«, hatte man mir eingeschärft, »bisher war leider fast nichts zu verstehen.« Unruhig ließ ich mich an ihrem Bett nieder. Wie kam ich dazu anzuhören, was Anna wahrscheinlich nur sich selbst anvertraute, keinesfalls jedoch jemandem, der in diesem Augenblick zufällig bei ihr saß? Ich blickte in ihr entstelltes Gesicht, dachte an unseren »griechischen Abend« in Marseille, an ihr lustiges Lachen damals in jener so unlustigen Zeit, und nur allmählich wich meine Befangenheit. Ich hörte aufmerksamer auf ihr Geflüster. Sie murmelte etwas von einem langen Zug, dem sie offenbar nachzulaufen versuchte, dann wieder von einer Blume mit viel Licht, das sie störte, und war mit einem Mal völlig übergangslos dabei, einen Salat anzurichten, um im nächsten Augenblick abermals über zu viel Licht und zu viel Dunkelheit zu klagen. Dazwischen gab es allerlei Unverständliches, ein Stöhnen, einen kleinen Schreckensschrei, gefolgt von einem tiefen Seufzer der Erleichterung. Ich saß wie festgenagelt auf meinem Stuhl, wagte kaum zu atmen, konnte nur fasziniert zuhören, wie es in ihr wehklagte, aber auch schon mit der bedrückenden Finsternis kämpfte und rang, und wie sich langsam einst Gesehenes und Erlebtes zu Bildsplittern zusammenfügte, ein hauchdünnes Gewebe, beinahe ein Nichts und doch schon etwas, der Anfang neu erwachenden Lebens.

Lenka Reinerová, 1985

132, 133 Nach dem Unfall

»Nein, von viel weiter her. Aus Europa.« Der Mann sah mich lächelnd an, als ob ich erwidert hätte: »Vom Mond.« Er war der Wirt der Pulqueria am Ausgang das Dorfes. Er trat vom Tisch zurück und fing an, reglos an die Hauswand gelehnt, mich zu betrachten, als suche er Spuren meiner phantastischen Herkunft.

Mir kam es plötzlich genauso phantastisch wie ihm vor, daß ich aus Europa nach Mexiko verschlagen war. [...]

Die Lust auf absonderliche, ausschweifende Unternehmungen, die mich früher einmal beunruhigt hatte, war längst gestillt, bis zum Überdruß. Es gab nur noch eine einzige Unternehmung, die mich ansporen konnte: die Heimfahrt. [...]

Ich hörte jetzt inwendig zu meinem Erstaunen ein leichtes, regelmäßiges Knarren. Ich ging noch einen Schritt weiter. Ich konnte das Grün im Garten jetzt riechen, das immer frischer und üppiger wurde, je länger ich hineinsah. Das Knarren wurde bald deutlicher, und ich sah in dem Gebüsch, das immer dichter und saftiger

wurde, ein gleichmäßiges Auf und Ab von einer Schaukel oder von einem Wippbrett. Jetzt war meine Neugier wach, so daß ich durch das Tor lief, auf die Schaukel zu. Im selben Augenblick rief jemand: »Netty!«

Mit diesem Namen hatte mich seit der Schulzeit niemand mehr gerufen. Ich hatte gelernt, auf alle die guten und bösen Namen zu hören, mit denen mich Freunde und Feinde zu rufen pflegten, die Namen, die man mir in vielen Jahren in Straßen, Versammlungen, Festen, nächtlichen Zimmern, Polizeiverhören, Büchertiteln, Zeitungsberichten, Protokollen und Pässen beigelegt hatte. Ich hatte sogar, als ich krank und besinnungslos lag, manchmal auf jenen alten, frühen Namen gehofft, doch der Name blieb verloren, von dem ich in Selbsttäuschung glaubte, er könnte mich wieder gesund machen, jung, lustig, bereit zu dem alten Leben mit den alten Gefährten, das unwiederbringlich verloren war.

»Der Ausflug der toten Mädchen«, 1946

134 Netty Reiling bei einem Ausflug etwa 1919

135 Erstausgabe »Der Ausflug der toten Mädchen und andere Erzählungen«, Aurora Verlag, New York 1946. Leiter des Verlages war Wieland Herzfelde

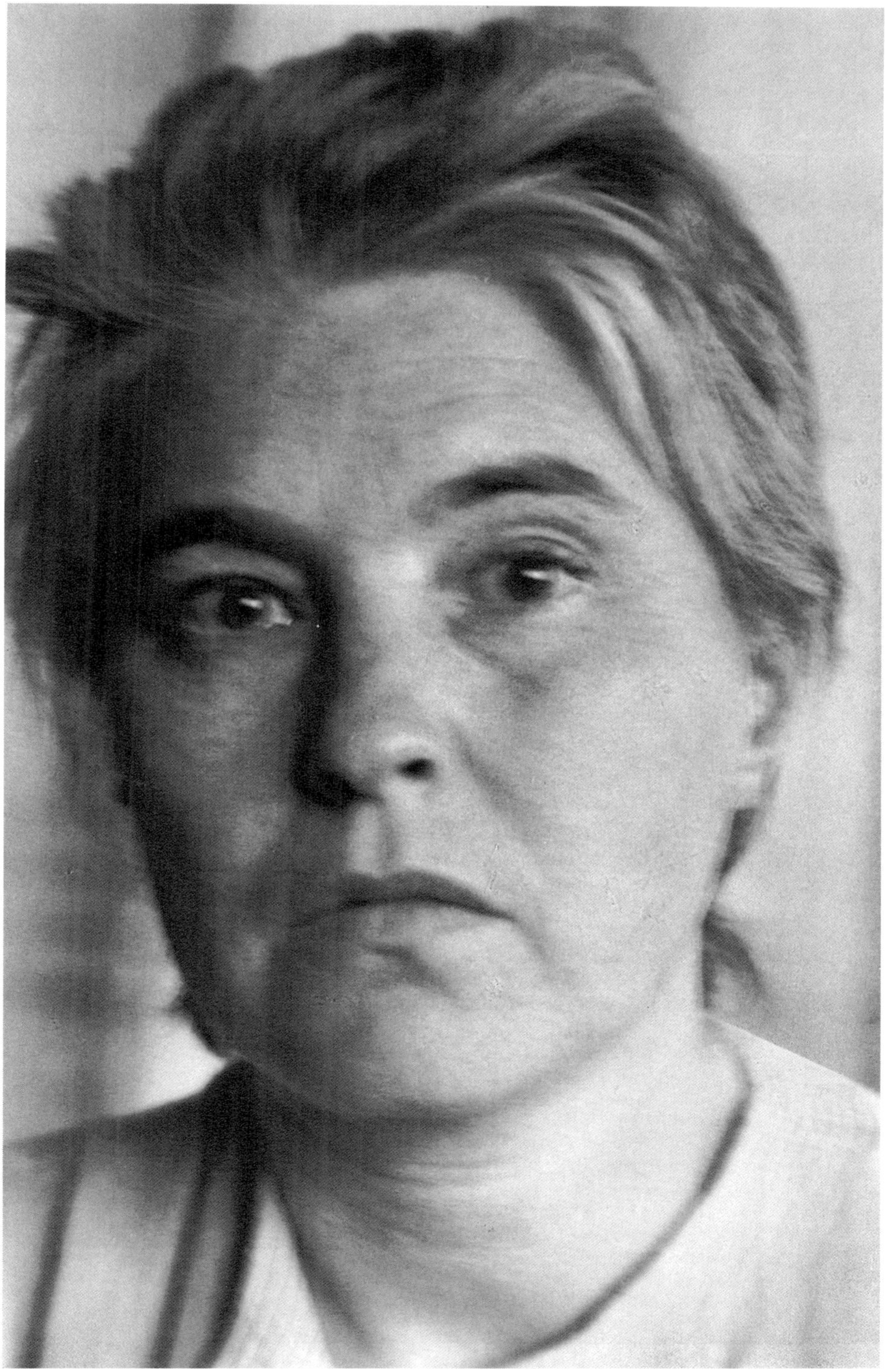

136 Anna Seghers um die Jahreswende 1943/44

Benito stieg langsam mit seinem beladenen Maultier und seiner Familie den Abhang bis zum Stadtrand hinunter. Zuletzt kam Luisa, das jüngste Kind im Rebozo. Andrés, der älteste Junge, ging wie sein Vater bedächtig neben dem Mulo, damit kein Schaden entstehe. Der mittlere Sohn, Gabriél, ging ein wenig voran. Er vergaß sich manchmal und sprang, oder er pflückte etwas; denn nach der Regenzeit war alles im Wachsen und Blühen. Die Wiesen waren gesprenkelt in allen Farben, ein lila Hauch Bugambilien lag auf den weißen Häusern der Vorstadt.

Das Maultier war achtsam. Es wußte sehr gut, was es schleppte. Es hätte auch allein das ganze Geschirr, das sein Herr Benito geformt und gebrannt, bemalt und glasiert hatte, heil nach Mexiko-Stadt auf den Markt gebracht. Es machte immer von selbst, bevor man es warnte, die leichte Bewegung, die nötig war, um nicht anzustoßen.

Das Geschirr war Stunden vor ihrem Aufbruch in Netze verpackt und auf seinem Rücken verschnürt worden. Auf mattweißem Grund besaß es ein Muster aus einem tiefen unnachahmlichen Blau. Viele Leute suchten auf dem Mercado den Stand des Töpfers Benito Guerrero aus dem Dorf Santiago Ixcuintla, um ihr altes Geschirr zu ergänzen oder ein neues zu erstehen.

Wenn bei solchen Leuten jemand zu Gast war, zum Beispiel bei Doña Isabel, sagte er: »Ach, deine Teller. Solch Blau gibt es nicht noch mal.«

Dann hieß es: »Kauf es dir bei dem Töpfer Benito auf dem Mercado.« [...]

Jetzt sah er die Farbmühle. Er seufzte froh, als hätte er selbst all die Mühe vollbracht. Und noch ein Stück näher sah er die Hämmer am Pochwerk.

Er war fast angelangt, da erkannte er den einzelnen Mann, der flugs, kaum mit den Augen festzustellen, bald da, bald dort auftauchte, gleichwohl am Hinken. Rubén trug, ohne sich davon behindern zu lassen, etwas vom niedergebrannten Herd zum Bach.

All diese Arbeiten, an der Mühle, am Pochwerk, am Herd, die verschiedne Menschen verlangten – diesem Rubén allein gelang alles so rasch hintereinander, daß man beim Zusehn glauben konnte, er mache alles zugleich. Benito verstand nicht, was Rubén zuerst vollbrachte und was in der Mitte und was zuletzt. Es drehte sich ihm im Kopf beim Zusehn, es machte ihn wild.

Nur in Rubéns Rücken, nach dem Fluß zu, war Wald. Nach dem Land zu fiel der Berg kahl und rissig ab. Und hinter der Stadt erhoben sich wieder kahle und rissige Berge. Hier glühten auf dem Abhang zwei Pfefferbäume. Die mußten bald mit der Sonne erlöschen.

Und wie es hier oben einsam war. Da war es besser in all dem Geröll mit Rubéns Eltern, den alten Alvarez'. Noch hundert Schritte zu meinem Blau, dachte Benito. Auf einmal, da es zum Greifen nah war, kam es ihm unglaublich vor.

»Das wirkliche Blau«, 1967

137 Töpfer auf dem Wege zum Markt
138 Ansichtspostkarte: Farbmühle (Ausschnitt)

13. **SUMMARY OF PARTICIPATION IN COMMUNIST ACTIVITIES IN LATIN AMERICA:**

It has been observed that along with [redacted] Anna Seghers probably represents the real intellectual force behind the Free German Movement inasmuch as she is practically the only member of the group who enjoys world fame. Subject was one of the founders of the Free German Movement, for a time was one of the editors of the publication "Freies Deutschland", and has been a frequent contributor to its issues. These contributions have included numerous selections from her published works, many of them frankly Communistic and pro-Russian in tone. Her works have been published in the periodical "Internationale Literatur" in Moscow.

7C

Subject has been alleged to be a member of the Central Executive Committee of the German Communist Party in Mexico. She is President of the Heinrich Heine Club, a literary satellite of Alemania Libre, and honorary member of the Directive Board of the Latin-American Committee of Free Germans. Her connections are international.

It may be noted that during July, 1943, subject was seriously injured by a hit-and-run motorist, which fact was interpreted by some sources as her having been the victim of Nazi thugs because of her militant anti-Nazi attitude.

14. **STATUS OF INVESTIGATION:** Closed.

Nettie Radvanyi - Photogra

139 Eine Seite der FBI-Akte über Anna Seghers

Die FBI-Akte von Anna Seghers [...] ein nahezu 1000 Blätter umfassendes Dossier, das das FBI mit Unterstützung verschiedener US-Geheimdienste und Regierungsstellen während der 40er Jahre über Anna Seghers angelegt hat. Interessant ist es aus zwei Gründen: Zum einen, weil es hier, genau wie in einem Spionagethriller, um Briefe und Nachrichten in unsichtbarer Tinte, um kodierte Botschaften und tote Briefkästen, um Einbrüche, Mord und natürlich – wie könnte es bei J. Edgar Hoover anders sein – um die Bedrohung der Demokratie und des American Way durch die rote Gefahr geht. Interessant zum anderen, besonders für den Literarhistoriker, weil sich in den Akten des FBI zahlreiche Briefe und Hinweise auf die Lebens- und Arbeitsbedingungen von Anna Seghers sowie Kopien von Manuskripten finden. [...]

Ausgelöst worden war das Interesse von FBI, ONI und INS durch eine Visaangelegenheit 1940/41 in Mexiko, die politische Folgen nach sich zog. Höhepunkt war ein Artikel der Grupos Socialistas de la Republica Mexicana, der am 19. Juni 1941, wenige Tage nachdem Anna Seghers und andere auf Ellis Island angekommen waren, in der mexikanischen Zeitung »Excelsior« erschien. Der Tenor des Artikels, der sofort vom State Department an MID, ONI und FBI weitergeleitet wurde, war dezidiert antikommunistisch: »Most dangerous agents« seien diese Exulanten, »Stalinist leaders« und »totalitarian agents«. Namentlich genannt werden u.a. »Netti Hatwanny (pseudonym of Anna Seghers), a Stalinist writer«, und Bodo Uhse, »eine Art Stabschef« und »ein ehemaliger Faschist, der vor den Stalinisten kapitulierte, als ein Bündnis zwischen ihnen (Nazis und Stalinisten) unmöglich schien«. Und schließlich fällt in »Excelsior« zum erstenmal ein Wort, das vom FBI dankbar übernommen wird: »Communazi«. Wer mit der Einstellung von J. Edgar Hoover und INS vertraut ist, wird sich nicht wundern, daß Anna Seghers und ihre Familie trotz Petitionen des Exiled Writers Committees und des Verlags Little, Brown vom INS in New York nicht die Erlaubnis erhielten, in die USA einzureisen. Die Begründung der Einwanderungsbehörde – »Sehschwäche des Kindes, Ruth Radvanyi« –, die nicht zufällig durch das Wort »teilweise« eingeschränkt war, dürfte wohl nur ein Vorwand gewesen sein, um die Familie außer Landes zu halten. Wie dem auch sei, Anna Seghers wurde mit Mann und Kindern – »ungarischen Staatsbürgern und von jüdischer Rasse« – zur Weiterreise genötigt: »Nach dem Verhör wurde den Radvanyis die Einreise in die Vereinigten Staaten nicht gestattet ... Die ... Familie wurde am 15. Juni 1941 auf der ›Monterey‹, mit Kurs auf Vera Cruz, nach Mexiko geschickt.«

Alexander Stephan, 1990

Wir haben verteufelte Nachrichten. Meine Mutter, von der ich schon Jahre nichts hörte, wurde zuletzt in ein KZ nach Polen abtransportiert, wo sie vermutlich zu Grunde gegangen ist.
Rodis einstmals sehr liebe und sehr schöne, mit mir seit der Jungmädchenzeit befreundete Schwester, wurde gleichfalls mit Mann und Kindern abtransportiert. [...]

Ich glaube, man muß zuerst alles, aber auch alles tun, um Hitler zu erledigen und nachher kann man sich balgen, um die neue Weltordnung. [...]

Die Prophezeiungen unserer Altvorderen nämlich: bessere Welt oder Barbarei, erfüllen sich widerwärtig genau.

Anna Seghers an Kurt Kersten, 2. Januar 1945

In Mexiko hatte die Nazi-Gesandtschaft der mexikanischen Regierung ein Geschenk übergeben: viele deutsche Bücher, obwohl kaum jemand deutsch las. Ich durfte in den Raum, in dem diese Bücher aufbewahrt wurden. Dadurch konnte ich mir allerlei Kenntnisse verschaffen, die ich dann z.B. in meinem Roman »Die Toten bleiben jung« verwandte (Möller v. d. Bruck, die Erbhofgesetze usw.).

Anna Seghers, 1977

Albrecht: In »Deutschland und wir« und »Volk und Schriftsteller« hat Anna Seghers gegen den Vorschlag opponiert, das deutsche Volk brauche fremde Lehrer von anderen Völkern. Sie wandte sich gegen die These, jedes Volk habe den Führer, den es verdiene, das deutsche Volk sei also identisch mit Hitler. Damit befand sie sich im Einklang mit vielen kommunistischen Schriftstellern.

Radvanyi: In der Emigration war diese Diskussion ja ganz natürlich. So zum Beispiel über den Widerstand der deutschen Generäle, die gefangengenommen wurden. Darüber wurde ebenfalls gestritten.

Und dann müssen Sie sich vorstellen, alle Emigranten, welcher Nationalität auch, saßen auf demselben Schiff. Als nun der Umschwung kam, wurden die Österreicher langsam wieder Österreicher, die Tschechen wieder Tschechen, die Ungarn Ungarn und die Franzosen Franzosen. Die alten Unterschiede lebten wieder auf, die einen waren gleichsam geschlagen, die anderen würden ihre Unabhängigkeit wiederbekommen. Eine Differenzierung setzte unter den Emigranten ein. Und das Problem Frankreich-Deutschland! Von Mexiko aus gesehen, war Europa zusammengehörig. Aber unter den Emigranten differenzierten sich die Probleme nach den Vaterländern.

Albrecht: Kann man nicht doch sagen, daß die mexikanische Exilgruppe in ihren politischen Meinungen ziemlich homogen war?

Radvanyi: Zu Anfang ja, aber zum Ende zu gab es schlimme Auseinandersetzungen. Ich war ein junger Mann, ich selbst wollte nach Frankreich zurück. Für manche Emigranten waren diese Auseinandersetzungen schlimm. Die einen hatten die Oberhand, und die anderen haben dann darunter gelitten. Sie müssen bedenken, daß unter den Emigranten nur wenige materiell gesichert waren. Manche hatten Arbeit gefunden, andere nicht. Manche konnten leben von ihrer Arbeit, aber andere waren auf Hilfe angewiesen. Und wenn da Streit aufkam, das konnte sehr unangenehm werden. Das gab es.

Pierre Radvanyi/Friedrich Albrecht, 1990

Nach Stalingrad tauchte [in der Parteigruppe] ein Meinungsstreit auf, der sich dann gewaltig auswuchs. Es ging um das Problem, ob man mit den Generälen, die sich der Sowjetunion ergeben hatten, später zusammenarbeiten sollte. Paul Merker vertrat den Standpunkt, das käme überhaupt nicht in Frage, die Schuld der Generäle am Hitler-Krieg wäre erwiesen, sich zu ergeben wäre noch keine Einsicht, sie wären keine Partner zum Neubeginn. Georg Stibi, der vom Standpunkt der Sowjetunion ausging, begriff dagegen, wie wichtig in dieser Etappe des Kampfes es war, auch die hohen Chargen zu überzeugen, daß ihnen beim Kapitulieren außer der Gefangenschaft nichts drohte, ja, daß sie, bei weiterer ideologischer Einsicht, selbst zu Partnern werden könnten.

Wie gesagt eine Meinungsverschiedenheit, keine auf die Spitze zu treibende Frage, denn es war ja wirklich noch nicht soweit, um das Problem am Ergebnis zu lösen. Immer aber, in allen Emigrationen ist das leider so gewesen, herrschen dann die »eisenharten Prinzipien«, die nicht zulassen, daß es zwei Meinungen gibt. Merker verlangte den Ausschluß des Genossen Stibi. Henny ging mit ihrem Mann. Für die Genossen, die von ihrer Arbeit für die Partei auch lebten, bestand natürlich keine Frage. Für andere, wie Günter und mich, Baumgartens, Dr. Hilde und Dr. Rudolf Neumann, Anna und Roddy, Gisl und Egon, Bodo Uhse, gab es dieses Problem in dieser Form nicht.

Jeder von uns dachte zu dieser Zeit schon an das Nachhausekommen, wie sollte man es ohne die Hilfe der Partei bewerkstelligen? Außerdem war der »politische Anlaß« nicht so gewaltig, daß man, nach Hause gekommen, den Beschluß nicht zurücknehmen, die Parteizugehörigkeit für Stibis nicht wieder beantragen konnte. Wir nahmen also den Ausschluß nicht so ernst, brachen unsere Beziehungen zu den Stibis nicht ab, unterstützten sie in den Grenzen unserer Möglichkeiten. Anna besaß noch lange einen Zettel, den Paul Merker ihr, nachdem sie bei den Stibis gewesen war, unter die Wohnungstür geschoben hatte und auf dem etwa folgendes stand:

Jetzt weiß ich, wo Du Dich entgegen den Beschlüssen der Partei hinbewegst. Ich habe Dich beobachtet. P. Merker. – In Berlin, im nachhinein haben wir darüber gelacht, Anna mit ihrem Ausruf: »Hol's der Naturgeier!« aber als es geschah, waren wir gar nicht so lustig.

Steffie Spira-Ruschin, 1984

140 Anna Seghers in Guadalajara, Herbst 1943
141 Anna Seghers um 1944

FREIES DEUTSCHLAND

Revista Antinazi - Antinazi Monthly **V** Sonder-Nummer 9. Mai 1945

Die bedingungslose Kapitulation der Nazi-Diktatur

und die Bewegung Freies Deutschland

Am 9. Mai fand in der Stadt México eine Pressekonferenz des Lateinamerikanischen Komitees der Freien Deutschen statt, auf der Ludwig Renn, Paul Merker und Erich Jungmann vor den erschienenen Vertretern der auslaendischen und der mexikanischen Presse und den Delegationen der Freien Bewegungen aus den europaeischen Laendern grundsaetzliche Erklaerungen zur Lage abgaben.

Eroeffnungsrede von Ludwig Renn

(Praesident des Lateinamerikanischen Komitees der Freien Deutschen)

"Die falsche Herrlichkeit von Hitlers tausendjaehrigem Reich liegt in Truemmern. Die deutschen Armeen haben kapituliert. Die Absicht der Nazis war, ein Reich der Gewalt und des Unrechts zu errichten, dem nichts auf der Welt widerstehen koennte. Dieses Hitler-Reich sollte den deutschen Trusts die wirtschaftliche Gewalt und Kontrolle aller fremden Laender sichern. Zur Erreichung dieses Ziels war den Nazis jedes Mittel recht. Zuerst brachen sie den Widerstand in Deutschland selbst. Kommunisten, Katholiken, Protestanten, Sozialisten und parteilose Deutsche, die einfach ein Gewissen und einen Sinn fuer Recht hatten, wurden in Konzentrationslagern gefoltert und gemordet. Noch furchtbarer war der Terror gegen die Juden, von denen nur ein winziger Bruchteil ueberlebt.

Hitlers Kriegsplan zerschellte an der Mauer der Roten Armee. Die drei grossen Maechte vereinigten sich. Damit war die Niederlage Hitlers besiegelt. Doch unverantwortlich und gewissenlos setzte er den Krieg fort. Er vernichtete weiter Millionen von Leben vieler Nationen und mordete durch die sinnlose Fortfuehrung des Krieges auch die deutsche Jugend, - bis alles riss, bis sich die Voelker erheben konnten und ueber ihren Staedten wieder ihre eigenen Fahnen aufpflanzten. Nun zeigte sich, das es den Nazis nicht gelungen war, den Widerstand zu vernichten. Nicht alle ihre Gegner waren tot, und zu den alten unbeugsamen Kaempfern waren neue gekommen, denen das Grauen ueber die Verbrechen die Augen geoeffnet hatte. Wir selbst, ein Teil der deutschen Antinazibewegung, begruessen es, dass die Voelker Europas die deutschen Unterdruecker aus ihren Laendern vertrieben haben. Wir als deutsche Antinazis danken ihnen dafuer, dass sie mit dem Siege ueber Hitler auch Deutschland von der faschistischen Pest gereinigt haben.

Fuer uns beginnt ein neuer Abschnitt unserer Geschichte, ein Abschnitt, in dem wieder dass Grosse erstrebt und das Vebrechen geaechtet werden soll. Die Kaefte, die bereit sind, dazu beizutragen, sind bedeutender, als es im Augenblick scheinen mag. Wir werden sie in Deutschland selbst bald am Werke sehen. Aber auch in der Emigration, stehen erfahrene, den neuen Aufgaben gewachsene Kaempfer zur Verfuegung. Mexiko hat das historische Verdienst, diese Kraefte aufgenommen und dadurch fuer ihre kuenftigen Aufgaben gerettet zu haben. Wir haben den festen Willen, Deutschland als Land des Angriffsgeistes zu vernichten, aber Deutschland als Land der Arbeit, der Bruederlichkeit gegen andere Voelker und als Land der Freiheit aufzubauen".

Erklaerung von Paul Merker

(Sekretaer des Lateinamerikanischen Komitees der Freien Deutschen, ehemaliger Abgeordneter)

ZUR BEDINGUNGSLOSEN KAPITULATION DES NAZI-REGIMES:

"Nachdem die Mehrheit des deutschen Volkes seit Jahren die Fortsetzung von Hitlers furchtbarem Raubkrieg verdammte, aber ihren Willen nicht gegen Himmlers Terror durchsetzen konnte, wurde durch den Kampf der Vereinigten Nationen die bedingungslose Kapitulation des nazisti-

142 Sonderausgabe anläßlich des Sieges über Hitlerdeutschland

Zu Ehren von Egon Erwin Kischs sechzigstem Geburtstag stand auch Anna auf unserer kleinen Bühne im Schiefersaal. Es wurde »Der Fall des Generalstabschefs Redl« nur von Schriftstellerkollegen gespielt. [...] Am 10. Mai 1945 fand dieser Theaterabend statt. Es war unsere Siegesfeier.

Steffie Spira-Ruschin, 1984

Den Spaß, Anna Seghers Theater spielen zu sehen, wollten wir uns natürlich auf keinen Fall entgehen lassen. So wurde ihr die Rolle der Baronin Daubek zugeteilt, die bei einem Gesellschaftsabend über die Bühne rauscht. [...]

Bei der Aufführung war sie natürlich ein Bombenerfolg. Kaum betrat sie die Bühne und führte ihren Hofknicks und die angemessene Verbeugung vor, prasselte auch schon jubelnder Applaus durch den Saal. Die Menschen waren glücklich, daß sie wieder wohlauf war, und begeistert, daß sie bei diesem Jux mitmachte. [...] »Ich hätte nie gedacht, daß Frau Seghers auch so herrlichen Unfug machen kann«, hörte ich nach der Aufführung jemanden sagen.

Lenka Reinerová, 1985

HEINRICH HEINE - KLUB

Donnerstag, den 10. Mai 1945. Abends 8 Uhr 30
im Schiefersaal, Ven. Carranza 21, I. Stock

Aus Anlass des 60 Geburtstags von

EGON ERWIN KISCH

Einzigartige und einmalige Auffuehrung seines Stueckes

"Der Fall des Generalstabschefs Redl"

Saemtliche Rollen gespielt von Kischs Freunden, den Schriftstellern:

Lenka Reiner, Anna Seghers;
Alexander Abusch, Theodor Balk, Bruno Frei, Rudolf Fuerth, Leo Katz, Hans Marum, Paul Mayer, Ludwig Renn, Ernst Roemer, André Simone, Kurst Stern, Bodo Uhse.

143 Einladung des Heinrich-Heine-Klubs

144 Aufführung am 10. Mai 1945 zum 60. Geburtstag von Egon Erwin Kisch

145 Ansichtspostkarte: Töpfermarkt

146, 147 Mexikanische Kunstwerke aus der vorkolumbianischen Zeit

148 Anna Seghers besucht ein mexikanisches Reiterfest

149 An der pazifischen Küste

Liebste Lore, ich habe das Land hier sehr lieb gewonnen. Du weißt, erst vor hundert Jahren hat es sich von den Spaniern befreit. Hat seitdem ununterbrochen um seine äußere und innere Freiheit gekämpft. Mit Rückschlägen, mit Enttäuschungen, mit Betrug, mit Verrat, mit Unwissenheit. Und manchmal fühlst du an einzelnen Menschen all diese Widersprüche. Manches ist wie im Mittelalter, manches wie in der vorgeschichtlichen Zeit und manches weit voraus. Ich war kürzlich in verlassenen Dörfern an der pazifischen Küste. Vielleicht schrieb ich Dir schon darüber, ich kann mich nicht erinnern. Ich machte die Reise zusammen mit einer belgischen Freundin, die dort in der résistance eine Rolle spielte. Sie war schon früher oft hier gewesen. Da liefen in ihr und in uns die beiden Eindrücke zusammen. Die Menschen im wirklichen Urwald und die Menschen in dem Urwald der Nazi, der Anfang und das Ende unsrer Zeit.

Anna Seghers an Lore Wolf, 6. Dezember 1946

150 Der Bauernführer Emiliano Zapata. Fragment des Wandbildes von Diego Rivera »Bauernrevolution«

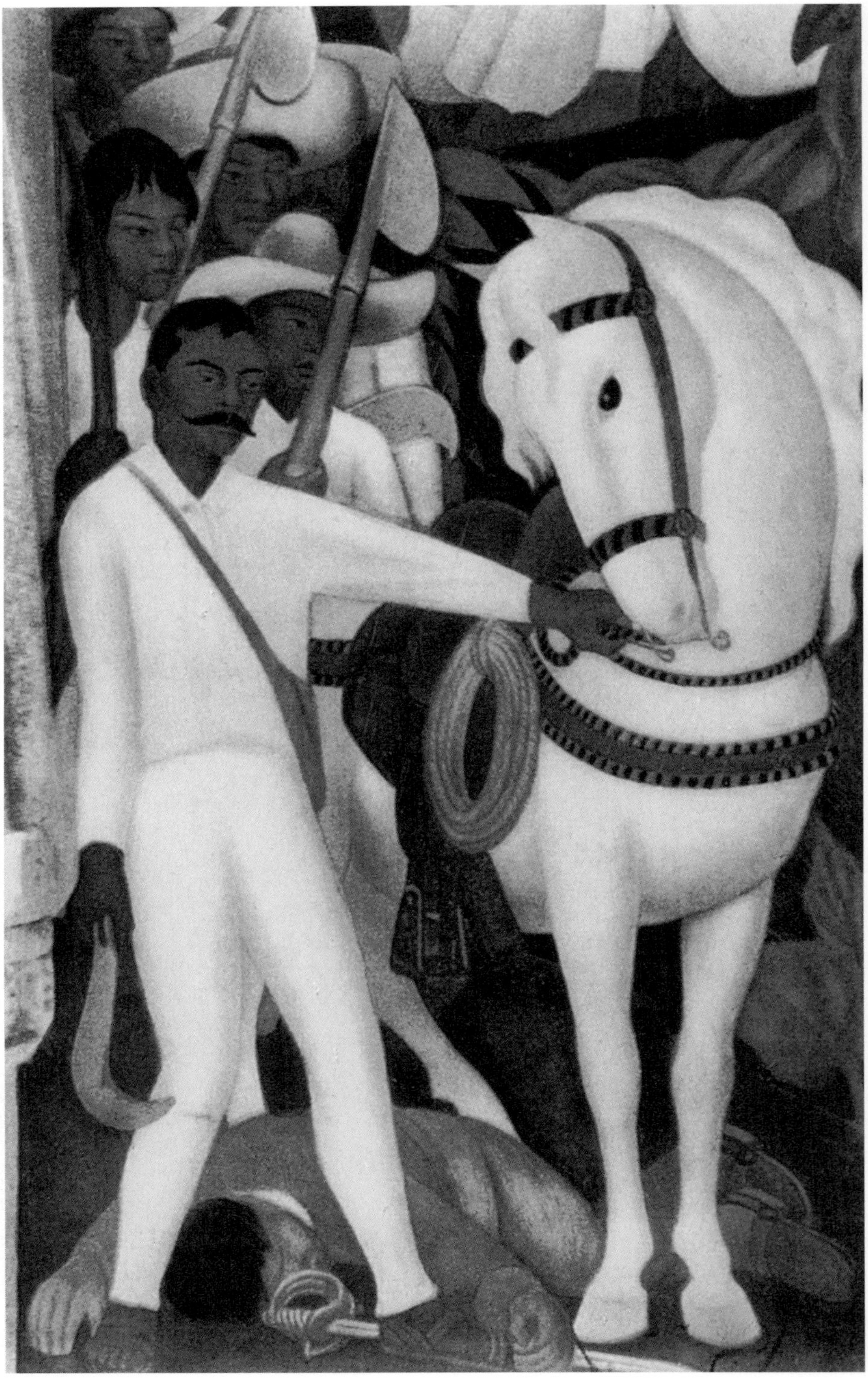

Wenn ein Hitler in Mexiko versucht hätte, jedes freiheitliche Kulturerbe, jede Andeutung einer besseren Zukunft auszulöschen, dann wäre keine Bücherverbrennung veranstaltet worden wie hier in Berlin, dann hätte man alle Bilder abkratzen müssen, die seine Maler in den vergangenen zwanzig Jahren auf die Mauern von Ministerien, Schulen und Stadthäusern gemalt haben. Denn diese Fresken sagen soviel über und für das mexikanische Volk, wie hierzuland alle Bücher. [...]

Der größte Teil des mexikanischen Volkes war zur Zeit der Entstehung der Fresken analphabetisch. Das Lesen und Schreiben ist durch die Bemühungen der letzten zwei Präsidenten zwar tiefer in die Massen gedrungen, aber noch längst nicht selbstverständlich. Das bedeutet aber durchaus nicht, daß sein Unvermögen, ein Buch zu verstehen oder eine Zeitung, es von der Kultur abgesperrt hat. Seine tiefe künstlerische Begabung, sein Verständnis für Formen und Farben, sein ungebrochener Instinkt, die Inhalte dieses Lebens in Formen auszudrücken, die nicht zu Buchstaben gefrorene Gedanken sind, seine Menschenkenntnis, die aus sichtbaren Gesten, Formen und Farbtönen auf das innerste Innere schließt, wird einem fast schmerzlich deutlich, wenn man wieder in die »Alte Welt« versetzt wird, wo all das mehr oder weniger in den einzelnen Menschen erloschen oder mit dem Alphabet vertauscht zu sein scheint.

Das muß man wissen, wenn man versuchen will zu verstehen, was die Fresken für Mexiko bedeuten. [...]

Diego Rivera hat inzwischen unter vielen anderen Fresken die große, zur Ebene offene Altane des Cortés-Hauses in Cuernavaca ausgemalt. Man kann Jahr für Jahr, Monat für Monat, Tag für Tag zahllose Indios, Männer und Frauen und Kinder, die Männer mit ihren großen runden Strohhüten, in ihren weißen oder bunten Baumwollhemden, die Frauen Brüste und Säuglinge im »rebozo«, dem kunstvoll geschlungenen Tuch, in dieser Altane beobachten. Sie erklären sich: Hier seht ihr, wie Cortés mit seinen Soldaten in den Urwald eindrang; hier seht ihr, wie wir Bauern damals unter den Peitschen der spanischen Aufseher schuften mußten. Hier seht ihr, wie unsere Frauen den Mönchen Früchte und Edelsteine brachten; hier seht ihr, wie wir euch befreiten. Sie schweigen vielleicht allesamt einen Augenblick länger vor dem Bild des großen Bauernführers Zapata (er hatte einen Briefwechsel mit Lenin). Doch auf dem Bild sieht man nichts von dem Briefwechsel. Man sieht einen Bauern in weißer Baumwolle, genau wie der, der es lächelnd betrachtet. Er hält sein Pferd fest, das so weiß ist wie er selbst, mit runden Augen, die leuchtender sind als die seinen. Das Bild ist es wert, einen Augenblick länger betrachtet zu werden; es ist auch wert, daß man bei dem Anblick schweigt und nichts seiner Frau zu erklären braucht und nur lächelt. Er stellt höchstens fest, daß Zapatas Pferd seinem eigenen ähnelt, das drunten an einen Baum angebunden auf ihn wartet. Es ist der Schlußpunkt nach allen uferlosen Diskussionen, Zeitkunst oder Reine Kunst. Es gibt die Zeit so rein, daß sie zeitlos wird. Und diese gemalte Zeit ist von Fehlern, von Ehrgeiz, von Unvermögen so unbefleckt, daß sie reine Kunst ist.

»Die gemalte Zeit«, 1947

151 Xavier Guerrero: Im Kopf von Anna entsteht eine Geschichte

Ich danke Ihnen sehr für Ihren Brief, der mich nach allerlei Umwegen letzte Woche erreicht hat. Ich habe mich herzlich gefreut, daß Sie meine Familie und mich nicht vergessen haben. […] Was die Rückerstattung der Vermögenswerte meiner Eltern angeht, wovon Sie in Ihrem Brief sprechen, so interessiert mich diese Frage viel weniger als eine andere, bei der ich um Ihre Hilfe bitte. Wenn Sie meinen toten Eltern und mir etwas Liebes tun wollen, dann wäre ich Ihnen von ganzem Herzen verbunden, Sie könnten mir bei der Erfüllung meines großen Wunsches beistehen: Ich möchte außerordentlich gern auf begrenzte Zeit die Stadt wiedersehen, in der ich geboren und aufgewachsen bin. Sie können sich nicht vorstellen, was für Sehnsucht ich nach dem Rhein habe.

Dieser Wunsch ist nicht geringer geworden durch alles, was sich daheim zugetragen hat. Er ist sogar hier auf dem Kontinent noch gewachsen, obwohl unser Leben durch meinen und meines Mannes Beruf geordnet ist, und obwohl ich bei der Herumreiserei genug Schönes und Sonderbares gesehen habe. Ich weiß nicht, ob Sie verstehen können, daß man dann erst recht das Gefühl hat, man müßte einmal wieder daheim atmen. Ich bin mir auch durchaus bewußt, daß ich auf alle Unannehmlichkeiten gefaßt sein muß.

Anna Seghers an Regierungsrat Michel Oppenheim, Mainz, 2. Januar 1946

Lieber Hans:
Ich war glücklich, als ich vor einiger Zeit die Einreisevisen nach der Sowjetunion und nach Deutschland bekam. […] Ich brauche Dir nicht zu erklären, wie ich mich auf jede klare und harte Arbeit freue, nach den uferlosen und fruchtlosen Diskussionen und Streitigkeiten der Emigrationsatmosphäre. […] In diesen Tagen wird eine Vereinbarung gemacht mit amerikanischen Zeitschriften und Verlagen, durch die ich in verschiedene europäische Länder komme, um Arbeiten zu machen, die sich unter anderem mit der Mentalität der Nachkriegsjugend befassen (auch mit Schul- und Erziehungsfragen). Ich brauche Dir nicht lange zu erklären, daß diese Möglichkeit auch meinen sonstigen Arbeitsplänen entspricht. Für mich ist es ohnedies das Vernünftigste, nach Europa über Frankreich zu fahren, damit ich dort mit einigen Menschen sprechen kann, und meinen Jungen, den Peter, wiedersehen, der in Paris Elektrotechnik studiert. […]

Von Dir möchte ich wissen: Wie stehen die deutschen Verlage, bei Euch und in den anderen besetzten Gebieten? Was ist mit dem Roman »Das siebte Kreuz«? […] Wenn ich *vor* meiner Ankunft in Euren Zeitungen und Zeitschriften mitarbeiten soll, was erscheint Dir in Form und Thema besonders nützlich?

Ich weiß selbst, daß ich in diesem Brief sehr viel von mir selbst und von meinen Arbeitsplänen erzähle, ich könnte Dir lange Briefe schreiben über einzelne Menschen, die Dir vielleicht abhanden gekommen sind und deren Schicksale Dich interessieren; und vor allem über dieses Land. Da bringe ich Euch eine Menge von Material und Erlebnissen und Erfahrungen mit, die ich wohl manchmal zuerst kaum verstanden habe. (Die halbkolonialen Verhältnisse, die Macht der katholischen Kirche, die andauernde, jahrhundertelange, unwahrscheinliche Armut usw.) Darüber werde ich besser daheim schreiben und noch besser mit Euch sprechen.

Anna Seghers an J. R. Becher, 6. April 1946

Ich weiß nicht, wo ich mit erzählen anfangen soll. Am besten mit dem Wichtigsten, was Fragen spart. Ich gehe so gut wie sicher im Oktober nach Europa. Weil alle Visen und Schiffsachen mir erst dann sicher erscheinen, wenn man schwimmt, schreibe ich Dir noch mal kurz vorher. Peter ist schon seit einem Jahr in Paris. Er studiert Elektrotechnik. Hier gab es ein franz. Lycée, da machte er fertig, arbeitete zufällig in seinem Fach, das er heiß liebt, für Menschen von dort, die beruflich hier waren, und bekam eine »bourse«.

Ruth ist vor ungefähr einem Monat zu ihm gestoßen. Sie verbrachte vorher eine glückliche Zeit in New York bei wunderbaren Kameraden.

Für beide Kinder war es gut, daß sie von hier wegkamen, weniger aus dem Land und dem Volk, das ich lieb gewann, als aus der Emigrationsatmosphäre.

Anna Seghers an Lore Wolf, 30. September 1946

Heine hat alle Stadien der Emigration mit uns geteilt: die Flucht und die Heimatlosigkeit und die Zensur und die Kämpfe und das Heimweh. Wir sind jetzt auf einem Punkt angelangt, wo er uns allein weiterfahren läßt: die endgültige Heimkehr.

Die endgültige Heimkehr, das ist für viele die Abfahrt, sie ist für alle der entschlossene Wille, mit dem »Wintermärchen« Schluß zu machen. Deutschland darf künftig kein Wintermärchen mehr sein, sondern helle, harte Wirklichkeit. Der Barbarossa muß ausgerottet werden, der sich im Kyffhäuser festgesetzt hat, und mit ihm all die Kobolde, die sich in allen möglichen Gehirnen festgesetzt haben. Das ist eine harte Arbeit: man kann dabei oft allein sein. Man wird sich nie ganz allein fühlen, solange einer den anderen im Herzen verfolgen wird. Einer wird den anderen beobachten, wie weit wir auch voneinander getrennt sein mögen.

Denn was ein Künstler zurückläßt, ist kein vergrabener Schatz. Es liegt allen offen. Es setzt Gedanken in Umlauf, die niemals abbrechen können. Es wirft Fragen auf, die kein einzelner allein lösen kann, nicht einmal seine Generation. Wir werden weiter an verschiedenen Enden der Welt über die Antworten grübeln müssen. Wir werden alle zäh daran festhalten, um so zäher die, die daheim am Wiederaufbau arbeiten. Nur daß die Menschen, die sich zusammentaten, um gegen den Nazifaschismus zu kämpfen, von jetzt ab in Verbindung mit den lebendigsten, sichtbarsten Kräften Deutschlands kämpfen und nicht mehr unter dem Namen von Heine, der als Emigrant in Frankreich starb, nachdem er sich Herz und Feder abschrieb. Deshalb steckt in jedem Abschied der Aufbruch zu dem neuen Ziel.

»Abschied vom Heinrich-Heine-Klub«, 1946

152 Auf dem Dach des Hauses Avenida Industria 215 bei der Arbeit

1947–1983 Wieder in Deutschland

Berlin 1947–1959

April 1947. Anna Seghers trifft in Berlin ein. Büchner-Preis. Teilnahme am I. Deutschen Schriftstellerkongreß

1948 Reise mit der ersten deutschen Studiengruppe in die Sowjetunion

1949 »Die Toten bleiben jung«, Roman
Mai. Gründung der Bundesrepublik Deutschland
Oktober. Gründung der Deutschen Demokratischen Republik

1950 Mitarbeit am Stockholmer Appell zum totalen Verbot von Atomwaffen

1951 Reise in die Volksrepublik China

1952 »Der Mann und sein Name«, Erzählung. Johann-Lorenz Schmidt kehrt aus Mexiko zurück. Anna Seghers wird auf dem III. Deutschen Schriftstellerkongreß zur Vorsitzenden gewählt

1953 Tod Stalins; am 17. Juni Streiks und Demonstrationen in der DDR

1955 Anna Seghers zieht mit ihrem Mann in eine Wohnung in der Volkswohlstraße, Berlin-Adlershof

1956 XX.Parteitag der KPdSU; Aufstand in Ungarn

1956/57 Prozesse gegen Harich, Janka, Just

1959 »Die Entscheidung«, Roman

Warum sie nach Deutschland zurückgekehrt sei, fragen wir Anna Seghers. Zögernd und jedes Wort wägend, erwidert sie: »Sehen Sie, ich bin eine deutsche Schriftstellerin und *in meiner Muttersprache kann ich am besten helfen, etwas Besseres aus dem Schutt zu machen.* [...]

Wir fragten die Heimgekehrte, ob sie in Berlin bleiben wolle. Ja, diese Absicht habe sie, und sie neige dazu, neben ihrer literarischen Tätigkeit sich dem Volksbildungswesen und den Universitäten zur Verfügung zu stellen. [...]

Auf unsere Frage, worin sie heute die wichtigste Aufgabe für Deutschland erblicke, antwortete Anna Seghers: »Mir scheint, es kommt darauf an, nicht nur umzuerziehen, sondern vor allem *die Kinder gleich richtig zu erziehen, damit später nicht wieder eine Umerziehung notwendig wird.*«

»Tägliche Rundschau«, 24. April 1947

Wir saßen auf unseren noch nicht ausgepackten Koffern, an denen die Reisezettel aller möglichen Länder und Erdteile klebten – das einzige in dem öden Zimmer, was bunt und verlockend aussah. So hatten wir in den vergangenen Jahren oft auf denselben Koffern gesessen, in dieser und jener fremden Stadt, vier, fünf Genossen in der Emigration. Wir waren gerade in Berlin angekommen. Wir waren zu Hause.

Wir hatten uns unsere Heimkehr seit Jahren ausgemalt. Wir hatten uns immerfort unser Land vorgestellt, auf der Flucht und in fragwürdigen Asylen, auf Schiffen im Krieg und in bombardierten Städten, in Trümmern und in Büchern, die andere geschrieben hatten oder wir selbst. Unsere Einbildungskraft hatte unentwegt, was uns teuer war, zu neuem Leben erweckt.

Jetzt saßen wir schweigsam beisammen. Einer hatte dem anderen erzählt, wie es ihm schließlich doch noch geglückt war heimzufahren. Unser Gespräch war verstummt. Aber kein Engel ging durch das Zimmer – wie man zu sagen pflegt, wenn ein Gespräch verstummt. Es war eher ein banges Schweigen. Wir sahen klarer als vorher die Sprünge in den Wänden, die mit Papier verklebten Scheiben. Durch die Reste

von Fenstern sahen wir auf die Trümmer. Die Ruinenstadt verschmolz mit dem Abendhimmel, als ob sie noch immer schwele und rauche.

Leer, düster und hoffnungslos sahen die Menschen aus, die uns auf den Straßen begegnet waren. Erbittert von ihrem Unglück. Am meisten von dem Gedanken, sie könnten es selbst verschuldet haben. Wir hatten uns nach unserer Sprache gesehnt – es war eine harte, kahle Sprache geworden. In der Fremde hatten wir Wort an Wort gesetzt, damit uns ihr Klang nie verlorengehe. Sie hatte unser Heimweh beruhigt – jetzt war es Nahweh. Die Heimat war in unserer Erinnerung aufgeblüht, und jetzt in der Wirklichkeit war sie rauh und grau. Das dachten wir damals in dem düsteren Hotelzimmer.

»Der Besuch«, 1956

153 Blick vom Alten Stadthaus auf das zerstörte Berlin, 1947. Im Vordergrund die Parochialkirche

154 Um 1948

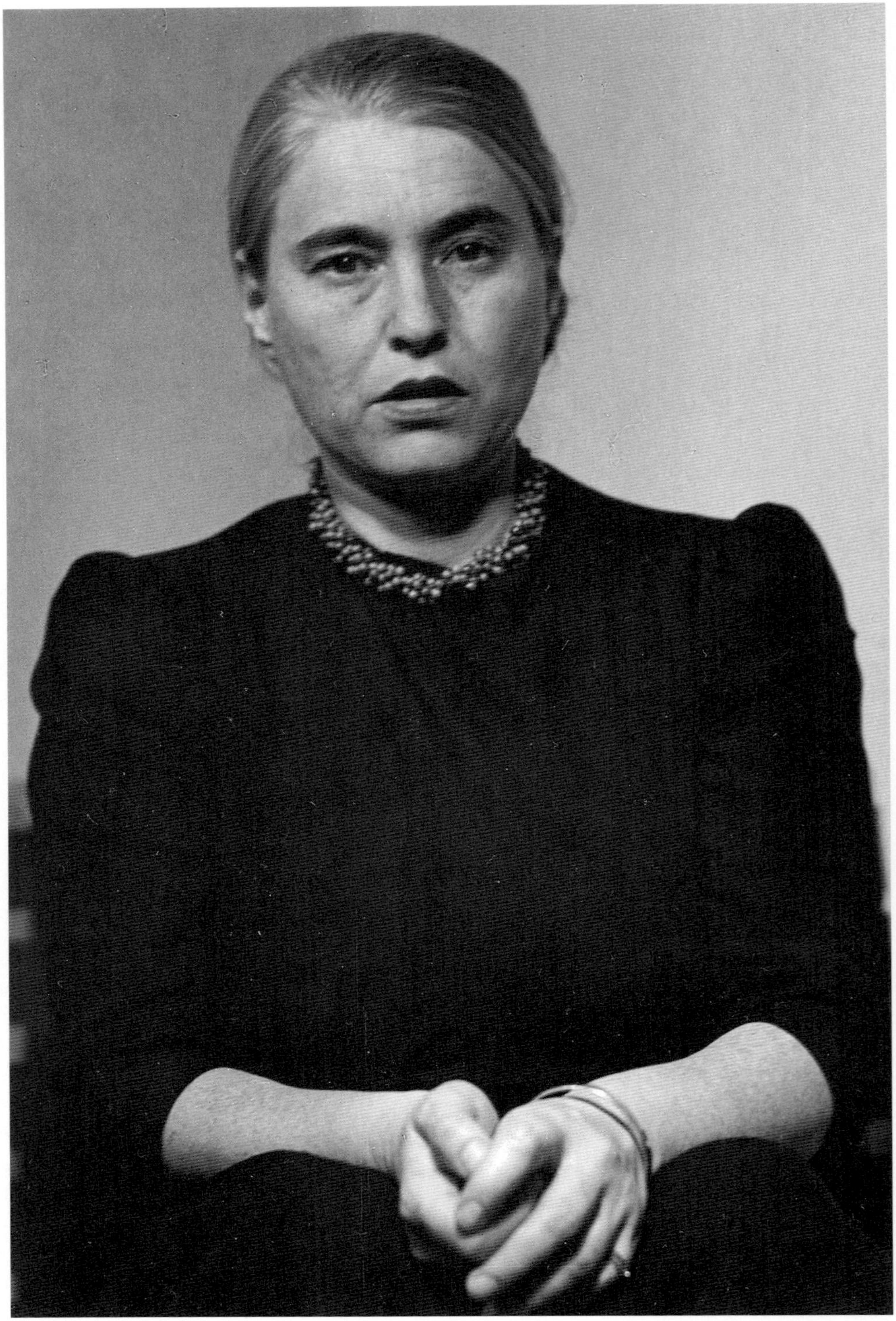

Liebe Irene,
Du schüttelst wahrscheinlich schon monatelang Deinen Kopf: Was ist denn mit der Netty los? Ich bin wenigstens froh, daß Du das Paket aus Stockholm geschickt bekamst, wie mir Erika letzte Woche schrieb. Weißt Du, ich hatte eine lange und komplizierte Reise; ich war zuerst in Stockholm, wo es unwahrscheinlich, beinah unerlaubt schön ist. Dann mit dem Flugzeug bei den Kindern auch noch mal ein paar Wochen; dann kam ich erst her. [...]

Der Faschismus hat das Land entsetzlich verwüstet, innen und außen, vor allem innen. [...] Die paar anständigen Menschen, die ich lebend traf (manche, die ich suchte, fand ich gar nicht oder [ihren Namen] auf einem Todesurteil), stechen von den übrigen ab, wie vielleicht einmal die ersten Christen von den Zuschauern in einer römischen Arena.

Anna Seghers an Irene Witt, 7. August 1947

Meine liebe liebe Lene Lore,
wenn man um einen lieben Menschen Angst hatte und endlich von ihm hört, dann hat man das Gefühl, als sei der liebe Mensch der allerliebste überhaupt. So ging es mir mit Dir. Ich habe mich tausendmal – mit Recht – angstvoll gefragt, wie es mit Dir weiterging. [...]

Liebe Lene, wir wurden damals in Paris, als man von den ersten Schriftstellerverfolgungen hörte, in eine Privatfamilie verpflanzt. Nach einer Woche Quarantäne trappte Peter in Dein Hotel. Kam schreckensbleich zurück. Du warst zwei Stunden vorher verhaftet. Es war ein Zufall, daß er nicht hinein geriet. Ich sah Dein Kind noch im Luxembourg. Wir konnten nicht mit ihm zusammenstehn, es wurde wahrscheinlich beobachtet. Du hast nichts über sie geschrieben. Hol das nach.

Als die Nazi in meine Wohnung in Bellevue kamen, teilten wir uns auf. Drei verschiedne Familien betreuten uns jedesmal getrennt (man suchte eine Frau mit drei Kindern), bis wir mit Hilfe von Jeanne ins Unbesetzte kamen. [...]

Meine Mutter wurde nach Polen deportiert und ermordet, obwohl wir ihr noch Visen verschafften, aber um Tage zu spät. Ich habe bis auf ein paar Freunde niemand Lebendes in Deutschland. Da meine Kinder in Paris sind, wenigstens zunächst, und all meine Freunde, Main, Rhein, Bodensee, also im Westen, wäre ich viel lieber zuerst zu euch. Aber ich weiß noch nicht, wie es geht. Ich habe auch Reportagen für amerikanische Zeitschriften, vielleicht kann ich was Gutes machen.

Ach so, unser »Siebtes Kreuz« hatte seltsamerweise hier einen sonderbar wilden Erfolg. Da Du ja schon hier warst, kennst Du den Teufelszauber der publicity auf diesem Kontinent. Ich habe manchmal daran gedacht, für unsre gemeinsame Heimat Deinen Namen in das Buch zu schreiben, aber eine Art abergläubiger Furcht hielt mich von so was zurück. [...]

Ich würde gern in der kurzen Zeit, die ich noch hier bin, etwas zusammenbekommen über diese Olga Benario – Du erinnerst Dich –, die, nachdem man den Mann einsperrte, aus Brasilien zu den Nazi geschickt wurde. Und in der Zelle das Kind gebar, das dann durch Hilfe der Quäker zu seiner Familie nach hier kam. Ich wollte, ich brächte dazu noch die Ruhe auf.

Anna Seghers aus Mexiko an Lore Wolf,
30. September 1946

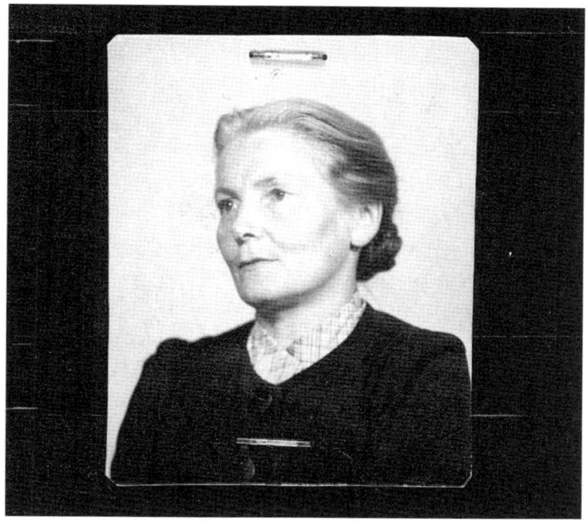

155 Lore Wolf in Fuhlsbüttel, Polizeifoto

156, 157 Anna Seghers 1949 und 1947

Ich bitte Euch nochmals von ganzem Herzen und dringend und herzlich, mit allen freundschaftlichen Beschwörungen, die mir zur Verfügung stehen, mir ein paar tausend Blatt dünnes Durchschlagpapier in die Argentinische Allee 3 zu schicken. Auch wenn ich nicht gerade da bin, kommt immer Magda, um auf meiner Maschine den Roman zu schreiben, der für Euch wie für mich wichtig ist. Ich habe nur ein einziges ganz zerrupftes Exemplar. Er ist lang, und ich muß ihn kopieren.

Anna Seghers an Erich Wendt/Max Schroeder, 31. Oktober 1947

Jetzt habe ich dieses verhexte Land von einem Ende zum anderen durchreist. Überall dasselbe: Angst vor dem Winter, Angst vor noch größerem Hunger, den sie ohne Zweifel überall haben. Und dabei in mir selbst, wie wohl in den meisten Menschen mit denselben Gedankengängen: daß sie selbst daran schuld sind und um keinen Preis einen Zusammenhang verstehen wollen. Und die Angst und der Hunger machen sie noch deformierter, noch härter und schlechter, wie man es sich gar nicht vorstellen kann, denn schließlich ist einem ja Land und Volk nicht fremd. Ich mag gar nicht über alles schreiben, auch nicht über einige sonderbare persönliche Eindrücke beim Wiedersehen mit alten Freunden.

Anna Seghers an Irene Witt, 24. September 1947

Die Gäste sahen offen oder verstohlen zu dem Fremden hinüber, der allein in einem Winkel saß, ohne sich in ihr Gespräch zu mischen. Was war denn das für ein Mann, der plötzlich hier eingedrungen war? Die Kneipe lag wie eine Höhle in einer der vielen Gassen, die sich um die Berge herum bis zum Meer schlängelten. Sie war auch wie eine Höhle mit Waffen und goldenem Gefunkel ausgefüllt, mit wilden und listigen, räuberhaften Gesichtern. Zahllose fremde Schiffe lagen jahraus, jahrein drunten im Hafen. Ihre Mannschaften sagten sich untereinander in entlegenen Gegenden: »So, dahin wollt ihr. Wenn ihr wirklich dort ankommt, vergeßt diese Kneipe nicht!« Die Ältesten setzten hinzu: »Sie war in unserer Jugend berühmt. Gibt es sie immer noch?« Und Junge, die gerade von dort kamen, antworteten: »Gewiß. Warum soll es sie nicht mehr geben? – Die Stadt war zwar zusammengeschossen. Man hat aber doch in den Trümmern irgendwo etwas trinken müssen.«

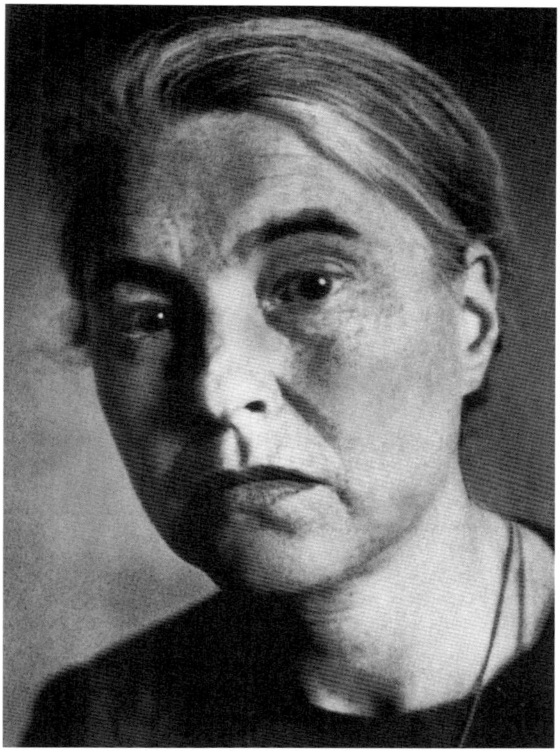

Die Gäste stritten, in welcher Sprache ihnen der Fremde antworten könnte, denn unerträglich gleichmütig, unbewegt saß er da mit seinem strahlenden Kopf, um seine Schultern ein goldgelbes, schwarzgesprenkeltes Fell. Das Sonderbarste an seiner Erscheinung war: Obwohl er ihnen bestürzend fremd vorkam, hatte doch jeder bei seinem Anblick das Gefühl, schon einmal irgendwo auf ihn gestoßen zu sein, und sei es auch vor langem gewesen, vielleicht als Kind, vielleicht nur auf einen Augenblick.

»Das Argonautenschiff«, 1948

50

Anfang 01

Ankunft in Berlin

Bei meiner Ankunft in Berlin waren die Strassen voll Trümmer. Die Häuser, aus denen die Trümmer bei den Luftangriffen gesprengt waren, lagen bloss bis ins Innerste. Da waren mir die Hütten auf dem Weg durch Minas Gerais lieber.

Was ich sah, verglich ich noch immer mit etwas, was ich gesehen hatte. Die Hütten waren bedeckt von rotem Kupferstaub. Maria und ich, wir hatten im Autobus die lange Fahrt gemacht. Vor allem um im tiefen Gebirge die Wallfahrtsorte zu sehen, an denen der leprakrange gewaltige Aleijadinho seie Propheten gemeisselt hatte. Das Leben in solchen Hütten war und damals unerträglich erschienen. Jetzt sah ich, was wahrhaft unerträglich war: In einer Ruine hausen, in einem ihrer windoffenen Winkel.

hungrig und Böse waren die Leute

Die Leute waren hungrig und böse. Ich hatte wahrhaftig keine Lust, über 'Schuld' mit ihnen zu sprechen. Sie wurden andauernd furchtbar gestraft. In den lichtlosen Bahnen, die die Stadt durchquerten, hörte man verzweifelte Berichte, Wutausbrüche, Notrufe. Ich kann mich erinnern, wie eines Tages in so einer vollgestopften Bahn - oder war es ein Bahnhof? - etwas Eigentümliches, für alle überraschend ertönte: ein fröhliches, vielstimmiges Lied, mit Kraft und mit Schwung gesungen. Die Leute horchten auf, sie schüttelten die Köpfe, es dauerte ein paar Stationen, bis ihr Schimpfen und Klagen wieder losging.

Etwas später erfuhr ich, die neugegründete Freie Deutsche Jugend hatte das Lied angestimmt.

Als ich kurz darauf Student wurde, begann sich auch auf der Uni

158 Faksimile: Manuskriptseite aus »Überfahrt«
159 Um 1948

160,161 Veranstaltung zum Tag des freien Buches im Haus der Kultur der Sowjetunion in Berlin 1947. Von rechts nach links: Günther Weisenborn, Friedrich Wolf, Ernst Busch, Paul Merker, Oberstleutnant Schenjatin, Bernhard Kellermann, Anna Seghers, Alexander Dymschitz (sowjetischer Kulturoffizier), Alfred Kantorowicz, Wolfgang Langhoff, Fritz Erpenbeck, Oberst Tulpanow

[...] das Wichtige ist nicht nur etwas Statisches, in einem einzelnen Bild faßbar, es ist auch etwas Dynamisches. Es ist die Richtung auf etwas. Es kommt darauf an, trotz allem, trotz Hunger und Mißtrauen und Korruption, trotz der Fehler, die gemacht worden sind, diese Punkte herauszufinden, sie so herauszufinden, daß sie bleiben, die Punkte, die in die Zukunft gehen auf die Einheit, auf eine Zukunft, die anders gestaltet sein soll und anders werden soll als das, was war und ist.

»Der Schriftsteller und die geistige Freiheit«, 1947

Das Buch »Die Rettung« war schon in Druck, als ich nach Deutschland zurückkam. Die erste Ausgabe erschien vor zehn Jahren im Exil. Jetzt lernt der deutsche Leser das damals verbotene Buch kennen. Auch für den Schriftsteller bedeutet es eine Überraschung, das Buch wieder aufzuschlagen, das er vor vielen Jahren schrieb. Er vergißt, daß es in Deutschland unbekannt war. Es scheint ihm, der Leser kenne seine Personen so gut wie er selbst, weil er und der Leser die Zeit gemeinsam erlebten, in der sie auftreten.

Der Roman ist nur eins unter einigen bisher verbotenen Büchern, die der Autor schrieb, um verschiedene Ausschnitte, verschiedene Phasen aus dem Leben in Deutschland durch sehr verschiedene Menschen darzustellen. Im »Siebten Kreuz« kamen Menschen vor, die ihren Teil hatten am Widerstand gegen den Hitlerfaschismus. Die »Rettung« stellt eine Epoche dar, die wir alle als »Krise« in böser Erinnerung haben. [...]

Ein Roman hat nichts mit einem Leitartikel zu tun. Er macht Handlungen und Regungen von Menschen unter verschiedenen gesellschaftlichen Zuständen bewußt, oft unbeachtete und unbeabsichtigte Handlungen, oft geheime und verkappte Regungen. Der Autor und der Leser sind im Bunde: sie versuchen zusammen auf die Wahrheit zu kommen.

Vorwort zum Roman »Die Rettung«, 1947

162 Anna Seghers spricht anläßlich des Tages des freien Buches am 10. Mai 1947 vor der späteren Humboldt-Universität Berlin

163 Anna Seghers, Kurt Stern, Jan Petersen (von links nach rechts) auf dem I. Deutschen Schriftstellerkongreß 4.–8. Oktober 1947

164 Anna Seghers um 1948

Der Umschlag für die »Toten Mädchen« gefällt mir weniger. Wenn schon Mädchen, dann bin ich für Mädchen. Die drei B.d.M. finde ich weder ex- noch impressionistisch noch naturalistisch; nur eine Erinnerung an ägyptische Königinnen, weder surrealistisch noch unter-realistisch. Der Max hat mich um die Wahrheit gebeten. Seid also nicht bös. [...]

P.S. Macht doch drei schöne Mädchen vor dem ersten Weltkrieg mit Zöpfen usw., die man Lust hat anzugucken. Sie können sein, wie sie wollen. Laßt sie über Trümmer hüpfen oder über zerbrochene Brücken, orthodox-realistisch brauchen sie ja nicht zu sein, dafür sind sie tot. Wenn Ihr wollt, schlage ich Euch einen Bekannten von mir vor, der freut sich dann sehr.

Anna Seghers an Erich Wendt, 9. Oktober 1947

Ich habe ziemlich viel Vorträge; ich habe sie im Grunde nur gern bei jungen Menschen. Wenn Du mich jetzt fragen willst, »wie es mir gefällt«, kann ich Dir darauf keine vernünftige Antwort geben. Am richtigsten ist vielleicht die: das im ganzen recht dunkle Bild von Menschen, die im Innern so zertrümmert sind wie ihre Städte von außen, es gibt ein paar helle Momente, bei denen man fühlt, es nützt etwas, daß man hier ist und das gesehen hat.

Gestern abend war künstlerisch so etwas, eine kurze, nicht besonders wichtige Feier zu Brechts 50. Geburtstag. Da gab es Lieder und Szenen, und die Vortragenden und die Musik und das, was vorgetragen wurde, war alles zusammen so, daß die Menschen mir gepackt vorkamen von einer Kraft, die wirklich einmal nicht verbogen und befleckt war, sondern ganz klar und nüchtern heiß und kalt zugleich. Das ist aber selten.

Anna Seghers an Erna Glock, 11. Februar 1948

Ich sammele ganz langsam und ohne mich darauf zu fixieren Material für einen internationalen Industrieroman (vermutlich Glühlampen, weil ich dazu einige Vorkenntnisse habe, auch weil das dabei verwandte Material aus Rohstoffen vieler Länder besteht). Sie werden es aus diesem Zusammenhang verstehen, wenn ich Ihnen schon jetzt sage: wenn ich wieder nach Moskau komme, dann möchte ich in die Moskauer Glühlampenfabrik. Es muß bei Euch Material zu beschaffen sein über Valentina Chrisanowa, Brigadeleiterin im Moskauer Glühlampenwerk. Arbeit nach dem Stundenproduktionsplan. Ich kenne dieselbe Fabrik in der DDR und in Prag und hatte, allerdings bescheiden, die Möglichkeit, mich etwas im westlichen Ausland zu orientieren, allerdings vor längerer Zeit. Wenn bei Euch ohne Mühe ein Zeitungsausschnitt beschaffbar ist, dann denken Sie bitte an mich.

Anna Seghers an Steshenski, 29. Juni 1951

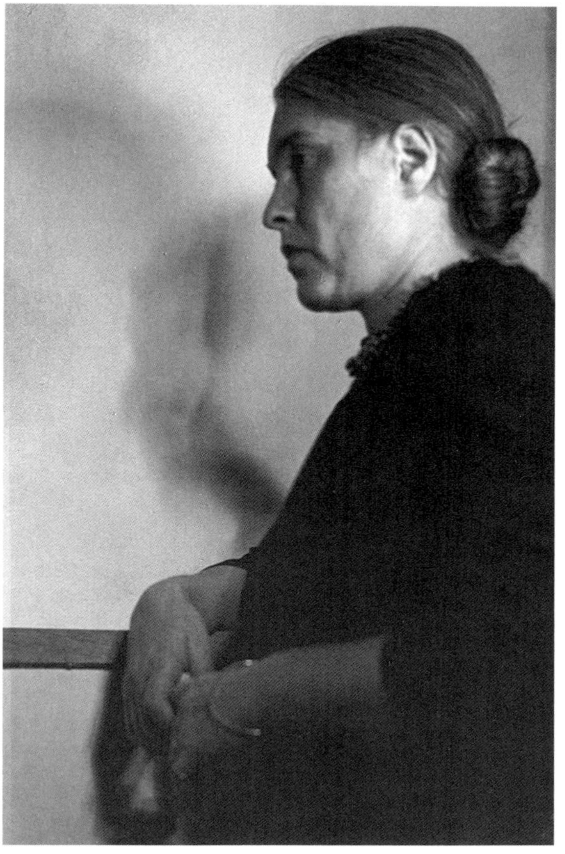

Das geht schon zu der zweiten Frage über, warum ich durchaus zu Euch kommen will, ja muß. Obwohl hier viele oder alle Menschen lieb und gut zu mir sind, habe ich doch manchmal das Gefühl, daß ich bald vereise. Ich habe das Gefühl, ich bin in die Eiszeit geraten, so kalt kommt mir alles vor. Nicht weil ich nicht mehr in den Tropen bin, sondern weil viele Sachen ganz beklemmend und ganz unwahrscheinlich frostig für mich sind, ob es um Arbeit, um Freundschaft, um politische, um menschliche Sachen geht.

Anna Seghers an Georg Lukács, 28. Juni 1948

Ich las heute im »Neuen Deutschland« einen Artikel über Ihre Rückkehr aus Mexiko, über Ihre Arbeiten und Ihre Aufgaben in der Zukunft. Als ich von Ihrem Auftrage las, über die Jugend in den vom Kriege betroffenen Ländern zu schreiben, sagte ich mir, daß Sie dann sehr viel Verständnis und Herz für diese Jugend haben müssen. Und darum komme ich heute zu Ihnen.

Ich gehöre zur Freien Deutschen Jugend. Hier spüre ich das heiße Bemühen, wieder aufzubauen, auch die seelischen Zerstörungen wieder zu beseitigen. Aber ich sehe auch, daß so viele abseits stehen – mißtrauisch, verächtlich. Nun heißt es, sie zu gewinnen, sie wachzurütteln, anzusprechen. […]

Die FDJ in einer so kleinen Stadt wie Staßfurt hat es, glaube ich, oft schwerer als die FDJ in größeren Städten. Es fehlt die Toleranz, das Verständnis für jede Lage. […]

Mein Name ist Christfriede Gebhardt; ich bin 20 Jahre und Lehrerin.

Christfriede Gebhardt an Anna Seghers,
30. April 1947

165 Anna Seghers
beantwortet auf einem Bücherbasar
Fragen ihrer Leser

Ihr Brief hat mir sehr gefallen. Warum? Nicht weil etwas besonders Aufregendes darin steht oder weil er besonders schön oder sonderbar ist, sondern weil er das nicht ist. Weil Sie einfach schreiben, was Sie auf dem Herzen haben und was los ist. Ich glaube, ich irre mich nicht, wenn ich das so empfunden habe.

Für jemand, der von außerhalb kommt, wirkt Deutschland oft fremder als die fremden Länder. Die Jugend gefällt mir am besten. Nicht weil ich gerade einen Brief von Ihnen aus der Freien Deutschen Jugend in der Hand habe; das ist dabei nur ein Zufall. Weil man das Gefühl hat, daß die Jugend noch fragt, daß sie noch nicht so verkrustet ist wie die älteren Leute (wie wir älteren Leute) in alle möglichen Vorurteile und Ängste und Gehässigkeiten. Natürlich gibt es eine Menge junger Menschen, die auch mißtrauisch oder verächtlich auf die FDJ sieht. Aber davon braucht man sich nicht verrückt machen zu lassen. Die Leute in Deutschland sind ja genug irregeführt worden; da haben sie allen Grund zum Mißtrauen. Wenn man, ohne sich irremachen zu lassen, immer das tut, was man für richtig hält, dann wird man schon dann und wann und nach und nach das Mißtrauen um sich herum eindämmen.

Natürlich, helfen kann man auf große Entfernung nicht viel. Eine Kleinstadt – finde ich – das schadet gar nichts. Ich bin selbst Kleinstädterin und habe dort für mein ganzes Leben mehr gelernt als in dem großen Berlin. In Berlin sind die Menschen oft viel schnoddriger und abgestumpfter, in den kleinen Städten nehmen sie noch die wichtigen Dinge wichtig. Ihr müßt versuchen, Euch ein paar anständige Bücher zu verschaffen, nicht das blödsinnige Gewäsch, das man oft in die Finger bekommt. Und unterscheiden zwischen gutem und schlechtem Deutsch, das heißt zwischen Sonntagsdeutsch und einem normalen anständigen Deutsch; große starke Ideen und Gestalten haben es gar nicht nötig, auf Stelzen gesetzt zu werden, mit besonderen umständlichen Worten und Sätzen ausgedrückt zu werden. Eine kleine Gruppe von Euch kann etwas lesen und Ihr könnt darüber diskutieren. Versucht Euch Bücher und Bilder aus dem Ausland zu verschaffen und Euch einen Begriff von der Jugend anderer Länder zu machen, nicht mit dem Hintergedanken: Wie denkt die Jugend im Ausland über uns? (Das ist eine Frage, die ich beängstigend oft höre.) Sondern mit dem Wunsch, selbst einmal über die Jugend in fremden Ländern nachzudenken. Vielleicht verschafft Ihr Euch einen Briefaustausch mit ihnen; das ist jetzt langwierig, aber keineswegs unmöglich. Packt immer die Widerspenstigen da an, wo sie sich gern anpacken lassen. Macht Sport und Ausflüge und sprecht offen und ehrlich, um Gottes willen offen und ehrlich, über die Fragen, die Euch am meisten interessieren. Ich weiß genau, daß diese paar Sätze Ihnen gar nichts nützen, ich hatte aber Lust, Ihnen nicht nur in einem kurzen geläufigen Satz auf Ihren Brief zu antworten.

Wollen Sie, daß ich versuche, Euch durch den Aufbau-Verlag und andere Verlage ein paar Bücher schicken zu lassen? Oder, was schwieriger ist, Euch in irgend eine Verbindung mit irgend welchen mir zufällig bekannten Jugendlichen in fremden Ländern zu bringen?

Anna Seghers an Christfriede Gebhardt, 5. Juni 1947

Ich möchte noch erzählen, was Ihr vielleicht schon wißt, daß man im Winter gar nicht nach Wiepersdorf konnte, und auch jetzt noch nicht, denn es wird tatsächlich vollständig umgebaut. Wie, weiß ich selbst nicht. Ein paar Figuren sollten aus dem Park nach Potsdam kommen. Ich glaube, man hat sie dann doch stehenlassen, weil sie ganz bemoost und durch Transport von Zerfall bedroht sind. [...] Es ist auch ein anderer Dorflehrer da – falls er immer noch dort ist – denn ich war – wie gesagt – schon Monate nicht mehr dort. Dann war dort das erste atheistische Begräbnis, nämlich der Heizer Böse. Aber ein paar Bauersfrauen kamen doch mit Bibeln. Es gab eine ganz gelehrte Rede mit viel Zitaten von Heine, usw. Die Leute staunten und ärgerten sich, und dann vergaßen sie es.

Nun, über die dortigen Ereignisse, alle von der Wichtigkeit der eben geschilderten, könnte man natürlich viele Briefseiten füllen. Man hat das Gefühl, daß mehr in diesem Nest passiert als in den United Nations.

Anna Seghers an Nico Rost, 28. Februar 1953

166, 167 Anna Seghers in Wiepersdorf

Peter Nell war ein richtiger Wiepersdorfer. Das bedeutet nicht, daß er dort geboren war. Das bedeutet, daß er sich dort heimisch fühlte. Er konnte es, und er durfte es, weil er aus seinem Charakter und seinem Herzen die einfache, gänzlich unpathetische Schönheit verstand und liebte, die diesem Schloß der Bettina Brentano innewohnt.

Wir alle – das heißt ein paar Wiepersdorfer wie Peter –, wir waren dort manchmal zusammen froh, fast glücklich. Wir nisteten, wühlten und kramten in den immerzu überraschenden, von Kastanienbäumen und nicht von Vorhängen verdunkelten Zimmern. Wir waren froh, daß der Park verwildert blieb. Wir brauchten weder Berge noch Seen zu unserem Ferienglück. In dem Park, der unmerklich in einen keineswegs üppigen Wald überging, standen hier und dort seltsame Pflanzen und Bäume, Humboldt hat ihre Samen den Gastgebern aus Mexiko mitgebracht.

Wie es üblich ist auf einem Feudalbesitz, war die Kirche für Bauern und Herrn neben das Herrenhaus innerhalb der Umfriedung gebaut. Peter Nell hat sich oft und mit Recht geärgert, daß die Gräber des Achim von Arnim und der Bettina Brentano so lieblos unbeachtet, so unwissend verwahrlost geblieben sind. Er hat das Gedicht abgeschrieben, das Achim von Arnim auf die Kirchenmauer über die Grabstätte setzen ließ. Dabei hat er gestutzt vor dem Wort »Abschiedsschwer« – es kam ihm zugleich schön und sonderbar vor, er hat es vor sich hin wiederholt.

»Peter Nell in Wiepersdorf«, 1958

brauen, die die schönen, vollen, gut geschwungenen von Anna noch übertrafen, dann wußte man, woran man war. Er lachte selber gern, hörte sich mit Begeisterung neue Witze an und wußte selber immer wieder neue ausgezeichnet zu erzählen. [...]

Bei Anna aßen wir, wenn wir nicht zu viele waren, in der Küche. Immer saß Anna so – und das bis heute in ihrer Küche in Adlershof –, daß sie den Ausblick aus dem Fenster hatte. Mir scheint es zu ihrem Bild gut zu passen, weil sie nicht über die Menschen hinwegsieht, aber doch einen eigenen »Weitblick« behält.

Steffie Spira-Ruschin, 1984

168 Porträtzeichnung von Prof. Dr. Rudolf Zuckermann: Magda Stern

169 Steffie Spira 1961 auf einer Konferenz werktätiger Frauen

Den Freunden treu bleiben, das kann Anna. Immer war sie um Magda Stern besorgt. Magda hat für Anna Manuskripte abgeschrieben, Sekretärinnenarbeit geleistet. Das geschah als gleichberechtigte Partnerin. Mit Anna kann man überhaupt nur auf Distanz oder einverleibt leben.

Dabei kann man durchaus anderer Meinung als sie sein. Wir haben uns oft gestritten. Wir sind nicht immer der gleichen Meinung, im Gegenteil, wir zanken uns manchmal ganz kräftig. Das aber gehört zur Freundschaft, ebenso das Miteinanderschweigen. [...]

Nie hat Roddy seine hervorragende Erziehung, nie seine Ironie und seinen Witz verleugnet. Zu den Frauen, die die Familie umsorgten, gleichgültig ob Crisanta oder Frau Schemm, war er der höflichste Mann, den ich gekannt habe. Natürlich, manchmal artete diese österreichische Höflichkeit auch aus, man wurde auf den Arm genommen, zuckten aber seine wilden Augen-

Am Telefon erklang ihre kehlige Stimme, die nie ihren süddeutschen Akzent verloren hatte: »Du, Berta, wollen wir ein bißchen ums Eck gehen? Ich habe aber nur fünf Minuten Zeit.« Die fünf Minuten dehnten sich manchmal auf eine halbe Stunde und noch länger aus, es kam darauf an, was für ein Gesprächsthema uns gerade beschäftigte oder aufregte. Das heißt, aufregend war es meistens für mich, ich konnte Mißstände und mißliebige Personen unerhört scharf kritisieren. Anna antwortete ruhig, nüchtern, überlegen und schlug mich mit Längen.

Das ärgerte mich so, daß ich noch lauter schrie, so daß sich die Leute auf der Straße umdrehten und Anna mich sanft ermahnen mußte. Trotzdem gab sie die Spaziergänge mit mir nicht auf.

Berta Waterstradt, 1985

170 Elisabeth Shaw: Berta Waterstradt

171 Hildegard Schemionek, 1966

Mit Frau Schemionek lebte sie.
Mit Berta Waterstradt ging sie spazieren.
Magda Stern schrieb für sie.
Russisch lernte sie bei Frau Linsbauer.
Herr Jelloneck fuhr sie.
Nach Rodi sehnte sie sich.

Ruth Radvanyi über Menschen, die ihrer Mutter um 1950 nahestanden.

Die Geschichte Lateinamerikas, seine Besetzung, auch seine Befreiung, sind in Europa verhältnismäßig wenig bekannt. Ein Gelehrter sagte uns einmal drüben: »Man kann nicht behaupten, daß unsere Geschichte mißverstanden wurde. Sie ist sozusagen vergessen worden«. Für die Schulkinder in Europa sind einige Überschriften aus den Geschichtsbüchern feste Begriffe geworden. Es gibt Gestalten und Begebenheiten, deren Darstellungen selten auf den Klassenwänden fehlten. Lateinamerika enthält unbekannte Gestalten und abgelegene Begebenheiten, in denen sich oft noch greller und schärfer als bei uns unter anderen Sternen ausdrückt, was auch uns in Atem hält. Zunächst geht ein Sklavenaufstand auf den Antillen oder ein Freiheitskampf in der Pampa oder im Urwald in der unübersichtlichen Verworrenheit eines weit entfernten Geschichtsablaufes unter. Dann macht ein Tagebuch oder ein Gerichtsprotokoll einen Mann leibhaftig und gegenwärtig, der an Einsicht, Verstand und Mut in eine Reihe mit unseren Besten gehört. Der Kampf um die Freiheit, der überall auf der Welt erstaunliche Eigenschaften in abseitigen Menschen aufblitzen macht, wie Aladins Wunderlampe verborgene Schätze zum Glänzen bringt, hat da und dort auf einer hier nicht einmal dem Namen nach bekannten Insel oder in einem Urwalddorf am Pazifik einen Thomas Münzer oder einen Liebknecht oder einen Dimitroff hervorgebracht. Die gewaltigen Anstregungen, deren eine revolutionäre Armee fähig ist, sind für uns vielleicht mit dem Wort Valmy verbunden, vielleicht sogar durch viele Reporter und Schriftsteller mit dem »Langen Marsch« der chinesischen Roten Armee und ihrem Übergang über den Yangtse. Wir wissen aber nicht viel vom Marsch Bolìvars über die Anden. Auch nicht, daß Napoleon in Haiti so viel Soldaten verlor wie in Spanien.

»Große Unbekannte«, 1947/48

172 Erste Ausgabe der »Hochzeit von Haiti«, 1949

Ich vergesse nie das sonderbare Erlebnis eines jungen Negerdichters, Jacques Roumain, von der Insel Haiti, der deutsch so gut spricht wie ich, weil er zufällig in der Schweiz erzogen war. Er kam als Junge einmal in ein deutsches Dorf. Die Bauern starrten ihn, den Schwarzen, verstört und entgeistert an. Da begann er zu ihrem Erstaunen deutsche Volkslieder zu singen. Sie setzten sich zu ihm und sangen mit. Sie baten ihn selbst darum, die Lieder der eigenen Insel zu singen. Er sang und tanzte in diesem deutschen Dorf am Main. Was mit Entsetzen begonnen hatte, endete in gemeinsamer Freude. Die gebrochene, ja die niemals erstrebte Brücke war unversehens und dauerhaft geschlagen. Denn jeden Fremden, der irgendwo in einem fremden Land auftaucht, nimmt man leicht zum Symbol seines ganzen Volkes. Der Junge, der deutsche und Negervolkslieder sang, warf alles über den Haufen, was sich die Bauern der Gegend unter der unbekannten Rasse vorgestellt hatten.

Versuchen wir auf das Wesen der anderen Völker zu kommen, dann werden sie auch auf unser Wesen kommen. Dann werden sie nicht mehr den einzelnen als Symbol des Hitlerfaschismus nehmen. Und jedes Volk besteht aus einer Unzahl von einzelnen. Je mehr einzelne ein erklärliches Mißtrauen zum Schwinden bringen, desto schneller schwindet das Mißtrauen gegen ein Volk.

»Kulturelle Brücken zu anderen Völkern«, 1946/47

Michael Nathan hat vermutlich vom Ende Toussaints nichts mehr erfahren. Toussaint starb ungefähr um dieselbe Zeit einen qualvollen Tod auf der Festung [Joux], auf der ihn Napoleon gefangenhielt. Bei diesen zwei Toten fallen einem die Bäume ein, die, längs der Heerstraßen quer durch Europa gepflanzt, zusammen krank werden und verkommen. Ihr Tod, gleichzeitig an verschiedenen Enden der Welt, erscheint einem weniger rätselhaft, wenn man weiß, daß sie derselben Aussaat entstammen.

»Die Hochzeit von Haiti«, 1949

Was er eben gehört hatte, regte ihn auf bis ins tiefe Herz. Ein Kommandant, der sein eigenes Fort in die Luft sprengt. Warum? Der Oberst hatte es selbst nicht gewußt. Er sprengt es ohne Befehl in die Luft, und selbst der Oberst weiß nicht warum. Es platzt und es dröhnt, und es hört nicht zu dröhnen auf, bis man den Grund versteht. Was aber den größten Eindruck auf den Knaben machte, das waren die letzten paar Sätze: der weiße Mann in dem Haufen von toten Negern. Der Knabe hörte nicht weiter zu. Er grübelte. Die Ahnung von einer ihm unbekannten Welt machte ihn frösteln. Das war eine

Welt, die von seiner eigenen vertrauten wie durch einen Vorhang getrennt war. Es gab also noch eine andere Welt.

»Wiedereinführung der Sklaverei in Guadeloupe«, 1949

Nicht nur der Rodi, ich selbst habe das Land, das mir eine Art Adoptivmutter geworden war, von Herzen lieb gewonnen. Man kann es nicht beschreiben. Es ist wie ein anderer Stern, es hat nichts mit hier zu tun, wenig mit Europa. Ökonomisch gesehen ist es halb-kolonial; ich denke hier oft an die vollgestopften Waggons in Mexiko, an die zahllosen Menschen mit Bündeln und Kindern, wie man sie auch hier sieht. Wie die Menschen dort Hunger und Leid mit jahrhundertelangem Schweigen und Stolz ertragen – oder nicht ertragen, in Ausbrüchen auch von verzweifeltem Stolz. Ich war quer durch Mexiko bis an der Pazifischen Küste: Urwald, Platanenhaine, dazwischen kann man tagelang gehen oder reiten oder Auto fahren durch völlig unbebaute und unbewohnte Mondgebirgslandschaften. Ich werde Ihnen nächstens einen kleinen Artikel über mexikanische Freskenmalerei schicken, den ich geschrieben habe.

Anna Seghers an »Kiki«, 16. Dezember 1947

173 Toussaint Louverture,
Porträt nach zeitgenössischen Stichen

174 Chateau de Joux

Zu Anfang des Hitlerfaschismus war ich in Zehlendorf. Auch meine damalige Wohnung wurde von der Polizei überfallen und alles nach »verbotenen Büchern« von ihr durchwühlt. Ich erinnere mich, wie der Polizeioffizier, der die Aktion leitete, zum Schluß dann zu seinen Beamten sagte: »Schmeißt auch alle russischen Bücher zu dem Packen.« Eigentlich hat das, was dieser Hitlerscherge damals seinen Beamten zurief, ein grandioses Zeugnis für die russische Literatur, überhaupt für die sowjetische Kultur, abgelegt. Denn was kann ein besseres Bild von der Kultur eines Volkes geben, als wenn sie mit allen Erzeugnissen ihres Geistes von Puschkin bis Lenin vom Faschismus abgelehnt und verbrannt wird? Damals wie heute, wenn ich es mir überlege, müssen wir hier große Anstrengungen machen, um das Verbrecherische des Hitlerfaschismus von dem Begriff »Deutsches Volk« loszuwerden, das sich in den verfluchten Worten dieses Polizeischergen des Dritten Reiches ausgedrückt hat. Gerade mit dieser Geste »alles Russische zu sammeln« hat der Faschismus indirekt nur den Wert und die Bedeutung der russischen Literatur unterstrichen. Die russische Revolution ist die natürliche Fortsetzung all dessen, was im Laufe der Geschichte von der Menschheit an Kultur und Wissenswertem erobert wurde. Und der Haß dagegen war in diesen Worten des braunen Polizisten enthalten.

»Ihr Haß ehrte uns ...«, 1947

175 Anna Seghers und Oberst Tulpanow, der in der Sowjetischen Militäradministration für Kulturfragen verantwortlich war, 1948

176 Einband der Broschüre »Sowjetmenschen«. Die Texte entstanden nach einem Aufenthalt in der Sowjetunion 1948

177 Anna Seghers 1948 im ehemaligen Wohnhaus von A. S. Puschkin in Leningrad. Links neben ihr Wolfgang Langhoff, hinter ihm Eduard Claudius, rechts daneben (verdeckt) Jürgen Kuczynski

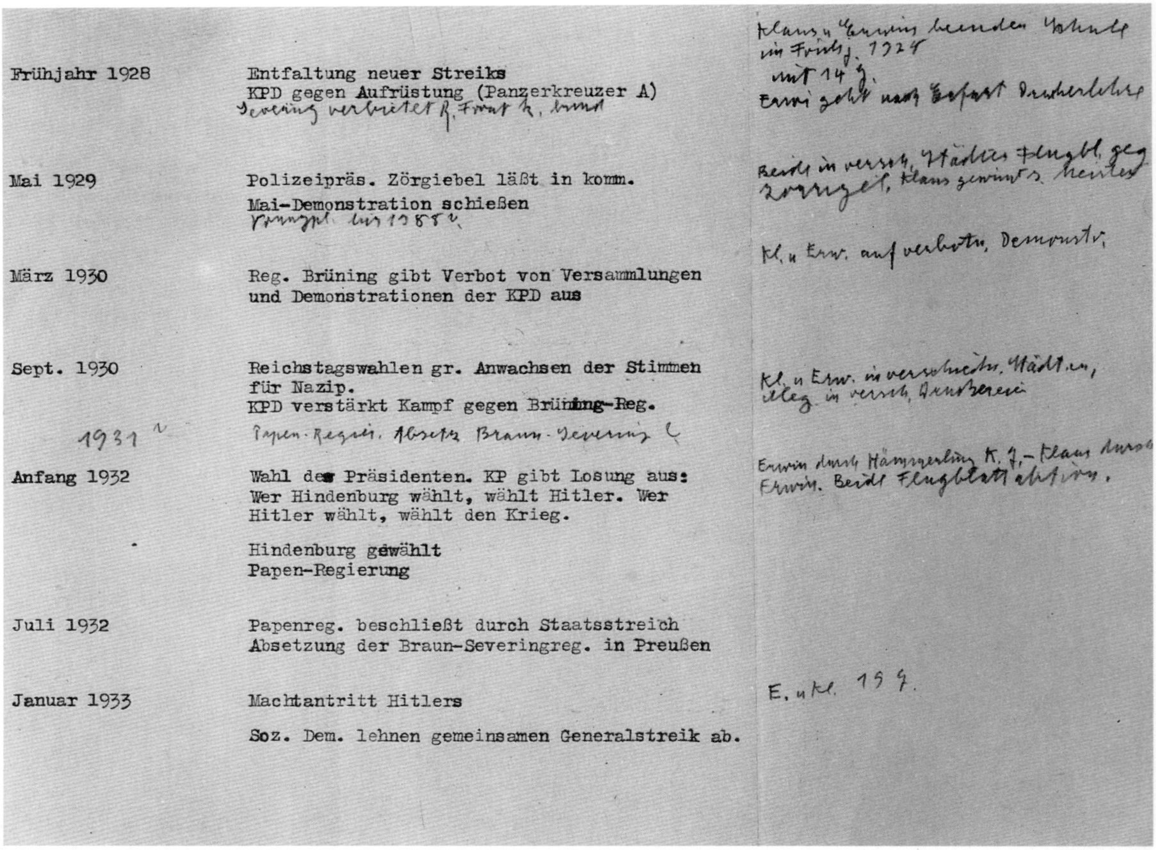

Frühjahr 1928	Entfaltung neuer Streiks KPD gegen Aufrüstung (Panzerkreuzer A)
Mai 1929	Polizeipräs. Zörgiebel läßt in komm. Mai-Demonstration schießen
März 1930	Reg. Brüning gibt Verbot von Versammlungen und Demonstrationen der KPD aus
Sept. 1930	Reichstagswahlen gr. Anwachsen der Stimmen für Nazip. KPD verstärkt Kampf gegen Brüning-Reg.
Anfang 1932	Wahl des Präsidenten. KP gibt Losung aus: Wer Hindenburg wählt, wählt Hitler. Wer Hitler wählt, wählt den Krieg. Hindenburg gewählt Papen-Regierung
Juli 1932	Papenreg. beschließt durch Staatsstreich Absetzung der Braun-Severingreg. in Preußen
Januar 1933	Machtantritt Hitlers Soz. Dem. lehnen gemeinsamen Generalstreik ab.

Raskolnikow glaubte, auch er kann zu Macht und Reichtum gelangen, wenn er ohne sinnlose, dem Genie nicht angemessene Gewissensbisse die alte Wucherin erledigt, das armselige, drekkige, nutzlose Geschöpf. Er denkt ungefähr so über sie, wie heute ein Hitlerjunge über irgendein verächtlich gewordenes Geschöpf einer »niederen Rasse« denken würde, das kein echter Mensch für ihn ist: nur eine Laus. Raskolnikow wird von seiner Freundin belehrt, die sich durch die Last ihres Unglücks und ihrer Minderwertigkeit als schmutzige Prostituierte der »niederen Rasse« gefährlich verwandt fühlt: Ein Mensch ist doch keine Laus.

»Fürst Andrej und Raskolnikow«, 1944

Deinen neuen Roman habe ich gelesen, in einem Zuge. Ich weiß nicht, ob das Buch ein Roman genannt werden kann. Aber es ist ein großartiges Buch, und ich brenne darauf, es möglichst bald hier herauszubringen. Hoffentlich, nimm mir den Wunsch nicht übel, bist Du nicht mehr solange fort, damit wir bald darüber sprechen können.

Erich Wendt an Anna Seghers, 8. November 1948

178 Faksimile: Zeittabelle und Notizen von Anna Seghers zum Roman »Die Toten bleiben jung«. Erschienen 1949

[…] die Tante und Erzieherin Wenzlows, das alte adlige Fräulein Amalie, erscheint – trotz einiger grotesker innerer und äußerer Züge – am Schluß des Romans fast als Symbol der Nation oder wenigstens als Symbol einiger der Nation eigener wertvoller Züge.

Wie erklärt sich das? Was ist der Grund für den offensichtlichen Irrtum der großen und revolutionären Künstlerin? Anna Seghers steht nicht allein da. Offenbar ist die Legende von der »Volksverbundenheit« des landlosen und landarmen preußischen Adels, von dem »Demokratismus« der Tradition Friedrichs II. überaus zählebig, wenn sich ihr Einfluß selbst auf die fortschrittliche Intelligenz auswirkt, obwohl Marx und Engels, Heine und Franz Mehring nachgewiesen haben, wie unbegründet und verlogen diese Legende ist.

E. Knipowitsch, 1950

Nicht zulassen darf man beispielsweise, daß das Zurückscheuen vor einer Kritik dazu führte, falsche Theorien in die Literaturkritik einzubringen. Eine solche falsche Theorie finden wir im Aufsatz des hervorragenden marxistischen Literaturkritikers Paul Rilla über den Roman »Die Toten bleiben jung« von Anna Seghers (»Aufbau«, Heft 3,1950). Statt an diesem bedeutsamsten Versuch eines deutschen Zeitromans (über dessen Fabel noch besonders zu diskutieren wäre) die schwache, zu abstrakte Schilderung der meisten Charaktere auf der proletarischen Seite im Vergleich zu den scharf profilierten Charakteren der reaktionären Seite zu kritisieren und damit die offene Diskussion mit der großen Schriftstellerin vor dem Leser aufzunehmen, bringt Rilla eine ganz neue »Theorie«: »… so wird man finden, daß die Interessantheit in dem Maße abnimmt, wie die Positionen an positiver gesellschaftlicher Bestimmung zunehmen. An die Stelle der Interessantheit tritt das Interesse der gesellschaftlichen Geprägtheit.«

Alexander Abusch, 4. Juli 1950

Mißverständnisse haben die Eigenschaft, sich auf dem Wege des Gerüchts immer grotesker zu verzerren. In der »National-Zeitung« vom letzten Freitag hieß es bereits, man habe sich »gegen Paul Rilla« gewandt, »der an einer Stelle seiner literaturkritischen Beiträge schreibt, die Interessantheit der Romane nähme mit der Behandlung kollektiver Probleme ab«. Das soll ich also, offenbar wörtlich, geschrieben haben. Daß ich nicht dergleichen, aber genau das Gegenteil geschrieben habe, geht aus den oben angeführten Zitaten hervor.

Paul Rilla, 12. Juli 1950

Das Komische ist, daß mich die »Tante Amalie« aus diesem Roman geradezu verfolgt. In der S.U. kam man mir auf den Buckel, die Tante Amalie sei viel zu sehr idealisiert. Schade, daß sie nicht direkt mit Birkenfeld sich über die Tante Amalie hätten aussprechen können.

Anna Seghers an Erich Wendt, 15. Oktober 1949

Erinnerung an letztes Gespräch mit Becher am Mittag vor der Abfahrt. Becher wirklich bewegt und wie auf der Suche, er berichtet wie Annas Buch verurteilt, wie Lea Grundig in Grund und Boden verdammt wird – spricht davon mit Sorge, um dann doch, und hier nun mit Hoffnung, von den jungen Menschen zu sprechen, von ihrem Weltbild, von der großen Einfachheit, von ihrem selbstverständlicheren, problemloseren Leben.

Bodo Uhse, 17. Juni 1950

179 Der Präsident der DDR Wilhelm Pieck beruft am 24. März 1950 Anna Seghers neben anderen Künstlern zum Ordentlichen Mitglied der Deutschen Akademie der Künste

180 Anna Seghers mit jungen Leuten am 1. Mai 1953 in Berlin

Wenn wir heute zurücksehen auf den Anfang der Friedensbewegung, dann geht ein Schwung, ein Glanz von dieser Erinnerung aus, weil sie nicht nur ein Gefühl für ein wichtiges Stück Vergangenheit ist, sondern kraftvoll und allen sichtbar fortbesteht und mächtig auf das Heute wirkt.

»Die Kraft des Friedens«, 1959

Die Weltfriedensbewegung war ein großes Experimentierfeld, und Anna Seghers hat sich mit all ihren Fähigkeiten, ihrer Energie und ihrer außerordentlichen Lust an derartigen Dingen auf ihm betätigt. Da war nicht nur die Tatsache, daß es uns gelang, etwa den Stockholmer Appell von sechshundert Millionen Menschen unterzeichnen zu lassen, sondern es war zuerst einmal die Ausarbeitung dieses Appells selbst und vieler anderer Appelle, die wir gemacht haben, die übrigens meistens das kollektive Werk vor allem – nicht nur, aber vor allem – von Schriftstellern aus allen fünf Kontinenten waren. Wir hatten manchmal solche Sitzungen auf den internationalen Kongressen, die nach der eigentlichen Sitzung anfingen. Wir hörten um acht Uhr auf zu sitzen, wir aßen Abendbrot, wir versammelten uns wieder um zehn und diskutierten einen Vorschlag bis etwa vier Uhr morgens. Niemand von uns spürte Müdigkeit. Es ging um eine Sache, die – denn das war unser Ehrgeiz und unser Stolz – vielen hundert Millionen Menschen ganz verschiedener Art etwas in ihre Phantasie und in ihre Herzen pflanzen sollte, was ungefähr den Umfang einer halben Schreibmaschinenseite lang sein durfte. Wir wußten, daß wir nicht länger sein durften, weil Längen keine wirkliche Wirkung haben. Wirkung haben nur streng und knapp ausgedrückte Gedanken.

Stephan Hermlin, 1984

181 Anna Seghers, Ilja Ehrenburg und Stephan Hermlin in einer Pause während der Tagung des Weltfriedensrates in Stockholm im November 1954

Stockholmer Appell

Wir fordern das absolute Verbot der Atomwaffe als einer Waffe des Schreckens und der Massenvernichtung der Bevölkerung.

Wir fordern die Errichtung einer strengen internationalen Kontrolle, um die Durchführung des Verbots zu sichern.

Wir sind der Ansicht, daß die Regierung, die als erste die Atomwaffe gegen irgendein Land benutzt, ein Verbrechen gegen die Menschheit begeht und als Kriegsverbrecher zu behandeln ist.

Wir rufen alle Menschen der Welt, die guten Willens sind, auf, diesen Appell zu unterzeichnen.

Dieser Akt der Weltfriedensbewegung, die noch kein Jahr existierte, war etwas vollständig Neues. Wodurch? Joliot-Curie, der große Gelehrte, machte kein Geheimnis aus seinem Wissen, sondern teilte es öffentlich allen Menschen mit. Er machte ihnen den Sinn der neuen Entdeckung klar, der Atomenergie, die zum Guten oder zum Bösen gebraucht werden kann. Die Menschen fingen an zu begreifen, daß sie vor einem neuen Zeitalter standen, und die Kraft, über die sie verfügen konnten, war nur mit der Entdeckung des Feuers zu vergleichen.

»Zum Stockholmer Appell«, 1975

182 Anna Seghers, Jorge Amado (Mitte) und Pablo Neruda (links) auf dem Kongreß des Weltfriedensrates 1949 in Paris

26. September 1951
Irkutsk – Peking. *Ulan Bator*. Bewirtung vor der Stadt am Flughafen. Mongolen, Farben, Kleider, Gesichter. Wüste Gobi. Karawanenstraßen. Jurten. Brunnen. Flug über die große Mauer. Im Flugzeug der kleine Jurist mit dem Bart, der große Bebrillte, der Lan-si kennt. Einfahrt in Peking. Das große Haupttor.
27. September 1951
Besprechung der Delegationsleiter. Mittags bei Weiskopfs. In den Gassen herumgelaufen. Im Sun Yatsen-Park. Deutsche Mission.
28. September 1951
Winterpalast. Nordseepark. Abends Kino (Weißhaariges Mädchen).
29. September 1951
Sommerpalast den ganzen Tag.
30. September 1951
Tempel des Himmels. Einladung der Regierung. Mao Tse-tung. Verbotene Stadt.
1. Oktober 1951
Große Demonstration vor dem Kaiserpalast. Abends: Feuerwerk. Tanz auf dem großen Platz. Gang durch die Straßen. Gespräche mit Arbeiterinnen, Straßenbahnern usw.
2. Oktober 1951
Mittags bei Weiskopfs mit Ehrenburg und Neruda. Abends Theater. 2 Opern (Tanz in der Nacht? Weiße Schlange?).
3. Oktober 1951
Friedenskomitee. Mittags Besprechung in der Akademie mit den Künstlern von Peking. Gemeinsames Essen im chinesischen Restaurant. Bildhauer Wang Tsan-chuen, Yu Fung.
4. Oktober 1951
Ming-Gräber.
5. Oktober 1951
Morgens daheim auf dem Dach. Nachmittags in 2 Universitäten. Abends im Bazar.

Tagebuchnotizen der Chinareise

Ich wünschte mir, als ich noch ein Kind war, hier einmal anzugelangen. Ich hatte ein paar Märchen und Gedichte gelesen, ich hatte ein paar Bilder gesehen, auch Schriftzeichen, die mir vorkamen wie Gedichte und Bilder in einem. Ich fragte mich, was sind das für Menschen, die ihre Gedanken mit Tusche und Pinsel in solchen Schriftbildern ausdrücken können? Ich weiß nicht mehr genau, was ich mir unter diesem Land vorgestellt habe. [...]

Dann lasen wir Bücher, die über Chinesen und von ihnen geschrieben waren. Wir sahen Skulpturen und Bilder in Deutschland und im Ausland. Wir fanden Lehrer, Gelehrte, die leidenschaftlich die Selbständigkeit der *Kunst Chinas* verteidigten. Sie stritten mit Kunsthistorikern, die in der Antike Europas den einzigen Ursprung künstlerischer Gestaltungskraft erblickten.

»Studienblätter aus China«, Geleitwort, 1953

183–185 Anna Seghers 1951 in China

(2.

Zum D.D.R.-Teil:

Du schreibst über sehr viele furchtbare Sachen, die damals passierten; sollte man nicht auch ein wenig mehr über einiges Positive sagen? Parteileben

Meines Erachtens wäre es unbedingt nötig etwas mehr über die politische Entwicklung von Ernesto sagen – selbst wenn es nur wenige Sätze sind.

Zum Schluss-Teil: Ich glaube, dass Ernesto ~~da~~ noch etwas mehr glauben sollte, dass Maria Luisa noch lebt. Das würde der Erzählung meines Erachtens noch mehr Reiz verleihen. (An einer Stelle positives)
wie nur ich mich gesträubt, als m. Vater auf [illegible]

Über die letzten 2 Seiten: mündlich.

Wenn die kleinen Mängel beseitigt werden, ist es eine sehr schöne Erzählung.

Das Wichtigste steht in den numerierten Bemerkgen.

Die letzten beiden Seiten müssen wir gesondert besprechen, weil sie von grosser prinzipieller Bedeutung sind.

Immer hat er viel gearbeitet. Sein Arbeitszimmer war ein Heiligtum. Als Anna in Mexiko, nach dem großen literarischen und materiellen Erfolg ihres Romans »Das siebte Kreuz«, ein Haus mieten konnte, gab es natürlich Roddys Zimmer. Mit ihm hatte es eine besondere Bewandtnis: Es war stets verschlossen, ob Roddy darin saß oder nicht. Für die nun doch schon fünfzehn und achtzehn Jahre alten Kinder war es reichlich »verfremdend«, wenn sie ihren Vater per Mitteilung verständigen mußten, daß sie ihn sprechen wollten. Roddy, ein völlig sich selbst lebender Mann, nahm, was die äußere Haltung betraf, wenig Rücksicht auf Freundschaft. Anna war in allen Liebes- und Lebensfragen von ihm abhängig. Aber wenn auch jeder sein Leben lebte, seine Freunde und Interessen hatte, so blieb doch die Gemeinsamkeit unangetastet.

Steffie Spira-Ruschin, 1984

186 Faksimile: Schriftlicher Gedankenaustausch zwischen Anna Seghers und ihrem Mann während der Arbeit an der »Entscheidung«
187 Johann-Lorenz Schmidt, um 1970

Glaubt nun nicht, daß ich mir einrede, Euer Leben wäre immer die reinste Wonne. Ich weiß, daß Ihr sehr viele Sorgen und Leiden und Ärger habt, wahrscheinlich alle zusammen, und wahrscheinlich jeder einzelne auch. In meiner Heimat hat man gesagt, was man wahrscheinlich auch in Thüringen sagt: »Jeder hat sein Bündelchen zu tragen.« – Manchmal ist das Bündelchen auch ein ganzer Sack, und man weiß gar nicht, wie man ihn weitertragen kann.

Anna Seghers an die Frauen und Mädchen des Röhrenwerks Neuhaus, 15. Dezember 1953

Ich bitte Euch sehr, macht Euch die Mühe und schreibt Euch auf, aus wie vielen Teilen eine solche Radioröhre besteht, aus welchen Ländern diese Teile jetzt kommen, aus welchen Ländern sie vielleicht noch vor einigen Jahren gekommen sind, usw. Dann will ich Euch gern schöne packende leidenschaftliche Bücher schicken, in denen Ihr das Leben der Menschen findet, die in diesen Ländern arbeiten.

Anna Seghers an die Freunde im Röhrenwerk, 28. September 1954

Sie kann Phrasen überhaupt nicht leiden, abgedroschene Wendungen. Für uns Funktionäre sind leider manchmal solche Worte allzu schnell zur Hand. Sie schaut dann vorwurfsvoll. Was wir über Neuhaus erzählen, nimmt sie kritisch auf, sie blickt einen forschend, zweifelnd an: Na, lieber Freund, flunkerst du mir nichts vor? Sie hat Röntgenaugen. Sie ermuntert zum Erzählen, will Tatsachen über die Leute hören, über die Situation im Betrieb. Sie ist geradezu neugierig.

Edmund Grollmisch, 1976

Sagen Sie mir nur mal ehrlich, ob es auch für Sie persönliche Momente gibt, die Sie hindern, sich für Ihre Überzeugung einzusetzen?

Johanna Krompass an Anna Seghers, 26. März 1952

Was meinen Sie mit Ihrer Frage, ob es persönliche Momente gibt, die mich hindern, mich für meine Überzeugung einzusetzen? Wenn Sie darunter einfach meinen, ob ich manchmal an einem Abend lieber ins Kino gehe, anstatt einen Vortrag zu halten, oder sonst etwas Persönliches lieber tue, als eine nützliche Arbeit, dann antworte ich Ihnen, selbstverständlich. Ich glaube gar nicht, daß ich gut arbeiten könnte, wenn ich nicht auch das ganze Leben mit guten und schlechten, mit gleichgültigen und wichtigen Dingen durchmache.

Wenn Sie aber meinen, ob mich ein persönliches Moment daran hindert, meine Überzeugung zu verleugnen, dann sage ich Ihnen, daß ich mir das nicht vorstellen kann. Denn meine Überzeugung ist kein abgesonderter Teil von meinem übrigen Leben, denn eins hängt mit dem anderen zusammen.

Anna Seghers an Johanna Krompass, 5. April 1952

188,189 Anna Seghers im Röhrenwerk in Neuhaus am Rennweg

Von drei Seiten zugleich regnet es Fragen, Fragen, die nicht einmal eine Antwort erwarten. Meine drei Befrager schleudern mir Namen von alten Spanienkämpfern entgegen – von denen ich manche seit 1939 nicht wiedergesehen habe –, die Namen von Freiwilligen verschiedener Nationalitäten. [...] Sie fragen mich über Anna Seghers aus, über Egon Erwin Kisch und seine Frau, die sie beschuldigen, in Paris und in Prag Zusammenkünfte trotzkistischer Intellektueller veranstaltet zu haben. Worauf wollen sie hinaus? Sooft ich versuche, ihnen zu antworten, etwas zu widerlegen, wird mir das Wort abgeschnitten, man schreit, man brüllt mir die ungeheuerlichsten Anklagen entgegen. Man beschimpft mich. Man ruft mir die Namen von verschiedenen Städten zu: Paris, Marseille, Barcelona, Albacete...

Artur London, ein Überlebender des Slansky-Prozesses, über seine ersten Vernehmungen 1951

In derselben Stellung wie in Berlin [als Wirtschaftsleiter] war mein Mann dann in einem Sanatoriun (Kljasma bei Moskau) tätig. Im Jahre 37 wurden viele Ausländer in Moskau verhaftet und fast alle Deutschen, das wird auch Ihnen nicht unbekannt sein. Diese Maßnahmen, die zwar vielen unwahrscheinlich vorkamen, müssen aber doch nötig gewesen sein. Daß aber ein Mensch, der ganz offiziell und direkt aus den Händen der Gestapo dorthin geholt wurde, auch dort verhaftet wurde, will natürlich keiner glauben. Und doch ist es geschehen. Er wurde später zwar wieder entlassen. 1939 hat ihn ein französischer Genosse in Moskau gesehen, er war krank und ging an Stöcken. Aber das ist meine letzte Nachricht über ihn. Können Sie jetzt meine Sorge um ihn verstehen? Sonja Liebknecht schrieb mir unlängst, ich sollte mich doch hier an die offiziellen Stellen der SU wenden. Das habe ich auch schon versucht, der Vize-Consul hat mich 46 hier besucht und Hilfe versprochen, doch er ist längst abberufen. Wir wohnten bis 1934 in der sowjetischen Botschaft und kennen so viele russ. Genossen, doch leben sie noch? Wo soll ich sie finden und um Hilfe bitten?! Ich habe die Hoffnung, daß es durch Ihre Hilfe möglich sein wird, mit den russ. Genossen im Kulturbund zu sprechen. Ich bin am Ende meiner Kräfte, ich habe im letzten Jahr drei Unfälle gehabt, weil meine Gedanken immer in Rußland sind und ihn suchen. Käte Duncker hat nun endlich nach 6 Jahren die Nachricht, daß auch ihr Sohn dort in Rußland weit, weit im Osten schon am 20. Nov. 42 in einem Arbeitslager verstorben ist. [...] Darf ich hoffen, daß Sie antworten?

Emma Neitzke an Anna Seghers, 18. Januar 1949

190 Anna Seghers mit ihrem tschechischen Freund und Übersetzer Rudolf Vápenik. Links Gisl Kisch

Wie ein Gestrandeter von seiner einsamen Insel eine Flaschenpost ins Wasser wirft, so schickte ich von den Ufern des Stillen Ozeans am 9. Juli 1956 an »Anna Seghers, Schriftstellerin, DDR« (die Adresse wußte ich nicht) folgenden Brief:

»Liebe Anna Seghers! Diese Grüße kommen zu Dir aus dem Fernen Osten. Niemand weiß, wieviel Leben ihm noch bevorsteht. Eines aber weiß ich: Ich will es bei Euch in Deutschland beschließen. Hätte ich noch Verwandte, so wäre ich schon längst da, aber so habe ich niemanden, keine Existenzbasis, ja, nicht einmal einen ›wysow‹, ohne den es nicht geht, wie ich hörte. Kannst Du Dich noch auf die Sekretärin des Bundes besinnen? Was mich betrifft, so ist mir Eure Welt stets unverlierbar nahe gegenwärtig geblieben. Du wohnst sozusagen mit in meinem Zimmer. ›Die Toten bleiben jung‹ steht auf meinem Bücherbrett. Liebe Anna, bitte schreib mir Deine Meinung. Was rätst Du mir zu unternehmen? Es grüßt Dich über alle trennende Ferne hinweg Deine Trude Richter.« [...]

Zurückgekehrt nach Magadan, fand ich auf meinem Schreibtisch einen Brief aus Berlin. Der erste nach zwanzig Jahren! Ich steckte das Kuvert ungeöffnet in die Tasche und stieg hinauf zu meinem Ruhesitz.

Dort erst, begleitet vom Rauschen des Bächleins, las ich laut den deutschen Text:

»Liebe Trude Richter, ich erhielt vor 10 Minuten Deinen Brief, und ich hoffe, daß meine Antwort schnell bei Dir ankommen wird. Ich bin glücklich, daß Du am Leben bist und daß Du jetzt den Gedanken gehabt hast, gerade an mich zu schreiben, weil ich wirklich versuchen will, das Notwendige für Dich zu tun ... Ich schicke Dir dieser Tage eine Kopie dieses Briefes, um sicher zu sein, daß meine Antwort Dich erreicht ...

Glaube nicht, daß ich erst durch Deinen Brief an Dich denke, wir haben uns oft gefragt, wo mag Trude Richter sein? Warum haben wir nichts von Dir gehört, jetzt, wo doch so manche zurückkommen...?«

Dann folgten praktische Ratschläge, die Ausreise betreffend, und der Schluß:

»Ich bitte Dich sehr, guten Mutes zu sein. Ich hoffe bestimmt, daß wir uns in einiger Zeit wiedersehen. Es grüßt Dich, liebe Trude Richter, Deine Anna.« [...]

Die letzten Phasen meiner Auferstehung wikkelten sich nicht allzu schnell, doch reibungslos eine nach der anderen ab. Während Anna Seghers alle erforderlichen Schritte beim Schriftstellerverband in der DDR unternahm, bot mir, durch sie aufmerksam gemacht, Boris Polewoi seine Hilfe in der Sowjetunion an.

Endlich hielt ich meine juristische Rehabilitierung in den Händen.

Trude Richter, 1990

191 Anna Seghers etwa 1950

192 Anna Seghers auf dem II. Weltfriedenskongreß im November 1950 in Warschau

Sie warten, daß ich Ihnen von hier erzähle. Wie ich Ihnen schon schrieb, wurde ein solcher Brief durch die Ereignisse abgebrochen, die uns alle betroffen haben. Wie ich ankam, fand ich mehrere Leute unruhig, durch viele Fragen bedrückt. Die Menschen aber, die Sie kennen und die uns nahe verbunden sind und mit denen ich auch selbst immer arbeitete, die sind so wie sie immer waren.

Um ein Beispiel zu nehmen für die unruhigen Geister. Da ist der Bildhauer S[eitz], der mit uns in China war, der ist ganz unglücklich, weil seine Chinazeichnungen bis jetzt nicht veröffentlicht wurden. Und andere, ihm wichtige Entwürfe nicht angenommen. Zum Glück gehört die Bildende Kunst nicht zu meinem Sektor. Ich nenne ihn nur als ein Beispiel für die Künstler, denen jetzt manches hier schwerfällt, so daß man nicht weiß, wie es weitergeht. Zum Beispiel Strempel ist nicht mehr. Ich weiß nicht, ob Sie sich noch an seine Malerei im Bahnhof Friedrichstr. erinnern, die man abgekratzt hat. [...]

Hier ist auch noch eine Angelegenheit, die viel Diskussionen provoziert hat, wie Sie schon aus der Zeitschrift entnommen haben. Das ist der Operntext »Dr. Faustus« von Hanns Eisler. Dieser erschien in einem gesonderten Büchlein mit einem Vorwort von Ernst Fischer, Wien. Eisler ist zur Zeit in Wien. Ich sah ihn kurz vorher gänzlich verstört und erzürnt. So daß ich daraufhin erst sein Theaterstück las. Ich will aber hier jetzt keine Kritik des Stückes geben. Ich schicke es lieber. (Das heißt, wenn Sie wollen, schreibe ich Ihnen meine Meinung.) Es ist schwierig hier, in dieser Zeit des verschärftesten Kampfes, Menschen zu finden, die richtig zu diskutieren mit den Künstlern verstehen. Und auch ein negatives Urteil oder auch ein teilweise negatives in eine solche Form bringen, daß der Betreffende Kraft und Ideen zur Arbeit bekommt und nicht in seinen Fehlern fixiert wird. Oder gar abhaut.

Anna Seghers an Steshenski, 13. April 1953

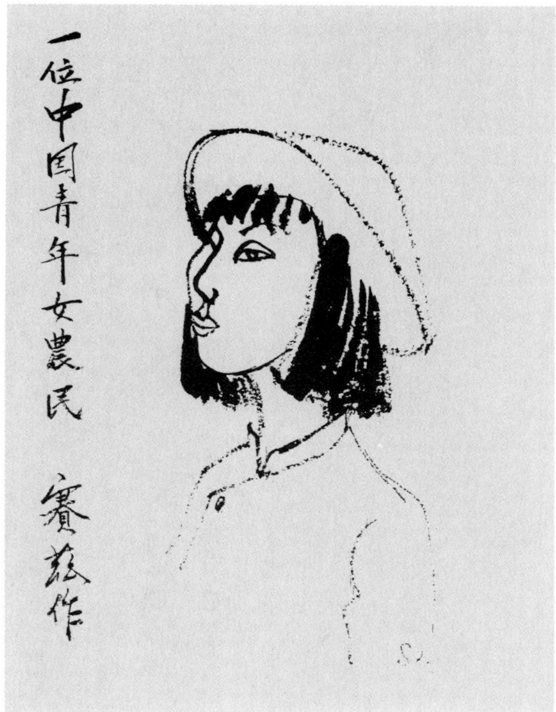

193 Gustav Seitz:
Junge chinesische Reisbäuerin

Auch wie wir in Peking oder in Schanghai durch eine volle Straße gingen, kam es mir vor, eins dieser vielen Gesichter könnte vielleicht das eines Freundes von damals sein. Er stand vielleicht in der Menge der Gäste, die Mao Tse-Tung zum zweiten Jahrestag der Befreiung empfing. Vielleicht stand er sogar neben ihm vor der Parade. Denn bei dieser Reise, auf der wir das Land zum erstenmal mit unseren eigenen Augen sahen, war alles zusammengekommen, was wir als Kinder und als Erwachsene liebten. Die Kraft das Volkes, die sich in seinem Staat und in seiner Kunst offenbart, in seinen Gesetzen und seinen Liedern, in seinen Gesichtszügen und in seinen Schriftzeichen, drang jede Sekunde in uns ein. Die Mauern des Mittelalters waren gefallen und auch die Mauern, die den Traum von der Wirklichkeit trennen.

»Studienblätter aus China«, Geleitwort 1953

Das bräunlich-blasse unregelmäßige Jungensgesicht über der blauen Bluse ist heute der Kern dieser vollen Bude, und in den entscheidenden Junitagen war es der Kern dieser Baustelle.

Die paar hundert Bauleute waren nicht an der Demonstration beteiligt. Jetzt gehen sie ruhig ihrer Arbeit nach. Ihr Inneres ist noch nicht ruhig. Die Augen des jungen Menschen aber sind ruhig auf alle und alles gerichtet, in aufmerksamem Glanz. Er war auch in den erregten Tagen ruhig, und seine Anweisungen wurden befolgt, er wurde zu einer Art Kern des Betriebs, ohne daß man es recht gewahrte, obwohl er noch nicht lange auf der Baustelle ist und kaum über zwanzig Jahre alt. Es war, als hätten alle gespürt, daß er mit seiner gespannten Stirn, mit seinem hellen Gesicht uralte Erfahrungen in sich verborgen hätte, die plötzlich in dem entscheidenden Augenblick zutage traten: Die Erfahrungen der Arbeiterklasse, die sowohl uralt sind wie blutjung. Die Erfahrungen aller, die jemals auf Erden auf Baugerüsten hantierten, von den Sklaven, die Pyramiden für ihre Herren erbauen mußten, bis zu den Arbeitern, die für sich selbst die Schleusen des Wolga-Don-Kanals erbauen.

Auf dieser Baustelle vertrauten sie dem Jungen, zwar oft zögernd, doch sie vertrauten ihm, und er drang durch, als hätte er alle Erfahrungen gerade für sie gesammelt und könnte jetzt für sie die Nutzanwendung ziehen.

»An einer Baustelle«, 1953

194 Anna Seghers Ende Juni 1953
im Gespräch mit Berliner Bauarbeitern

Eine Sitzung im Politbüro, bei der Anna Grundzüge ihres Referats auf dem Kongreß mitteilt. Sie tut es in ihrer eigenen Art, man hat den Eindruck, recht wirr durcheinandergewürfelte Teile eines Puzzlespiels zu sehen, alles ist verschlüsselt. Hier und dort nur wird ein Zipfel gelüftet. Sie spricht »chinesisch«.

Grotewohl dann, klug und liebenswert und mit immer wieder überraschender warmer Stimme, will es mit Dank und Anerkennung bewenden lassen, doch werden dann doch noch ein paar Worte verloren.

Bodo Uhse, 30. November 1955

Man spricht viel von Wachsamkeit. Darunter versteht man, das Augenmerk auf den Gegner und seine Agenten richten. Dazu gehört aber auch, über die eigene Kraft und Arbeit wachen, über die Folgen der eigenen Handlung. Damit wir, wie es Lenin genannt hat, den Werktätigen eine wirkliche Heimat bauen.

»Stellungnahme zu den Ereignissen in Ungarn«, 1956

195 Anna Seghers und der ungarische Literaturwissenschaftler Georg Lukács im Februar 1951 auf der Tagung des Weltfriedensrates in Berlin

Wenn wir von Gegenwartsliteratur sprechen, müssen wir uns zuerst klarmachen, was wir darunter verstehen.

Im weitesten Sinn die heutige Literatur, wenn sie den Menschen reif macht, mit uns für ein Leben zu kämpfen, wie es sich die Besten wünschen. Ein Leben in Friede und Achtung vor anderen Völkern, in dem jeder arbeitet nach seinen Fähigkeiten und belohnt wird nach seinen Leistungen, mit Anrecht aller auf Wissen und Lernen, auf alle Kulturgüter und die Fähigkeit, sie zu begreifen und sie zu genießen. Ob ein Schriftsteller, der eine solche Zukunft wünscht, einen Vorgang aus unserer Gegenwart darstellt oder der anderer Völker oder aus der Vergangenheit seines eigenen Volkes, ob er über Musik schreibt, über Erfindungen, über die Liebe, über die Freundschaft, über den Abglanz der Wirklichkeit in Märchen und Träumen – er hat immer dem heutigen Menschen seine ganze Tiefe und Vielfalt klargemacht, hat ihn auf seinem Weg in die Arbeit und auf seinem Weg in die Zukunft gerüstet.

Darum gerade brauchen wir das, was wir als Gegenwartsliteratur im engeren Sinn bezeichnen. Unsere Menschen wollen vor allem sich selbst, ihr eigenes Leben verstehen.

»Die große Veränderung und unsere Literatur«, 1956

196 Anna Seghers mit Bertolt Brecht und J.R. Becher auf einer Veranstaltung im Club des Kulturbundes

Meine Sehnsucht ist sehr groß. Ich glaube, noch nie war die Welt so bedürftig, von uns zusammengequatscht zu werden. Nein, es war keine ordentliche Welt, seit wir uns das letztemal sahen. Ich habe große Sehnsucht nach einer besonderen Art von Welt, in der man arbeiten und atmen und sich manchmal wie verrückt freuen kann. Das ist im Augenblick ziemlich selten.

Anna Seghers an Steshenski, 26. Januer 1957

Anna Seghers, die Janka aufgefordert hatte, »den bedeutendsten Autor des Verlages zu suchen, ihm wenn möglich zu helfen, damit der siebzigjährige Freund nicht ein Opfer der Aufständischen in Ungarn würde«, blieb stumm. Als hätten sich die Worte des Herrn Melsheimer gegen Lukács nicht auch gegen sie gerichtet. Gerade sie hätte sich der Mitverantwortung nicht entziehen dürfen. Schon deshalb nicht, weil sie die namhafteste Frau war, die es sich leisten konnte, ihre Stimme der Wahrheit zu leihen. Ein wenig Mut hätte ihrem Ruf nicht geschadet und ihre Position nicht gefährdet. Selbst Ulbricht hätte es nicht gewagt, sie verhaften oder auch nur belästigen zu lassen. All das wußte sie. Trotzdem blieb sie stumm.

Walter Janka, 1989

Ich erkläre hier wiederholt, meine Kritik richtet sich nicht gegen die Schriftstellerin. Sie richtet sich nur gegen die Genossin, die zur falschen Zeit eine falsche Parteidisziplin geübt hat. Sie hätte damals nicht mehr schweigen dürfen. Sie hätte sich auch den Luxus des Sprechens leisten können, weil sie zu den Persönlichkeiten zählte, die Ulbricht ganz bestimmt nicht angerührt hätte. Vielleicht hätte der Aufbau-Verlag ein paar Bücher weniger gedruckt. Aber um so mehr hätten sie ihre Bücher im Westen gedruckt. Also finanziell und materiell hat sie keine Sorgen gehabt.

Walter Janka, April 1990

Als Erwin Strittmatter, ein damals junger Autor des Aufbau-Verlags, von der Verhaftung Jankas hörte, wußte er sofort: Jetzt kann nur die Anna helfen. Er fuhr zu ihr, sie öffnete und sagte: Ich weiß schon, warum du kommst. Andere eilten zu ihr, sie telefonierte herum und brachte ein Dutzend Autoren des Aufbau-Verlags, sicherlich fast alles Genossen der SED, in den Räumen des Schriftstellerverbandes zusammen. Ein paar Tage später traf ich ihn, und er hat mir davon erzählt. [...]

Eine Resolution ans ZK der SED und an die Justizministerin wurde verfaßt, in der stand, Janka genieße das politische Vertrauen aller Unterzeichner, und sie verbürgten sich für ihn. Danach, berichtete Strittmatter, ging Anna Seghers zum Innenministerium, sie wolle, sagte sie, dort mit jemandem reden, den sie gut und lange kannte, und der helfen könnte. Wer war das? Vielleicht wird es nie herauszufinden sein. [...]

Der kalte Krieg, frostklirrend, konnte jeden Tag in einen Schießkrieg umschlagen. Zwei Blöcke standen sich atomwaffenstarrend gegenüber, der Riß durch die Welt ging mitten durch Berlin. Es gab keinen dritten Weg, schon gar nicht für Anna Seghers. Die Flucht in eine westliche Öffentlichkeit hätte den Bruch mit ihrer Vergangenheit, ihrer Partei, ihrer Philosophie, ihrer Erfahrung und allen ihren Freunden, mit ihren Büchern und – immer noch – Hoffnungen bedeutet. Sie war nicht blind und taub über die stalinistischen Hexenprozesse hinweggegangen, sie litt im Zwiespalt wie alle ihre Gefährten. Der Hitler-Stalin-Pakt hatte Spalten in ihr Lebensbild geschlagen, aber zum Bersten war es nicht gekommen.

Erich Loest, 15. Juli 1990

[...] schließlich kannte ich meine Mutter als eine mutige Frau, die sich in der DDR für viele Menschen eingesetzt hat. Und ich kannte sie auch als eine Frau, die mit allen ihr zu Gebote stehenden Mitteln für die Schaffung einer gerechten Gesellschaft eintrat. Hätte sie schließlich sonst emigrieren müssen? Allerdings wollte sie dies – nach ihrer Rückkehr in die DDR – ausschließlich hier tun. Und da sie es verabscheute, westliche Medien für Proteste gegen Ungerechtigkeiten im eigenen Land in Anspruch zu nehmen, ging sie dann in solchen Fällen zu Ulbricht, Hager, Honecker und suchte das Gespräch. [...]

So ging sie dann selbst zweimal zu Walter Ulbricht, nach der Verhaftung Walter Jankas und nach dem Prozeß, um zu intervenieren.

Ruth Radvanyi, 13. Mai 1990

197 Anna Seghers im Aufbau-Verlag. Links neben ihr Erich Wendt (ehemaliger Verlagsleiter), dahinter Walter Janka, Leiter des Verlages von 1951 bis zu seiner Verhaftung 1956. Rechts vorn: Bodo Uhse

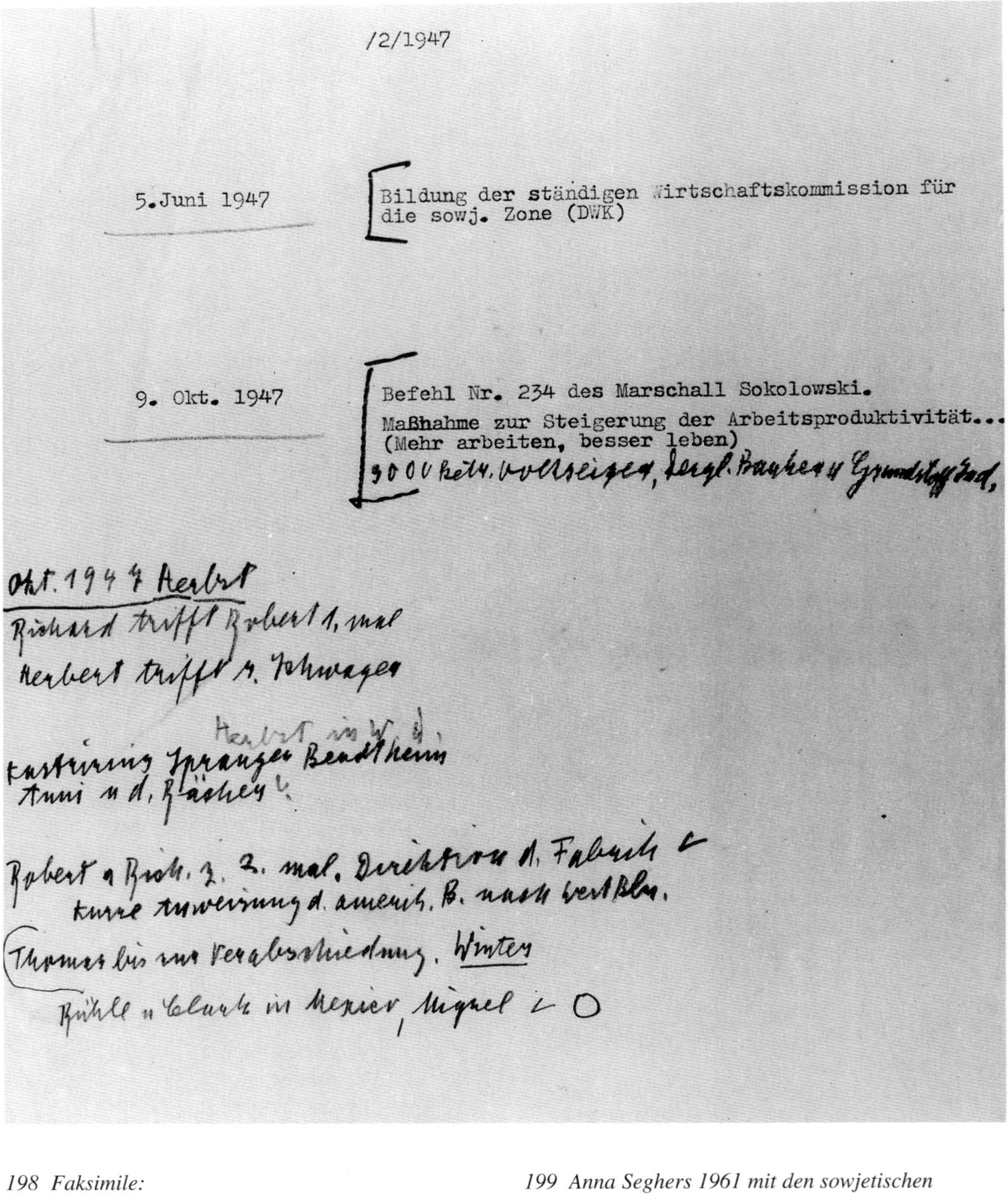
/2/1947

5.Juni 1947

Bildung der ständigen Wirtschaftskommission für die sowj. Zone (DWK)

9. Okt. 1947

Befehl Nr. 234 des Marschall Sokolowski.
Maßhahme zur Steigerung der Arbeitsproduktivität...
(Mehr arbeiten, besser leben)

Okt. 1947 Herbert
Richard trifft Robert 1. mal
Herbert trifft s. Schwager
Robert u Rich. z. 2. mal. Direktion d. Fabrik
Thomas bis zur Verabschiedung. Winter

198 *Faksimile:*
Zeittabelle und Notizen von Anna Seghers zur »Entscheidung«

199 Anna Seghers 1961 mit den sowjetischen Literaturwissenschaftlern Ilja Fradkin und Tamara Motyljowa. Mit letzterer verband sie eine enge Freundschaft.

Die Mehrheit des Redaktionskollegiums, auch Tschakowski und seine beiden Stellvertreter, haben sich für den Abdruck des Romans im vollen Umfang entschieden. Übrigens: in Buchform liest sich der Roman viel besser, als im Manuskript! Ich bin überzeugt, daß er von den Lesern auch bei uns gut aufgenommen wird. [...]

Ich habe den Roman in Form einer Polemik gegen den Renegaten Ranicki besprochen – der Artikel soll in »Nowy Mir« N 1 erscheinen. Nachdem der Roman russisch erscheint, werde ich noch etwas Ausführlicheres darüber schreiben.

Tamara Motyljowa an Anna Seghers,
19. November 1959

Was diese Sache Ihrer eigenen Besprechung anbelangt, »In Form einer Polemik gegen den Renegaten Ranicki«, so habe ich da ein Gefühl, bitte seien Sie mir nicht böse, wenn es falsch ist, was die Spanier mit dem Ausdruck bezeichnen »no darle beligerancia«, was auf Deutsch bedeutet, er hat doch gar nicht das Recht, sich mit Dir zu duellieren, also auf Preußisch: der Mensch ist wahrhaftig nicht satisfaktionsfähig. Ich habe hier ein Buch über Anna Seghers, das ein Jahr vorher von ihm geschrieben wurde.

Anna Seghers an Tamara Motyljowa,
1. Dezember 1959

Berlin 1960–1983

1961 Mauerbau
Schiffsreise nach Brasilien; Besuch bei Jorge Amado

1962 »Karibische Geschichten«

1963 »Über Tolstoi. Über Dostojewskij«, Essays
2. Brasilienreise; Teilnahme an der Kafka-Konferenz in Liblice bei Prag

1965 »Die Kraft der Schwachen. Neun Erzählungen«
Internationales Schriftstellertreffen in Berlin und Weimar
11. Plenum des ZK der SED

1967 »Das wirkliche Blau. Eine Geschichte aus Mexiko «
Im Dezember Krankenhaus-, danach Sanatoriumsaufenthalt

1968 »Das Vertrauen«, Roman
Einmarsch der Armeen des Warschauer Vertrages in die ČSSR

1971 »Überfahrt. Eine Liebesgeschichte«

1972 *Grundlagenvertrag BRD–DDR*

1973 »Sonderbare Begegnungen«

1975 Ehrenbürgerin von Berlin (Ost)

1976 Ausbürgerung des Liedermachers Wolf Biermann aus der DDR

1977 »Steinzeit. Wiederbegegnung«
Ehrenbürgerschaft der Universität Mainz
Unfall und zunehmende Krankheit

1978 Johann-Lorenz Schmidt stirbt
Anna Seghers tritt vom Vorsitz des Schriftstellerverbandes zurück

1980 »Drei Frauen aus Haiti«

1981 Ehrenbürgerin von Mainz

1982 Mehrere Krankenhausaufenthalte

1983 Anna Seghers stirbt am 3. Juni

»Mit einer Abfahrt ist nichts zu vergleichen. Keine Ankunft, kein Wiedersehen. Man läßt den Erdteil endgültig hinter sich zurück. Und was man dort auch alles erlebt hat an Leiden und Freuden, wenn die Schiffsbrücke hochgezogen wird, dann liegen vor einem drei reine Wochen Meer.«

»Überfahrt«, 1971

Zweimal war Anna Seghers in Brasilien, und bei einem dieser Besuche weilte sie in Bahia, sie schrieb in unserem Haus, in meinem und Zélias Haus am Rio Vermelho (Roten Fluß), verschiedene der Erzählungen, die in dem Band »Erzählungen« Eingang fanden. Anna arbeitete im Garten, am unter Bäumen aufgestellten Klapptisch, Vögel schwirrten um sie herum. Ihr schönes Gesicht mit dem so jugendlichen Ausdruck, umrahmt vom weißen Haar, war ein faszinierender Anblick.

Jorge Amado, Oktober 1983

[...] seit ich hier bin, nach der Reise, bin ich landkrank, wie andere seekrank sind, d.h. der Mangel an Wind, an Wasser, an wildem lustigem Krach, an Schiffsglocken, usw. an sonderbaren Vögeln und Fischen, an den bösen oder höchst vergnügten Gesichtern der Seeleute, die aber auf jeden Fall gesund sind, dieser Mangel macht mich ganz flau. Ich habe auch solche Berge Arbeit gefunden, daß ich mich überhaupt nicht erholen kann.

Anna Seghers an Lore Wolf, 16. Dezember 1963

Als wir drei Freunde waren, Ilja Ehrenburg, Pablo Neruda und ich, unzertrennlich und die ganze Zeit über zusammen, betrachteten wir sie als unsere Schwester, unsere Fee, Anna Seghers. Sie sagte, wir wären die drei Bären; und niemals besaß jemand auf der Welt soviel Charme und Phantasie wie Anna – so viel, so viel! Anna, die fähig war, ungeheure Einsamkeit zu bevölkern und die Fahne des Lebens und der Hoffnung hochzuhalten.

Jorge Amado, Oktober 1983

200 Anna Seghers und ihr Mann mit dem Kapitän der »Batory«
201 Anna Seghers mit ihrem brasilianischen Freund Jorge Amado

In unsere heftigen Diskussionen über Literatur rückte vor einigen Jahrzehnten, wie ein Gebirge mit scharfen Konturen aus dem Nebel rückt, ein überraschend neuer, mächtiger Block: die lateinamerikanische Literatur. Wir lasen wahrscheinlich zuerst, was sich an Stoffen uns annäherte durch die politischen Ereignisse, die fast gleichzeitig geschahen. Solche Stoffe waren zuerst gestaltet von Männern wie Guillén aus Kuba, Neruda aus Chile, Amado aus Brasilien, Asturias aus Guatemala.

Das Geschriebene drang in uns ein, wie das Erlebte. Zum Beispiel »Der grüne Papst« von Asturias. Und wenn es auch fast gleichzeitig war und vollkommen realistisch, es war zu gleicher Zeit weit weggerückt durch eine uns bisher unbekannte Phantasie, die wir brauchten und suchten. Das spüren wir heute besonders deutlich im »Grande Sertão«, diesem leidenschaftlichen Wunderbuch.

»João Guimarães Rosa: ›Grande Sertão‹«, Vorwort, 1969

Sonderbar, daß wir ohne Dich in Ilheus und in Bahia waren. Deine Bücher hatten uns ja darauf vorbereitet, uns hingelockt. Freilich, dort sah ich vieles, worauf ich nicht vorbereitet war. Vielleicht hast Du als Schriftsteller Deines Volkes, der, wie man sagt, in die Herzen sieht, längst ein Buch begonnen, in dem die gewaltige, wilde, manchmal schwer begreifliche Welt klar und erbarmungsvoll, wie in einer neuen Schöpfung, zutage tritt. Schwarze, braune und weiße Menschen, wie sie aus Steppen und Wäldern strömen, um in den Hafenstädten, in den Fabriken, auf den Märkten und auf den Docks ihre Arbeitskraft gegen ihr tägliches Brot einzuhandeln, hast Du neu erschaffen, sie sind unentbehrliche Einzelgeschöpfe in Deiner Fabel geworden,[…]

So dankbar ist man dem Freund, der einem sein Heimatland zeigt, als hätte er großmütig seinen Besitz, sein Liebstes mit einem geteilt.

»Brief nach Brasilien«, an Jorge Amado 1962

202 Anna Seghers im Garten von Jorge Amado

Genossen, ihr müßt entschuldigen, daß ich hier bin, ich war eigentlich nicht eingeladen [...]. Aber erlaubt mir doch gekommen zu sein, denn ich habe gehört, daß dieser Mensch, der mir selbst persönlich unbekannte Müller, und seine Frau sich in außerordentlich schlechter Lage befinden [...], daß es Mann und Frau ganz besonders dreckig geht und daß man vor der Frage steht, ob man diesen Menschen helfen will oder sie zugrunde richten will oder muß und sich dazu berechtigt fühlt.

[...]

Ich bin aber sehr dafür, daß man sich in ganz anderer Weise als bisher mit diesen zwei begabten Menschen beschäftigt. Ob man die nun für ein bißchen mehr oder ein bißchen weniger begabt hält, das ist Geschmacksache, eine Angelegenheit des Prophezeiens. Das wissen wir noch gar nicht, ob der Mann sehr sehr begabt ist oder ob er mittelbegabt ist. [...] Jedenfalls hat er eben Begabung, was ziemlich selten auf Erden und ziemlich selten in unserem Verband ist. Wir sollen alles tun, um diese Begabung nicht von uns abzustoßen, sondern uns eingehend mit ihm zu beschäftigen.

Ich möchte die Menschen, die dafür mitverantwortlich sind, fragen: Ist das denn ein dummes Geschwätz – zum Beispiel lieber Genosse [Siegfried] Wagner – daß man davon spricht, jetzt kommt der Mann bestimmt zu Fall?! Sogar mit einer gewissen Hämigkeit, ich muß das sagen. Oder ist das eine Sache, die noch zur Diskussion steht? Oder steht sie überhaupt zur Diskussion?

Ihr wißt vielleicht, daß ich auf einem anderen Kontinent nicht nur weg, sondern schrecklich weit weg war, Monate, und diese Versammlung ist überhaupt meine erste Schriftstellerversammlung seit langer Zeit. Hmmm, da bekomme ich gleich einen Geschmack, wie so etwas bei uns verläuft. Und außerdem ist mir daran nichts nichts nichts klar. [...] Aber ich weiß nur, daß mit den allerschlimmsten Gedanken dieser Müller und die Inge oder wie die Frau heißt, daheim – herumliegen und vollständig verzweifelt sind. [...]

Ich sehe hier Menschen – wirklich – obwohl ich schlechte Augen habe. Ich habe meine Brille aufgesetzt und die Leute angestarrt. Und manche habe ich fast nie in einem Arbeitsvorgang gesehen. Also ich kenne sie nicht. Sie haben hier gesprochen, sie haben riskiert, über die schwersten künstlerischen Dinge sehr schwere Worte zu sagen. [...] Eine Sache kann objektiv schädlich sein. Aber eine große Gefahr ist es, den Ausdruck »konterrevolutionär« in Verbindung mit einem unter uns lebenden Menschen, der vielleicht guten, ganz sicher guten Willens ist, in den Mund zu nehmen. [...]

Ich weiß nämlich aus meiner eigenen Vergangenheit, daß man schreckliche Vorwürfe auf mich gehäuft hat. Ich wäre antisemitisch und antisowjetisch. Das haben inzwischen verstorbene, aber sehr wichtige Genossen mir angekreidet. Und zwar, weil in meinem Roman »Die Toten bleiben jung« Nazis außerordentlich starke Reden im Nazi-Sinne geführt haben. Man verwechselt oft die Meinung des Autors mit der einer negativen Figur. [...]

Also, das kommt mir alles höchst eigentümlich vor. Eine schreckliche Geschichte ist uns da passiert. Ein sehr schlechtes Kuckucksei ist uns da gelegt worden. Ja, ich möchte davor warnen, nun den Müller als besonders schuldig zu nehmen [...], warum haben die Menschen das Stück nicht vorher gelesen, die jetzt so zornig gegen ihn auftreten. [...] Alle sagen viel, aber warum denn nachher, jetzt hilft's ihm nimmer.

Diskussionsbeitrag von Anna Seghers zur Kontroverse um Heiner Müllers Stück »Die Umsiedlerin oder das Leben auf dem Lande« auf der Dramatikerkonferenz am 17. Oktober 1961 (nach Tonband)

203 Anna Seghers
liest in der alten Handelsbörse in Leipzig, 1966

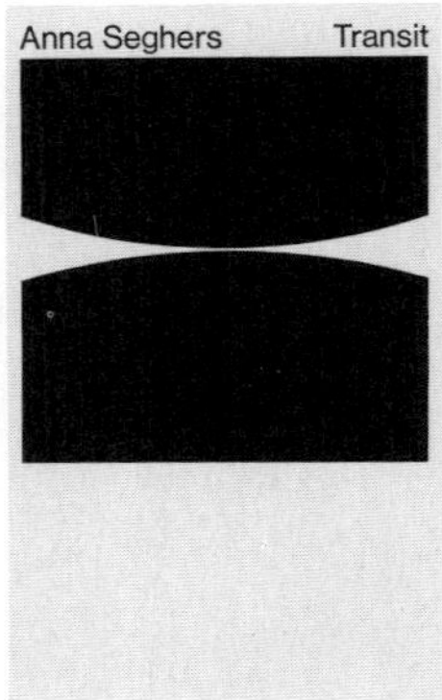

204, 205 Westdeutsche Ausgaben beim Luchterhand Verlag 1962, 1964

206 Erstausgabe »Die Entscheidung«, Aufbau-Verlag 1959

München, im Juli 1962

Sehr verehrter Herr Reifferscheid,

vor einigen Tagen erhielt ich eine Mitteilung Ihres Verlages [der Luchterhand Verlag kündigte das Erscheinen des Romans »Das siebte Kreuz«an], die mich zu einer öffentlichen Stellungnahme veranlaßt. [...] Ich weiß nicht, ob Sie daran gedacht haben, bei dieser Gelegenheit Ihre bundesdeutschen Leser über die Person der mitteldeutschen Autorin zu informieren [...].

Die Nachricht [...] zwingt mich, auf eine Publikation meines neuen Buches *Das lyrische Testament* bei Ihnen zu verzichten. [...]

Vielleicht rechtfertigen Sie Ihre Haltung, die eigentlich ein Mangel an Haltung ist, [...] indem Sie darauf hinweisen, daß der KZ-Roman »Das siebte Kreuz« ja schon vor zehn Jahren erschienen ist und nicht der Vergessenheit anheimfallen sollte. Nun, in den letzten zehn Jahren sind Hekatomben von Büchern »gestorben«, ohne daß sich ein Verleger für die Wiederauflage fand [...]

Mit dem Wunsch, daß Sie mein Appell in dieser wichtigen und hochpolitischen Angelegenheit nicht zu spät erreicht, grüße ich Sie in alter Verbundenheit.

Ihr Peter Jokostra

Die Welt, 1. August 1962

1959 erschien drüben Anna Seghers' Roman »Die Entscheidung«. Ich halte dieses Buch – und habe das damals geschrieben – für ein »erschütterndes Dokument der Kapitulation des Intellekts, des Zusammenbruchs eines Talents, der Zerstörung einer Persönlichkeit«. Warum sollte man einen Verleger daran hindern, den hiesigen Leuten zu zeigen, was aus Anna Seghers, die einst Meisterwerke deutscher Prosa schrieb, in der DDR geworden ist? Nichts kompromittiert die dortige Kulturpolitik mehr als dieser Roman, der mit dem höchsten Literaturpreis der DDR geehrt wurde. Jokostra zitiert Jürgen Rühle, der feststellte, Anna Seghers habe in der »Entscheidung« die politische Diskussion auf die Formel »ja oder nein« gebracht: »Willst du nicht die Gestapo, mußt du den Staatssicherheitsdienst wählen. Schwankende werden mit dem Tode bestraft.«

Warum sollte den Lesern der Bundesrepublik verheimlicht werden, daß die Seghers auf ein derartiges Niveau gesunken ist?

Marcel Reich-Ranicki, »Die Zeit« 10. August 1962

207 Karikatur von Herbert Sandberg, 1958

Es ist meine Sache nicht, Anna Seghers vorzuwerfen, daß sie wohnt, wo sie wohnt. Es will mir nicht recht einleuchten, daß selbst dem kältesten aller kalten Krieger nicht daran liegen muß, diesen Roman hier greifbar zu wissen. Gewiß ist es kein Zufall, daß unser Staat allenthalben die Flüchtlinge honoriert, die unsere Sprache sprechen, doch zu den Emigranten, Flüchtlingen in Potenz, die unsere Sprache nicht nur sprechen, auch in ihr schreiben, nie ein Verhältnis gefunden hat. Ich bezweifle, ob unsere Literatur nach 1933 viele Romane aufzuweisen hat, die, mit solch somnambuler Sicherheit geschrieben, fast makellos sind. Was hier erzählt, worüber hier meditiert wird, spricht – nicht gegen Anna Seghers, es spricht deutlicher und wirksamer als unzählige Proteste und Resolutionen gegen die Umstände, unter denen einer, der nicht emigrieren, sondern von Ost nach West fliehen will, sich erzwingen, mit Blut oder dem Leben bezahlen muß, was selbst der gutwilligste Beamte ihm nicht erteilen kann: jenes Visa de sortie, um das in Marseille 1940 Tausende bangten und sich erniedrigten.

Wer Schriftsteller gern auf Gefahren aufmerksam machen möchte, unter denen sie leben und schreiben, den verweise ich auf die letzte der vom heiligen Paulus aufgezählten, von Anna Seghers zitierten Gefahren: die »Gefahr unter falschen Brüdern«.

Heinrich Böll 1964 anläßlich der Herausgabe von »Transit« im Luchterhand Verlag

Nach dem gleichnamigen Roman von Anna Seghers
Ein DEFA-Film der Künstlerischen Arbeitsgruppe „Berlin"
SZENARIUM: CHRISTA WOLF, JOACHIM KUNERT UNTER MITARBEIT VON ANNA SEGHERS
DRAMATURG: WALTER JANKA
DREHBUCH: CHRISTA WOLF, JOACHIM KUNERT, GERHARD HELWIG, GÜNTER HAUBOLD, REE v. DAHLEN
REGIE: JOACHIM KUNERT
Produktionsleitung: Bernhard Gelbe
Kamera: Günter Haubold · Szenenbild: Gerhard Helwig
Ausführung: Alfred Schulz · Musik: Gerhard Wohlgemuth
Kostüme: Dorit Gründel · Maske: Klaus und Waltraud Becker
Ton: Horst Mathuschek · Schnitt: Christa Helwig
Regie-Ass.: Ree v. Dahlen, Erhard Bittner
Filmfotografen: Dietram Kleist, Ferdinand Teubner, Kishan Singh · Aufnahmeleitung: Paul Lasinski, Heinz Schwoch, Wolfgang Rennebarth

208,209 Die Schauspielerin Barbara Dittus als Marie in der Verfilmung des Romans »Die Toten bleiben jung« und die Darstellerliste

»Halt! Halt!« sagte Gogol. »Sie bringen es vielleicht fertig, sich nicht an den Ablauf der Zeit zu halten. Sie müssen sich aber auf jeden Fall an die Wirklichkeit halten.«

»Gewiß«, sagte Hoffmann, »an was sonst? Symbolische oder phantastische Darstellungen, Märchen und Sagen wurzeln doch irgendwie in der Wirklichkeit. Genausogut wie greifbare Dinge. Ein richtiger Wald gehört zur Wirklichkeit, doch auch ein Traum von einem Wald. Entstand das Hexenhäuschen von Hänsel und Gretel vielleicht nicht aus der Wirklichkeit? Ich sage euch: aus der bittersten Wirklichkeit, als Eltern im Dreißigjährigen Krieg ihre eigenen Kinder in den wilden Wald schickten, damit sie nicht vor ihren Augen verhungern.«

Gogol sagte: »Sie haben sehr viel gesprochen. Ich will über alles nachdenken –«

Er stand auf: »Ich muß leider jetzt gehen, denn ich habe ein festes Reiseprogramm. Es hat mir gutgetan, mit euch zusammenzusein.« Er rief den Kellner: »Tut mir leid, ich hab kein tschechisches Geld.«

»Macht nichts«, sagte der Kellner, »wir nehmen hier auch andere Valuta.«

Als ihm aber Gogol auf den Tisch seine Zarenrubel legte, schüttelte er den Kopf. »Verzeihen der Herr, diese Valuta wird jetzt nicht mehr gebucht.«

Hoffmann griff nach seiner Börse, da fiel ihm ein, daß er auch mit seinen Talern in diesem Café nichts anfangen konnte.

Es endete schließlich damit, daß Kafka für alle drei die Rechnung beglich. Wie mager er auch bei Kasse war, er freute sich, Gogol und Hoffmann begegnet, ja beide bewirtet zu haben.

»Die Reisebegegnung«, 1972

Die Kafka-Konferenz führte konkrete und hochaktuelle politische Probleme in literarischer Übersetzung vor. Wenn es eine günstige Möglichkeit gab, den Sozialismus im Sinne der sozialistischen Grundwerte von innen her zu reformieren, dann in dieser Zeit von 1963 bis 1968. [...] Unser damaliger Standpunkt trug zur Isolierung bei. [...]

210 Illustration eines unbekannten tschechischen Künstlers zu »Die Reisebegegnung« (1973)

Tatsächlich bestand eine Distanz schon dadurch, daß wir uns nicht auf der neugeschaffenen Metaebene des Kafkaverständnisses placierten, sondern Kafka historisch zu begreifen suchten. Anna Seghers, die gleichfalls auf der Konferenz war, solidarisierte sich mit uns, wenn auch nicht in der öffentlichen Diskussion. Sie setzte sich in den Kaffeepausen immer demonstrativ an unseren Tisch und warb um Verständnis für uns, insbesondere bei Ernst Fischer, auf den sie stets erregt einsprach.

Werner Mittenzwei, 1991

Der eine, der heilige Artikel, ist beendet, und in aufrichtiger Selbstkritik bin ich auf die Einwände von Johann und Lore eingegangen. Was den anderen, unheiligen Artikel anbetrifft, so ist er immer noch nicht erschienen, aber ich bekam Anrufe und Korrespondenz, länger als das Alte und das Neue Testament zusammen. Übrigens benutze ich eine Gelegenheit, um meine Meinung zu sagen. Du hättest Dich halbtot gelacht, wenn Du manches hier noch miterlebt hättest. Mir war es weniger zum Lachen, weil ich schon die Nase voll habe oder wie man hier sagt: Mich bringt es schon auf die Palme. Ich hab schon wirklich genug von allem und möchte allein und ruhig arbeiten. Das ist ganz schrecklich mit welcher Anstrengung ich mir Zeit zu eigener Arbeit rauben muß. [...]

Von den Büchern hätte ich also sehr gern *Broch* »Der Tod des Vergil« und von Musil »Der Mann ohne Eigenschaften«. Ich kann mich im Moment nicht erinnern, was es alles noch war. Doch das, wenn es nicht allzu teuer ist, wäre mir verbilligt lieb. [...]

Ich war so müd, so kaputt gestern abend, da habe ich ganz allein Rotwein getrunken, denn vor lauter Müdigkeit konnte ich nicht schlafen.

Anna Seghers an Lore Wolf, 24. November 1962

211 Anna Seghers und der österreichische Schriftsteller Ernst Fischer, Teilnehmer der Kafka-Konferenz 1963, im Garten des Schlosses Liblice bei Prag

Liebe Christa !
Ich hatte mehr als die Hälfte des Umbruchs [vom Roman »Nachdenken über Christa T.«] gelesen, als Dein Brief kam. Da wirst Du mir schon gestatten müssen, fertig zu lesen. Montag werde ich die Seiten an Dich zurückschicken. Sowieso möchte ich mich gar nicht schriftlich dazu äußern. Ich muß nur schnell sagen, daß mir 2 Zeilen Seite 92, auf die Du vielleicht gar keinen besonderen Wert legst, sehr sehr gefallen.

»Warum nur habe ich sie damals nicht vermißt? Womit waren wir denn so sehr beschäftigt?« Das ist natürlich nur eine kleine Nebenbemerkung.

Ich war zwar in der Ratstagung, von der Du sprichst, aber nur um mir Gysis Rede anzuhören, um zu hören, ob alles beim alten ist oder etwas ganz Neues eingetreten. Die Bemerkung, von der Du sprichst, habe ich überhaupt nicht mehr gehört, und auch außer Gysi kaum einen Redner. Denn ich kann immer noch nicht lange in vollen Sälen sitzen.

Ich habe Dir x-Mal mündlich gesagt, was ich jetzt schriftlich wiederhole: Ich kann und kann nicht verstehen, warum Du was man über Deine Arbeit sagt, immer so schrecklich wichtig nimmst. Das heißt, wichtig ist nicht das richtige Wort. Es ist schon gut, in der richtigen Art auf andere zu hören. Du aber, sei mir nicht bös, läßt es Dir ins Herz gehen. Meistens ist es für den Kopf gedacht, was man sagt.

Ich bitte Dich, nimm doch alles richtig auf, Gutes und Schlechtes, Richtiges und Verkehrtes.

Dein Manuskript werde ich Dir schicken. Da ich zur Zeit ganz ohne Hilfe bin und Du so schrecklich weit weg wohnst, vielleicht sogar noch im Krankenhaus bist, wär mir sehr lieb, zum Beispiel Walter könnte es nach Telefonanruf bei mir abholen.

Herzlich grüßt Dich

Deine Anna

Anna Seghers an Christa Wolf, 23. Oktober 1968

Der zweite Teil meiner Rede [Diskussionsbeitrag auf dem 11. Plenum des ZK der SED], in dem ich beschwörend die Generalattacke auf einzelne Kunstwerke und die Kunst im ganzen mit ihren unvermeidlichen Folgen abzuwehren suchte, wirkte auf die Versammlung wie eine Provokation.

Ich ging nach meiner Rede ins Foyer, um mich zu beruhigen, [...] Anna Seghers, die als Präsidentin des Schriftstellerverbandes anwesend war, lud mich ein, mit ihr ins Ostasiatische Museum zu gehen. Ich wehrte ab: Nicht unbedingt jetzt! Doch, sagte sie. Gerade jetzt. [...]

Und dann ging sie mit mir also ins Ostasiatische Museum, und als wir zu der Prozessionsstraße kamen und zum Ischtar-Tor, sagte sie: Guck mal, damals war es verboten, überhaupt Menschen darzustellen, und solche schönen Sachen haben die gemacht. Die Menschendarstellung ist doch bei uns nicht verboten. Und das andere, glaub mir, geht alles vorbei. Und sie hat mit mir eine Wette abgeschlossen: In einem Jahr ist »das« vorbei. Da habe ich gesagt: Nein, keinesfalls. Wir wetteten um einen Kaffee. Wir haben nie wieder darüber gesprochen.

Wir gingen im Ostasiatischen Museum zu den Skulpturen, und sie hat mit der Hand über die Rückenlinien mancher weiblicher Skulpturen gestrichen: Dabei könnte man doch glatt schwul werden ... Sie wollte einfach sagen: Hör mal zu, also ordne das ein. Das ist jetzt eine schwierige Zeit. Ich habe ganz andere erlebt. Jetzt gibt es vielleicht keine Darstellung von *traurigen* Menschen. Aber irgendwann ...

Christa Wolf, 1991

Anna Seghers hat auch gesprochen, hat Bräunig verteidigt, hat abgewiegelt; [...] Inmerhin hatte unser Einspruch Wirkung: im Schlußwort wurde die Aggressivität abgemildert. [...] Die persönliche Referentin von Hager sagte mir nach der Tagung [im Staatsrat]: Ihr wißt gar nicht, was ihr heute hier abgewehrt habt! Da wurde mir klar, daß man diese Niederlage wohl nicht einstecken würde.

Christa Wolf, 1991

212 Anna Seghers im November 1965 auf einem Treffen Walter Ulbrichts (rechts) mit Künstlern und Schriftstellern im Staatsrat. Von links Dieter Noll und Erich Honecker

213 Anna Seghers und Christa Wolf, 1975

Ob Riedl ihnen helfen könne. Das Material wäre zur Stelle. Aus den Ruinen gesammelte Teile. Wenn sie daraus die alte Anlage zusammensetzten, dann könnten sie ihre Familien durch den Winter bringen. […] Damals hatte ihn etwas gepackt, wie ihn nie mehr etwas gepackt hatte, weder vorher noch nachher. Stärker als sonst etwas im Leben, und sei es selbst die Liebe zu einem einzelnen Menschen, auch wenn der geliebte Mensch Katharina war. Totes wieder lebendig machen, das wurde von ihm verlangt: verrottete Röhren, das Werk, das Land, die Menschen. […] Was mich gepackt hat, […] Das Andersmachen, von Grund auf. Zum erstenmal in Kossin, und ich bin dabei. Kein Spaß springt dabei heraus und kein Geld und auch kein Abenteuer. Das Andere springt dabei heraus. Das ist mein Gewinn, das ist mein Abenteuer.

[…]

Er fragte laufend, was los sei, und die Leute erwiderten, Stalin sei sehr krank. Auf der Hauptstraße, bevor er zum Werktor einbog, las er, da er jetzt noch eine Minute Zeit hatte, über die Schultern anderer weg, was auf dem Maueranschlag stand.

Eine ältliche Frau, Hilfsköchin in der Kantine, sie trug kein Tuch um den Kopf, sondern eine allen bekannte, über die Ohren gezogene blaue Strickmütze, sagte: »Wir müssen alle mal dran.« Darauf sagte niemand etwas, was hätte man darauf sagen sollen? Ernst Krüger, der plötzlich neben Thomas stand, starrte stumm das Plakat an. Er legte den Arm um Thomas' Rücken. Wie er begriff, was er las, packte er seines Freundes Arm, als könnte er nicht allein bleiben, und auch der andre könnte es nicht, und Thomas tat dieser Druck wohl, er spürte, was Ernst spürte.

Der alte Janausch, er hatte sich vorgedrängt, bemerkte: »Mir jedenfalls macht man mal nicht so'nen Krankenbericht.« Da drehte sich Ernst Krüger um, er rief zornig: »Du brauchst auch bloß 'nen Tierarzt!«

Thomas sagte: »Wahrhaftig.«

Die beiden Jungen gingen zusammen fort durchs Werktor. Janausch sah ihnen nach. Er murmelte etwas in sich hinein. Sein Gesicht war verzerrt vor Wut. Seine alten und blassen Augen blieben auf Thomas' Rücken gerichtet. Er ging hinter den beiden durch die Kontrolle.

Seine Gedanken quetschten sich in dieser Minute aus dem Innern heraus. Eingeengt, atemlos war sein Brustkorb, wie bei einem Verschütteten. Von all den Unbilden seines langen und schlechten Lebens und von der unerhörten Beleidigung, die Ernst Krüger ausgestoßen und Thomas Helger gebilligt hatte. Beide hab ich angelernt, was wären die ohne mich? Und was er dachte, wurde zu einem Fluch, als er das Werktor durchschritt: Vor drei Jahren, als man mich fragte, ob ich so einen Neuen unter meine Fittiche nehme, da sagte ich, ja, in Gottes Namen, und sie schickten mir den Thomas Helger! Oh, wie gemein der geworden ist! Der auch, gerade der. Er soll verflucht sein, der Bengel. Jetzt sagt er »wahrhaftig« zu der Gemeinheit von dem ekligen Krüger.

Auf den Tod beleidigt, so daß er außer dem Fluch zu keinem Gedanken mehr fähig war, ging Janausch in seine Werkstatt.

[…]

Ihn riß es inwendig. Bisher war sein Inneres ausgefüllt gewesen von dem einzigen Wunsch, abzusperren gegen die Störenfriede. Jetzt waren sie zurückgeschlagen, mindestens für den Augenblick. Dafür kam ein sonderbares, doch irgendwo, irgendwann schon einmal gefühltes Gefühl auf, Zorn und schmerzhaftes Staunen, wie es ihn vor zwanzig Jahren ergriffen hatte, ja wahrhaftig, genau vor zwanzig Jahren. Als er Jungens aus seinem Haus zum erstenmal als Pimpfe erblickt hatte und große Burschen im Braunhemd. Wieso ist es möglich geworden? Was hab ich falsch gemacht? Meine Zunge habe ich mir fußlig geredet, aber die richtigen Worte waren's doch nicht, sonst wäre nachher alles anders gekommen. Keine Flucht. Kein Lager. Kein Krieg. Unser aller Blut erspar uns heute. Es ist fast ein Wunder, daß er gesund und lebendig befreit worden war.

»Das Vertrauen«, 1968

Hier geht es mir eigentümlich mit dem Roman, obwohl der Rodi und meine Freunde daran gar nichts Eigentümliches finden. Sie erinnern sich noch an die Sorgen, die ich mir machte, als Sie hier waren, und diese Sorgen beruhten auf vielen Gesprächen, auf Zögern usw. Jetzt ist der Roman sehr gut aufgenommen. Man geht überhaupt nicht ein auf schwierige Fragen, die darin aufgeworfen werden. Ob ich es für selbstverständlich nehme oder froh erstaunt sein soll?

Anna Seghers an Tamara Motyljowa, 30. Juni 1969

214 Anna Seghers, 1966, im Gespräch mit Germanistikstudenten aus Strasbourg

215 Erstausgabe des Romans »Das Vertrauen«, 1968, im Aufbau-Verlag

Christa Wolf: Sie arbeiten augenblicklich an Erzählungen unter dem Titel: »Die Kraft der Schwachen«. Haben diese Erzählungen einen thematischen Mittelpunkt?
Anna Seghers: Sie haben keinen Mittelpunkt, aber einen Zusammenhang, einen thematischen Zusammenhang. Es handelt sich um lauter unbekannte, einfache Menschen, sagen wir, ohne die geringste Spur von dem, was man Personenkult nennt, Menschen, die völlig lautlos etwas Wichtiges tun. Wenn ich nicht über sie schreiben würde, dann würde man nie das Geringste über sie erfahren.
Christa Wolf: Sie sagten einmal, daß seit zweitausend Jahren die Kunst sehr wenig Grundstoffe hervorgebracht habe, die Abwandlungen aber seien vielfältig. Sehen Sie eigentlich neue, für unsere Gesellschaft bezeichnende Abwandlungen eben dieser Grundstoffe, die Sie für beschreibenswert halten?
Anna Seghers: Ja, bei uns als Stoff schon. Das Verhältnis des Menschen zum Menschen, die menschliche Arbeit. Wir sind, glaube ich, erst am Anfang.

»Gespräch Anna Seghers/Christa Wolf«, 1965

Ich wollte im Osten Deutschlands leben und arbeiten, weil ich von Anfang an, seit 1945, seit der Befreiung durch die Sowjetarmee, die Veränderungen in allen Bereichen des Lebens sah. Über die Veränderungen zu schreiben, die mit Menschen geschehen – das ist ein Thema, das mich immer lockte, das gehört zu meiner Arbeit.

»Die Veränderungen der Menschen in unserem Land«, 1975

Wer dabei war, wird sich erinnern: Da ist, sagen wir, ein Buchbasar, gedacht unter anderem als eine Gelegenheit für den Leser, nahe an seine Schreiber heranzukommen und sie auszuholen.

Wo Anna Seghers sitzt, kehrt sich dieses Verhältnis rasch um: Jemand stellt die bekannte und ebenso wohltuende wie beunruhigende Frage: »Woran arbeiten Sie jetzt?«

Er bekommt seine Antwort, aber er zahlt dafür mit vielen Auskünften, denn zunächst ist er es, der gefragt wird: Wer sind Sie denn? Was machen Sie? Was ist das? Wie geht das vor sich? Macht Ihnen das Spaß? – Oder er hört sogar: Das ist gut, daß Sie kommen; Sie können mir bestimmt eine Sache erklären, die mir gerade Sorgen macht, weil ich sie nicht verstehe …

Und sie bekommt ihren Bescheid, darauf ist Verlaß. Leute, denen man anmerkt, daß es im allgemeinen ihre Sache nicht ist, öffentlich Antwort zu stehen, vergessen die Öffentlichkeit und erzählen.

Hermann Kant, 1975

216, 217 Buch-, Bild- und Notenbasar am 1. Mai 1973 und am 7. Oktober 1974 (unten) in der Kongreßhalle am Alexanderplatz in Berlin

Man hat mich in einem Betrieb gefragt, ob es in meiner Art Arbeit auch »Ausschuß« gibt. Meine Antwort war: »Leider bei mir oft und viel. Vieles muß ich mehrmals durchreißen, wegwerfen. Ich muß es neu arbeiten, bis es einigermaßen taugt.« – Das ist gewiß keine Regel. Wahrscheinlich machen viele im Kopf eine Arbeit voraus, die ich erst auf dem Papier sehen muß. – Doch eine Arbeit, die einer unkontrolliert als fertig ausgibt, in der Meinung, ein wichtiges oder interessantes Thema sei an und für sich genug, kann damit schaden, wie eine Nachlässigkeit in einem Betrieb schaden kann. [...]

Tief eingreifende, verändernde Wirkung geht nur von einem wirklichen Kunstwerk aus. Bis ein einzelner oder einige neue Künstler den neuen Inhalt reif und mitreißend dargestellt hatten, war dieser neue Inhalt immer in vielen Versuchen ausgedrückt worden, in vielerlei, manchmal plumpen, manchmal phantastischen, unzulänglichen Formen.

»Die Tiefe und Breite in der Literatur«, 1961

Ich werde sehr bald beginnen, mein Material zu verarbeiten, ich weiß noch nicht genau in welcher Form. So unzureichend meine Kenntnisse über die Methode Tolstois, vor allem über die Vorarbeit zu »Krieg und Frieden« auch geblieben sind, – haben Sie keine Angst, daß ich das vergesse, – es ergibt sich meines Erachtens daraus etwas Wichtiges, was Künstler und Schriftsteller leidenschaftlich interessieren muß, und besonders bei uns. Für mich war es auch erfrischend, einmal die Sache à l'envers (umgekehrt herum) zu sehen, nämlich vom Standpunkt des arbeitenden Schriftstellers anstatt von der Theorie über den Schriftsteller und die Kunst her. Weil man gerade bei »Krieg und Frieden« verfolgen kann, daß weder der sogenannte Konflikt noch der Held, noch der typische, noch sonst was, sich aus einem einfachen Denkprozeß ergibt, sondern nach vielen praktischen Versuchen, nach langer Wahl aus vielen Möglichkeiten.

Anna Seghers an Boris Polewoi, 17. März 1954

218–220 Anna Seghers in ihrem Arbeitszimmer in Berlin-Adlershof, Volkswohlstraße 81 (heute Anna-Seghers-Straße)

221 Im Wohnzimmer der Adlershofer Wohnung, 1981, mit ihrer Sekretärin Ruth Hildebrand

222 Anna Seghers, 1955

Hier auf meinem kleinen Balkon am letzten Haus in der Straße ist es wie auf einem Mastkorb, wenn ich aber hereingehe und mich nur ein bißchen rege, kommen schon wieder Horden von Menschen, ich weiß gar nicht, wovon sie merken, daß jemand da ist.

Anna Seghers an Steshenski, 16. Juli 1956

Der Atomtod wird nicht mehr satt von einzelnen Menschenopfern und auch nicht von der Bevölkerung einer einzelnen Stadt: er wird Länder und Völker fressen. [...]

Lassen wir uns von unserer Berufspflicht überwältigen, bevor uns die Schuld überwältigt.

Unseren Erdball überzieht ein Netz aus Längen- und Breitengraden, unerläßlich für Schiffe und Flugzeuge. Unerläßlich für den Frieden ist das Netz, das zwischen Menschen guten Willens entsteht, schreibenden und lesenden. Vielleicht ist ein Punkt in diesem Netz Neruda am Kap Horn, vielleicht ist Laxness ein anderer Punkt auf Island. Vielleicht Fedin in Moskau, vielleicht Aldridge in London. Solche lebenden Längen- und Breitengrade mit den Menschen, auf die ihre Bücher wirken, bilden ein Netz, das unzerreißbar sein muß.

Unter den Schriftstellern gab es und gibt es sehr viele Meinungsverschiedenheiten. Da das Wort ihr Beruf ist, wird laut vernehmbar, was den einen vom anderen unterscheidet. Das ist unvermeidlich. Stumm bleiben über das, was uns eint, schweigen vor der Gefahr ist nicht mehr möglich.

»Ansprache in Weimar«, 1965

223 Konstantin Fedin, Erwin Strittmatter, Anna Seghers (von links nach rechts) 1967 in Berlin

Ich entsinne mich eines Sommertages vor Jahren. Wir saßen in ihrem Zimmer in der Volkswohlstraße, tranken Kaffee und führten ein langsames, von Pausen unterbrochenes Gespräch. Es war eine behagliche Stunde. Und plötzlich sagte sie – und sie konnte leicht solche Dinge sagen, die der Unterhaltung eine plötzliche Wende gaben –: »Weißt du, der Ilja fehlt mir oft furchtbar.« Sie dachte an Ehrenburg, der damals schon seit Jahren tot war, mit dem wir in vielen Ländern gewesen waren, den wir beide liebten. Heute, wenn ich an sie denke, kommen mir solche Worte in den Sinn, aber ich kann sie niemandem sagen.

Stephan Hermlin, September 1984

Wenn ich versuche, Anna Seghers heraufzubeschwören, so immer, wie sie war um die vierziger, fünfziger Jahre, als ich sie am liebsten mochte. Ich sehe sie wieder mit ihrem aufmerksamen, kurzsichtigen Blick und diesem Schalk in den Augen, mit dieser Mischung von Selbstironie, von Spott und Ernst, die mir für sie damals charakteristisch erschien, als müsse man zwar für seine Worte und Taten – wenn nötig – einstehen, aber möge sich beileibe nicht so wichtig nehmen.

Jeanne Stern, September 1984

224 Besuch des isländischen Dichters Halldór Laxness in Adlershof

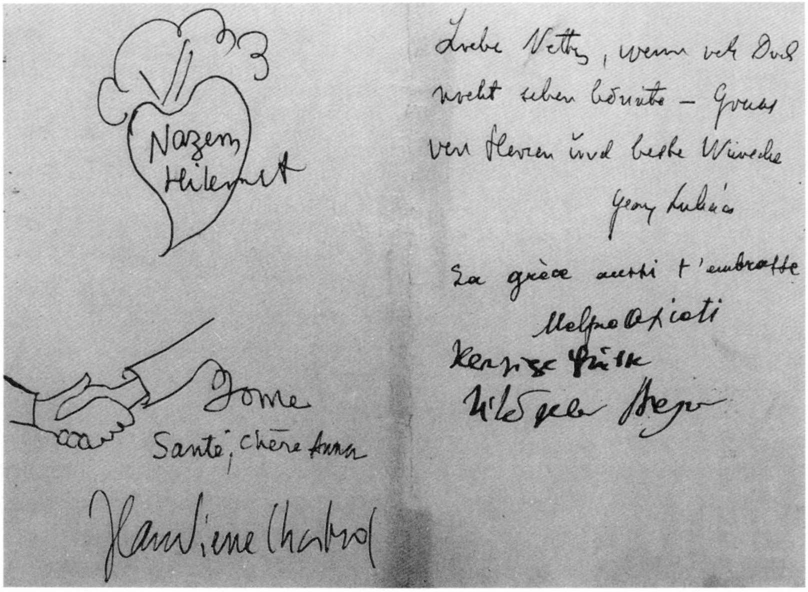
Liebe Netty, wenn ich Dich nicht sehen könnte – Gruss von Herzen und beste Wünsche
Georg Lukács
Santé, chère Anna

225 *Faksimileausschnitt eines Briefes von Schriftstellerkollegen an die erkrankte Anna Seghers*

226 *Anna Seghers, der türkische Schriftsteller Nâzim Hikmet und der Schriftsteller Kurt Stern (von links nach rechts) im Mai 1954 in Berlin*

227 *Jorge Amado und das Ehepaar Radvanyi um 1975 in der Adlershofer Wohnung*

Das Zimmer ist nicht besonders hoch und auch nicht besonders groß. Rechts der Tür ein Kachelofen mit einer in Berlin seltenen Sitzbank, also ein »Holländer-Ofen«, wie es ihn aber – so Theun de Vries – »in Holland nie gegeben hat«. Gegenüber die Fenster. Rechterhand die Regalwand samt Puppen-und Kleintierzeug und davor der Tisch, immer mit Pflanzen bestückt und mit Büchern und sonstwas beladen. Linkerhand die Sitzecke.

Hier bewirtet Anna Seghers den Besucher (»das da ist scharf, das süß«), erfragt das Wichtige und das Nebenbei (»weißt keinen Tratsch«), erzählt den neuen Roman von Amado, erkundigt sich nach Lesestoff (»hast nichts Spannendes«), schleppt Bücher heran, zeigt einen Umschlag, der ihr gefällt, erklärt ein Bild (»ist das schön«), will wissen, was es an neuen Manuskripten gibt, beschreibt, was sie gerade von einem jungen Kollegen gelesen hat, verrät kein Sterbenswörtchen von dem, woran sie – ganz gewiß – gerade arbeitet (»ich weiß noch nichts«), telefoniert zwischendurch, notiert umständlich ins Merkheft, verabredet was (»ich ruf dir an«), spricht, lacht, hört zu, unterbricht, schweift ab, ist still und nachdenklich und quirlig und schnell.

Hier, in diesem Zimmer, das »Der Bienenstock« heißen könnte, hier, nun doch ein Ruhepunkt seit fast dreißig Jahren, sitzen die Gäste aus Berlin und Neuhaus am Rennweg, aus Moskau und Paris, aus Rio de Janeiro und Mecico-City und aus wer weiß wieviel Städten und Orten aller Welt.

Günter Caspar, 1975

Ich sitze in einer sehr guten Herbstsonne auf dem kleinen Balkon, ohne Sturm, mit richtigen Altweiberfäden. (Das haben Sie sicher längst gelernt, die Haare, die in der Luft schweben, wie heißt das auf Russisch?)

Ich hätte sehr gern geschickt den Artikel von mir, wenn er bei Euch erschienen ist. Hier wurde mein Tolstoi-Dostojewski-Büchlein bis heute noch nicht in Druck gegeben. Bitte schreiben Sie mir die Titel von guten und schönen Sachen, die bei Euch erschienen sind. [...]

Wir waren alle zusammen in der Tatra, und wir hatten eine sehr gute, nur etwas zu kurze Zeit. Wir waren aber sehr froh, einmal alle zusammenzusein. Peter, Ruth, Peters Frau mit zwei Jungens. Wir sind viel herumgestiegen. Da meine Schwiegertochter ein Kind erwartet, war es doch leichter, sich in Prag zu treffen als noch weiter weg. Sie war allerdings stark romantisiert, aufgeregt, als sie hörte, daß die Tatra ein Ausläufer der Karpaten ist

Anna Seghers an Tamara Motyljowa,
30. September 1962

228 Mit Sohn Pierre und Enkelsohn Jean in Wiepersdorf, 1955
229 Die Enkelkinder (von links nach rechts) Michel, François, Anne und Tochter Ruth, 1982

230 Anna Seghers, ihr Mann und ihr Sohn in Altenhof am Werbellinsee

Ich glaube, daß diese Erlebnisse ihre Gedanken und ihre Haltung in den folgenden Jahrzehnten wesentlich mitbestimmt haben, auch gegenüber Ungerechtigkeiten und Verbrechen, die im Namen des Sozialismus geschahen.

Ich bin überzeugt, daß meine Mutter nur schrieb, was sie meinte. Sie bekämpfte Fehler auf ihre stille Art. Ich erinnere mich, daß sie zu Funktionären ging, auch zu Ulbricht, um Kollegen oder andere Bürger zu verteidigen. Warum sie in manchen Fällen nicht lauter wurde, ob aus Angst oder Überzeugung, weiß ich nicht. Sie hätte die DDR nie von außerhalb kritisiert.

Auf die Frage: warum stand Anna Seghers zu diesem Staat? kann ich nur antworten: es gab in diesem Staat nicht nur Unrecht, sonst hätte sie sich nicht zu ihm bekannt. Sie wollte in der DDR eine gerechte Gesellschaft mit aufbauen.

Ruth Radvanyi, 1992

Nach der Befreiung drängte es meine Mutter nach Deutschland. Sie wußte um die Verwüstung, um die Millionen Toten, um die Konzentrationslager. Sie gehörte nicht zu denen, die dem ganzen deutschen Volk die Schuld gaben. Die Rückkehr gelang ihr 1947. In den Briefen an ihre Freunde schreibt sie immer wieder das gleiche: Die Ruinen der Städte sind schlimm, aber die Ruinen in den Köpfen machen sie fassungslos. Die Menschen hausen in Trümmern, hungern, klagen, aber keiner erkennt auch nur ein Pünktchen eigene Schuld. Ihre Mutter ist verschleppt worden und nicht wiedergekommen, ihr Freund Schaeffer geköpft, viele Freunde unauffindbar. Die am Leben gebliebenen Widerstandskämpfer vergleicht sie mit den Christen in der römischen Arena, denen die Masse zuschaut. Ihre Hoffnung ruht auf den Kindern und Jugendlichen. Nach und nach lernt sie diejenigen kennen, die stillen Widerstand geleistet haben. Sie arbeitet mit den sowjetischen Kulturoffizieren, die, trotz ihrer eigenen zerstörten Familien und der verbrannten Erde im eigenen Land, helfen, deutsche Kultur wiederherzustellen.

231 Mit Tochter Ruth und Enkelin Anne, im Kinderwagen, 1969 in Altenhof

232 Im Jahr 1975

233 Mit Urenkelin Netty, 1979

234 Das Ehepaar Radvanyi, etwa 1965

Min Jehann.

(Des Dichters Bruder.)

Ik wull, wi weern noch kleen, Jehann,
Do weer de Welt ſo grot!
Wi ſeten op den Steen, Jehann,
Weeſt noch? bi Nawers Sot.
An Heben ſeil de ſtille Maan,
Wi ſegen, wa he leep,
Un ſnacken, wa de Himmel hoch
Un wa de Sot wul deep.

Weeſt noch, wa ſtill dat weer, Jehann?
Dar röhr keen Blatt an Bom.
So is dat nu ni mehr, Jehann,
As höchſtens noch in Trom.
Och ne, wenn do de Scheper ſung,
Alleen int wide Feld:
Ni wahr, Jehann? dat weer en Ton!
De eenzige op de Welt.

Mitünner inne Schummerntid
Denn ward mi ſo to Moth.
Denn löppt mi't langs den Rügg ſo hitt,
As domals bi den Sot.
Denn dreih ik mi ſo haſti um,
As weer ik nich alleen:
Doch Allens, wat ik finn, Jehann,
Dat is — ik ſta un ween.

235 Das Gedicht des niederdeutschen Dichters Klaus Groth, gerichtet an einen »Johann«, fand sich im Nachlaß von Anna Seghers. Es ist »mit einem alten Kinderherzen zu singen«.

236 Der Mainzer Oberbürgermeister Jockel Fuchs überreicht 1981 in Adlershof die Ehrenbürgerurkunde der Stadt.

Metall: Frau Seghers, Sie sind in Mainz geboren, emigrierten 1933 nach Frankreich, dann nach Mexiko und leben seit 1947 in dem zur DDR gehörenden Teil Berlins. Zu ihrem 75. Geburtstag schrieb die Hamburger »Zeit«: »Zu Hause drüben wie hier«. Wo ist Anna Seghers wirklich zu Hause?
Seghers: Die Antwort ist einfach: Ich schreibe in deutscher Sprache und bin eine deutsche Schriftstellerin. Ich bin überzeugt, daß sich die Welt auf dem Weg zum Sozialismus befindet. Hier in der DDR ist der Sozialismus im Aufbau. Hier finde ich Menschen, die sich auf den Sozialismus zubewegen. Ich finde dadurch die Wirklichkeit, die mich lockt, und ich finde das Echo, das ein Schriftsteller haben muß und ihm gut tut.
Metall: Freuen Sie sich auch über das Echo aus der Bundesrepublik?
Seghers: Gewiß, wenn es ein echtes Echo ist. Ich bekomme viel Post aus der Bundesrepublik. Ich bin in Korrespondenz mit meinen Lesern – hier und in der BRD –, von Schulkindern bis zu Erwachsenen. [...]
Metall: In der bürgerlichen Kritik der Bundesrepublik wird von einem »Verlust der Sinnlichkeit« in Ihren Nachkriegsromanen gesprochen. Ich zitiere noch einmal die »Zeit«, die meint, »daß ausgerechnet mit der Rückkehr aus dem mexikanischen Exil in die DDR, ein Land, das ihre (Anna Seghers) sozialistischen Träume – weitgehend – verwirklicht, ein künstlerischer Bruch eingetreten, sprachliche und gestalterische Kraft geschwunden sei, im Osten wird alles gelobt, und das muß einer so kritischen Frau wie Anna Seghers auch suspekt sein«. Hat sich Anna Seghers, seit sie in der DDR lebt, in Wesen und Werk geändert?
Seghers: Es ist immer schwierig, etwas Gutes zu machen. Das war und bleibt immer schwierig. Gewisse Arbeitsprozesse darzustellen, ist immer schwierig – ob es sich um Weber handelt oder um Atomkraftwerke. Aber folgendes möchte ich dazu sagen: Ich glaube nicht, daß es da etwas wie einen Stilbruch gibt. Ich glaube nicht, daß es eine Veränderung des Stils gibt, sondern eine Veränderung des Objekts. Die Wirklichkeit, die ich darstelle, hat sich verändert. Nicht, wie ich darstelle, sondern was ich darstelle, mißfällt den Kritikern.

»Gespräch mit der Zeitung der IG Metall«, 1975

Einer Person, die Zeit ihres Lebens der Unterdrückung von Menschen ihre Kraft gewidmet hat, in einem freiheitlich-demokratischen Staat die Ehrenbürgerwürde zu verleihen, ist nach meiner Auffassung ein untrügliches Zeichen des Gesinnungsverfalls.

Hätte Herr Professor Schneider die Auszeichnung einer Kommunistin im Namen der Freiheit in seinem eigenen Lande, nämlich der Schweiz, begründet, ich glaube, die freien Schweizer Bürger hätten ihn aus dem Amt gejagt. In der Bundesrepublik Deutschland nehmen Demokraten so etwas hin. Oh, Schande!

Hans Eberhard Hielscher

Zum Beschluß des Senats der Johannes-Gutenberg-Universität, Anna Seghers die Ehrenbürgerschaft der Universität zu verleihen.

Allgemeine Zeitung Mainz, 23. Juni 1977

Ich lese die Überschrift eines Leitartikels: »Das achte Kreuz«. Pointierte Häme. Ich muß doch glauben, daß Sie wissen, wofür das siebte Kreuz bei Anna Seghers steht. Ähnlich sind nur junge linke Literaten über Gottfried Benn hergefallen, wenn sie schrieben: »Den Schaum alleine schlagen«.

Darum keinen Streit, sondern Gedankenfreiheit bei uns bewahren. Wenn es die sogenannten politischen Kreise nicht können und gleichunfehlbar, wie sie nun mal sind, schreiben lassen: Mainz ist schockiert – die Universitas litterarum sollte das Prinzip Hoffnung über die Zeit hinwegheben.

Hanns Dieter Hüsch

Allgemeine Zeitung Mainz, 23. Juni 1977

237 Lesung in Mainz, 1965

Ich las kürzlich eine Bemerkung, in der die Rede war von dem »Charakter von Küstenschiffern und von Kapitänen auf großer Fahrt«. Bitte, versteht jetzt nicht falsch, was ich sage: Es gibt herrliche Küstenschiffer, und die Küstenschiffahrt ist etwas Schönes. Aber – Achtung! – dieser Vergleich hat für Schriftsteller auch nichts zu tun mit Entfernung, denn die Länder, die er oft erkunden muß, liegen im Inneren der Menschen.

Die schönsten Geschichten von Theodor Fontane spielen in der Mark Brandenburg. Trotzdem kann man ihn wohl einen Kapitän auf großer Fahrt nennen, erst recht Tschechow oder Maupassant. Jeder von uns kann das Zeugnis für große Fahrt erwerben, wenn er die Bedingungen erfüllt. Es ist nicht leicht, den Aufbruch in eine neue Welt so darzustellen, daß er von dem Leser begriffen wird, daß er mit teilnehmen will an unserem Aufbruch. Darin liegt aber die Kraft unseres Berufes.

»Bewahrung und Entdeckung«, 1963

Was aber löst in uns den Impuls aus zu schreiben? Zwei Elemente, denke ich, und sie gehen ineinander über. Wir schreiben von innen heraus auf Grund unserer Natur und unseres Charakters und unserer spezifischen Fähigkeiten, und wir werden auch von außen dazu gebracht. Manchmal durch ein dauerndes Klopfen an die Tür: Kannst du nicht für mich eintreten? Manchmal hören wir dieses Klopfen, ohne daß man geklopft hat.

»Die Aufgaben des Schriftstellers heute«, 1966

Dem Brief in Sachen Biermann, den einige Schriftsteller an eine westliche Agentur gaben, habe ich niemals zugestimmt. Die Behauptung westlicher Zeitungen, ich hätte die Zustimmung nachträglich gegeben, ist falsch und dient der Verwirrung. Die Deutsche Demokratische Republik ist seit ihrer Gründung das Land, in dem ich leben und arbeiten will.

Anna Seghers

»Neues Deutschland«, 22. November 1976

Liebe Freunde!

Ich bitte Sie, mich von meiner Funktion als Vorsitzende des Schriftstellerverbandes zu entbinden. Diese Funktion habe ich – das hoffe ich wenigstens – lange Zeit mit Ernst und Geduld ausgeübt. Jetzt bin ich durch meine Krankheit nicht mehr imstande, so zu arbeiten, wie ich es für gut und richtig finde.

Wen Ihr auch als Nachfolger wählt: Ich möchte diesem Nachfolger noch vor seiner Ernennung einprägen, daß er für seine Arbeit das höchstmögliche Maß von Geduld und Gerechtigkeit braucht, abgesehen von den Eigenschaften, die man von einem Vorsitzenden unseres Verbandes verlangt: politische und künstlerische Kenntnisse, Menschlichkeit und Bescheidenheit, tiefes Nachdenken, bevor er einen Entschluß faßt.

Ich werde selbstverständlich auch weiterhin für alle meine Kollegen tun, was mir möglich ist und dem Verband nützt. Ich glaube, daß die Folgen von acht Monaten schwerer Krankheit ein Grund sind, den jeder einsehen muß.

Euch allen danke ich für die guten Stunden unseres Beisammenseins voller Diskussionen, die ernsten und schwierigen Fragen entsprangen. Sie haben auch heute nicht aufgehört, da wir gewissenhafte, gründliche Schriftsteller sein wollen. Dieser Brief ist durchaus kein Abschiedsbrief. Ich will und werde Euch alle bald wiedersehen und freundschaftlich mit Euch diskutieren.

Eure Anna Seghers

August 1978

238 Auf dem VI. Deutschen Schriftstellerkongreß im Mai 1969 in Berlin

239 Die Präsidentin des Schriftstellerverbandes und der Schriftsteller Hermann Kant im November 1966

Mit der Dialektik war nicht zu spaßen.

Eben diese dialektische Einheit der Widersprüche bewirkte, daß immer stärkere Intoleranz und Unterdrückung zugleich eine immer stärkere Gegnerschaft entstehen machte. Wahrhaftige Literatur bedeutet Freiheit. Sie demonstriert die »Kraft der Schwachen«, ein von Anna Seghers stammender Ausdruck: das geheime Leitmotiv all ihres Erzählens. Sie wußte auch, daß der Schriftsteller nur dann diese Kraft der Schwachen mittragen kann, wenn er sich zu den Schwachen gesellt. Dann ist auch er selbst stark. [...]

Anna Seghers. Hat sie diese Kraft eingebüßt, als sie für die Macht schrieb, die nunmehr nur noch im eigenen Namen agierte, nicht mehr im Namen der Schwachen? Das wurde oft behauptet. Gekoppelt bisweilen mit der souverän und ohne alle Kenntnis der literarischen Texte vorgebrachten These: Alle Rückkehrer in die DDR hätten als Autoren ihr Talent eingebüßt.

Soll man wirklich dagegenhalten, daß Brechts späte »Buckower Elegien« ebenbürtig stehen neben der »Hauspostille« und den »Svendborger Gedichten«? Daß Brechts späte »Theaterarbeit« den Höhepunkt seines Wirkens für das Theater bedeutet hat, und daß sie allein unter den Bedingungen in Ost-Berlin möglich war. Die späten Gedichte Johannes R. Bechers bedeuten Rückkehr zum einstigen Können. Die »karibischen« Novellen von Anna Seghers sind Meisterwerke. Die letzten Bände aus Arnold Zweigs Zyklus »Der Große Krieg der weißen Männer«, über den Ersten Weltkrieg also, sind nicht schwächer als die »Erziehung vor Verdun«, sondern anders. Auch natürlich beeinträchtigt durch die Erblindung des Autors. Der gleichfalls langsam erblindende Ernst Bloch schrieb erst in den Leipziger Jahren die bis dahin nur skizzierten Teile des dreibändigen »Prinzip Hoffnung«.

Wer über Anna Seghers urteilen möchte, muß sie als Ganzheit nehmen, oder als Ganzheit verwerfen. Sie hat sich niemals geändert. Die spätere Präsidentin des Schriftstellerverbandes, die vieles geschehen ließ, in vielen anderen Fällen in ihrer unauffälligen, sehr privaten Art das Schlimme zu verhindern suchte, benahm sich nicht anders als in ihren Anfängen gegen Ende der zwanziger Jahre. Was mir *Hans Henny Jahnn* erzählte, der ihr im Jahre 1928 den wichtigen Kleistpreis zuerkannte, erinnerte mich genau an alle eigenen Begegnungen mit der Erzählerin des großen Exilromans »Transit«.

Auch die von Jahnn damals (1928) sogleich erkannten Lebenselemente ihres Schreibens haben sich nie verändert: »Bei großer Klarheit und Einfachheit der Satz- und Wortprägung findet sich ... ein mitschwingender Unterton der Vieldeutigkeit, der den Ablauf des Geschehens zu einer spannenden Handlung macht.« Man kann es nicht besser sagen.

Vieldeutig, undeutlich, flimmernd: sie ist niemals ganz da, es bleibt die Ungewißheit, ob sie einem nicht plötzlich davonfliegen wird, gleich der Göttin Artemis, von der Anna Seghers in den Artemislegenden so zutraulich berichtet hat. Da sitzt sie mir gegenüber auf einer Bank in Breslau am Ufer der Oder. Drinnen in der Technischen Hochschule tagt der Intellektuellenkongreß. Sie aber will von mir, der aus Frankfurt kam, genaue Einzelheiten wissen über Lebenshaltungskosten. Frankfurt ist ihrer eigenen Heimat benachbart, allein das ist es wohl nicht. Sie schreibt sich alles auf in einem winzigen Buch. Warum sie es wissen will, erfährt man nicht. Geheimnis war stets dabei.

Die Achtzigjährige liebt diese Undeutlichkeit. Sie hat wohl erkannt, daß es immer wieder ein Irrtum war, wenn der Lehrer Georg Lukács von ihr den realistisch-totalen Roman verlangte. Der lag ihr nicht. Gelungen ist er nur zum Teil in dem zu Unrecht verkannten Buch »Die Toten bleiben jung«. »Das siebte Kreuz« ist – glücklicherweise – nicht als Romanfresko angelegt worden. Es blieb undeutlich trotz allem, vieldeutig. Legendenhaft, doch nicht theologisiert.

Was hätte sie tun oder sagen sollen als kommandierte Statistin in dem infamen Prozeß ihres Freundes und Verlegers *Walter Janka?* Sie hatte sich, zusammen mit Becher und Janka, staatsfeindlich verhalten, als man plante, das vom sowjetischen Geheimdienst bedrohte Leben

des Freundes Lukács zu retten. Jede Aussage war Mittäterschaft. Walter Janka, mein Reisegefährte im Jahre 1954 zu Thomas Mann und Charlie Chaplin, auch mein Verleger, wird mir nicht vorwerfen, ich hätte ihn und die Seinen verleugnet, als man ihn abholte. Was er geschrieben hat über Becher und Seghers ist seine Wahrheit. Sie zu bestreiten, kann nur einer wagen, der nicht weiß, wieviel Leid hinter jener Aussage stand.

Aber es gibt auch die Wahrheit der Anna Seghers. Es ist die Lebensleistung der *größten deutschen Erzählerin in unserem Jahrhundert.* Das ist sie: trotz Ricarda Huch und Marie Luise Kaschnitz und Ingeborg Bachmann. Und trotz Ihrer Schülerin Christa Wolf.

Hans Mayer, 1991

240 Verabschiedung als Präsidentin des Schriftstellerverbandes durch ihren Nachfolger Hermann Kant, 1978

241, 242 Anna Seghers 1978

243 Geburtstagsgratulation. Der Verlagsleiter des Aufbau-Verlages Dr. Fritz-Georg Voigt und Lektoratsleiter Günter Caspar überreichen »Gesammelte Werke in Einzelausgaben«

Wenn ich von Anna Seghers spreche, kann ich nicht umhin, an jene zu denken, die neben ihr zu den großartigen Schriftstellern gehörten, die sich aus Liebe zur Wahrheit, zur Freiheit, zur Kultur, zum Frieden, zum Sozialismus, ja aus Liebe zum Schicksal des Menschen zusammengefunden hatten. Ich denke an Ilja Ehrenburg, an seine überwältigende moralische Größe, von vielen verleugnet, von vielen gehaßt und gefürchtet, ach, und doch geliebt wie kein anderer von jenen, die ihn wirklich kannten und mit ihm aufs engste verbunden waren. Welcher Kämpfer war vorbildlicher, war furchtloser? Welcher Freund vollkommener? Ich denke an Nazim Hikmet, den Türken, einen weiteren Giganten von unendlicher Güte, unendlichem Feingefühl. Ich denke an Brecht, denke an Fadejew, dieses überaus dramatische Talent, und denke schließlich an Neruda auf seiner Isla Negra in Chile, den Pazifik und die Anden überragend, denke an ihn, an seine Poesie, an seine Lebenskraft. Sie alle gingen dahin, einer nach dem anderen, durch Zeit und Raum, über Meere und Berge, in Schmerz und Sehnsucht.

Jorge Amado, 1975

Das Leben hatte sie Skepsis gelehrt, sie wußte um Unsicherheiten mancher Menschen und Dinge, die sehr sicher zu sein schienen, sie verurteilte nicht leicht. Sie ließ Vorsicht walten – war ihre Zurückhaltung nicht manchmal übertrieben? Wenn ich das sage, spüre ich, daß unsere Unterhaltungen weitergehen. Ich zog mir oft ihren Tadel zu, weil für mich leicht alles schwarz oder weiß war, weil ich zu Handlungen neigte, die sie für hastig oder übereilt hielt. Das alles hatte mit der Verantwortung des Schriftstellers zu tun, die eine strittige Sache ist, die wir manchmal auf verschiedene Weise interpretieren.

Stephan Hermlin, September 1984

Ich habe vierzig Jahre lang in Adlershof gewohnt, ich bin dort aufgewachsen in diesem durchschnittlichen Berliner Vorort [...]. Dort bin ich zur Schule gegangen, dort begann und endete für mich der Krieg. Es gehört schon zu den Merkwürdigkeiten meines Lebens, daß an diesen Platz eines Tages Anna Seghers kam und daß sie dort eine Wohnung bezog. Ich habe sie viele Jahre lang durch diesen Ort gehen sehen, in sich gekehrt, in Gedanken, als sie älter war, mit einem Stock. So haben sie viele Leute gesehen, auch solche, die nicht viel von ihr gelesen haben, aber vielleicht etwas von der Mühe ihrer Arbeit ahnten, weil Leute, die selbst arbeiten, ein Gefühl für die Arbeit anderer haben.

Das Bild, wie sie durch diesen Ort geht, durch den Ort meiner Jugend, in den sie über einen so langen Weg, über Frankreich und Mexiko, gelangt war, ist für mich auch ein Bild von der Einsamkeit des Schreibens.

Wolfgang Kohlhaase, September 1984

Vielleicht schlich sich manchmal einer in Toaliinas Versteck, dem man in Todesgefahr diese Zuflucht anvertraut hatte. Vielleicht sagte manchmal einer zum anderen: »Dort lebt wohl die Frau, die vor vielen Jahren nach Spanien verkauft werden sollte und vom Admiralsschiff gesprungen ist und zurückgeschwommen und sich hier an der Küste versteckt hat.«

So erfuhr sie ihre eigne Vergangenheit, die sie selbst fast vergessen hatte, bis auf das Brausen der Wellen. –

Einmal, als sie in ihrer Höhle lag, brach ein rasender Sturm aus. Das Meer riß Stücke der Küste ab. Bäume wurden entwurzelt. Die Wände der Höhle gaben nach. Toaliina kroch durch den rückwärtigen Zugang, der zum Teil schon verschüttet war. Sie klammerte sich am Gestein fest, um zu verschnaufen. Ihr Gesicht war bald zerbissen von der Salzluft. Wo sind meine Kinder? Im Bergwerk? Gefesselt? Gefangen? Auf der See? Jeden Augenblick konnte die Brandung sie mitreißen. Mit letzter Kraft krallte sie sich an einen Felsbrocken, sie fühlte bei aller Gefahr, daß das Meer ihr half, mit dem sie von klein auf vertraut war.

Sie wußte, ihre Flucht war geglückt.

»Das Versteck«, 1980

244 Fotos auf einer Wand im Arbeitszimmer von Anna Seghers: u. a. Pamiers, drei sowjetische Kriegsveteranen, Philipp Schaeffer, Kinder aus Auschwitz, Tamara Bunke

Schließlich erhebt sie sich zufrieden, und wir gehen in das Zimmer hinüber, das ihr als Aufenthalts- und Arbeitszimmer dient: eine Liege, ein Schrank, ein viereckiger Tisch, eine Lade, die heruntergelassen wird, damit Anna darauf auf einer Reiseschreibmaschine schreiben kann, eine Wand, die mit Büchern tapeziert und mit Spielzeug geschmückt ist: eine Leidenschaft, die wir beide teilen. Nahe am Fenster, eingerahmt, ein Brief von Heine, eine Vase mit schweren schwarzen Zweigen, deren Knospen kurz vor dem Aufspringen sind, ein Ofen und dahinter, nachlässig mit einer Nadel an die Wand gesteckt, eine Kinderzeichnung, aus Zeitungen ausgeschnittene Bilder, Fotos. Das ist ihr privates Museum, in dem sie von Zeit zu Zeit die Exponate auswechselt.

Vladimir Pozner, 1984

A.S. erwartet uns schon. L. ist sehr gerührt von der Begegnung nach etwa 35 Jahren. Er bringt ihr Tulpen. Wechselseitig erinnern sie einander an einen Besuch in Zehlendorf nach ihrer Rückkehr aus dem Exil und an die Annahme der »Fischer von St. Barbara« bei Kiepenheuer 1928. L. sagt, besonders der Seghersche Stil habe ihm gefallen, die Poesie des kargen Stils. A.S. erzählt, daß sie noch viel liest, daß sie oft allein ist. Früher hatte sie viele Bekannte, hat viele gekannt, aber heute … Sie bittet L. wiederzukommen.

L. nach dem Besuch: »Immer wenn sie sich erinnerte, hatte sie ein ganz junges Gesicht, war sie die alte.«

Ursula Emmerich, 1983

245 Besuch von Fritz H. Landshoff, ihrem ersten Verleger, am 16. Januar 1983 im Pflegeheim in Berlin-Friedrichshagen

246–251 Gesichter der Anna Seghers

Anhang

Lebensdaten

1900
Netty Reiling wird am 19. November in Mainz geboren. Die Mutter Hedwig, geb. Fuld, stammt aus einer angesehenen Frankfurter Kaufmannsfamilie. Der Vater Isidor Reiling betreibt zusammen mit seinem Bruder eine Kunst- und Antiquitätenhandlung am Flachsmarkt. Von der Wohnung in der Parcusstraße 5 später Umzug in die Kaiserstraße. Die Familie bekennt sich zur orthodoxen Israelitischen Religionsgemeinschaft.

1907
Netty Reiling besucht die Privatschule von Fräulein Goertz.

1910
Aufnahme in die Höhere Mädchenschule in der Petersstraße.

1914
Beginn des Ersten Weltkrieges.
Netty Reiling und ihre Mitschülerinnen nehmen während seiner Dauer an Kriegshilfsdiensten teil.

1917
Von Ostern an setzt Netty Reiling den Schulbesuch an der Großherzoglichen Studienanstalt fort, um das Abitur ablegen zu können.

1918
Am 9. März wird Mainz durch Bombenflieger angegriffen. Eine Bombe tötet Frau Cohn, eine Bekannte der Familie, auf der Straße. Nach dem Waffenstillstand am 11. November wird Mainz von französischen Truppen besetzt.

1919
Gründung der Weimarer Republik.

1920
Reifezeugnis für Netty Reiling am 5. Februar ausgestellt. 20. April: Netty Reiling beginnt ein Studium an der Badischen Ruprecht-Karls-Universität Heidelberg. Im ersten Semester belegt sie: Allgemeine Geschichte im 19. Jahrhundert; Chinesische Umgangssprache; Sozialtherorie des Marxismus; die moderne Entwicklung in China und Japan; Einführung in die ägyptische Kunst. Sie selbst nennt in Lebensläufen als Studienfächer Kunst- und Kulturgeschichte, Geschichte, Sinologie. Während des Studiums beschäftigt sie sich, wie bis ins Alter, mit Sprachen.
In Heidelberg lernt sie Laszlo Radvanyi, einen ungarischen Emigranten, und Philipp Schaeffer kennen.

1921
Netty Reiling geht für zwei Semester an die Universität Köln. Kunstgeschichtliche Studien am Ostasiatischen Museum.

1922
Zum Wintersemester Rückkehr nach Heidelberg.

1923
Im Wintersemester entrichtet Netty Reiling für Honorare, Versicherungen usw. 154 Milliarden Mark an die Quästur der Universität. Laszlo Radvanyi wird auf Grund der Dissertation »Der Chiliasmus. Ein Versuch zur Erkenntnis der chiliastischen Idee und des chiliastischen Handelns« zum Dr. phil. promoviert.

1924
Netty Reiling schreibt die Dissertation *»Jude und Judentum im Werk Rembrandts«*. Promotion zum Doktor der Philosophie am 4. November.
In der Weihnachtsausgabe der »Frankfurter Zeitung und Handelsblatt« erscheint *»Die Toten auf der Insel Djal. Eine Sage aus dem Holländischen, nacherzählt von Antje Seghers«*.

1925
Am 10. August heiraten Netty Reiling und Laszlo Radvanyi. Radvanyi wird aktiv in der Bildungsarbeit der KPD (Marxistische Arbeiterschule), nennt sich zuerst Johann, ab 1952 Johann-Lorenz Schmidt. Das Ehepaar wohnt in Berlin-Wilmersdorf, Helmstedter Straße 24.

1926
Geburt des Sohnes Peter am 29. April.

1927
»Grubetsch«. Erzählung. Fortsetzungsabdruck in: »Frankfurter Zeitung und Handelsblatt«.

1928
Geburt der Tochter Ruth am 28. Mai.
»Aufstand der Fischer von St. Barbara«, Erzählung, erscheint im Kiepenheuer Verlag. Kleistpreis auf Vorschlag von Hans Henny Jahnn.
Gründung des Bundes proletarisch-revolutionärer Schriftsteller. Anna Seghers – so fortan der Schriftstellername – wird Mitglied. Sie tritt der KPD bei.

1929
Beginn der Weltwirtschaftskrise.
Auf Einladung des P.E.N. Clubs Reise nach London.

1930
»Auf dem Wege zur amerikanischen Botschaft und andere Erzählungen«.
Erste Reise in die Sowjetunion.
Teilnahme an der internationalen Konferenz proletarischer und revolutionärer Schriftsteller in Charkow.
Anfang der dreißiger Jahre zieht Familie Radvanyi in die Grunewaldsiedlung, Berlin-Zehlendorf, Am Fischtal.

1932
»Die Gefährten«. Roman.
Teilnahme am Antikriegskongreß in Amsterdam.

1933
»Der Kopflohn. Roman aus einem deutschen Dorf im Spätsommer 1932«, erscheint im Querido Verlag, Amsterdam.
Hitler wird am 30. Januar zum Reichskanzler ernannt.
Anna Seghers flieht in die Schweiz. Zuflucht bei Kurt Kläber, Redaktionsmitglied der »Linkskurve«.
Weiterfahrt nach Frankreich, wo die Familie zusammentrifft. Sie findet in Bellevue bei Paris bis 1940 eine Wohnung.
Mit Wieland Herzfelde, Oskar Maria Graf und Jan Petersen Redaktion der Exilzeitschrift »Neue Deutsche Blätter« (1933–1935).
Anna Seghers ist an der Neugründung des Schutzverbandes Deutscher Schriftsteller in Paris beteiligt.

1934
Reise nach Österreich. Beobachtung eines Prozesses gegen Wiener Februar-Aufständische.
Mitarbeit bei der internationalen Kampagne für die Freilassung Ernst Thälmanns.
In den »Neuen Deutschen Blättern« erscheint die Reportage-Erzählung *»Der letzte Weg des Koloman Wallisch«*.
Erwin Piscator verfilmt in der Sowjetunion *»Aufstand der Fischer von St. Barbara«*, die erste Verfilmung eines Werkes von Anna Seghers.

1935
»Der Weg durch den Februar«. Roman.
Wanderung durch das belgische Bergbaugebiet Borinage.
Anna Seghers spricht auf dem I. Internationalen Schriftstellerkongreß zur Verteidigung der Kultur – Paris, 21.–25. Juni – über *»Vaterlandsliebe«*.
Im November Gründung der Freien Deutschen Hochschule in Paris, deren Leiter Johann Schmidt wird.

1937
»Die Rettung«. Roman.
Teilnahme am II. Internationalen Schriftstellerkongreß im republikanischen Spanien. Bei Madrid Begegnungen mit Interbrigadisten.
Im Flämischen Rundfunk, Antwerpen, wird das Hörspiel *»Der Prozeß der Jeanne d'Arc zu Rouen 1431«* uraufgeführt. Erstmaliger Abdruck in der Zeitschrift »Internationale Literatur«, Moskau.

1938
Außerordentlicher (III.) Internationaler Schriftstellerkongreß in Paris; Rede von Anna Seghers.
Zwischen Juni 1938 und März 1939 Briefwechsel mit dem in Moskau lebenden Georg Lukács zu Fragen des Realismus.
Im Juli 1938 Gründung der »Zeitschrift für Freie deutsche Forschung«, Redakteur Johann Schmidt.

1939
Beginn des Zweiten Weltkrieges.
Der Vorabdruck des antifaschistischen Romans *»Das siebte Kreuz«* in der Zeitschrift »Internationale Literatur. Deutsche Blätter« wird nach den Verträgen zwischen dem Deutschen Reich und der Sowjetunion eingestellt.
Die Radvanyis, den Behörden als kommunistische Hitlergegner mit ungarischem Paß bekannt, sind jetzt unter »nationalem Gesichtspunkt Verdächtige«.

1940
»Die schönsten Sagen vom Räuber Woynok. Sagen von Artemis«. Die Buchausgabe erscheint bei Meshdunarodnaja Kniga, Moskau.
Johann Schmidt wird interniert und kommt ins südfranzösische Lager Le Vernet.
Deutscher Angriff auf Belgien, die Niederlande und Frankreich.
Nach gescheiterter Flucht vor der deutschen Wehrmacht muß sich Anna Seghers mit ihren Kindern im besetzten Paris verbergen.
Ein zweiter Fluchtversuch ins unbesetzte Gebiet gelingt mit Hilfe von Jeanne Stern. Von Pamiers aus betreibt Anna Seghers die Ausreise nach Übersee und die Entlassung ihres Mannes aus dem Lager. Aufenthalt in Marseille.

1941
Familie Radvanyi verläßt am 24. März Marseille auf dem Dampfer »Capitaine Paul Lemerle«. Auf der Route Martinique, Santo Domingo, Ellis Island/New York – hier erreicht sie die Nachricht vom Überfall Deutschlands auf die Sowjetunion – gelangen die Flüchtlinge am 30. Juni nach Veracruz, danach Mexico City.
Im mexikanischen Exil beteiligt sich Anna Seghers an antifaschistischen Aktivitäten der Freien Deutschen. Sie wird Präsidentin des Heinrich-Heine-Klubs, der am 21. November eröffnet wird. In der Zeitschrift »Freies Deutschland«, die ab Oktober 1941 erscheint, veröffentlicht sie Aufsätze.
Johann Schmidt wird Professor an der Arbeiter-Universität Mexiko, 1944 auch an der National-Universität.
Mit dem japanischen Überfall auf Pearl Harbour am 7. Dezember 1941 Kriegseintritt Japans und der USA.

1942
»Das siebte Kreuz. Roman aus Hitlerdeutschland«.
Erscheint zuerst englisch in den USA und wird durch Ausgaben im Book-of-the-Month Club, für die Streitkräfte, in Comic-Strip-Version u. a. ein großer Erfolg; fast zeitgleich deutsche Ausgabe bei El Libro Libre, Mexiko, dem Verlag der Freien Deutschen.
Die Mutter Hedwig Reiling wird nach Piaski bei Lublin (Polen) deportiert. Sie kommt um.

1943
Schwerer Verkehrsunfall am 25. Juni, langer Krankenhausaufenthalt. Während der Rekonvaleszenz Arbeit an *»Der Ausflug der toten Mädchen«*.

1944
»Transit«. Roman, zuerst in Spanisch, Englisch und Französisch.
Verfilmung vom *»Siebten Kreuz«* durch Fred Zinnemann in Hollywood.

1945
Einen Tag nach der Kapitulation Deutschlands, am 10. Mai, wird zum 60. Geburtstag von Egon Erwin Kisch dessen Schauspiel »Der Fall Redl« uraufgeführt.
Sohn Peter geht zum Studium nach Paris.

1946
»Der Ausflug der toten Mädchen und andere Erzählungen«, Aurora Verlag, New York.
»Das siebte Kreuz« erscheint zum erstenmal in Deutschland. Der Aufbau-Verlag, Berlin, wird zum Haus-Verlag der Autorin. Die Rückkehr der Werke aus dem Exil nach Deutschland beginnt.
Tochter Ruth nimmt ihr Studium in Paris auf.
Am 1. Februar Abschiedsabend des Heinrich-Heine-Klubs. Anna Seghers erhält im März die mexikanische Staatsbürgerschaft.

1947
Im Januar verläßt Anna Seghers Mexiko. Die Rückreise nach Deutschland führt sie über New York, Stockholm, Paris.
In Berlin trifft sie am 22. April ein; sie nimmt in Berlin-Wannsee, Am Sandwerder 5, im Casino-Hotel Quartier. Später Umzug nach Berlin-Zehlendorf, Argentinische Allee 3, Pension Obigt. Am 10. Mai, dem Tag des freien Buches, spricht sie vor der nachmaligen Humboldt-Universität Unter den Linden. Am 20. Juli Verleihung des Georg-Büchner-Preises der Stadt Darmstadt. Im Frühherbst Reise nach West- und Süddeutschland. Sie besucht u.a. den Verleger Curt Weller in Konstanz am Bodensee.
4.–8. Oktober I. Deutscher Schriftstellerkongreß; Anna Seghers spricht über: *»Der Schriftsteller und die geistige Freiheit«*.

1948
»Sowjetmenschen. Lebensbeschreibungen nach ihren Berichten«, Berlin. Der Roman *»Transit«* erscheint zum erstenmal in deutscher Sprache bei Weller, Konstanz, ebenfalls dort die Erzählung *»Das Ende«* in einer zweisprachigen, deutsch-französischen Ausgabe (Übersetzung Jeanne Stern).
Im April mit einer Delegation der »Gesellschaft zum Studium der Kultur der Sowjetunion«, der auch Eduard Claudius, Heinrich Ehmsen, Wolfgang Langhoff, Wolfgang Harich, Stephan Hermlin, Bernhard Kellermann, Jürgen Kuczynski, Michael Tschesno-Hell und Günther Weisenborn angehören, Reise in die Sowjetunion.
Im August zum Weltkongreß der Intellektuellen in Wrocław (Breslau), Auftakt der Nachkriegs-Friedensbewegung. Im Herbst Besuch der in Paris studierenden Kinder.

1949
»Die Toten bleiben jung«. Roman.
»Die Hochzeit von Haiti«. Zwei Novellen.
Im April Teilnahme am Weltkongreß der Kämpfer für den Frieden (Weltfriedenskongreß) in Paris. In den späteren Jahren zahlreiche Reisen für die Friedensbewegung.
Im Mai Gründung der Bundesrepublik Deutschland, im Oktober Gründung der Deutschen Demokratischen Republik.
Ein Klima des Mißtrauens gegenüber der einstigen Emigration außerhalb der Sowjetunion breitet sich in der DDR aus.

1950
»Die Linie«. Drei Erzählungen.
»Stockholmer Appell« des Weltfriedensrates zum Verbot und zur Ächtung aller Atomwaffen; Anna Seghers hat daran mitgearbeitet. Sie wird Mitglied des Weltfriedensrates.
Durch den Präsidenten der DDR, Wilhelm Pieck, Berufung zum Gründungsmitglied der Deutschen Akademie der Künste.

Im Juni II. Deutscher Schriftstellerkongreß. Anna Seghers spricht zur Eröffnung: *»Den Toten zum Gedenken«;* sie würdigt Heinrich Mann, Agnes Smedley und Karin Michaelis.
Zu ihrem fünfzigsten Geburtstag erscheint Paul Rillas Essay »Die Erzählerin Anna Seghers«.
Umzug aus Berlin-Weißensee, wo Anna Seghers vorübergehend bei Brecht und seiner Frau Helene Weigel wohnte, nach Berlin-Adlershof, Altheiderstraße 21.

1951
»Crisanta«. Mexikanische Novelle.
»Die Kinder«. Drei Erzählungen.
Beginn der Edition »Gesammelte Werke in Einzelausgaben« im Aufbau-Verlag.
Im September/Oktober Delegationsreise nach China.
Sie erhält den Nationalpreis der DDR, spätere 1959 und 1971.
Das 5. Plenum des ZK der SED deklariert den »Kampf gegen den Formalismus in Kunst und Literatur …«

1952
»Der Mann und sein Name«. Erzählung.
Johann-Lorenz Schmidt kehrt aus Mexiko zurück, wird Professor für Wirtschaftswissenschaften an der Humboldt-Universität zu Berlin, später auch an der Akademie der Wissenschaften. Sein Hauptinteresse gilt dem modernen Kapitalismus und den Entwicklungsländern.
Anna Seghers reist zu Lesungen nach Thüringen, Franken und Bayern.
Der volkseigene Betrieb (VEB) Röhrenwerk Neuhaus/Rennweg erhält am 1. April ihren Namen.
22.–25. Mai III. Deutscher Schriftstellerkongreß. Anna Seghers wird zur Vorsitzenden gewählt.
Im Oktober Teilnahme am Deutschen Kulturtag in Bayreuth, der später in der Bundesrepublik verboten wird.

1953
»Der Bienenstock«. Ausgewählte Erzählungen in zwei Bänden, darin zum erstenmal *»Das Argonautenschiff«*, *»Die Rückkehr«*, *»Der erste Schritt«*, *»Friedensgeschichten«*.
»Frieden der Welt«. Ansprachen und Aufsätze 1947–1953.
Im März Tod Stalins. Am 17. Juni Streiks und Demonstrationen in der DDR; die sowjetische Armee fährt Panzer auf.
Ende Juni diskutiert Anna Seghers mit Berliner Bauarbeitern.
Teilnahme am Deutschen Friedenstag in Weimar.

1954
Teilnahme am II. sowjetischen Schriftstellerkongreß in Moskau. Mehrwöchige Archivstudien zu Lew Tolstoi.
Besuch ihrer Mainzer Lehrerin Dr. Magdalena Herrmann.
Tochter Ruth kommt nach Beendigung ihres Studiums in Paris nach Berlin, arbeitet als Assistenzärztin in einer Kinderklinik.

1955
Krankenhausaufenthalt. Umzug von der Altheider- in die nahe Volkswohlstraße 81, wo sie bis zum Lebensende wohnen bleibt.
Reisen nach Wien und zur Erholung in die Hohe Tatra, die auch später bevorzugtes Urlaubsziel ist.
Im Juni Teilnahme am Weltfriedenstreffen in Helsinki, das von der Sorge um die Folgen der Pariser Verträge bestimmt ist.
Während der Schiller-Ehrung in Weimar trifft Anna Seghers mit Thomas Mann zusammen.

1956
Im Januar: IV. Deutscher Schriftstellerkongreß. Referat von Anna Seghers: »Der Anteil der Literatur bei der Bewußtseinsbildung des Volkes«.
Im Frühjahr Reise in die Sowjetunion. Auf dem XX. Parteitag der KPdSU hat Chruschtschow begonnen, mit den Fehlern und Verbrechen Stalins abzurechnen.

Im Herbst Aufstand in Ungarn und sowjetische Intervention. Anna Seghers ist an einem Versuch beteiligt, Georg Lukács zu helfen.
Im Dezember wird Walter Janka, Leiter des Aufbau-Verlages, verhaftet. Er wird beschuldigt, an einer staatsfeindlichen Verbindung teilgenommen zu haben. Anna Seghers veranlaßt eine Resolution Berliner Schriftsteller, die Janka entlasten soll. Sie wird beim I. Sekretär der SED, Walter Ulbricht, vorstellig.

1957
Prozeß gegen Janka und andere.

1958
»Brot und Salz«. Drei Erzählungen.

1959
»Die Entscheidung«, Roman.
Ehrenpromotion durch die Friedrich-Schiller-Universität Jena zum Dr. h. c.

1960
Zum 60. Geburtstag erscheint »Anna Seghers. Briefe ihrer Freunde«.

1961
»Das Licht auf dem Galgen«. Erzählung.
25.–27. Mai V. Deutscher Schriftstellerkongreß. Anna Seghers spricht über *»Tiefe und Breite in der Literatur«*.
Schiffsreise nach Brasilien; Besuch Jorge Amados.
13. August Bau der Berliner Mauer.

1962
Nach öffentlicher Polemik erscheint im Luchterhand Verlag (Neuwied, Berlin) die erste Ausgabe des Romans *»Das siebte Kreuz«* in der Bundesrepublik.

1963
»Über Tolstoi. Über Dostojewskij«. Essays.
Der Luchterhand Verlag beginnt mit der ersten, siebenbändigen Ausgabe »Ausgewählte Werke« für die Bundesrepublik Deutschland.
Delegiertenkonferenz des Schriftstellerverbandes, Anna Seghers spricht über *»Bewahrung und Entdeckung«*. 27.–28. Mai Teilnahme an der Kafka-Konferenz in Liblice bei Prag, Streit um die Aktualität Kafkas und die Entfremdung zwischen Individuum und Gesellschaft im Sozialismus.
Zweite Brasilienreise.

1965
11. Plenum des ZK der SED, das rigoroseste und folgenreichste Eingreifen der Parteiführung in die Kunstproduktion der DDR.
»Die Kraft der Schwachen. Neun Erzählungen«.
Internationales Schriftstellertreffen in Berlin und Weimar 14.–22. Mai. Anna Seghers' *»Ansprache in Weimar«*.

1966
Rede auf der I. Jahreskonferenz des Schriftstellerverbandes: *»Die Aufgaben des Schriftstellers heute. Offene Fragen«*.

1967
»Das wirkliche Blau. Eine Geschichte aus Mexiko«.
Auf dem 4. sowjetischen Schriftstellerkongreß spricht Anna Seghers über *»Das Licht des Oktober«*.
Im Dezember Krankenhausaufenthalt, der sich von nun an beinahe jährlich wiederholt.

1968
Im August Einmarsch der Armeen des Warschauer Paktes in die ČSSR.
»Das Vertrauen«. Roman.
Spielfilm der DEFA »Die Toten bleiben jung«. Szenarium Christa Wolf/Joachim Kunert unter Mitarbeit von Anna Seghers. Dramaturg: Walter Janka, Regie: Joachim Kunert.

(Weitere Verfilmungen: »Das Duell«, »Die große Reise der Agathe Schweigert«, »Das Licht auf dem Galgen«, »Das Schilfrohr«, »Das wirkliche Blau«, »Die Tochter der Delegierten«, »Überfahrt«, »Der Mann und sein Name«, »Aufstand der Fischer von St. Barbara«, »Transit«.)

1969
»Glauben an Irdisches«. Essays aus vier Jahrzehnten. Herausgegeben und mit einem Vorwort versehen von Christa Wolf.
Begrüßungsworte für den VI. Deutschen Schriftstellerkongreß (28.–30. Mai) *»Sein und Zukunft unserer Republik waren und sind unser Ziel«.*

1970
»Briefe an Leser«.
»Über Kunstwerk und Wirklichkeit«. Reden, Aufsätze, Notate, Artikel und einige Briefe; drei Bände 1970 und 1971, ein Ergänzungsband 1979 mit chronologischem Werkverzeichnis. Herausgegeben von Sigrid Bock.

1971
»Überfahrt. Eine Liebesgeschichte«.

1973
Militärputsch in Chile.
»Sonderbare Begegnungen«.
Begrüßungsrede auf dem VII. Deutschen Schriftstellerkongreß *»Der sozialistische Standpunkt läßt am weitesten blicken«.* Der Verband nennt sich von jetzt ab Schriftstellerverband der DDR.
Als Band V der Kleinen Mainzer Bücherei erscheint »Anna Seghers aus Mainz«.

1975
Kulturpreis des Weltfriedensrates.
»Über Anna Seghers. Ein Almanach zum 75. Geburtstag«, herausgegeben von Kurt Batt, mit einer Bibliographie.
Anna Seghers erhält neben anderen Ehrungen die Ehrenbürgerschaft von Berlin (Ost).
Der Aufbau-Verlag beginnt seine zweite Edition der »Gesammelten Werke in Einzelausgaben« mit allen veröffentlichten Erzählungen und mit ausgewählten Essays (14 Bände).

1976
Ausbürgerung des Liedermachers Wolf Biermann aus der DDR.

1977
»Steinzeit. Wiederbegegnung«. Zwei Erzählungen.
Luchterhand ediert »Werke in zehn Bänden«.
Verleihung der Ehrenbürgerwürde der Johannes-Gutenberg-Universität Mainz.
Mehrmonatige Krankheit.

1978
Anna Seghers tritt als Präsidentin des Schriftstellerverbandes zurück und wird Ehrenpräsidentin.
Am 3. Juli stirbt Johann-Lorenz Schmidt.

1980
»Drei Frauen aus Haiti«.

1981
Anna Seghers wird Ehrenbürgerin der Stadt Mainz.

1982
Mit kurzen Unterbrechungen Krankenhausaufenthalt.

1983
Anna Seghers stirbt am 1. Juni.
Staatsakt in der Akademie der Künste.
Beisetzung auf dem Dorotheenstädtischen Friedhof in Berlin-Mitte neben ihrem Mann.

252 Gedächtnisplatte am Haus Parcusstraße 5 in Mainz

Quellen

Zum Text

Auslassungen werden durch [...] gekennzeichnet, Erläuterungen der Herausgeber stehen ebenfalls in eckigen Klammern. Orthographische Fehler, sachliche Unrichtigkeiten, falsche Schreibung von Namen wurden von Fall zu Fall korrigiert.

Bei der Schreibung Lászlo Radványi wurde auf die originale Schreibweise verzichtet, da Laszlo Radvanyi seit Mitte der zwanziger Jahre die Akzente nicht mehr verwendete. Seine Kinder Pierre und Ruth folgten seiner Schreibweise.

Das Motto auf der Seite 5 ist der Erzählung »Der Ausflug der toten Mädchen« entnommen.

Texte von Anna Seghers

Gesammelte Werke in Einzelausgaben, 1975–1980 (14 Bände)
Bd. I »Aufstand der Fischer von St. Barbara«/ »Die Gefährten«; Bd. III »Die Rettung«, Roman; Bd. IV » Das siebte Kreuz. Ein Roman aus Hitlerdeutschland«; Bd.V »Transit«, Roman; Bd.VIII »Das Vertrauen«, Roman; Bd. IX »Erzählungen 1926–1944«; Bd. X »Erzählungen 1945–1951«; Bd.XI »Erzählungen 1952–1962«; Bd. XII »Erzählungen 1963–1977«; Bd. XIII »Aufsätze, Ansprachen, Essays 1927–1953«; Bd. XIV »Aufsätze, Ansprachen, Essays 1954–1979«.

»Die Gefährten«, Roman, 1949; »Drei Frauen aus Haiti«, 1980; »Briefe an Leser«, 1970; »Ein Briefwechsel«, 1939–1946 (mit Wieland Herzfelde), 1985; »Studienblätter aus China« (Geleitwort) in: Gustav Seitz, »Studienblätter aus China«, 1953.

Die vorgenannten Titel sind im Aufbau-Verlag Berlin und Weimar erschienen.

»Über Kunstwerk und Wirklichkeit« (hrsg. von Sigrid Bock), Bd. I: Die Tendenz in der reinen Kunst, Akademie-Verlag Berlin, 1970; Bd. III Für den Frieden der Welt, Akademie-Verlag Berlin, 1971; Bd. IV Ergänzungsband, Akademie-Verlag Berlin, 1979.

Anna Seghers, Diskussionsbeitrag zur Dramatikerkonferenz, 17. Oktober 1961 (Tonbandprotokoll); Christiane Barckhausen, »Tina Modotti. Wahrheit und Legende einer umstrittenen Frau«, Verlag Neues Leben Berlin, 1989; »Frankfurter Zeitung und Handelsblatt«, 10. März 1927; »Futuro«, Mexiko Mai 1943 (Gespräch mit Juan Jerónimo Baltran); »Neue Deutsche Literatur« Heft 10/1983 (Gespräche mit Anna Seghers); Heft 9/1984 (»Tagebuchseiten«); »Tägliche Rundschau« 24. April 1947.

Aus bisher unveröffentlichten Briefen von und an Anna Seghers sowie Lebensläufen von Anna Seghers und Laszlo Radvanyi zitieren wir mit freundlicher Genehmigung von Ruth Radvanyi und Pierre Radvanyi, der Stiftung Archiv der Akademie der Künste, Berlin, der Archive des Aufbau-Verlages und Little, Brown and Company, Boston (durch Vermittlung von Frau Prof. Dr. Gertraud Gutzmann, USA).

Texte über Anna Seghers, Interviews, Briefe

Anna Seghers, »Briefe ihrer Freunde«, Aufbau-Verlag Berlin, 1960; »Anna Seghers aus Mainz«, Verlag Dr. Hanns Krach, Mainz am Rhein 1973; »Über Anna Seghers. Ein Almanach zum 75. Geburtstag«, Aufbau-Verlag Berlin und Weimar, 1975; Anna Seghers, »Materialienbuch« (hrsg. von Peter Roos und Friderike J. Hassauer-Roos), Sammlung Luchterhand, Darmstadt und Neuwied 1977; Jörg B. Bilke, »Auf der Suche nach Netty Reiling«, in: »Blätter der Carl Zuckmayer-Gesellschaft«, 6. Jahrgang, Heft 4, 1. November 1980; Heinrich Böll, »Aufsätze, Kritiken, Reden II«, DTV, München 1969; Bertolt Brecht, »Arbeitsjournal 1938–1955«, Aufbau-Verlag Berlin und Weimar, 1977; Ilja Ehrenburg, »Menschen, Jahre, Leben«, Memoiren, Verlag Volk und Welt Berlin, 1978; »Erinnerungen an einen Freund«, Ein Gedenkbuch für F. C. Weiskopf, Dietz Verlag Berlin, 1975; Bruno Frei, »Der Papiersäbel«, Autobiographie, S. Fischer Verlag G.m.b.H., Frankfurt a. M. 1972; Walter Janka, »Schwierigkeiten mit der Wahrheit«, Aufbau-Verlag Berlin und Weimar, 1990; »Kahlschlag. Das elfte Plenum des ZK der SED 1965«, Studien und Dokumente (Werner Mittenzwei, Christa Wolf), Aufbau Taschenbuch Verlag, Berlin 1991; Fritz H. Landshoff, »Amsterdam, Keizersgracht 333, Querido Verlag, Erinnerungen eines Verlegers«, Aufbau-Verlag Berlin und Weimar, 1991;

Claude Lévi-Strauß, »Traurige Tropen«, Verlag Philipp Reclam jun., Leipzig 1988; Artur London, »Ich gestehe. Der Prozeß um Rudolf Slansky«, Aufbau Taschenbuch Verlag, Berlin 1991; Bruno Lowitsch, »Der letzte Weg der Hedwig Reiling in Mainz«, in: Programmheft zum Film »Shoah« von Claude Lanzmann, Hg. Mainzer Kunstverein; Hans Mayer, »Der Turm von Babel – Erinnerung an eine Deutsche Demokratische Republik«, Suhrkamp Verlag, Frankfurt a. M. 1991; Gustav Regler, »Das Ohr des Malchus«, Eine Lebensgeschichte, Suhrkamp Taschenbuch 1975; Lenka Reinerová, »Es begann in der Melantrichgasse. Erinnerungen an Weiskopf, Kisch, Uhse und die Seghers«, Aufbau-Verlag Berlin und Weimar, 1985; Trude Richter, »Totgesagt«, Erinnerungen, Mitteldeutscher Verlag Halle/Leipzig, 1990; Günter Simon/Hella Dietz, »Kraft und wirkliches Blau. Die Röhrenwerker in Neuhaus und Anna Seghers«, Verlag Tribüne Berlin, 1976; Steffie Spira-Ruschin, »Trab der Schaukelpferde. Aufzeichnungen im nachhinein«, Aufbau-Verlag Berlin und Weimar, 1984; Jeanne Stern, »Die Dame mit dem Turban«, Aufbau-Verlag Berlin und Weimar, 1980; Bodo Uhse, »Reise- und Tagebücher«, Aufbau-Verlag Berlin und Weimar, 1981; »Der Wachsmannreport/ Michael Grüning«, Verlag der Nation, 1986; Berta Waterstradt, »Blick zurück und wundre dich«, Eulenspiegel Verlag Berlin, 1985; Christa Wolf, »Die Dimension des Autors«, Aufsätze, Essays, Gespräche, Reden. Band I, Aufbau-Verlag Berlin und Weimar, 1986; »Zur Tradition der deutschen sozialistischen Literatur«, Aufbau-Verlag Berlin und Weimar, 1979, Bd. 4 (Kommentare); »Aufbau«, Heft 8/1950 (Alexander Abusch, »Die Diskussion in der Sowjetliteratur und bei uns«, Paul Rilla, »Die kompromittierende Interessantheit«); »Berliner Zeitung«, 14./15. April 1990 (Interview mit Walter Janka); »Die neue Bücherschau«, 1928 (Kleistpreis 1928); »Mainzer Anzeiger«, 29.12.1928; »Neue Deutsche Literatur«, Heft 10/1983 (Jorge Amado); Heft 9/1984 (Stephan Hermlin, Vladimir Pozner, Jeanne Stern, Wolfgang Kohlhaase); »Neue Welt«, Heft 23/1950 (E. Knipowitsch, »Lehren der Geschichte«); »Sinn und Form«, Mai/Juni 1990 (Friedrich Albrecht, »Gespräch mit Pierre Radvanyi«, Alexander Stephan, »Die FBI-Akte von Anna Seghers«); SONNTAG 19, 1990, 13. Mai (Ruth Radvanyi, »Meine Mutter war keine Heilige«); SONNTAG 28, 1990, 15. Juli (Erich Loest, »Ein Plädoyer für eine Tote«); Laszlo Radvanyi (Ladislaus Radványi) »Der Chiliasmus« (Dissertation, hrsg. von Éva Gábor), Lukács Archívum Budapest, 1985.
Die Beiträge von Ruth Radvanyi und Ursula Emmerich wurden für diesen Band geschrieben; Frank Wagner stellte die Lebensdaten zusammen.

Bildnachweis

Der größte Teil der abgebildeten Fotos und Dokumente stammt aus dem Privatbesitz der Seghers-Erben Dr. Ruth und Dr. Pierre Radvanyi: 1, 6–9, 11, 13, 15, 16, 20–23, 25–28, 32–40, 42, 45, 47–52, 56, 57, 59–73, 77–79, 85–87, 90, 93–99, 100, 102–104, 106, 108–112, 114–119, 120 (Foto: John G. Roberts), 121–123, 125, 126, 132–134, 136, 138–140, 141 (Foto: Walter Reuter), 145–152, 154, 155, 159, 164, 166, 187 (Foto: H. Reubke), 191, 200–202, 225, 227–231, 233, 234, 235, 251, Schutzumschlag, S. 10 (Zwischentitel);
Akademie der Künste, Stiftung Archiv, Berlin (Anna Seghers Archiv): 53, 54, 55, 58, 74, 80, 81, 83, 84, 91, 127, 128, 130, 131, 135, 142–144, 157, 158, 172, 174, 175, 176, 178, 182 (Foto: Globb), 183–186, 188, 189, 190 (Foto Liška), 196, 198, 204–206, 210, 211 (Foto: Oldřich Karásek), 215, 252. S. 70 und 154 (Zwischentitel);
Archiv des Aufbau-Verlages: 197, 243;
Archiv Deutscher Friedensrat e.V. im Bundesarchiv: 192;
Bundesarchiv: 19, 88, 99, 101, 153, 156, 160, 161, 163, 165, 169, 179–181, 194, 195, 199, 212–214, 216, 217, 223, 226, 238, 239, 248–250;
Stiftung Archiv der Parteien und Massenorganisationen der DDR im Bundesarchiv (Zentrales Parteiarchiv der SED): 177;
Klaus Benz: 237; Sibylle Bergemann: 224, Günter Bersch: S. 2 (Frontispiz); Ursula Emmerich: 245; Giséle Freund, Paris: 75, 76; Gerhard Kiesling: 218–222, 232, 236; Barbara Köppe: 240–242, 247; Karl-Heinz Lange: 92, 107; Frau Metz, Berlin (Reproduktion K. Bohr): 31; Tina Modotti: 113; Jochen Moll: 167; Klaus Morgenstern: 246; Martin Naumann: 203; PROGRESS Filmverleih: 208, 209; Rheinisches Bildarchiv: 41; Sächsische Landesbibliothek (Foto: Abraham Pisarek): 162; Schemionek: 171; Gisela Sigrist: 244; Stadtarchiv Mainz: 2, 3, 5, 10, 12, 17, 18 (Foto: Philipp Kepplinger, 1989), 24,29, 30 (Nachlaß Oppenheim), 82 (Repro.); Rudolf Zuckermann (über Wolfgang Kießling): 129, 168.

Aus folgenden Publikationen wurden Abbildungen reproduziert: Brockhaus, Kleines Konversationslexikon: 4; »Citizen Toussaint« hrsg. von Ralph Korngold, Boston 1945, Porträt von Warren Chappel nach zeitgenössischen Stichen: 173; »Eulenspiegel«, Berlin 1958 (H. Sandberg): 207, »Freies Deutschland«: 124, 140; Heines Geist in Mexiko: 89; Karl Helbig, »So sah ich Mexiko«, Leipzig 1967 (Foto: E. B. Mangel y. C.): 137; Netty Reiling (Anna Seghers), »Jude und Judentum in den Werken Rembrandts«, Verlag Philipp Reclam jun. Leipzig 1981: 43, 44; Anna Seghers, »Die Toten auf der Insel Djal«, Aufbau-Verlag Berlin und Weimar, 1985 (Zeichnung von Stephan Köhler): 46; Gustav Seitz, »Studienblätter aus China«, Aufbau-Verlag, Berlin 1953: 193; »Staatliches Frauenlobgymnasium 1889–1989«. Festschrift zum hundertjährigen Bestehen. Hrsg. Staatliches Frauenlobgymnasium Mainz: 14; Miloslav Stingl, »In der Karibik«: 105; Berta Waterstradt, »Blick zurück und wundre dich«, Eulenspiegel Verlag Berlin, 1985 (Zeichnung Elisabeth Shaw): 170.
Alle nicht gesondert genannten Reproduktionen fertigte Günter Prust an.

Trotz intensiver Bemühungen gelang es leider nicht, alle Rechtsinhaber ausfindig zu machen. Bitte wenden Sie sich gegebenenfalls an den Aufbau-Verlag.

Die Herausgeber bedanken sich für Unterstützung ihrer Arbeit bei folgenden Persönlichkeiten und Institutionen:
Stiftung Archiv der Akademie der Künste, Berlin; Archiv der »Humanité«, Paris; Christiane Barckhausen, Berlin; Dr. Hans Baumgart, Berlin; Marianne Berger, Berlin; Prof. Hartmut Eggert, Berlin; Gisèle Freund, Paris; Renate Grasnick, Berlin; Prof. Gertraud Gutzmann, USA; Heike Hauptmann, Berlin; Dr. Anton Maria Keim, Mainz; Prof. Volker Neuhaus, Köln; Dr. Dietger Pforte, Berlin; Barbara Prinsen-Eggert und Prof. Antoon Prinsen, Mainz; Dr. Werner Roggausch, St. Augustin; Friedrich Schütz, Mainz; Stadtarchiv Mainz; Universitätsarchiv Heidelberg.
Unser besonderer Dank gilt Karl-Heinz Lange, Berlin.

Inhalt